FUNÉRARIUM

Brigitte Aubert

FUNÉRARIUM

roman

ÉDITIONS DU SEUIL
27, rue Jacob, Paris VIe

COLLECTION DIRIGÉE
PAR ROBERT PÉPIN

ISBN 2-02-055632-4

www.seuil.com

« Ton âme, je ne la connais pas de ton corps,
Ni toi de moi, ni notre amour de Dieu »

(Dante Gabriel Rossetti, « L'Espoir du cœur »)

Sous le ciel en flammes
Lointaine une voile, dans mon âme
Une voile.

(Seichi)

Vois, personne n'est revenu qui s'en est une fois allé.

(Texte funéraire, Égypte, Nouvel Empire)

PROLOGUE

Chien. Chien. Chien.
museau frémissant
cours cours cours,
Halètements,
terre humide,
collier, branche, gémissements.
Ouaf ouaf, je souffre tant !
Chien aime
Chien eau
Chien erre
Chien t'es
Aime eau air t'es
M. O. R. T.
Mais pas d'éjaculation sous le corps
alors pas de mandragore
mandragore de terrier
en forme d'os en caoutchouc ?
Eux, comme les chiens,
tout le temps
« Ah ah ah ah ! c'est bon. »
Le chien pendu comme un nègre
Lumière rouge, croix de feu
J'aimerais bien
clouer un homme sur une croix
torche de poix brûlante
Eux eux eux

tout le temps
langues sorties
cris d'agonie
comme si ça brûlait
Eux eux eux
comme des chiens
Moi aussi je l'ai fait
elle a pleuré
Lumière rouge croix de sang
jambes croisées
et cœur brisé.

CHAPITRE 1

Entièrement nu, bras et jambes écartés, le vieil homme était sanglé sur l'étal carrelé de blanc, souillé de sang et de matières. Ses rares cheveux gris avaient été soigneusement coiffés en arrière, dégageant son visage creusé aux traits anguleux. Sa bouche distendue révélait un bridge impeccable.

Ses yeux reposaient à côté de lui dans un bol en inox, boules bleues et gluantes.

Léonard « Chib » Moreno retira ses gants en plastique extrafin tout tachés, les roula en boule et les jeta dans la poubelle d'où débordaient des tampons d'ouate imbibés de sanies. Il enfila une paire de gants neufs et tendit la main vers la collection d'instruments chirurgicaux étincelants accrochés au mur, à côté de la paillasse encombrée de fioles, de pots scellés à la cire, de seringues et de tubes. Il choisit un scalpel, le fit sauter dans sa main brune en chantonnant *His Jelly Roll is Nice and Hot.*

Puis, sans cesser de chantonner, il saisit le pénis flasque entre les jambes poilues et blanches du vieillard et le trancha net. Il déposa le morceau de chair sanguinolent dans la cuvette en émail prévue à cet effet.

Le bourdonnement du climatiseur évoquait un essaim de mouches. Il devait faire beau dehors. Beau et chaud. Brise légère dans les palmiers. Mer piquetée de blanc. Matelas pneumatiques. Martinis on the rocks. Corps vautrés dans le sable. Mais ici il faisait froid, un froid à l'odeur de formol et de sang. Il fit glisser le curseur du climatiseur vers la position « max. » avant d'enfiler son gilet en Gore-tex sans manches.

Puis il emplit la cuillère de goudron chaud et se pencha de nouveau sur le corps nu.

– Tu vas voir, ça va être parfait ! murmura-t-il en insérant l'ustensile dans les narines rougies par le crochet en fer dont il s'était servi quelques instants auparavant.

Le goudron grésilla au contact de la chair, Chib inclina la cuillère tout doucement, attentif à ne rien renverser. Il renouvela plusieurs fois l'opération, concentré sur sa tâche, en fredonnant maintenant *On the Killing Floor*. Le goudron devait remplir toute la cavité cervicale.

La sonnerie du téléphone ne le fit pas sursauter, mais il émit un bref soupir de mécontentement et reposa la cuillère fumante sur l'abdomen velu pour attraper son cellulaire dans la poche de sa blouse blanche.

– Hi ! Chib ! Oyé como va ?

– Je suis occupé, Greg.

– Deux nanas, super mignonnes, vingt heures, au *Navigator*. Je compte sur toi.

– Je ne crois pas que je pourrai. J'ai un truc à finir.

– Hé ! j'te parle pas de macchab's, là, je te parle de femmes vivantes.

– Il n'y a pas que la baise dans la vie, Greg.

– Putain ! ne prends pas ce ton de curé pédophile avec moi, OK ? Allez, à tout' !

Greg avait déjà raccroché. « Mais pourquoi je continue à le voir ? » se demanda Chib pour la millième fois en bourrant les narines fumantes avec de l'ouate. Un type dont la conversation ne comportait qu'un seul mot : « cul », et sa traduction en trente-six langues. Un allumé qui lui pourrissait la vie sous le prétexte qu'ils avaient été au lycée ensemble à une période où Léonard-le-bâtard avait été très heureux que Gregory-le-nanti prenne sa défense contre tous les gros balèzes du Gang des Motards, des connards à mobylette, tatoués avec des décalcomanies, mais terrifiants pour un gamin maigrichon affublé de lunettes.

Est-ce que la reconnaissance devait être éternelle, Seigneur ? Devrait-il écouter ces obscénités jusqu'à la mort ? Non pas qu'il aurait quelque chose contre le sexe et ses plaisirs, mais avec Greg ce n'était plus du sexe, c'était « moules-bites » à volonté et on finissait par se lasser.

Il regarda sa montre, une réédition de la Pilot's Watch 1938 d'Omega, une petite folie qu'il venait de s'offrir. 18 heures 4 minutes et 18 secondes. Il fallait encore plonger le cerveau réduit en bouillie dans le bac à aromates et tout nettoyer.

Et qu'est-ce qu'il allait se mettre ?

Trois quarts d'heure plus tard, le portier électronique bourdonna. Il se dirigea vers l'appareil encastré dans le mur, appuya sur le bouton vidéo. Un visage de femme apparut, dans les soixante-dix ans bien liftés, grands yeux bruns soigneusement maquillés, bouche légèrement gonflée artificiellement, cheveux auburn noués en un chignon assez lâche, cou recouvert de fond de teint crémeux, mais où l'on distinguait les taches de vieillesse et les rides creusées par l'abus de soleil. Le cou mentait difficilement, se dit-il en lui parlant dans l'interphone.

– J'arrive. Installez-vous.

Il donna une pichenette au pied du cadavre qui portait une étiquette « Antoine Di Fazio, 1914-2002 », ôta sa blouse, la jeta dans la petite machine à laver, se passa un gant de toilette humide sur le corps avant d'enfiler une chemise en popeline blanche, un pantalon en alpaga noir et de monter à l'étage.

La comtesse Di Fazio était assise dans la petite salle d'attente high-tech, en équilibre sur le bord du canapé en cuir noir, sous le De Staël gris et bleu, très à l'aise dans son tailleur pantalon en velours émeraude de chez Gucci. Deux bracelets du Bénin, en or torsadé, cliquetaient à son poignet gauche. Le droit n'arborait que sa Tiffany First Lady, remarqua Chib.

Il s'inclina brièvement devant la comtesse qui s'était servi un verre d'eau au distributeur et buvait à petites gorgées.

– Comment va-t-il ? demanda-t-elle.

La question était idiote concernant un mort, mais il se montra aimable :

– Aussi bien que possible, madame.

– Vous avez bientôt fini ?

– Il sera prêt dans 48 heures.

La comtesse soupira, Chib lui tendit aussitôt un kleenex, dont elle se tamponna délicatement les yeux.

– Mon pauvre cher Antoine!

Un sale vieux con qui avait brûlé un stop avec sa Bentley, tuant une gamine qui traversait, avant de se fracasser contre un poteau d'EDF.

– Je l'installerai dans le salon bleu, reprit-elle en reniflant, avec Lady Choupette à ses pieds.

Chib avait empaillé Lady Choupette l'automne précédent, un bouledogue femelle aussi hargneux que son maître.

– Vous ne craignez pas... vos visiteurs... hasarda-t-il en consultant subrepticement sa montre.

– Nos ancêtres reposent dans les catacombes du couvent des Capucins, à Palerme, lui renvoya-t-elle, hautaine. C'est la coutume chez nous que d'exposer les dépouilles de nos chers disparus.

Pour autant que Chib le sache, la seule coutume connue dans la famille de la comtesse était la prostitution de haut vol, grâce à laquelle elle s'était fait épouser par le comte Di Fazio, un richissime armateur sicilien de vingt ans son aîné. Mais il admira que la veuve reprenne ainsi les traditions familiales de son époux. Après tout, le sarcophage d'Antoine Di Fazio ne déparerait pas dans le salon bleu, encombré de bibelots victoriens et de poupées en porcelaine.

– Je m'absente une dizaine de jours, reprit-elle. Le mariage de notre neveu à New York. Je le ferai prendre à mon retour.

– Aucun problème.

Elle sortit un morceau de papier plié de son sac à main Chanel et le déposa sur la table basse en plexiglas. Puis elle prit congé et sortit dignement dans la fraîcheur du crépuscule.

Chib déplia le chèque. C'était le chiffre convenu. Une jolie somme. Ses services se négociaient très cher. Il n'y avait presque plus personne capable d'exercer le métier aussi bien selon les méthodes dernier cri que selon les rites ancestraux.

Il se servit un verre d'eau fraîche, en but la moitié, en versa l'autre sur son crâne rasé. Pas le temps de prendre une douche. Il boutonna son col italien, noua une cravate en tricot noir, enfila une veste en alpaga noire assortie à son pantalon, se coiffa de son étroit petit feutre noir. Il allait sortir quand il s'aperçut qu'il portait encore ses chaussons de chirurgien par-dessus ses mocassins noirs. Il les retira, les jeta dans la corbeille près du bureau bois et acier où il tenait ses comptes et passa dans son officine de taxidermiste, en façade.

C'était une pièce à la peinture passée, encombrée de renards, de belettes, de cerfs et de sangliers, quelques thons et espadons de belle taille accrochés au mur. Sur l'établi trônait un petit requin pêché par le *Rule Britannia*, un yacht ancré au port voisin.

Dehors, la mer scintillait dans les derniers rougeoiements du crépuscule. Sa *Ouabet*, sa Place Pure, comme les Égyptiens appelaient les établissements de soins funéraires, se trouvait dans un quartier excentré, et donnait sur la plage, à la sortie est de la ville. Il grimpa dans sa Floride vert acidulé, modèle décapotable 1964, et mit le contact.

Le boulevard du Midi était noir de monde et il tourna dix bonnes minutes avant de réussir à se caser sous un panneau « Attention fourrière ». Il gagna rapidement le *Navigator*, le resto préféré de Greg, un endroit chic avec larbins empressés et affligeante déco jaune et saumon.

Greg se tenait près de son 4×4 rouge métallisé. Encore engoncé dans sa combinaison en néoprène bleu roi, gros paquet de muscles bronzés, cheveux blonds décolorés par le soleil tirés en queue de cheval, occupé à plier la voile fluo de sa planche sous le regard placide de deux jeunes femmes juchées sur des semelles compensées de quinze centimètres de haut, bras croisés sur leurs corsages néo-seventies.

Chib s'approcha en les détaillant. La grande avait la trentaine, des cheveux rouges hirsutes, piercings dans le nez et les sourcils. La plus petite, boulotte, grosse poitrine, avait les cheveux teints en blond platine et bizarrement hérissés de barrettes en plastique. Greg avait dû les ramasser sur la plage, se dit Chib en lançant un « Salut » poli.

– Ah te voilà ! s'exclama Greg, ôtant sa combinaison, fier de ses abdos d'acier et de ses pectoraux d'haltérophile. Les filles, je vous présente Chib.

– Chip ? gloussa la grande, comme Chipolata ?

– Chib comme chibre, ma belle ! la corrigea Greg en enfilant son jean Liberty.

La fille pouffa de nouveau et Chib se sentit rougir jusqu'à la moelle. Greg chaussa ses Timberland éculées, enfila son chandail moutarde Marlboro, se coiffa avec les doigts et jeta « En route mauvaise troupe ! » en passant un bras sous le bras de chaque fille.

– Putain, tu veux nous casser la baraque ou quoi avec tes fringues de croque-mort ? lui souffla-t-il. Pourquoi tu mets jamais le Lacoste que je t'ai offert ?

Un sweat rose ? Non merci. Le fantasme secret de Chib, c'était les années cinquante, le jazz black. Il était Lester Young et il couchait avec Billie Holiday, tout en jouant des solos magiques dans des boîtes enfumées, toujours en noir et blanc à cause des photos. Pas de sweat rose pour Lester Young.

Greg avait réservé la meilleure table, dans l'angle près de la fenêtre, avec vue sur mer par-dessus les capots des voitures garées le long du trottoir, bosquet de palmiers dans le coin, bref aperçu du Vieux-Port et du blockhaus du palais des congrès.

La grande s'appelait Sophie, la boulotte Pam. Pam ! Chib avala son jus de tomate sans desserrer les dents pendant que Greg en racontait une bien bonne. Il avait fait exprès de prendre un jus de tomate, il savait que ça énerverait Greg qui s'envoyait son deuxième pastis et poussait les filles à reprendre quelque chose, en attendant les fruits de mer. Comme si on était encore à l'époque où il fallait saouler les femmes pour pouvoir abuser de leurs charmes ! Comme si on était encore à l'époque où trois marines noirs en bordée avaient violé Ida Moreno dans une impasse, une Ida Moreno de vingt ans qui avait accepté de boire un coup avec eux, une fois son boulot d'ouvreuse terminé au cinéma. D'où neuf mois plus tard, naissance de Léonard Moreno, pères inconnus. Prénom en hommage à Leonard Bernstein : Ida était mélomane et jouait du violon dans l'orchestre local. Chib, c'était venu plus tard, quand il avait commencé à s'occuper des morts.

Un serveur empressé déposa au centre de la table un large

plateau garni d'huîtres, de moules, de praires, de coques, crabes, araignées de mer, oursins et violets. Greg se jeta sur un concombre de mer dont l'aspect glabre et luisant rappela à Chib le vieux pénis d'Antoine Di Fazio.

Pam et Sophie parlaient de Metz, leur ville natale. Elles étaient descendues en train et comptaient pousser jusqu'à Gênes, en Italie, un petit *giro* sur la Riviera. Greg commençait à dérouler son interminable liste de bonnes adresses et de bons plans en tailladant son violet qui exsudait des bulles comme un homme qui se noie.

Chib choisit quelques huîtres pas trop grasses, une patte de crabe, trois oursins, le tout abondamment arrosé de citron. Il devait cesser de se laisser tyranniser par Greg. Il devait cesser de passer des soirées à essayer d'être aimable avec les conquêtes éphémères de Greg. Il n'était pas Greg, il n'avait pas le charisme vulgaire de Greg, il ne serait jamais grand, blond, beau et con à la fois. Il était trop petit – un mètre soixante-cinq –, trop maigre – même pas cinquante-cinq kilos –, trop foncé – mais pas assez noir non plus –, avec de grands yeux de husky, d'un bleu pâle dérangeant dans son visage brun doré. Les yeux de Ida. Un de ses pères violeurs devait avoir un gamète bleu. Ida avait voulu porter plainte, mais l'*USS Constellation* avait déjà repris la mer. Un vieux flic aux dents jaunes lui avait conseillé de tirer un trait. Elle était jeune, elle s'en remettrait.

Jeune, sans famille, et mère d'un bâtard de couleur. En 1959, à Cannes, ce n'était pas vraiment le top, question intégration sociale. Ida avait trouvé à se loger au pied de la vieille ville, au *Suquet*, un immeuble ancien, dont les deux premiers étages étaient occupés par Mme Hortense, la mère de Greg, et tenancière du plus célèbre « bar américain » de la ville, un club à hôtesses et plus si affinités, dont l'enseigne s'affichait fièrement face au port. Au troisième étage logeait Monsieur El Ayache, qui avait transformé une pièce de son appartement en atelier où il pratiquait son métier d'empailleur, comme on disait alors.

– Rouge ou blanc ?

– Hmm ?

Greg lui désignait deux bouteilles de sancerre. Chib opta pour le rouge, au hasard, perdu dans ses souvenirs. Sophie engloutissait ses huîtres avec des « slurp » enthousiastes, Pam se battait avec son araignée de mer. Greg enchaînait anecdote sur anecdote, provoquant les rires des filles, très à l'aise comme toujours, comme si sa carte de crédit platine était fichée entre ses dents, lui assurant un sourire éternel.

Le petit Léonard n'avait pas tardé à passer ses soirées chez le vieil Égyptien, qui l'avait initié à son art. Il était doué, il apprenait vite et il aimait ça. Quand il avait atteint ses douze ans, El Ayache lui avait confié un très vieux livre en peau, cousu main, couvert de signes incompréhensibles. Lui, Farid El Ayache, appartenait à la confrérie des Mystères, il était l'un des derniers descendants des prêtres embaumeurs, avait-il encore confié à l'enfant, ahuri. Il avait un cancer, il allait mourir et il voulait transmettre ses secrets à Léonard, pour que celui-ci reprenne le flambeau millénaire.

C'était comme un conte de fées, un roman d'heroic fantasy dont Léonard était soudain le héros. Il avait accepté, bien sûr, et juré le secret le plus absolu en scarifiant la chair de son ventre douze fois avec le couteau en silex. Puis il avait bu la décoction d'herbes et de sang de batracien, s'était laissé oindre de myrrhe et d'encens, et, à la mort de Monsieur El Ayache, survenue deux ans plus tard, il était devenu officiellement – et clandestinement – grand prêtre embaumeur et maître des mystères, représentant de l'ordre d'Amon-Rê pour toute la Côte d'Azur.

À quatorze ans, il trouvait que c'était pas mal, malheureusement ce n'était pas suffisant pour repousser les sales connards racistes du lycée. Greg était beaucoup plus efficace pour ça, et il suffisait de lui faire ses devoirs en échange.

– Vous pouvez me la casser ?

– Hmm ?

Pam lui tendait une patte récalcitrante, chitineuse et pointue. Chib l'inséra dans la pince en métal et la fit craquer, libérant la chair blanche et goûteuse.

– Qu'est-ce que vous faites, comme boulot ? s'enquit Pam en mordant dans son araignée.

– Je tiens une petite boutique de taxidermie, répondit Chib en lui versant un peu de sancerre blanc.

– Il s'occupe d'animaux, coupa Greg, il est naturaliste.

– Ah ! s'exclama Pam, j'aime beaucoup les animaux.

– Lui aussi... hein, Chib ? C'est un grand sensible !

Chib se sentait ridicule. Pam embraya sur Greenpeace, puis sur le naufrage du pétrolier sur la côte bretonne et le mazoutage des oiseaux. Chib songeait au mazoutage d'Antoine Di Fazio. La comtesse avait fait préparer un sarcophage doré à l'or fin, à son effigie, où serait enfermée la dépouille.

– On va danser ? proposait Greg en demandant l'addition. Je connais un club vraiment cool. Le patron est un ami. C'est là que vont toutes les stars pendant le Festival.

Sophie et Pam échangèrent un coup d'œil « C'est ça, mon pote » pendant que Greg signait la note. Chib se sentait fatigué, il avait envie d'aller se coucher. Mais il entendait déjà les protestations de Greg.

Dehors, des types faisaient rugir leurs gros cubes, un vent tiède soufflait de la mer, apportant le bruit des vagues qui s'écrasaient en contrebas sur la plage déserte. Un type jouait du McLaughin à la guitare électrique, pas trop mal, à la terrasse de la pizzeria voisine...

Chib essaya de prendre congé, et comme prévu Greg protesta abondamment. Il accepta de les suivre jusqu'au *Sofa*, le repaire nocturne de Greg. Dans la Rover, les filles ne cessaient de glousser, détaillant les badauds qui flânaient sur les quais, s'extasiant sur les yachts bien astiqués. En passant devant le casino, elles poussèrent des petits cris d'excitation et Greg, grand prince, fit virer le 4×4 et s'arrêta devant le voiturier dans un grand crissement de pneus.

Tchac, lancer des clés au type en costume bleu et or, « Tenez mon brave », hop, on aide les demoiselles à descendre, « Bouge-toi un peu, Chib », et on entre, calmes et conquérants, comme chez soi.

Musique soft, jazzy, ambiance Arts-Déco, aquarium géant garni de poissons exotiques, et la salle des machines, vibrante de cliquetis, de sonneries, de lumières tintinnabulantes, de spots et d'exclamations. Une immense rumeur grimpant en volutes sous les hauts plafonds sculptés. Greg sortit une épaisse liasse de billets de cent euros de sa poche, tout froissés. Il en tendit un à chaque fille. « Amusez-vous un peu, mes belles. » Re-gloussements. Conseils de Greg-le-stratège-averti sur les bonnes et les mauvaises machines, « Hop, on va directement aux machines à 2 euros, on va pas jouer avec les ploucs, et tiens, moi je me ferais bien un petit tour chez les monstres à 10 euros le coup, qu'est-ce que t'en dis, Chib ? »

Chib opina : « Comme tu veux Greg, allons-y Greg, claquons ton fric. »

Greg avec sa boîte de gros jetons, un Monte Cristo fiché au coin des lèvres, en train d'étudier la machine, yeux plissés, genre « Tu vas voir, avec moi tu vas comprendre ta douleur, espèce de salope. » Pam et Sophie sirotant les coupes de champagne offertes par la maison.

Chib, lui, songeait à Antoine Di Fazio. Est-ce qu'il avait assez de sciure de bois ? Il avait oublié de vérifier à la réserve.

La machine à sous lançait une ritournelle entraînante à chaque tour de rouleau et des notes triomphales à chaque coup gagnant. Bien entendu, Greg gagnait. Les seules fois où Chib avait joué, il avait perdu. Perdu gros. Mais Greg gagnait toujours. Greg était le symbole de l'injustice de l'existence humaine. Il n'avait jamais fourni le moindre effort pour en arriver là, il ne songeait qu'à s'amuser, il se foutait copieusement de ce qui l'entourait, et tout lui réussissait.

« La réussite matérielle n'est qu'un leurre, une poignée de sable qui s'effrite dans le vent de l'éternité », susurra Monsieur El Ayache à l'oreille de Chib. Ouais, peut-être. Il bâilla, discrètement. Aucune envie de se retrouver au lit avec une Pam enthousiaste puant l'araignée de mer ou une Sophie pinailleuse critiquant la déco. Envie de rentrer se pieuter seul, écouter le dernier No Smoking Orchestra qu'il venait de s'acheter, en sirotant une Bud glacée.

Il profita de ce que Greg allait changer son énorme tas de jetons suivi des filles maintenant admiratives pour s'éclipser.

Retour à la Floride, miracle : elle était encore là. Il sortit le mini lecteur laser de la poche de sa chemise, l'inséra dans le tableau de bord. Tom Waits, *Lowside on the Road*.

Arrivé devant chez lui, il coupa le contact et resta quelques secondes à écouter la mer et les mouettes. Il se sentait fatigué. Il avait envie que quelque chose se passe.

À l'intérieur, il caressa machinalement la tête de Foxy le renard, sa toute première œuvre. Un pauvre vieux renard édenté, dont le poil partait par touffes.

Il grimpa dans la mezzanine, se laissa tomber sur le futon posé à même les tommettes vernies. Le clignotant du répondeur émettait sa lueur rouge. Bip.

– Bonsoir, dit une voix de femme, basse et profonde. Merci de me rappeler au 06 07 12 31 14.

Chib haussa les sourcils : pas de nom. Sûrement du travail. Quelle heure était-il ? Vingt-trois heures. Il composa le numéro. Trois sonneries. Puis la femme, sa voix très grave.

– Oui ?

– Je m'appelle Léonard Moreno, vous m'avez laissé un message.

– Ah, monsieur Moreno, merci de me rappeler. On m'a conseillé de m'adresser à vous pour un travail un peu particulier.

– Je vous écoute, dit Chib, suave comme un prêtre encourageant à la confession.

– Nous venons de perdre notre cher petit ange, continua la femme avec un frémissement dans les basses, notre chère petite Élilou.

– Je suis désolé, marmonna Chib, se demandant s'il s'agissait d'une chienne.

– Pas tant que nous, lui renvoya la femme. Le pauvre petit cœur avait à peine huit ans.

Reniflements. Bon Dieu, il ne s'agissait quand même pas d'une *petite fille* ?

– Ce fichu escalier… excusez-moi…

Elle pleurait maintenant, des sanglots discrets, incoercibles. Assis sur son futon, Chib se gratta les tibias, mal à l'aise.

– Il faudrait que nous nous rencontrions, reprit la femme après s'être mouchée…

– Je suis au 128, boulevard Gazagnaire, dit-il. Vous pouvez passer quand vous voulez.

– Je préférerais que l'on se retrouve au bar du *Majestic*, si ça ne vous ennuie pas, demain matin à dix heures.

Elle raccrocha sans attendre sa réponse. Une femme désespérée, riche et habituée à être obéie sans discuter. Le genre de cliente prête à allonger un max. Pour faire embaumer sa petite fille.

CHAPITRE 2

Le vent s'était levé, un mistral froid et coupant, qui hérissait la mer de crêtes blanches. Chib remonta le col de sa veste, enfonça les mains dans ses poches. Sous le soleil étincelant, la ville avait l'air d'avoir été récurée à la Javel, couleurs ravivées, contours nets et tranchants.

Il n'y avait personne à la terrasse du *Majestic*. Il pénétra dans le bar sombre, cherchant du regard sa future cliente. Elle devait avoir dans les cinquante ans, plutôt classe, se dit-il. Les trois quarts de sa clientèle « spéciale » se recrutaient dans cette catégorie. Des gens d'un certain âge, disposant de confortables moyens financiers, et sensibles au romantique morbide.

Deux petites vieilles papotaient joyeusement en dégustant leur thé, miettes de croissant au coin des lèvres. Un homme d'affaires en costume bleu marine, oreillette de portable enfoncé dans l'oreille gauche, « organizer » dans la main droite, lisait *Le Monde*. Une jeune femme blonde en jupe et cardigan vert bouteille grondait à mi-voix une petite fille qui refusait de boire son verre de lait froid en secouant rageusement la tête. Un couple de touristes, déjà harnachés de cartes et d'appareils photo, penchés sur un guide, se disputait à voix basse.

Bien, se dit Chib, elle n'est pas encore arrivée. Il commanda un expresso bien serré en faisant craquer ses longs doigts. Il se sentait nerveux.

Le café était bon. Il le but lentement, observant la salle dans le miroir suspendu au-dessus du bar. 10 h 10. Est-ce qu'elle allait venir ? On lui effleura l'épaule et il se retourna brusquement, renversant un peu de café.

La jeune femme en vert le dévisageait de ses grands yeux gris en amande. À peu près de sa taille, d'une minceur aristocratique, un peu voûtée, elle devait avoir dans les trente-cinq ans. Visage fin et étroit, pommettes hautes, lèvres bien dessinées. Quelque chose de l'actrice Vivian Leigh, se dit-il.

– Monsieur Moreno ? demanda-t-elle de cette voix terriblement grave, étonnante dans ce corps frêle.

Chib marmonna « Heu… oui » en descendant de son tabouret.

Blottie dans le gros fauteuil en cuir, la petite fille, cinq, six ans, jouait sur une console électronique portable qu'elle secouait en tous sens. La jeune femme fit signe à Chib de la suivre.

Ils s'installèrent. Elle but une gorgée de son Perrier avant de parler :

– Je m'appelle Blanche Andrieu, dit-elle, et voici Annabelle. Dis bonjour, Anna.

– Nan ! grogna Annabelle en se rencognant dans le fauteuil. Papa veut pas qu'on parle aux goulou-goulou.

Les « goulou-goulou », le surnom donné aux Africains qui vendaient de la verroterie sur les plages. Léonard se pinça délicatement l'arête du nez. Et elle s'appelait Blanche, en plus…

– Anna ! s'exclama la femme.

Puis elle se tourna vers lui et ajouta, se tournant :

– Excusez-la, elle est assez perturbée en ce moment.

– Paf, en plein dans le pif ! rugit Annabelle en appuyant frénétiquement sur les boutons de la mini-console électronique où se contorsionnaient des karatékas.

– Nous sommes des amis de la comtesse Di Fazio, reprit Blanche. Jean-Hugues, mon mari, joue – je veux dire jouait – au golf avec Antoine.

– Votre mari est armateur, lui aussi ? demanda Chib.

– Non, il est dans la finance.

Fric. Gros tas de fric en vue…

– En quoi puis-je vous être utile ?

– Vlan, t'es mort ! cria Annabelle, victorieuse.

– Doucement, ma chérie. Vous prenez un autre café ?

– Volontiers, merci.

Le garçon s'était matérialisé à côté d'elle avant que Chib eût fini de répondre. Elle commanda deux cafés et reporta son attention sur son verre de Perrier vide.

– Nous sommes mariés depuis quinze ans. Nous avons eu six enfants. Nous sommes catholiques, ajouta-t-elle, comme si ceci justifiait cela.

Quel âge pouvait-elle avoir ? Difficile à dire avec ces femmes si bien entretenues. Moins de la quarantaine en tout cas. Il l'imaginait mal avec six moutards accrochés à ses basques. Elle fouilla dans son sac Hermès et en sortit une photo.

– Tenez, dit-elle.

Devant des massifs de rhododendrons en fleur taillés au cordeau, la famille Andrieu avait pris la pose.

– Voici Jean-Hugues, dit-elle.

Le père, grand, mince, cheveux platine coupés court, mâchoire carrée, yeux bleus au regard perçant, vêtu d'un jogging blanc tellement propre qu'il faisait mal aux yeux, chaussé d'Air Max Sphere. Il tenait une gamine d'environ deux ans dans les bras.

– Eunice, notre petite dernière, expliqua-t-elle.

Autour du père, quatre autres enfants blonds comme les blés. Il reconnut Annabelle, agrippée à la jambe de son père et grimaçant face à l'objectif.

– Et voici Charles, notre aîné, enchaîna la jeune femme en pointant le doigt sur un ado coiffé en brosse.

En jogging lui aussi – le même que Papa, dont il était le sosie. Grand et fort, très pâle, avec des lèvres minces et rouges et l'air triste.

– Louis-Marie, poursuivit-elle en désignant un autre garçon, plus malingre, en blazer bleu marine, cheveux lissés en arrière, moue dédaigneuse, deux doigts en V au-dessus de la tête d'une petite fille au sourire lumineux... Et là, c'est elle, c'est notre Élilou, murmura-t-elle en blêmissant, notre Élisabeth-Louise.

Chib s'abîma dans la contemplation de la photo afin de lui permettre de reprendre contenance.

« Élisabeth-Louise. » La petite souriait de toutes ses dents, exhibant son appareil dentaire, ses longs cheveux blonds voletaient dans le vent, elle avait des taches de rousseur, une vraie réclame pour famille modèle...

– Mon Dieu, si nous avions pu prévoir... ajouta Blanche Andrieu dans un souffle.

Elle toussa, puis reprit :

– J'ai pris la photo le mois dernier. Le 17 mars. Le jour de l'anniversaire de Louis-Marie.

Le prétentieux en blazer. Chib allait lui rendre le cliché quand il vit que le jeune Charles tenait lui-même une photo entre ses mains, une photo qu'il présentait à l'objectif, le portrait d'un bambin en couche-culotte, blond et bouclé, plein de fossettes. Elle intercepta son regard.

– Léon, notre troisième. Il s'est noyé dans la piscine en 1992, il avait dix-huit mois, expliqua-t-elle calmement.

Chib faillit s'étrangler et toussota avant de lui demander :

– Que puis-je faire pour vous ?

Elle le dévisagea sans ciller.

– Je veux garder Élilou avec nous, monsieur Moreno, il est hors de question de la laisser toute seule sous la terre comme son pauvre frère.

Le garçon déposa les deux cafés et s'éclipsa.

– Qu'en pense votre mari ? demanda Chib en avalant une gorgée brûlante.

– Jean-Hugues est d'accord, bien sûr. Je n'aurais jamais entrepris une telle démarche sans son agrément. Je n'ai pas l'habitude d'agir à l'insu de mon époux.

Il l'observa pendant qu'elle sucrait son expresso.

Petite croix dorée oscillant à son cou, pas d'autre bijou sauf son alliance, très peu de maquillage. Catholique de bonne famille jusqu'au bout de ses ongles, pas trop longs, impeccablement vernis de nacre. Le genre de coincée qui l'horripilait. Jusqu'à son sac Hermès dans lequel il avait envie de shooter. Un modèle très sobre, dit « porte-document » qui devait largement dépasser les deux mille euros.

Et l'idée de travailler sur le corps d'une enfant le révulsait. Il allait refuser tout net.

– Où est... Élilou, en ce moment? s'entendit-il pourtant lui demander.

– Il y a une chapelle attenante à la bastide, expliqua-t-elle. Elle... elle nous a quittés avant-hier. Notre médecin est venu constater le... le décès...

– Je vais tous les niquer! rugit la gamine.

– Annabelle! Que je ne t'entende plus jamais dire ça! Tu seras privée de télévision toute la semaine.

Annabelle se mit à pleurnicher, en martelant le fauteuil de ses petits poings rageurs.

– Je vous prie d'excuser sa conduite, elle est en état de choc comme nous tous, reprit Blanche, les lèvres tremblantes.

De belles lèvres, fermes, pleines.

Et le corps d'une gamine dans une chapelle. Le vider de son sang. En ôter les viscères. Cette femme si impeccable, qui exprimait son chagrin si froidement...

– Il faut une autorisation...

– Mon mari s'en est occupé. Il y a un cimetière privé dans la propriété, précisa-t-elle, les yeux toujours fixés sur une Annabelle boudeuse qui s'était levée d'un bond.

– Et c'est une intervention coûteuse, ajouta Chib à voix basse.

– Cela n'a aucune importance. Je veux que notre ange reste avec nous, je veux pouvoir voir son petit visage, toucher ses petites mains...

Son petit corps froid et raide. Qui ne grandira jamais. Qui avec le temps ressemblera moins à une enfant endormie qu'à la dépouille poussiéreuse d'une naine ratatinée.

– Le procédé IFT alors? demanda encore Chib, toujours à voix basse, tandis qu'Annabelle courait derrière un pigeon sur la terrasse. Conservation chimique?

Blanche sembla réprimer un haut-le-cœur, puis elle acquiesça.

– Quelque chose qui la fasse rester... vivante le plus possible.

Sa voix buta sur le « vivante ». Chib hocha la tête en silence, puis :

– Écoutez, je vous conseille de réfléchir encore un peu. Jusqu'à ce soir. Et de me rappeler.

– Je ne suis pas venue vous demander un conseil, monsieur Moreno, lui renvoya-t-elle en détachant les mots, mais vous prier d'exécuter ce pour quoi l'on vous paye habituellement, et fort bien si j'en crois mes sources.

Mais comment osait-elle lui parler sur ce ton ? Mais qu'elle aille donc la faire incinérer sa gamine ! Il se leva avec l'intention de lui jeter « Je ne suis pas votre larbin », mais ce fut un « Je ne suis pas sûr de pouvoir accepter » fort poli qui sortit de sa bouche traîtresse.

Elle leva vers lui ses grands yeux gris, il vit les ridules, les cernes noirs camouflés sous le léger fond de teint, le tremblement imperceptible de ses lèvres et la veine qui battait à sa tempe.

– S'il vous plaît, dit-elle. S'il vous plaît.

Il soupira, les yeux fixés sur les lauriers en fleur sous le soleil étincelant…

– Quand est-ce que je peux passer chez vous ?

– Venez à deux heures. Nous vous attendrons.

La route serpentait dans la colline, odeurs de résine, de lavande et de jasmin sauvage.

Il consulta encore une fois ses notes : prendre à droite après le transfo EDF, puis la première à gauche. OK. Il rétrograda en seconde et les pneus crissèrent sur le gravier. Il avait ôté la capote, offrant son visage au vent et au soleil d'avril.

La route longeait maintenant un vieux mur en pierres, recouvert de lierre. Une grille rouillée apparut, flanquée d'une boîte aux lettres en inox flambant neuve et d'une ouverture automatique à code.

Il freina, se pencha pour lire. La boîte portait une simple étiquette sous plastique : « Andrieu de Glatigny ». Hmm, hmm. Des nobles. Peu désireux de faire étalage de leur naissance. Discrets ou très snobs ? Il coupa le moteur, descendit, s'étira en soupirant. Puis, parce qu'il le fallait, il appuya sur la sonnette en cuivre.

Et attendit. Les feuilles bruissaient. Le vent avait fraîchi. On entendait au loin le rythme sourd d'une pelleteuse. Il consulta sa montre : 13 h 57.

La grille s'ouvrit en grinçant sur une jeune beur aux longs cheveux noirs tirés en chignon. Elle portait une robe chasuble à fleurs, sous un tablier bleu en toile.

– Monsieur Moreno ? demanda-t-elle en plissant les yeux.

– Oui, j'ai rendez-vous avec Mme Andrieu de Glatigny, dit Chib.

– Laissez tomber le De Glatigny, ils ne l'utilisent pas.

La jeune fille s'effaça pour le laisser passer.

– Ils vous attendent dans le salon d'hiver, expliqua-t-elle. Si vous voulez bien me suivre…

– Vous vivez ici ? demanda Chib en lui emboîtant le pas.

– Je ne suis pas la jeune fille de la maison, si c'est ce que vous voulez savoir, lui renvoya-t-elle en remontant une allée bordée d'hibiscus en fleur. Je m'appelle Aïcha, je suis la bonniche.

Une pouliche impétueuse, dirait Greg.

– Ils sont sympa ? demanda-t-il en se tordant la cheville sur une racine.

– Ça peut aller. Vous êtes médecin ?

– Non, pourquoi ?

– Oh ! Je croyais que vous veniez pour elle, elle va tellement mal !

– Qui ça ?

– Mme Andrieu ! Elle perd les pédales, elle se bourre de calmants. C'est horrible, ici, avec ce qui est arrivé à la petite…

Sa voix se brisa.

– Vous l'aimiez bien ? s'enquit Chib.

Elle se retourna si brusquement qu'il faillit lui rentrer dedans.

– J'en sais rien, si je l'aimais ou pas, c'est pas la question, mais elle était si petite, je pensais pas qu'un enfant pouvait mourir comme ça…

– Vous avez eu un choc vous aussi…

Aïcha fit craquer ses doigts.

– C'est moi qui l'ai trouvée. En bas de l'escalier. J'ai cru qu'elle était évanouie, j'ai voulu la relever, mais sa tête… sa tête… elle a tourné, comme ça, devant derrière… oh, merde !

Elle eut un haut-le-cœur et se pencha, crachant de la bile. Chib eut envie de s'enfuir.

Puis il leva les yeux et aperçut la maison. Une bastide du XVIIIe en pierre blanche des Baux.

Un jardin à l'italienne en flanquait l'aile droite et on apercevait le bleu clair de la piscine, derrière un eucalyptus centenaire.

Mobilier de jardin en fer forgé devant les grandes portes-fenêtres. Un vélo d'enfant abandonné sur le dallage en terre cuite. Un portique à balançoire à l'ombre d'un pin parasol. Dans la cour gravillonnée, deux voitures garées côte à côte, un cabriolet Chrysler Sebring bordeaux et la nouvelle Jaguar X-type, gris métallisé. Il en flatta la carrosserie de la main, admiratif. Aïcha s'était reprise et l'entraînait vers un pavillon octogonal vitré près de l'aile gauche de la bâtisse.

Elle poussa la porte et lança :

– Monsieur Moreno.

Adossée à un rideau de bambous géants, Blanche Andrieu de Glatigny était assise sur un tabouret japonais en céramique vert d'eau, face à deux autres tabourets et une table ronde supportant un service à thé en argile sombre. Il y avait trois minuscules tasses. Le pavillon abritait des cactées et des plantes tropicales de toutes sortes, une profusion de couleurs et de parfums, donnant l'illusion d'une jungle miniature, encore renforcée par un mur d'eau ruisselant le long d'une paroi en briques.

Aïcha ressortit sans que la maîtresse de maison eût prononcé le moindre mot. Chib restait planté debout, mains dans les poches.

– Asseyez-vous, dit-elle soudain de sa voix surprenante. Mon mari arrive tout de suite.

Il prit place sur le siège en céramique qu'elle lui désignait, en caressa la courbe douce et polie.

– Thé vert, annonça-t-elle en remplissant sa tasse de poupée, ses yeux gris aussi opaques qu'un étang glacé.

Il acquiesça en silence. Des azalées flamboyaient le long des vitres, dans une odeur de terre fraîchement arrosée.

Bruit de pas feutré. Chib se retourna à demi. Jean-Hugues Andrieu lui faisait face. Un mètre quatre-vingt-cinq, ventre plat, épaules massives, cheveux blonds bien coupés, costume bleu marine Daniel Cremieux, chemise gris clair, cravate en soie tissée Vuitton, Berluti noires bien cirées, visage glabre à la beauté classique. Aucun bijou, hormis son alliance et la Moon Watch d'Omega au poignet gauche. Chib portait sa Reverso Gran'Sport au poignet droit. Une habitude d'enfance.

Il se leva, serra la main qu'on lui tendait. Ferme, cette main, évidemment. Et manucurée.

– Ma femme m'a relaté votre entrevue d'hier.

Voix élégante. Baryton léger.

– Je suppose que vous avez fixé votre prix, enchaîna-t-il très naturellement.

Un peu désarçonné, Chib lâcha le chiffre habituel.

– La comtesse Di Fazio nous a dit beaucoup de bien de votre travail, reprit Andrieu, comme si l'on parlait décoration ou ébénisterie. Je suis très attentif à la qualité.

Ouais et tu as sûrement une grande expérience question embaumement de petites filles, se dit Chib en retenant une grimace. Andrieu ne lui plaisait pas. Trop propre. Trop bien habillé. Une voix trop normale, juste assez virile sans être vulgaire et juste assez distinguée sans faire pédé. Un mec parfait. Assorti à sa parfaite épouse. Un parfait couple de sitcom.

– Si vous voulez bien me suivre, reprit Andrieu, nous allons passer à la chapelle. Madame nous attendra ici.

Madame ne pipa pas mot, buvant son thé à gorgées aussi minuscules que la tasse.

Ils sortirent dans le jardin ébloui de clarté, passèrent sous une glycine en pleine floraison et gagnèrent une petite chapelle en pierres de taille, de style roman, close par une porte en fer martelé que poussa M. Parfait. La porte ne grinça pas. Aucune chauve-souris ne s'envola.

L'intérieur de la chapelle était sombre et très frais. Une voûte en berceau brisé, une nef unique dans laquelle s'ouvraient d'étroites fenêtres garnies de vitraux naïfs et colorés représentant la Passion, quelques rangées de bancs en noyer récemment cirés, un autel surmonté d'un crucifix grandeur nature sur lequel pleurait un beau Christ en bois d'olivier, une rangée de stalles courant le long des murs, un saint François d'Assise polychrome, quelques niches vides qui avaient dû abriter des statuettes ou des objets de culte, de vieux étendards recouverts de blasons et d'inscriptions dorées en latin accrochés aux murs. Le dallage en terre cuite, inégal et bosselé, témoignait de l'ancienneté des lieux. Devant l'autel, on avait dressé des tréteaux. Et sur ces tréteaux, une petite forme recouverte d'un drap blanc reposait.

Chib prit une profonde inspiration tandis que Jean-Hugues Andrieu soulevait le drap d'un geste brusque, les traits crispés.

– Ma fille, Élilou, dit-il avant de détourner le visage.

La fillette ne semblait pas endormie. Elle semblait morte. La peau marbrée de bleu, les joues creuses, les narines pincées. Ses longs cheveux, de la même nuance de blond que ceux de son père, avaient été soigneusement brossés et ornés d'un ruban en velours rouge. Il vit les deux petites mains croisées sur la poitrine, leurs ongles bleutés. Elle portait une robe blanche en organdi, des chaussures vernies noires à brides.

Chib se sentait oppressé. Il aimait les morts, il aimait s'occuper d'eux, mais pas celle-là. Celle-là, c'était trop triste.

Impossible de reculer. Impossible de déchirer encore plus ces gens en refusant.

– Il faudra la faire transporter dans mon atelier, dit-il.

« Atelier » : un mot neutre, pour évoquer un travail neutre.

– Quand ça ? demanda Andrieu.

– Aujourd'hui serait le mieux. Le temps a de l'importance.

– Je sais, le coupa Andrieu. Autre chose : Je ne veux rien entendre de ce que vous allez lui faire, je me fous des détails, je refuse que vous me communiquiez le moindre détail, c'est bien clair ?

– Parfaitement clair. Pouvez-vous demander qu'on la dépose à mon adresse en fin d'après-midi ? Voici le numéro d'une entreprise spécialisée dans ce genre de transport.

Andrieu prit la carte qu'il lui tendait comme s'il s'agissait d'un numéro de minitel rose.

– Très bien. Je m'en occupe tout de suite.

Il se tourna vers la porte et Chib le suivit, le regard fixé sur le dallage ancien.

Une fois dehors, Andrieu ne lui proposa pas de prendre congé de son épouse. Il décrocha un biper de sa ceinture en croco et lança :

– Aïcha, pouvez-vous venir raccompagner M. Moreno, s'il vous plaît ?

Aïcha surgit presque aussitôt, lissant sa robe.

– Ma femme vous appellera demain, reprit Andrieu en serrant la main de Chib. Merci d'être venu.

Et hop, disparu dans le pavillon aux cactées.

Chib suivit Aïcha jusqu'au portail. Elle était bien foutue, beau cul cambré, seins arrogants, est-ce que le bwana se la tapait ? se demanda-t-il furtivement. Comme si elle avait deviné ses pensées, elle se retourna.

– Monsieur s'inquiète beaucoup pour Madame. Il a peur qu'elle rechute...

– Qu'elle rechute ?

– Elle a fait une grave dépression après la mort de leur premier enfant. Vous savez, celui qui s'est noyé dans la piscine. Elle a dû suivre un traitement pendant plusieurs mois.

– Ils ont l'air très attachés l'un à l'autre, hasarda platement Chib.

– Oui, ils ne se disputent jamais. Moi, je trouverais ça un peu ennuyeux, mais bon, chacun ses goûts...

– Il doit plaire aux femmes, lui. Grand, blond, costaud...

Comme Greg. Elle rit, un gentil rire perlé.

– Vous êtes jaloux ? Moi, j'aime pas les blonds. J'aime les grands bruns pleins de poils, l'air très méchant, ajouta-t-elle en lui ouvrant la grille.

Il durcit les mâchoires et fit saillir ses biceps.

– Désolé, mais vous faites vraiment pas assez dur, quoi...

– Ah oui ? Je fais quel genre, alors ? Allez-y, n'ayez pas peur, j'adore rigoler.

– Ben, vous êtes plutôt le genre petit et mignon, quoi...

– Arrêtez, n'en jetez plus ! protesta-t-il en grimpant dans la Floride. Vous aurez mon suicide sur la conscience, lui lança-t-il encore tandis qu'il démarrait et qu'elle refermait la grille en riant.

Puis il eut honte d'avoir bêtement plaisanté alors qu'une enfant morte gisait à quelques mètres et il faillit rater l'embranchement...

« Petit et mignon » ! Un joli petit GI black miniature à l'effigie de ses papas. Un petit GI black pour Blanche. Merde, pourquoi avait-il pensé ça ? Elle ne lui plaisait même pas. Aïcha était cent fois plus sexy.

De retour à l'atelier, il entreprit de préparer son matériel et rangea le signor Di Fazio dans le compartiment réfrigéré. Il y avait un message de Greg l'informant qu'il s'était tapé Pam et Sophie, « Super, *muy caliente*, t'aurais dû venir », et qu'ils étaient partis pour Monaco, déjeuner à l'*Hôtel de Paris*.

Il effaça le message en se demandant ce que Greg dirait de Blanche Andrieu. « À décongeler d'urgence, mec, appelle le SAMCUL ! » Sauf qu'une femme en deuil, et quel deuil atroce que celui de son propre enfant, ne se présentait certainement pas sous son jour habituel.

Bon, assez avec Blanche Andrieu. Dans quelques heures, sa petite fille serait allongée là, attendant qu'on tranche dans ses chairs livides. Il inspira profondément, et se mit en position de méditation. Un peu de vide intérieur serait le bienvenu.

Mais à la place du vide, il se mit à entendre les cris. Le cri de la petite Élilou tombant par-dessus la rampe. Le cri d'Aïcha en découvrant le corps. « Madame, madame, venez vite, c'est affreux ! » Les cris de Blanche Andrieu, rauques, à la limite du feulement animal, et le visage blême de Jean-Hugues Andrieu, pétrifié, son verre de jus d'orange frais à la main. Le martèlement des talons sur les carreaux de ciment à l'ancienne, la sirène au loin, les gémissements des autres enfants, les enfermer dans leurs chambres, vite, « Aïcha aidez-moi ».

Il ordonna aux Andrieu de sortir de sa tête, avec leurs drames, leur chagrin et leurs cris. Mais ils refusaient, ils s'incrustaient, ils se collaient contre les parois de son crâne en gémissant, et il dut prendre une longue douche glacée pour les chasser.

Quand on sonna à la porte, il était prêt. Les instruments étaient prêts. La chaîne hi-fi était prête, le chargeur de CD enclenché, Tom Waits prêt à chanter « *Cold was the night, hard was the ground…* ».

Lucas et Michel entrèrent en se chamaillant. Les deux hommes lui évoquaient toujours Laurel et Hardy. Lucas, un colosse chauve, était proche de la retraite. Michel, un petit rouquin déluré, ne devait pas dépasser les soixante-dix kilos. Ils faisaient des heures supp' pour arrondir leurs fins de mois en utilisant le fourgon funéraire de leur patron. Lucas avait constamment mal au dos et Michel buvait trop, son médecin l'avait mis en garde.

– On vous le pose comme d'hab ? s'enquit Lucas qui portait le petit cercueil plombé sous son énorme bras, comme une grosse valise.

– Voilà la petite note ! lança Michel en enlevant sa casquette. Vous avez pas quelque chose à boire ? J'crève de soif !

Il leur offrit des bières bien fraîches, les régla en liquide et referma la porte avec soulagement, soudain pressé de se mettre au travail. Nouveau coup de sonnette. C'était Pageot, l'agent délégué à la police des funérailles, un blond dégingandé. En vertu des art. R 363. 1 et suivants du Code des communes, il était censé être présent lors de chaque intervention. Chib lui trouva l'air encore plus fatigué que d'habitude. Pageot passait tous ses moments de loisir et ses nuits à construire un voilier, son voilier, avec lequel il partirait faire le tour du monde, loin des soins somatiques et de l'odeur du formol. Chib lui tendit l'échantillon du mélange qu'il comptait utiliser et l'enveloppe qui contenait la somme convenue. Pageot avait horreur d'assister au travail de Chib. Il porta deux doigts à ses mèches blondes, le remercia et profita de ses trois heures de liberté clandestines pour filer sur son cher chantier.

Enfin seul. Chib enfila ses gants et remua les doigts, tel un pianiste avant le concert. Il commença par vérifier que le liquide d'embaumement était prêt et en quantité suffisante. « *Ci* × *Vi* = *Cf* × *Vf*. » Concentration initiale en formaldéhyde, Volume de produit dans le bocal d'injection, Concentration du mélange contenu dans ledit bocal, Volume du bocal d'injection. Puis il souleva le couvercle plombé. C'était toujours un moment trouble. Un mélange d'excitation et d'angoisse face à la présence soudain tangible de la mort.

À la vue du petit visage cireux, il éprouva de nouveau le sentiment de répugnance qu'il avait ressenti dans la chapelle. On aurait dit un petit vampire endormi, les joues creuses, les cheveux bien peignés, les petits cils baissés, les mains, surtout les mains, les petites mains croisées sur la maigre poitrine, avec leurs petits ongles recouverts de vernis transparent.

Elle commençait à sentir. C'était encore léger, mais indéniable, l'odeur si caractéristique des êtres morts.

Il releva la tête, se vaporisa dans les narines deux giclées d'un mélange aromatique à base de pin et de lavande, soupira… El Ayache n'aurait pas été content de lui.

Bon, il fallait d'abord déshabiller le corps. Il écarta les mains, froides et sèches, et commença à déboutonner la robe bleue qui crissait sous ses doigts. Un des boutons résista avant de lui rester dans la main. Il le posa près de l'évier, acheva de dénuder la fillette, puis saisit la grosse aiguille tubulaire qu'il allait lui planter dans l'estomac afin de procéder à l'évacuation de l'eau et des différents fluides corporels.

Une grande cicatrice courait de la hanche au genou gauche. Il la tâta du bout des doigts. Une ancienne fracture. Il y en avait une autre à la cheville droite.

Intrigué, il bascula la fillette à plat ventre. Les taches rouge violacé dues à la position lors de la mort se mélangeaient à des hématomes sans doute causés par la chute. Encore une cicatrice à l'épaule gauche. Il souleva les longs cheveux blonds découvrant la nuque brisée : pas de marques apparentes, il remit l'enfant sur le dos.

Une propension marquée aux accidents, étonnante chez une petite fille. Est-ce qu'elle s'était tuée en jouant une fois de trop les casse-cou, littéralement hélas ?

Les premières notes de *Take the A Train* sur son portable le firent presque sursauter. Il posa l'aiguille et décrocha, nerveusement.

– Allô, je suis bien chez le roi des ramoneurs ?

Greg.

– Qu'est-ce que tu veux ? Je suis en train de bosser.

– Arrête, tu vas me faire chialer ! Dis, ça te dit d'aller se faire un indien, ha ha ha ?

– Avec qui ?

– Personne, juste toi et moi en tête à queue, ha ha ha.

– Je croyais que t'étais à Monaco avec… heu…

– Laisse tomber, ces connes se sont tirées avec des motards italiens.

– À vrai dire, je suis un peu crevé.

– Merde, t'es toujours crevé, à croire que c'est une maladie professionnelle…

– Bon, OK, je te rejoins vers huit heures.

– Au *Taj*. Et s'il te plaît, te fringue pas en croque-mort, y a toujours de la belle rascasse au *Taj*…

Et voilà. Piégé encore une fois. Tu ne te respectes pas, Chib. Tu te comportes en victime. Réagis. Trouve-toi une meuf, mène une vie normale, loin du monde vulgaire de Greg.

Une vie normale, ricana-t-il en plongeant la fine pointe d'acier dans le ventre tendu, c'est quoi, une vie normale ? Un mec qui charcute des macchabées à longueur de journée peut-il mener une vie normale ? La compagnie des vivants était trop bruyante, c'était ça le problème. Un des aspects du problème.

Bon. Et maintenant, grand nettoyage. Comme elle avait certainement subi un traumatisme crânien en raison de sa chute, il clampa délicatement l'artère carotide gauche, afin d'injecter par la droite. Ensuite il injecterait le formaldéhyde par cette même artère gauche pour traiter la partie gauche de la tête et cela afin d'éviter un fâcheux gonflement des tissus périorbitaires. Puis il incisa la veine jugulaire, par laquelle allaient s'évacuer les liquides organiques. C'était le moment de procéder à l'échange. Sang contre formol. Nouvelle aiguille tubulaire plantée cette fois dans la carotide, rattachée au container de fluide d'embaumement par un long tuyau en caoutchouc. Sensation incongrue de faire le plein d'essence d'un véhicule très spécial. Il posa la main sur le bouton de mise en marche du compresseur, et s'immobilisa, relevant vivement la tête. Il avait eu la désagréable impression que la petite avait ouvert les paupières. Ridicule. La pauvre gamine n'était plus qu'un tas de chair roide et froide. Il appuya. L'appareil se mit en route avec sa légère vibration familière, propulsant le liquide d'embaumement dans la carotide afin qu'il aille se répandre dans le système circulatoire, chassant le sang qui se mit à dégouliner par la veine ouverte dans le drain destiné à le recueillir. Bien. Il posa le scalpel, écarta délicatement les bords de l'incision longue d'une dizaine de centimètres par laquelle il allait retirer foie, poumons, intestins et estomac pour les laver et les glisser dans les canopes, les vases sacrés. Bien que ce ne soit pas nécessaire, avec l'injection de formaldéhyde, il préférait travailler à l'ancienne, mélangeant rituel et modernité…

Il continua pendant une demi-heure, puis reposa ses instruments. Il n'était pas concentré, il n'était pas dans le bon feeling. Il inspira, expira, fit quelques exercices d'élongation. La nervosité courait dans ses doigts comme un frisson électrique. Pas bon pour le boulot, ça. Qu'est-ce qui le chiffonnait tant ?

Il se mit en posture d'Anubis et entreprit de réciter les soixante-douze strophes du Supérieur des Mystères, psalmodiant entre ses lèvres, au rythme de sa respiration volontairement ralentie.

Téléphone.

Et merde !

– C'est Blanche Andrieu.

– Oui ?

– Je voulais simplement savoir si… si tout se passait bien…

Super bien, Mâme, banania y'en a bon tout découper, no problemo !

– Je viens à peine de commencer, mais tout se présente bien, ne vous inquiétez pas.

– Je ne m'inquiète pas, mais c'est simplement que… je veux dire…

– *Blanche ? Tu es là, chérie ?*

– Excusez-moi, on m'appelle.

Clac. Congédié, le valet chocolat. Il reposa le combiné sur son socle un peu trop vivement. Il n'aurait pas dû accepter. Comme avec Greg. Comme tous les jours de sa vie.

Il ouvrit la porte du mini-frigo et but longuement au goulot du pichet de thé à la menthe, puis le reposa et se tourna vers Élilou. Elle était pitoyable, nue, les côtes saillantes, avec cette grosse aiguille fichée dans son cou. Une image de cauchemar qui n'avait rien à voir avec la sérénité habituelle des défunts.

Il s'aperçut qu'un imprimé avait glissé à terre. Il le ramassa. C'était le permis d'inhumer. Signé par le docteur Gérard Cordier. « Fracture des vertèbres cervicales consécutive à une chute accidentelle dans l'escalier du domicile parental. » Trois petits os. Dont la rupture avait été fatale… Ouais, un vrai casse-cou, la petite Élilou, se répéta-t-il avec amertume.

Deux minutes plus tard, il s'aperçut qu'il était en train de composer le numéro du docteur Cordier, son gant sale appuyant fortement sur les touches silencieuses.

La voix tremblante d'émotion, la secrétaire lui apprit que, mon Dieu comme il avait de la chance, elle venait d'avoir une annulation et le docteur – souffle rauque et extasié – pouvait le recevoir dans une heure. Il la remercia avec force et se remit au travail, obscurément soulagé.

Il poireauta près d'une demi-heure dans la salle d'attente blanche et grise, entre un gros type qui se mouchait toutes les deux minutes et une femme en survêtement aux traits tirés. Il feuilleta les revues entassées sur la table basse en verre. *Le Revenu*, *Valeurs Actuelles*, *La Croix*, *Maisons et Jardins*… Il était en train de se demander s'il allait repeindre son loft en mandarine quand la porte s'ouvrit sur un quinquagénaire barbu en blouse blanche qui lui fit signe d'entrer.

Le cabinet était aussi sobrement décoré que la salle d'attente. Deux reproductions de Kandinsky sur le mur gauche, un Chagall à droite, un bureau en verre et acier bien rangé, un stylo Mont-Blanc, un bloc-notes.

– Asseyez-vous. Qu'est-ce qui vous amène ?

– Une douleur dans la main droite, elle s'ankylose facilement. C'est Mme Andrieu qui m'a donné votre adresse, ajouta-t-il en faisant mine d'admirer le Chagall, bien qu'il fût totalement imperméable à sa peinture.

– Blanche ? fit le docteur Cordier en haussant un sourcil gris. Vous connaissez les Andrieu ? continua-t-il tout en s'emparant du poignet de Chib et en le manipulant doucement.

– J'ai eu l'occasion de les rencontrer récemment. Avec ce drame…

– Ah, vous êtes au courant. Terrible, n'est-ce pas, les tours que peut nous jouer le destin ! Levez le bras, voilà... Ça vous fait mal, là ?

– Un peu. En fait, je suis thanatopracteur, c'est moi qui vais m'occuper des soins de conservation. J'ai d'ailleurs besoin que vous me signiez l'attestation médico-légale.

– Pas de problème. Je n'aimerais pas être à votre place, mon vieux. Mon boulot n'est déjà pas gai, mais le vôtre... Respirez à fond.

– Oui, ça fait mal au cœur, des trucs pareils. Et puis les parents doivent se reprocher tous les jours de ne pas avoir fait assez attention.

– Hmm. Une chute dans l'escalier, vous savez... je ne vois pas trop ce qu'ils auraient pu faire, à part lui interdire de vivre !

– Avec les enfants turbulents, on est toujours sur le qui-vive, c'est épuisant.

– Oh, Élilou n'était pas particulièrement turbulente. Ce n'était pas son jour, c'est tout. Bon, on va faire une radio, par mesure de sécurité.

– Je suis tombé au ski, l'année dernière, j'ai eu mal pendant quinze jours. Vous pensez qu'il aurait pu y avoir une petite fracture passée inaperçue ?

– Peu de risques. Une fracture, vous l'auriez sentie passer. Une luxation, plutôt.

Il se retrouva dehors, son ordonnance à la main et muni du certificat contresigné attestant qu'Élilou n'avait pas de maladie contagieuse grave qui aurait pu entraîner l'interdiction de soins mortuaires. Une visite pas complètement inutile donc.

La terrasse du *Taj* était bondée. Greg, évidemment assis à la meilleure table, sirotait un whisky en souriant à la ronde. Il agita la main dès que Chib entra, comme si celui-ci risquait d'aller s'asseoir ailleurs.

À peine installé, il lui fourra le menu dans les mains, « Je crève de faim », critiqua sa chemise grise, « On dirait que tu l'as achetée au Prisu », et l'engueula parce qu'il ne voulait pas d'apéro. Chib laissa passer en se plongeant dans la lecture de la carte tandis que Greg émettait des commentaires détaillés sur leurs voisines.

– Je prendrai un Prawn Tandori, décida Chib.

Il adorait les crevettes pimentées. Greg opta pour un biryani, « Copieux, hein », commanda une bouteille de châteauneuf-du-pape et réclama des amuse-gueule. Le serveur opina poliment, les yeux rivés sur un point dans l'espace.

Mal à l'aise, comme chaque fois que Greg faisait son numéro, Chib fixait le miroir d'angle. Une chevelure noire dans un box voisin attira son regard. Une main brune et fine, ornée d'un cabochon bleu roi, un profil aquilin, un rire, Aïcha !

De son compagnon, assis en face d'elle, il ne discernait qu'une couronne de cheveux gris et des épaules enserrées dans une chemise en jean. Son père ?

– Oh ! T'es en transe ou quoi ?!

– Excuse-moi.

– Tiens, goûte-moi ce châteauneuf, c'est un putain de bon !

– Délicieux.

– Tu me désespères, Chib, vraiment ! On dirait que t'es le fils d'un curé ! Heu… je voulais dire… Tiens, tu veux du naan ? Mange, t'es trop maigre !

Chin mâchonna le naan en essayant de distinguer le visage de l'homme qui dînait avec Aïcha. Elle ne semblait pas s'amuser énormément, elle acquiesçait fréquemment, jetait des coups d'œil à droite à gauche, buvait du rosé à petits coups, souriait parfois, poliment.

Un raseur dont elle regrettait d'avoir accepté l'invitation, se dit-il en attaquant ses crevettes tandoori tandis que Greg lui racontait par le menu les derniers potins de la ville. Savait-il que Laetitia, la jeune femme de Maître Seems, le notaire, le trompait avec Joël, son kiné ?

– Hmm.

Soudain l'homme se retourna pour demander l'addition. Chib écarquilla les yeux. C'était Cordier. Le fidèle médecin de famille qui dînait en tête à tête avec la bonne. Et alors ? Il avait bien le droit de draguer, ce type.

– Elle est mignonne, la beurette, là-bas, souffla Greg à ce moment-là. M'en ferais bien mon dessert. Tu la connais ?

– Non, pourquoi ?

– Parce qu'elle vient de te dire bonjour.

– Hein ?

– Oui, mec, elle vient de te faire signe, donc, à mon avis, ou elle a succombé à ton charme imparable ou tu la connais.

– Ah oui, un peu…

– Un peu ? Putain, mais présente-nous !

– Elle est accompagnée.

– Le vieux croûton ? Tu rigoles ? Attends, ils se lèvent, ils arrivent, t'es prêt, allez, fonce !

Chib se tourna juste comme Aïcha et le médecin arrivaient à sa hauteur. Elle lui sourit gentiment et il lut l'étonnement sur le visage du docteur.

– Bonsoir, lança-t-elle.

– Bonsoir. Je vous présente Gregory, un ami de longue date. Gregory, Aïcha et le docteur Cordier.

– Quelle coïncidence ! lâcha celui-ci en faisant mine de continuer sa route vers la sortie.

– On peut vous offrir quelque chose ? disait Greg, regard de feu, sourire d'acier.

– Eh bien…

Aïcha hésitait.

– Une autre fois, merci, coupa Cordier avec un sourire poli, et ils sortirent.

Greg se pencha vers Chib :

– Me la faut cette meuf, t'as vu son avant-scène ? Pourquoi il a lâché « Quelle coïncidence ? » le pépère ? Tu le connais aussi ? ajouta-t-il en enfournant une grosse cuillerée de riz.

– C'est le médecin d'un de mes clients. Je l'ai vu pour un problème de poignet.

– Ça, je t'avais dit qu'à force… s'esclaffa Greg. Mais à mon avis, mec, ton problème, c'est pas le poignet, tu vois…

Dehors, il faisait froid, rafales humides, nuages tourbillonnants, phosphorescence des vagues. Les passants marchaient vite, tête baissée. Un chien pissait sur une poubelle, l'air béat.

– Pince-moi, je rêve ! lança soudain Greg en sautant en l'air.

Chib suivit son regard. Elle attendait à la station de taxis, le col de son manteau vert relevé, les mains enfouies dans les poches. Déjà Greg fonçait avec l'enthousiasme d'un setter apercevant un lapin de garenne.

– On peut vous déposer quelque part ?

Elle sursauta puis se rasséréna en apercevant Chib, un temps de retard derrière le grand blond.

– J'habite loin, monsieur Moreno le sait...

– Ah, M'sieur Moreno le sait, répéta Greg en coulant un œil lubrique à Chib. Ben, c'est pas grave, on va pas vous laisser vous geler ici, en plus c'est pas prudent.

– Je ne veux pas vous déranger.

– Mais ça nous dérange pas, hein, Chib ? Une petite balade, ça nous fait pas peur ! Allez, venez.

Elle leur emboîta le pas. Greg dirigea la conversation sur le restaurant et elle se détendit un peu. Chib dépassa sa Floride bien-aimée avec un soupir. Il ne serait pas chez lui avant une bonne heure.

Greg fit démarrer le 4×4 comme un pilote de rallye. Aïcha avait refusé de monter à l'avant. Recroquevillée sur le siège arrière, elle se cramponnait à l'arceau de sécurité. Greg inséra un CD dans le lecteur laser et les vibrations de Daft Punk envahirent l'habitacle. « *One more time...* »

– Vous aimez ? hurla-t-il.

– Oui. J'aime bien la techno.

– Moi aussi. Vous connaissez *Le Palladio* ? Rue Neuve ?

– Oui, c'est super !

– Le patron est un ami, on pourra y aller un soir tous ensemble si ça vous dit.

« Comptez pas sur moi », dit Chib à un olivier qui secouait sa chevelure argentée dans le vent. *Le Palladio* était toujours bondé, on ne pouvait absolument pas y tenir la moindre conversation, les boissons coûtaient la peau des fesses, et il en ressortait chaque fois avec l'impression que son cœur allait exploser.

– Votre ami ne pouvait pas vous raccompagner ?

– Non, il a reçu un appel, une urgence.

Ils continuèrent à échanger de menus propos jusqu'à ce que la bastide apparaisse, dans un rayon de lune.

– C'est là ! cria Aïcha, et Greg freina en dérapant devant le portail.

Aucun bruit ne montait de la maison. Une seule fenêtre était allumée, au deuxième étage.

– Vous habitez là ?

Il avait l'air incrédule.

– Mes patrons, expliqua-t-elle. C'est comme ça que j'ai connu M. Moreno.

– Appelez-moi Chib, fit celui-ci, automatiquement.

– Tu travailles pour les gens qui vivent là ? demanda Greg l'air presque pensif.

– Hmm, laissa tomber Chib. En quelque sorte.

– Ils viennent de perdre leur petite fille, Élilou, ajouta Aïcha en ouvrant la portière. Ça les a salement secoués.

– Mme Andrieu va mieux ? s'enquit Chib en descendant à son tour.

– Non, pas vraiment. Elle fait des cauchemars toutes les nuits malgré les somnifères, je l'entends crier. Ils ont fait venir le curé.

– Le curé ?

– Le père Dubois ; c'est un prêtre, un cousin à son mari. Je vois pas bien à quoi un prêtre peut servir dans ces cas-là, mais bon... je suis pas très portée sur la religion, ajouta-t-elle avec un petit sourire.

– Moi non plus, dit Chib.

– De quoi vous parlez ? demanda Greg qui venait de terminer son demi-tour...

– De religion.

– Putain ! j'aurais dû m'en douter. C'est le seul mec capable de discuter philosophie avec Jennifer Lopez.

Aïcha rit.

– Merci pour le taxi. Bon, j'y vais, il est tard.

Greg jaillit de la voiture.

– Je vous laisse mon phone, lança-t-il en lui fourrant une carte de visite dans la main...

Elle sourit sans répondre et poussa la grille.

Ils la regardèrent s'éloigner.

– Joli cul, commenta Greg. Et sympa...

– Elle aime les grands bruns virils, jeta Chib en se calant dans son siège.

– Eh bien elle apprendra à aimer les grands blonds balèzes. Tu crois que je pourrais l'emmener à *L'Alsacien* ?

La brasserie préférée de Greg.

– Tu crois qu'elle mange du porc ? ajouta-t-il, pensif.

– Qui te dit qu'elle acceptera de dîner avec toi ?

– Ses yeux. Ses yeux me l'ont dit. Tu vois jamais rien, mais c'est comme ça. Elle et moi, c'est parti !

Il lança la voiture sur la pente gravillonnée en entonnant à tue-tête le *Aïcha* de Khaled.

Qu'est-ce que j'ai fait pour mériter ça ? demanda Chib à la lune.

J'en sais rien et j'm'en fous, répondit-elle en se glissant derrière un nuage.

C'était bien le problème.

CHAPITRE 3

Le tiroir réfrigéré coulissa avec un chuintement qui tenait du soupir. Le soupir de tristesse de la Mort contemplant son œuvre. Élilou, pauvre carcasse, la bouche pincée comme une blessure, les joues cireuses et tirées à se fendre comme du papier de riz. Il était temps de lui faire sa toilette et de la maquiller. Laver tout le corps et les cheveux, les brosser, les nouer avec le ruban rouge. Poudre pour éviter que la peau ne brille trop, crème réhydratante pour les lèvres. Pas de blush, ni de fard, elle était trop jeune.

À quinze heures, il avait fini. Il ôta ses gants, se lava soigneusement les mains, but un grand verre d'eau glacée. Le cercueil vide reposait dans un angle de la pièce, sur les tréteaux prévus à cet effet. Il allait y déposer l'enfant embaumée et prévenir ses parents qu'ils pouvaient la récupérer. Il la rhabilla avec précaution, la robe en velours bleu marine, les chaussettes blanches, les chaussures vernies, non, ce n'était pas comme habiller une poupée, parce que les poupées ne sont pas froides et grises, que leurs ongles ne bleuissent pas, et qu'elles ne sentent pas mauvais. Il souleva le corps, l'installa soigneusement entre les planches vernies, la tête calée sur le petit coussin rouge, les mains croisées sur la poitrine, brossa les cheveux blonds et referma le couvercle inoxydable.

Bien. Il attrapa le téléphone sur le frigo et composa le numéro en se forçant à respirer profondément.

– Allô ?

Blanche Andrieu. Merde.

– Bonjour. C'est Léonard Moreno.

Souffle court. Pas de réponse. Il enchaîna :

– Je… votre mari est là ?

– Non, il est en rendez-vous. Qu'est-ce qu'il se passe ? Il y a un problème ?

Quel problème veux-tu qu'il y ait ? elle est MORTE !

– Non, non, aucun problème. Au contraire. Enfin, je veux dire, j'ai terminé…

Voix tremblante au bout du fil :

– Oh ! Vous voulez dire… je vais prévenir Jean-Hugues. Il va vous rappeler.

– Très bien, je vous remercie. Excusez-moi de vous avoir dérangée.

– Non, ça ne fait rien, c'est normal, je… Est-ce que vous allez nous la ramener ? Ou devons-nous apporter la châsse à votre cabinet ?

La chasse ? De quoi parlait-elle ? Et « cabinet », comme s'il était médecin ! Elle déraillait complètement. Il répéta : « La chasse », d'un air stupide.

– La châsse en verre, mon mari l'a fait venir de Turin, par l'intermédiaire de notre cousin, le père Dubois. Il n'y a plus que là-bas qu'on en fabrique, aujourd'hui, chez les cisterciens de San Michele d'Oro. Vous connaissez ? C'est une magnifique abbaye, dans la montagne.

Intarissable, maintenant. L'effet montagne russe des tranquillisants.

– Ah, très bien, très bien, opina-t-il.

Un cercueil en verre, quelle horreur ! La gamine exposée dans la chapelle comme une dépouille de cerf à côté de la dépouille en bois du Christ !

– Hugues est très traditionaliste, vous savez, et nous avons voulu le meilleur pour elle.

– Bien sûr, bien sûr. Je verrai tout ça avec lui quand il m'appellera.

– Oh, mais j'y pense, il est à Paris ! Oui, il me l'a dit hier soir. Il a pris la navette de sept heures ce matin, il rentre par celle de vingt heures ce soir.

– Pas de problème.

– Pourquoi est-ce que vous ne montez pas ici avec... Élilou? Ce serait plus simple.

Oui, venez donc prendre le thé avec ma famille empaillée.

– Eh bien...

– Jean-Hugues est tellement débordé... Et je n'ai pas envie de la confier à des inconnus.

Larmes en arrière-plan. Reniflements. Mouchoir froissé tapotant ses narines frémissantes. Refuse. Attends que le mari t'appelle ce soir.

– Si vous voulez, je peux être chez vous dans une heure, une heure et demie.

– C'est entendu, à tout à l'heure!

Note artificiellement guillerette, fruit d'une longue habitude de politesse enjouée.

Et maintenant, transbahuter le cercueil plombé jusque là-bas dans le coffre de la Floride. Comme un profanateur de sépulture. Parce que normalement il aurait dû appeler Lucas et Michel, parce qu'on n'est pas censé trimballer des cadavres dans une décapotable. Mais...

« Tu es mal à l'aise parce que tu es impur, Chib », lui souffla la voix d'El Ayache pendant qu'il quittait son survêt pour enfiler un costume gris foncé. « Ton cœur est impur. Le corps de l'enfant te dégoûte parce que celui de la mère t'attire. Tu n'es pas dans la Voie. Tu insultes la mort. Reprends-toi. Purifie-toi. Prie! »

Pas envie de prier, envie d'une bière, envie de soleil, envie d'être jardinier et de faire pousser des fleurs sur les tombes.

Il noua sa cravate, lin noir à fines rayures bleues, et sortit chercher la voiture. La lumière inondait le boulevard, l'obligeant à cligner des yeux. Une lumière crue, sculptée par le mistral. La mer parcourue de frissons rapides semblait transparente et glaciale. Des planches à voile glissaient en tous sens, taches de couleur filantes. L'air sentait l'iode et les algues. Le salé. Un salé sec et propre.

Il ramena la voiture devant la boutique, mit ses warnings le temps d'aller chercher le cercueil enveloppé dans une couverture.

Il ouvrait le coffre quand on lui tapa sur l'épaule. Il sursauta, faillit lâcher son fardeau. Le patron du restaurant d'à côté le dévisageait en souriant, haleine de pastis affable :

– Mon neveu a la même !

La même quoi ? La même caisse en bois ? La même cravate ?

– Mais grise. Modèle 67. On en voit pas tous les jours pourtant ! Faudra que je vous le présente. C'est un fada des vieilles bagnoles. Moi, je préfère le confort moderne. Ma 350 SE, impeccable. Mais bon, hein, chacun ses goûts.

Chib sourit poliment en déposant le cercueil dans le coffre dont il rabattit fermement le couvercle.

– Comme vous dites, lança-t-il au hasard. Bon, je file, je suis en retard !

– C'est comme leurs 4×4, continua le patron à l'adresse du lampadaire tandis que Chib démarrait, moi je trouve ça vraiment chiant à conduire...

Embouteillage. Il baissa la vitre, respira l'odeur du mimosa en fleur, puis celle du pot d'échappement d'un scooter. Redémarrage. Voie rapide. Il imaginait le cercueil en train de brinquebaler dans le coffre, Élilou ballottée dans les tournants, mais ça ne la dérangeait pas. C'étaient les morts qui dérangeaient les vivants, jamais l'inverse.

Collines. Route sinueuse à travers les oliviers. Montagnes enneigées, toutes proches. Tiens, il n'avait qu'à monter skier, ce week-end, ça lui changerait les idées. Et vous, Blanche, vous ne croyez pas qu'un peu de poudre, ça vous ferait du bien ?

Stop.

Transfo EDF, bifurcation, grille en fer forgé, bastide sombre sous le soleil déclinant d'une fin d'après-midi. Il sonna.

Des pas sur le gravier, la silhouette juvénile d'Aïcha, ses longs cheveux noirs noués en chignon.

– Décidément on ne se quitte plus ! Vous êtes tout seul ?

– Hélas oui. Enfin, j'ai Élilou dans le coffre.

Elle écarquilla les yeux, choquée.

– Quelle horreur !

– Mme Andrieu m'a demandé de la lui ramener. Son mari est à Paris, je crois.

– Il rentre ce soir. Mais… comment… vous allez la transporter jusqu'à la chapelle ?

– Elle ne pèse pas très lourd.

– Vous n'allez pas la prendre sous le bras, comme ça ? s'offusqua-t-elle en le voyant ouvrir le coffre et empoigner un gros paquet emballé dans une couverture.

– Qu'est-ce que vous voulez que je fasse ? Que je la mette dans un char traîné par des chevaux blancs ?

L'allusion au *Mirage de La Vie* la laissa de marbre. Ses paumes lissaient nerveusement son tablier blanc.

– C'est dégueulasse. Allez vite la porter dans l'église avant que je prévienne Madame.

– La mort, c'est dégueulasse. Je ne suis pas responsable.

– Oui, mais vous avez tellement l'air de vous en foutre.

Lui ? Lui, l'homme chargé de compatir ? L'homme chargé d'organiser au mieux le passage dans l'Au-delà, lui le grand ordonnateur du trépas, s'en foutre ? Alors que cette gamine le rongeait nuit et jour, comme si c'était lui qu'on remplissait d'acide ! C'est peut-être ça que lui reprochait Greg, au fond, d'être inexpressif.

Il se mit à marcher sur le gravier en direction de la chapelle, le cercueil calé contre sa hanche, la respiration d'Aïcha dans son dos. Elle bifurqua vers le jardin d'hiver sans un mot. C'est ça, fais-moi la gueule, c'est sûr je suis pas le grand beau Greg-la-défonce. Je suis le Black Chaman, le porteur de mauvais messages, celui qu'on a envie de jeter au feu avec les mauvaises nouvelles. Celui qui sent la corruption de la chair.

T'es surtout nul avec les filles, mon pote. Arrête de te la jouer psycho et pose cette putain de caisse devant l'autel.

Voilà. La chapelle sentait le froid, la poussière froide. La lumière inondait la nef à travers les vitraux, teintant l'allée pavée de rose. Dans un angle, un objet volumineux, sous un drap blanc. Il souleva un coin de ce dernier, puis le fit glisser entièrement. C'était la châsse en verre. Il l'examina avec curiosité. Un cercueil en cristal grandeur nature, du type dit « tombeau ». Il nota les fermetures hermétiques, conformes à la réglementation en vigueur, le discret dispositif d'épuration des gaz. Le fond était recouvert de velours blanc, avec un petit coussin bordeaux. Un petit lit de princesse, sous cloche. Un petit lit de Belle à la Chapelle Endormie. Il remit le drap en place, s'approcha de l'harmonium, fit courir ses doigts sur le bois verni tout craquelé. Quelqu'un avait allumé une bougie qui achevait de se consumer sous l'effigie de la Vierge, bras entrouverts, sourire accueillant. La nouvelle maman d'Élilou. La Bonne Mère qui ne grondait jamais et pardonnait toujours.

À côté d'elle, son fils pleurait du sang sur la grande croix de bois. Chib soupira. Il trouvait aussi étrange d'adorer un homme censé être à la fois le père, le fils et l'esprit saint qu'un homme à tête de faucon. Peut-être que son père à lui avait pratiqué le vaudou ? Peut-être le sang d'un grand roi d'Afrique coulait-il dans ses veines ? Il caressa le bois bien ciré d'un des petits bancs, se pencha pour renifler la bonne odeur d'encaustique.

– Bonjour.

Il ne l'avait pas entendue arriver. Il se retourna, trop vite, nerveux.

Elle portait une jupe en laine gris cendré et un pull ras-du-cou noir, pas de bijoux, pas de maquillage, juste la chaînette avec la croix en or. Pâle, si pâle, les mains croisées sur son giron, telle une statue de cire.

– Est-ce que je peux la voir ?

Il fit un pas, comme pour l'en empêcher.

– Je… je pense qu'il vaudrait mieux attendre votre mari, peut-être… C'est, c'est toujours assez éprouvant.

– Elle est défigurée ?

– Non, mais, croyez-moi, ce serait mieux si vous étiez ensemble.

Elle se tordit les mains, ses lèvres tremblèrent, elle détourna la tête, prit une profonde inspiration, puis lui fit de nouveau face. Ses yeux si clairs, gris pluie, gris d'horizon sans espoir. Il se rendit compte avec stupeur que sa main droite avait ébauché un mouvement, pour aller lui effleurer la joue, et il suspendit son geste *in extremis*. Elle ne parut pas s'en apercevoir, les yeux rivés sur le cercueil où reposait son enfant.

Poussière voletant dans un rai doré. Silence. Leurs deux respirations. La sienne, oppressée. Blanche Andrieu fit brusquement volte-face, les yeux étincelants, comme brûlante de colère, et il crut qu'elle allait enfin laisser éclater sa rage et son désespoir.

– Est-ce que je peux vous offrir un rafraîchissement ?

Décontenancé, il hocha la tête et ils quittèrent la chapelle.

– Vous avez vu, les lauriers sont en fleur, lui fit-elle observer comme ils empruntaient l'allée qui menait au jardin d'hiver.

Il acquiesça. Pas étonnant qu'elle fasse des cauchemars toutes les nuits si elle jouait un rôle en permanence. Elle aurait mieux fait de sangloter, de se déchirer les joues, de s'arracher les cheveux, de hurler à la lune comme une louve en deuil.

Le jardin d'hiver sentait le terreau fraîchement remué et l'insecticide, se dit-il en en franchissant le seuil. Puis il marqua un temps d'arrêt. Les enfants étaient tous là, Charles, Louis-Marie, Annabelle et Eunice, assis sur les petits sièges japonais, autour d'une des tables basses en céramique verte, en train de prendre le thé, apparemment.

– Dites bonjour à M. Moreno, les enfants, lança Blanche en le précédant jusqu'aux deux fauteuils en rotin installés sous la verrière.

Une volée de « Bonjour » moroses et fugaces. Il vit en passant qu'ils ne buvaient pas de thé, mais du chocolat chaud, accompagné de scones. Et ils mangeaient sans faire de bruit, sans se chamailler ni se battre, émettant juste de temps en temps de brefs ricanements. Intimidés ? Dressés comme des caniches ?

– Asseyez-vous.

Il obtempéra avec l'impression que quatre paires d'yeux inamicaux étaient fixées sur sa nuque.

– Thé, café, ou préférez-vous un cordial ? disait Blanche comme si elle récitait le bottin.

Un cordial ! Bon sang, elle pompait ses répliques dans des bouquins des années vingt ou quoi ?

– Du thé, ce sera très bien, répondit-il en essayant de se décrisper dans le fauteuil raide et étroit.

Aïcha apparut, poussant une table roulante sur laquelle trônaient une théière en céramique ocre et de minuscules gobelets assortis. Thé vert, donc. Décor japonais, thé japonais, mais fornication française vu le nombre d'enfants. Bravo, Chib, on dirait du Greg tout craché !

Il but une gorgée de thé, brûlant bien sûr, faillit lâcher l'extra-ravissante petite tasse, la reposa sur la non moins ravissante soucoupe. Aïcha débarrassait la table des enfants. Il reconnut les stridulations de la console de jeux d'Annabelle. Charles griffonnait dans un cahier, Louis-Marie avait ouvert un livre, un Harry Potter, et la petite Eunice, assise par terre, discutait avec un lapin en peluche vêtu d'un pantalon rouge.

Il reporta son attention sur la femme en face de lui, dont le profil de craie se découpait à contre-jour. D'une beauté si froide, si classique et si terriblement fragile à la fois... un alliage dangereux, Chib, comme le feu et la glace, ça te fond le cerveau et le reste, et tu te retrouves en petit tas liquide à ses pieds et elle te repousse du bout de sa pantoufle de vair en soupirant : « Pfft, enlevez-moi donc ça, Aïcha. »

Encore une gorgée de thé. Ce qu'il avait envie d'une bière bien glacée ! Blanche buvait, les yeux perdus dans le vague, une veine battait dans sa gorge, impulsion quasi irrésistible d'y poser le doigt en disant : « Chuuut, ça va aller. » Mais ça n'allait pas aller. Non, pas du tout. Élisabeth-Louise n'allait pas ressusciter, pas plus que le petit Léon. Blanche ferait un nouveau bébé, prendrait de plus en plus de tranquillisants, se mettrait à boire en cachette, et finirait en cure de désintoxication, maigre, ébouriffée, mais toujours aussi classe, l'esprit définitivement en roue libre.

Comme toi en ce moment, mon vieux Chib.

– M'man !

Un silence, puis :

– Oui, mon chéri ?

Louis-Marie se tenait devant eux, jean repassé, sweater bleu marine et baskets blanches.

– Pierre m'a invité pour son anniversaire, samedi après-midi.

– Je crains que tu ne puisses pas y aller, mon chéri.

– Mais pourquoi ? C'est samedi, on n'a pas classe et il y aura tout le monde !

– Samedi après-midi, Josselin vient pour la bénédiction.

– Oh M'man, y peut pas venir dimanche ?
– T'es vraiment trop nul, Louis !
La voix de Charles venait de s'élever, pleine de mépris.
– Toi, je t'ai pas sonné ! riposta son cadet, hargneux.
– Ça suffit ! s'interposa Blanche sèchement. Non, il ne peut pas venir dimanche, ton père lui a demandé d'être là après-demain, et...
– Mais pourquoi est-ce que je dois être là, moi ?
Blanche prit une profonde inspiration, et Chib l'imagina en train de hurler : « Parce qu'on va bénir le joli cercueil en verre de ta jolie petite sœur avant de le sceller dans cette foutue chapelle si fraîche et que je veux que vous soyez tous là, parce que c'est aussi ta foutue sœur, Louis-Marie ! », mais elle dit simplement :
– Ton père t'expliquera ça ce soir. N'insiste pas, tu veux !
Le garçon soupira nerveusement, jeta un coup d'œil à Chib, aussi amical que celui d'un chien d'attaque étranglé par son collier, puis battit en retraite, les poings crispés.
Re-thé. La petite Eunice s'était rapprochée et, accroupie aux pieds de sa mère, tripotait son lapin, un gros machin rose avec une carotte fichée dans le gosier.
– Il s'appelle Bunny ! confia-t-elle à Chib qui se fendit d'un sourire. Il mange que des ca'ottes et des gâteaux, ceux avec la confitu'e de ce'ise dedans. Et il sait pa'ler, ajouta-t-elle, la mine grave.
– Ah ! fit Chib qui ne savait jamais quoi dire aux enfants.
Eunice appuya sur le lapin qui couina : « Je suis ton ami ! »
– Laisse M. Moreno tranquille.
– C'est quoi ton nom, M'sieur Mo'eno ?
– Léonard. Léonard le canard !
Bon Dieu, Chib, t'es possédé ou quoi ?
– Léona'd le cana'd ? répétait Eunice en riant, mais t'es pas un cana'd !
– Mais si ! Coin coin !
Elle gloussa, secouant Bunny.
– T'entends Bunny ? Dis bonjou' au cana'd ! Coin coin !
– J'aime les carottes ! déclara Bunny avec l'accent japonais.
Entre le lapin, la petite fille et la Reine de Cœur, il ne man-

quait que le chapelier fou pour que ce cauchemar se transforme en Pays des Merveilles.

– Où t'habites, Cana'd ? s'enquit Eunice.

– Dans la mare, au bout du parc.

– Et tes plumes, alo' s ?

– Elles sont rangées sous ma chemise.

– Menteu'. Et d'abo'd, les cana'ds y boivent pas de thé avec ma maman !

Pourquoi fallait-il toujours que ça tourne mal ?

– Eunice, calme-toi un peu. Elle s'excite vite, confia-t-elle à Chib, avec un sourire en chiffon. Tiens, prends un biscuit pour Bunny.

Eunice s'empara du biscuit et l'écrasa sur la gueule du lapin avec hargne tout en chuchotant : « Mange, Bunny ché'i, mange, c'est bon, c'est Maman qui donne ! »

Chib se félicita une fois de plus d'être célibataire.

– Je ne veux pas vous retenir, vous devez avoir plein de choses à faire… hasarda-t-il.

– Généralement à cette heure-ci, j'écoute le concert de musique classique de France-Musiques, lui renvoya-t-elle, vous voyez comme je suis occupée !

Putain l'ambiance ! OK, mais tu t'attendais à quoi ? À ce qu'elle te propose d'aller t'ébattre joyeusement dans la piscine avec Élisabeth-Louise en guise de matelas pneumatique ? Stoop ! Revenir à une conversation normale.

– Le père Dubois est un de vos parents, je crois ?

– Josselin est le cousin germain de mon mari par sa tante, Camille Dubois d'Anvers. Et mon cousin par alliance, par mon arrière-grand-tante, Eugénie Fantin d'Auron.

Des nobles, encore. Une tripotée de nobles, cathos, coincés. Bon, et après ?

– Il travaille avec les adolescents, continuait-elle. Il se déplace beaucoup. C'est lui qui s'est occupé du… de… pour Élilou… Jean-Hugues tenait à ce que…

Et la météo, si on parlait de la météo, hein ? Et voilà, trop tard, mouchoir au coin des yeux, vite le nez dans le thé, regarder ses pieds, attendre.

Dans le silence, Eunice continuait à babiller.

– Mais oui, pleu' pas, Bunny, toi aussi, tu monte'as au ciel ! On va tous monter au ciel et on i'a pique-niquer avec Élilou !

Un cauchemar. Il était tombé tout éveillé dans le cauchemar d'autrui. La veine sur sa gorge, palpitante. Les lèvres qui tremblent. On ne peut pas la laisser comme ça, merde !

Il se leva, impulsivement, et Eunice s'écarta d'un bond.

– Est-ce que je peux... est-ce que vous voulez que j'appelle Aïcha ? chuchota-t-il, penché sur elle, la main posée sur le dossier du siège, contre ses épaules frémissantes de chagrin.

– Non, ça va, je vous remercie.

Il se redressa, reprit sa place non sans surprendre le regard glacé de Charles posé sur lui. Le garçon battit des cils et fit mine de se replonger dans ses griffonnages. Louis-Marie avait disparu. Annabelle était toujours vissée à son jeu, en plein trip électronique.

– Vilain ! lança Eunice en cognant la tête du lapin par terre, vilain, vilain, vilain !

Et si nous reprenions un peu de thé, hein, Chib ? Il se resservit, sans la regarder. Elle s'était reprise, mouchoir serré en boule dans son poing fermé, où scintillait l'alliance en or, sobre, fine. Quelle heure pouvait-il bien être ? Il n'osait pas regarder sa montre. Coup d'œil discret. 18 h 22. Et Andrieu allait se ramener vers vingt et une heures ? Pas possible. Il n'allait pas rester coincé là, avec les gosses névrosés et la mère effondrée. Il amorça un mouvement pour se lever.

– Quand Léon a disparu, j'ai voulu me tuer.

Il se laissa retomber sur sa chaise. Elle avait lâché ça sans tourner la tête, comme si elle chuchotait à l'adresse de la fougère en pot. Était-il censé émettre un commentaire ? Avait-elle conscience de sa présence ?

– Mais on n'a pas le droit de se supprimer, pas quand on a des enfants. La souffrance fait partie de la vie, n'est-ce pas ?

Sur le ton de : « Vous reprendrez bien un peu de cake, ma chère ? »

Comme la fougère ne répondait rien, Chib marmonna un « Oui, hélas » assez piteux.

– Belle-Mamie est là !

Il sursauta. Charles s'était approché sans bruit.

– Pardon, Charles ?

– Belle-Mamie est là.

– Ah, c'est vrai ! Est-ce que vous êtes prêts ? Ils passent la soirée et la nuit chez ma belle-mère, ajouta-t-elle à l'adresse de Chib.

– Blanche, ma chérie !

Une grande femme anguleuse fendait la pièce, cheveux courts et gris bien coupés, tunique crème en soie sur pantalon assorti, large ceinture en cuir, foulard et bracelets Hermès, le portrait de son fils avec trente ans de plus, presque pas de maquillage, une alliance toute simple en or, deux diamants blancs aux oreilles.

Elle s'immobilisa près d'eux, serra Eunice dans ses bras.

– Alors ma louloute, ça va ?

– J'emmène Bunny, il veut voi' la cassette des 101 Damachiens, répondit la fillette en agitant son lapin en peluche.

– Ah, mais je ne sais pas s'il aura le droit, on verra. Va vite chercher tes affaires.

Eunice s'éclipsa, ses frères et sœurs avaient déjà filé. La femme tourna son élégant visage ridé vers Chib.

– Léonard Moreno, s'empressa d'expliquer Blanche, c'est lui qui...

Encore une phrase en suspens, ces gens semblaient communiquer par points de suspension.

– Ah ?! Désolée de faire votre connaissance dans de telles circonstances, monsieur Moreno, mais Jean-Hugues m'a assuré que vous étiez tout à fait...

Chib hocha la tête.

Blanche s'était levée.

– Excusez-moi, Belle-Mamie, je vais voir si les enfants sont prêts.

Belle-Mamie la regarda s'éloigner sans un mot puis darda un œil bleu pâle sur Chib.

– Je sais que je suis un peu vieux jeu, comme me le reproche souvent mon fils, soupira-t-elle, mais à vrai dire, je n'étais pas pour... Je trouve ça assez... comment dire... vous voyez...

– C'est un sujet sur lequel les gens ont des opinions très… lui assura Chib qui commençait à se faire à l'usage.

– Mais bon, ils y tenaient, ils adoraient tellement cette enfant, et la pauvre Blanche… deux fois frappée par un malheur si cruel…

Chib soupira à l'unisson, mains croisées, yeux baissés, le parfait croque-mort.

Belle-Mamie se tapota les yeux du revers de sa main manucurée, soupira encore, puis apercevant sa petite-fille :

– Annabelle, ma puce ! Viens me faire un bisou !

– Louis-Marie fait que râler parce qu'il trouve pas son survêt bleu, claironna la petite.

– « Survêtement », ma puce. Il n'a qu'à en prendre un autre.

– Il veut celui-là, il dit qu'il lui porte bonheur.

– C'est de la superstition, les objets ne portent pas bonheur, ma puce. Viens, on va aller le chercher ! Bonsoir, monsieur Moreno. Ne prenez pas mal ce que je vais vous dire, mais j'espère bien ne jamais vous revoir.

– Je comprends parfaitement, Madame.

Resté seul, il fit le tour des plantes, lisant les étiquettes sans vraiment les voir, observant le parc où un lampadaire à l'ancienne répandait un halo jaunâtre. Une 606 bleu nuit était garée dans l'allée et les enfants s'y engouffraient, tandis que Belle-Mamie discutait avec Blanche, qui serrait ses bras autour de son torse menu, comme quelqu'un qui a froid.

– Vous voyez votre copain, ce soir ?

Aïcha.

– Non, je ne crois pas. Pourquoi ?

– Comme ça. Vous vous connaissez depuis longtemps ?

– On était à l'école ensemble.

– Wahh !

– Comment elle s'appelle, Belle-Mamie ?

– Louise. C'est pour ça qu'ils avaient donné ce prénom à la petite…

– Et Élisabeth ?

– C'est le prénom de la mère de Madame. Élisabeth-Louise est née après la mort du bébé, alors je suppose qu'ils ont mis le paquet, pour lui porter chance ou je sais pas… On peut pas dire que ça ait réussi… J'ai l'impression que vous lui faites du bien, à madame, elle a l'air moins… moins comme un zombie quand elle vous parle.

– Qu'est-ce que ça doit être le reste du temps ! Elle est sympa, Belle-Mamie ?

– À votre avis ?

Chib sourit sans répondre.

– J'ai hâte d'être à demain, c'est mon jour de congé, ça me fera du bien de prendre l'air, ajouta-t-elle.

– Et hier soir ? Vous n'étiez pas en congé ?

– Juste un resto, c'est pas pareil. Vous voulez savoir si je couche avec le docteur, c'est ça ?

– Eh bien…

– Non, je ne couche pas avec lui, mais il aimerait bien, et comme il m'avait invitée sous prétexte de m'emmener voir une expo sur la Kabylie, ils m'ont permis d'y aller. Alibi culturel.

– Vous êtes kabyle ?

– Il paraît. À vrai dire je m'en fous, c'est ma mère qui me bassine avec ça. Et vous ?

– Mon père était américain. Un marin en escale. Je ne l'ai jamais connu.

– Le mien s'est fait un infarctus il y a cinq ans. Sur son marteau-piqueur. Je vous aurais plutôt cru nigérian ou un truc comme ça.

– Je suis peut-être un truc comme ça.

– Et Greg ?

– Provençal pure souche. Il est né avec un bol d'aïoli dans une main et une boule de pétanque dans l'autre.

Aïcha sourit, faisant voltiger son épaisse natte noire.

– Attention, elle revient.

Elle filait déjà, poussant la table roulante, se baissant pour ramasser un jouet, sans un regard en arrière.

– Ça leur fait du bien d'aller chez Belle-Mamie, ça leur change les idées, annonça Blanche en reprenant place.

– Je vais bientôt vous quitter, il est tard, lança Chib.

– Mais vous restez dîner, voyons ! Jean-Hugues ne va pas tarder.

– C'est-à-dire que... Je ne voudrais pas vous déranger.

Elle se tourna brusquement vers lui, le regardant dans les yeux pour la première fois depuis son arrivée.

– Vous ne me dérangez pas. Au contraire. J'ai besoin de parler. Parce que sinon, je crois que je vais faire une bêtise. N'importe quelle bêtise. Je sais que vous avez envie de partir, les femmes qui pleurent font horreur aux hommes, mais je vous assure que c'est exceptionnel, d'habitude je me tiens très bien. Un vrai petit cheval de cirque.

– Écoutez... je...

– Non, vous, écoutez. Pour une fois que j'ai un otage. Mais qu'est-ce que je dis ? Excusez-moi, je perds la tête, avec ces médicaments...

– Vous ne voulez pas aller vous reposer ?

– Je n'arrête pas de me reposer. Ça me rend folle, positivement. Tout ce repos, cet éternel repos...

Sa voix dérapa et Chib tendit la main, la posa sur son poignet, glacé, puis la retira aussitôt, cramoisi. Où était l'armoire à liqueurs ? Un cognac, triple et sec, serait le bienvenu. Et elle aussi avait besoin d'un remontant.

– À quelle heure désirez-vous dîner, Madame ?

Bon sang, avec tous ces gens qui entraient et sortaient, on se serait cru dans un théâtre.

– Vingt heures, merci. Désirez-vous un apéritif ?

– Volontiers.

Crissement de roulettes. De nouveau une table roulante, une autre, en acajou, surchargée de flacons et de bouteilles.

– Je prendrais bien un cognac, dit Chib à Aïcha qui lui versa une dose généreuse de Delamain.

– Et moi, une Suze, dit Blanche.

– Hmm, le docteur a dit que...

– Une Suze, merci.

Sûrement pas le droit de boire de l'alcool. Et si elle s'effondrait, là, sur ce foutu dallage en mosaïque ? Obligé de dégrafer son corsage pour qu'elle puisse respirer, de lui flanquer des baffes... Il s'envoya une lampée d'alcool. Bien ! Bonne brûlure à l'œsophage, bonne chaleur au creux de l'estomac. Blanche avala une gorgée de Suze, toussa, puis vida son verre cul sec. Ça commençait bien.

Aïcha avait disparu, certainement dans les profondeurs de l'office. Blanche tendit la main vers la bouteille de Suze et se versa un autre verre, comme ça, très naturellement, avec un vague geste à l'intention de Chib, un geste qui signifiait « Servez-vous à votre guise ».

Il hocha la tête et se versa encore un peu de Delamain, pour l'accompagner.

Elle vida sa deuxième Suze d'un trait, le regard dans le vague, une main crispée sur l'accoudoir du fauteuil. Est-ce qu'il devait dire ou faire quelque chose ? À part siroter son excellent cognac.

Silence. Dehors, le jour déclinait. Un papillon contre la vitre, vert et jaune. Ses ailes frappant délicatement le verre. Le bruit des glaçons qui fondent dans le seau en argent. Un soupir. Il fit tourner l'alcool dans son verre, le huma, but encore un peu. Second soupir. Puis :

– Vous avez des enfants ?

Séquence interrogatoire.

– Non. Je suis célibataire.

– Vous n'en désirez pas ?

– Non, pas particulièrement. Je ne crois pas que je serais un bon père, ajouta-t-il spontanément...

– Pourquoi ?

– Je n'ai pas connu le mien. Je ne sais pas comment on fait pour être un bon père.

Elle posa son verre.

– Je ne sais pas comment on fait pour être une bonne mère, répondit-elle, les paupières baissées. Oh non, je ne sais pas, parce qu'une bonne mère ne laisse pas mourir ses enfants, n'est-ce pas ?

Pourquoi est-ce qu'il avait sorti cette connerie ? Pourquoi ?!

– Ce qui est arrivé n'était pas de votre faute.

– Qu'est-ce que vous en savez ?

Bonne question. Mais...

– Personne n'est responsable d'un tel accident, sinon le hasard, la malchance...

– J'aurais dû me méfier... faire attention... rester vigilante.

Une bonne mère, c'est comme un marin à la vigie, ça ne doit jamais fermer l'œil, vous comprenez ?

Comme si on pouvait veiller sur le destin ! Le cognac lui montait à la tête, il avait envie de partir. Il se pencha vers elle :

– Vous n'êtes pas responsable de la marche de l'univers. Vous ne pouvez pas passer votre temps à vous culpabiliser.

Elle haussa les épaules.

– Non, je sais, je devrais regarder les fleurs, écouter le chant des oiseaux, me réjouir d'avoir encore quatre beaux enfants en vie, d'être heureuse en ménage, d'avoir un bon niveau de vie et un physique potable, c'est ça ?

– Vous ne pensez jamais à autre chose qu'à vous-même ? Votre mari aussi doit souffrir... vos enfants...

– Comment osez-vous !

Elle s'était levée, frémissante.

Il se leva à son tour.

– Vous me parlez. Je vous réponds. Mais vous feriez mieux de vous acheter un magnétophone, vous pourriez vous détruire en stéréo.

– Le dîner sera servi dans une demi-heure.

– M. Moreno a un empêchement.

– Ah ? Très bien, je vais prévenir Colette.

Aïcha sortit, visiblement étonnée. Il reposa son verre sur la table roulante. OK, bon débarras, rien à foutre de dîner avec cette conne à moitié cinglée.

– Vous êtes très susceptible, lâcha-t-il soudain, ce que je voulais dire c'est que se complaire dans le sentiment d'une responsabilité sur le destin d'autrui, c'est se vautrer dans le péché d'orgueil.

– Tiens donc ! Vous devriez en discuter avec mon cousin, il adorerait ça.

– Je suis désolé de vous avoir blessée.

– Pourquoi donc ? Qu'est-ce que ça peut vous faire ? Vous allez rentrer dans votre funérarium ou je ne sais comment ça s'appelle et regarder un bon film à la télé en pensant : « Ouf, j'ai échappé à cette hystérique. »

Elle était médium ou quoi ? Mais il n'avait pas envie de ricaner. Il avait envie de la prendre dans ses bras et de la consoler. Et de la gifler aussi. Trop d'envies en même temps. Cette femme te déboussole, Chib, littéralement.

– Je ne pense pas que vous soyez hystérique. Je pense que vous êtes très triste, et que vous avez besoin d'aide.

– J'ai déjà un mari, un médecin et un prêtre, je dois prendre un psy aussi ? Ou un chien ?

Un amant.

– Je ne sais pas ce que vous devez faire, je n'ai pas de conseils à vous donner, mais vous ne pouvez pas continuer à couler comme ça.

– Jetez-moi une bouée, une bonne parole de consolation, vous savez, ces formules toutes faites qu'on balance aux enterrements.

– Je…

Il prit une inspiration, se rapprocha d'elle, un pas, juste un pas.

– Est-ce que je peux vous aider ?

Elle se rapprocha. Un pas. Juste un pas.

– Non, je ne crois pas. Mais je vous remercie.

– Ah, Moreno, vous êtes encore là !

Putain, il avait failli lui faire avoir un infarctus !

– J'ai pu prendre le vol de 17 h 15, un coup de bol, disait Andrieu en lui tendant la main. Tiens, je prendrais bien un petit quelque chose, moi aussi. Vous alliez partir, ajouta-t-il en se servant un doigt de Glenmorangie.

– Oui, j'étais en train de prendre congé.

– Tout s'est… bien passé ?

Blanche détourna la tête.

– Aucun problème. Elle… elle est dans la chapelle. Si vous voulez allez la voir…

– Bien.

Il finit son verre d'un geste sec.

Dehors, il faisait froid, un froid mordant. Dans la chapelle, Andrieu alluma, une ampoule de soixante watts distillant une lumière jaunâtre. Chib se dirigea vers le cercueil, en souleva le couvercle, recula pour laisser Andrieu approcher, toussoter, se pencher, les mâchoires contractées, se reculer après un bref coup d'œil.

– Très bien, très bien. Il faudrait la transférer dans la châsse.

– Je peux le faire maintenant, si vous voulez, proposa Chib.

– Parfait, parfait, jeta Andrieu d'une voix assourdie et tremblante.

Chib posa le cercueil par terre et se dirigea vers la châsse dont il enleva le drap. Comme s'il se réveillait soudain, Andrieu le rejoignit, l'aida à soulever le fragile cercueil de verre et à le caler sur les tréteaux.

– Merci, lui dit Chib, maintenant je peux me débrouiller seul, je vous rejoins dans dix minutes.

Andrieu faillit protester puis, se ravisant, quitta la chapelle d'un pas vif.

Chib souleva le couvercle du cercueil plombé, saisit Élilou à bras-le-corps et la déposa dans sa nouvelle demeure. Les êtres morts semblaient parfois si lourds, se dit-il en s'essuyant le front. Tout en marmonnant machinalement la Déclaration d'Innocence, « Je n'ai pas affligé, je n'ai pas affamé, je n'ai pas fait pleurer, je n'ai pas tué... je suis pur je suis pur je suis pur... » il entreprit de l'arranger un peu, lissant ses vêtements, vérifiant l'ordonnancement de ses membres, de ses cheveux, effleurant les paupières et les lèvres scellées à la colle. Puis il fit lentement retomber le couvercle de la tombe translucide, éteignit la lumière et regagna le jardin d'hiver.

– Nous avons prévu une cérémonie après-demain à dix-sept heures. Je serais honoré que vous puissiez venir, lui lança Andrieu dès qu'il l'aperçut.

Oh non !

– Je ne voudrais pas... vous serez en famille...

– Je veux qu'il y ait le plus de monde possible, je veux que tout le monde soit là, pour dire au revoir à ma petite fille !

La sortie, Chib, gagne vite la sortie, monte dans ta bagnole et fous-toi de la techno à fond pour bien te rincer la tête.

Les saluer, serrer la main de M. Andrieu, adresser un signe de tête à Mme Andrieu, s'éloigner en sentant leur conjugal regard sur tes épaules étroites.

Aïcha l'attrapa au passage :

– Pourquoi vous ne restez plus ?

– Je crois qu'ils ont envie d'être seuls.

– Hmm. Greg m'a appelée. Il dit que vous allez faire du bateau demain.

– Ah, oui, heu, certainement, s'il fait beau. Il vous a proposé de venir ?

– Oui, c'est mon jour de congé. Il faut que je prenne un ciré ou un truc comme ça ?

– Non, il en a plein. Juste un pull de rechange si vous tombez à l'eau.

– Très drôle. Ça craint, le bateau ?

– Ça secoue. Non, on risque rien. Il vous a dit quel était le programme ?

– Il a dit qu'on irait pique-niquer aux îles. Et que je pouvais emmener une copine.

– Et ?

– Je vais voir. J'aime pas trop le truc, deux mecs, deux nanas, c'est un peu lourd, non ?

– Ça dépend de la copine.

– Aïcha !

– J'arrive ! Allez, à demain, ajouta-t-elle en s'éloignant rapidement.

Dehors. Nuit fraîche, odorante et venteuse. Graviers qui crissent. Portière qui claque, moteur qui ronfle, Saint-Germain qui pulse *What's New ?*, les phares peignent de blanc les haies bien taillées, descente vers la ville, la rumeur de la vie, loin de ce mausolée plein de frustrations.

Mais Elle, imprimée sur la rétine, indélébile.

Comme un sortilège.

Qui vous pousse inéluctablement vers l'abîme.

INTERMEZZO 1

Petit bonhomme noir
sautille sautille
frétille frétille
comme les chatons
dans l'eau de l'étang
petits miaulements
Pas assez marrant.
Passer à plus grand
à plus résistant
c'est bien plus bandant
comme l'autre fois…
Qui vais-je donc aimer
dans un envol d'ailes
coupantes et glacées ?
Cisailler des chairs
et les lacérer, groin bien enfoncé
Savoir faire des anges
c'est tout un métier
Plus envie de rimes.
Plus envie de règles.
Crève crève crève
ou marche
Ah ah ah oui mets-la-moi
bien au fond
comme le tisonnier dans le feu
ou dans la bouche.

CHAPITRE 4

Le Riva fendait les flots, gaz à fond, Chib accroché à la rambarde en métal, Aïcha et Gaëlle, sa « copine », à l'avant, près d'un Greg tout sourire et muscles, tournant le volant du hors-bord avec aisance, escaladant la crête des vagues pour faire crier les filles. Chib ferma les yeux. Il avait toujours l'impression que ce fichu canot en acajou allait se renverser, les précipitant tous à l'eau et leur retombant certainement sur la tête en prime. Pourquoi Greg avait-il besoin d'aller si vite ? C'était si agréable de caboter tranquillement le long de la côte, à une distance raisonnable, celle par exemple qu'un homme en bonne santé peut parcourir à la nage en moins d'une demi-heure, oui, voilà, avancer tranquillement dans un doux clapotis, les doigts traînant dans l'eau fraîche, et ne pas sentir son estomac ruer dans tous les sens chaque fois que la coque s'élève et reste en suspens avant de retomber lourdement dans une vague mutine.

– On va en croiser un gros, ça va danser, tenez-vous !

Greg entrouvrit un œil pour apercevoir l'arrière d'un énorme yacht filant à toute allure en laissant derrière lui un sillage étincelant qu'ils allaient se prendre en plein par le travers, ohhhh, le Riva s'inclina très élégamment sur le côté, Aïcha rattrapa de justesse un coussin en cuir qui filait par-dessus bord, Gaëlle poussa un cri strident en s'agrippant au pare-brise, Greg laissa fuser son rire « Yahahou-on-se-poile » tandis que Chib, le cœur suspendu au mouvement oscillant du bateau, priait ardemment pour que celui-ci retombe à plat, du bon côté.

Plouf. Ouf. Plaf plaf plaf, série de secousses, où sont

ces putains d'îles ? Je compte jusqu'à cent, à cent, ça sera fini.

Quatre-vingt-dix-sept. On ralentit. Merci Grand Ré-Horakhty, puisses-tu briller encore cent millions d'années, et dire qu'il va falloir se taper le retour.

Il se redressa, le Riva se faufilait dans une anse bordée de grands rochers blancs, Greg donnait des ordres de manœuvre aux filles, armées de gaffes pour empêcher les flancs du bateau de heurter les blocs hérissés. Ils s'immobilisèrent dans la crique. Chib se pencha. L'eau était d'une transparence radieuse, des algues se balançaient sur le sable, taches rouges des étoiles de mer, pelotes noires des oursins, éclairs rayés des poissons. Gaëlle s'extasiait en battant des mains. Vingt-quatre ans. Étudiante en médecine. Grande, élancée, couronne de cheveux châtains bouclés, souriante. Elle et Aïcha suivaient le même cours de percussion africaine et avaient sympathisé. (Greg savait bien sûr jouer des congas, Greg les avait bien sûr invitées à venir jouer des congas chez lui, dans son duplex avec vue sur le port.)

– Tu nous aides ou tu dors ?

Déballage du pique-nique, installation de la nappe, des couverts, tire-bouchon, vin blanc frais, pas un poil de vent, on a la chance avec nous, qui veut du homard ?

La chair compacte du homard. De la chair morte. Blanche et froide.

– Je vais me baigner, annonça Chib en se levant.

– Toi ? Arrête ! Elle est encore gelée !

Il haussa les épaules. L'idée de se tremper dans l'eau claire lui semblait soudain irrésistible. Il se déshabilla, dévoilant son caleçon noir Calvin Klein – heureusement qu'il n'avait pas mis son vieux slip kangourou – et enjamba le plat-bord, plongeant un pied réticent dans les flots.

Brr. Vraiment brr. Bon. Tant pis. Faudra faire avec. Jusqu'aux genoux. Très froid. Les cuisses. Sensation de rétrécissement dans le bas-ventre. L'eau affleura le caleçon.

– Y va se transformer en esquimau chocolat, le con !

Appui sur les biceps pour se laisser descendre très doucement, morsure froide sur les abdos, contracter poitrine, une poussée et hop, épaules, cou, plonger la tête, oui.

Il brassa vigoureusement pour s'éloigner du canot, savourant la pression glacée et revitalisante sur sa peau. Quelque chose effleura sa cuisse et, une fraction de seconde, il eut la vision terrifiante d'une Élisabeth-Louise flottant entre deux eaux comme un poisson mort, la bouche pleine de bulles, les yeux pleins de haine, ses longs cheveux déployés en corolle. Il pivota sur lui-même. Un bouquet d'algues blanchâtres. Il les éloigna d'un coup de pied, refit surface, s'ébroua. Greg était déjà debout sur la proue, en boxer-short violet, et plongeait. Gerbe d'éclaboussures, rires, la musculature puissante de Greg fendant l'eau dans un crawl parfait.

Chib se hissa à bord, saisit la serviette que lui tendait Gaëlle. Une belle journée. Un bon déjeuner. Une agréable compagnie. Un goût amer dans la bouche que le sel marin ne parvenait pas à chasser.

– Tu as l'air préoccupé ?

Gaëlle encore, un verre de blanc à la main.

– Un problème de boulot, rien de grave.

– Tu travailles dans quoi ?

La question piège.

– Je suis taxidermiste.

Elle haussa les sourcils.

– Empailleur ? C'est pas courant. Tu empailles quoi ? Les yorks à leurs mémères ?

– Entre autres. Les poissons, les sangliers...

– Ça pue pas trop ?

– On s'habitue. Et toi, la médecine ?

– Ça pue pas mal...

– J'ai jamais empaillé de médecin, fit-il observer, l'air songeur...

Elle sourit, vida son verre, lui en proposa un qu'il refusa.

Il s'allongea sur une des banquettes, laissant le soleil le réchauffer. Greg était remonté à bord, aspergeant tout le monde. Encore un petit coup de blanc ? Et allez ! Puis les filles rangèrent les reliefs du repas. Le calme annonciateur de la sieste. Greg enduisait Aïcha de crème solaire, Gaëlle lisait le dernier Elizabeth George. Chib ferma les yeux. Profiter de ce bref moment de repos.

Le bateau tangua légèrement. Greg enfilait sa combinaison de plongée, saisissait son fusil-harpon.

– Ce soir, on va manger du poulpe ! annonça-t-il.

Éclaboussures. Légère brise. Doux balancement. Torpeur.

– Ils t'ont invité à la cérémonie, demain ?

Aïcha. Ils étaient passés au tutoiement en montant à bord.

Chib soupira.

– Malheureusement.

– Ça va être sinistre... Ils ont engagé deux extra pour la réception, ajouta-t-elle.

– Quelle réception ?

– Le repas d'enterrement. Il paraît que ça se fait, vieille tradition française...

Brève vision de salle de bal emplie de vampires poudrés habillés en marquis, dévorant le corps de la gamine. T'as vu trop de films, Chib.

– Elle était très turbulente, Élisabeth-Louise ?

– Élilou ? Non, elle était plutôt calme, le genre à jouer tranquillement dans son coin. Pourquoi ?

– J'ai trouvé les traces de plusieurs fractures.

– Oh ça... elle avait pas de chance, c'était le genre de gamine qui se fait toujours mal, tu sais. Même que ses frères se moquaient d'elle à cause de ça.

Frisson désagréable.

– Et avec ses parents, ça allait ?

– Ben, elle avait six ans, alors forcément ça allait. Ils sont sévères mais gentils. Et puis elle était sage. Pas comme cette peste d'Annabelle.

– C'est qui le préféré ?

– On peut pas savoir. Le père Andrieu, il traite tout le monde pareil, comme à l'armée, genre. Et elle, elle on dirait souvent qu'elle est pas là. Y a que la façade, derrière c'est inhabité.

– Elle se drogue ?

– Oh ! T'es un vrai flic, toi ! Non, elle se drogue pas. Elle aurait plutôt tendance à boire.

– Et le prêtre ?

– Son cousin ? Je l'aime pas, celui-là ! Avec ses petits sourires prétentieux, et sa voix sucrée, on dirait un vieux pédé déguisé en curé.

Gaëlle leva les yeux de son roman.

– Tu crois que c'est un de ces prêtres pédophiles ?

– Il a bien le look.

– Il a déjà eu des gestes équivoques avec les enfants ? demanda Chib en se redressant sur un coude.

– Non, reconnut Aïcha à contrecœur, à vrai dire il leur parle même pas aux enfants, il est toujours fourré avec elle.

– Tu crois qu'il se la tape ? demanda Gaëlle faussement horrifiée.

– Ça m'étonnerait, elle n'a d'yeux que pour son Jean-Hugues. Et puis, moi, je m'amuserais pas à le tromper, le Jean-Hugues. C'est pas le genre hyper-cool, tu vois.

Gaëlle posa son livre et se tourna vers Chib.

– Pourquoi tu poses ces questions, sur la petite fille ? Tu penses à des mauvais traitements ?

Voilà, c'était dit.

– Je ne sais pas. Je me suis vaguement demandé...

– Des mauvais traitements ? Non mais vous déconnez ou quoi ? protesta Aïcha. Personne a jamais levé la main sur Élilou !

– Parfois on ne s'en rend pas compte, c'est fait par en dessous. On a étudié des cas plutôt horribles l'autre jour en cours, répliqua Gaëlle, les sourcils froncés. Des femmes qui empoisonnent sournoisement leurs enfants, ou qui provoquent systématiquement des accidents. Le syndrome de Münchhausen, ça s'appelle.

– Tu déconnes !

– Moi non, mais ta Blanche Andrieu, elle a l'air chtarbée.

– Elle ne ferait jamais de mal à un de ses gosses ! C'est une super-catho.

– Raison de plus, hein, Chib ?

Il haussa les épaules. Qui pouvait dire ce qu'une femme comme Blanche Andrieu pouvait faire ou ne pas faire ? Et qui pouvait dire ce que Chib Moreno aurait bien aimé lui faire ou ne pas lui faire ?

– Est-ce que les autres enfants se font souvent mal aussi ? insista Gaëlle, visiblement passionnée par le sujet.

– Non pas spécialement.

– Est-ce qu'il y en a qui se sont déjà cassé quelque chose ?

Aïcha réfléchit quelques secondes.

– Je ne crois pas. Mais ça ne veut rien dire. Je t'ai dit qu'Élilou était très maladroite.

Gaëlle se tourna vers Chib, la mine complice.

– C'est ce qu'on dit toujours des enfants maltraités. « Il a glissé, il est tombé dans l'escalier... »

– Arrête ! protesta Aïcha, c'est comme ça qu'elle s'est tuée, le pauvre bout de chou.

– Cordier a examiné le corps ? s'enquit Chib en s'asseyant.

– On l'a appelé tout de suite, c'est moi qui ai téléphoné, file-moi un coup de blanc Gaëlle, merci.

Aïcha but une gorgée, puis reprit :

– Il était six heures trente, je venais de me lever, je me dirigeais vers la cuisine pour prendre mon petit déjeuner, je m'occupe pas de la bouffe, y a une cuisinière, Colette. Bon, bref, je traverse le grand hall, il faisait sombre, j'avais pas allumé, et je vois quelque chose au pied de l'escalier. Un tas de linge. À part qu'en même temps que je me disais ça je savais que c'était pas un tas de linge et j'ai eu mal au ventre, c'est bizarre, les choses. Donc je m'approche, je sens mon cœur qui cogne, je sais pas encore que c'est Élilou, mais je suis comme malade, et là d'un coup je la vois. Elle est allongée à plat ventre, mais... oh, merde... c'est sa tête qui... parce qu'elle a la tête à l'envers, elle me regarde, alors qu'elle est à plat ventre, hein, et je sens mes jambes qui deviennent toutes molles, parce que je pense tout ça en même temps, la tête à l'envers, et aussi qu'elle me regarde pas en fait, parce qu'elle a les yeux comme des morceaux de verre peint, juste ouverts et immobiles. Rien que d'y repenser, ça me donne envie de gerber.

Personne ne dit rien. Gaëlle remplit les verres de nouveau. Les palmes de Greg frappaient l'eau. Aïcha passa la main dans ses cheveux, se lissant les tempes. Gaëlle se pencha vers elle :

– Et qu'est-ce que t'as fait ? T'as hurlé ? Tu t'es évanouie ?

– Non. Non, j'ai pas hurlé, je me suis pas évanouie. C'est drôle, mais je suis devenue très calme d'un coup, quand j'ai compris qu'elle était morte. J'ai d'abord couru dans le bureau d'Andrieu, chercher le numéro du portable de Cordier et je l'ai appelé. Il était en train de se raser, j'entendais le rasoir, il a dit : « Putain, c'est pas vrai ! », et puis : « J'arrive ! », et je l'ai entendu qui marmonnait : « Oh, mon Dieu ! Pauvre Blanche ! », après j'ai été le dire à Colette qui a commencé à crier, je lui ai dit de la fermer, que c'était pas le moment, et puis je suis montée. Et là, là, j'avais tellement la trouille de leur annoncer ça, que j'étais, je sais pas, comme si je planais tu vois, je suis montée à l'étage, toutes les chambres sont au premier, j'ai tapé à la porte de leur chambre, c'est lui qui a ouvert, il était en jogging, tous les matins, il court une demi-heure dans le parc, et il m'a dit : « Qu'est-ce qu'il y a ? », l'air pas content. « Élilou a eu un accident, Monsieur. »

– L'horreur ! commenta Gaëlle en vidant son verre.

– Tu l'as dit ! Il a dû sentir que c'était grave, à voir ma tête, et puis j'avais la voix qui tremblait, il est devenu tout blanc, d'un coup. « Quel accident ? Qu'est-ce qui s'est passé ? » « C'est très grave. Elle est tombée dans l'escalier, elle… je crois qu'elle… », j'ai rien pu dire de plus, il m'a poussée, j'ai failli tomber et il s'est mis à courir comme un fou, et puis je l'ai entendu hurler : « Élilou ! », ça m'a transpercée, et Blanche s'est levée d'un bond, elle est sortie toute décoiffée, elle a dit : « Quoi ? qu'est-ce qu'il y a ? », j'ai pas pu lui répondre, lui il hurlait, « Élilou ! », elle s'est précipitée vers l'escalier, elle était en chemise de nuit, celle avec les lapins, elle a crié : « Jean-Hugues ? », et puis elle s'est mise à hurler aussi, je savais pas quoi faire, les gosses ont commencé à sortir de leurs chambres, j'ai essayé de leur interdire de passer, mais Charles m'a presque fait tomber, alors là, c'était la confusion totale, tout le monde hurlait, et Andrieu il tenait sa gamine dans les bras comme s'il la berçait, c'est con mais j'ai pensé à Clark Gable dans *Autant en emporte le vent*, quand sa petite Bonnie Blue meurt, je me suis mise à chialer, mais à chialer…

– J'imagine. Moi, je crois que je serais tombée dans les pommes, commenta Gaëlle, les yeux écarquillés.

– Ben, elle, elle s'est évanouie. Elle a porté la main à sa poitrine et boum, par terre. À ce moment-là, on a sonné, j'ai couru ouvrir, c'était Cordier, heureusement. Il a fait reculer tout le monde, il a dit à Andrieu de poser la petite sur le canapé. Il s'est penché sur elle et il a secoué la tête, comme ça. Le père Andrieu, il a vacillé comme si on lui avait foutu un coup de poing. Il s'est raccroché à Charles qui disait pas un mot. Et ce con de Louis-Marie qui demande : « Est-ce qu'Élilou est morte, Papa ? » Je l'aurais giflé ! Cordier, il a été très bien. Il s'est tourné vers eux et il a dit : « Soyez courageux les enfants, votre petite sœur n'a pas survécu à sa chute. » Et puis il a fait une piqûre à Blanche qui gémissait, il a filé une plaquette de comprimés à Andrieu, il a dit à Colette de faire du café, qu'est-ce qu'elle pouvait pleurer en le faisant, la pauvre vieille !

– Et toi ? Il t'a rien donné ?

– Moi ? Il m'a serrée contre lui, le bouc.

– Peut-être un geste de pure compassion ? hasarda Chib.

– Tu parles !

– C'est un vrai obsédé ou quoi ? s'enquit Gaëlle en vidant son verre.

– Pas mal obsédé par mon corps de rêve, c'est vrai.

– Personne n'a mis en doute la version de la chute ? demanda Chib.

– Ben, je l'ai trouvée en bas de l'escalier, la tête retournée, une pantoufle sur une marche, c'était évident qu'elle avait glissé !

– Hmm… À vrai dire on aurait pu lui rompre la nuque n'importe où et puis la déposer là, pas vrai Gaëlle ?

– Vrai, répondit celle-ci, les sourcils froncés. Mais pourquoi imaginer un meurtre quand on a affaire à une petite fille maladroite ? Tu as l'esprit un peu tordu, non ?

– Je sais pas, concéda-t-il. Je sens des mauvaises vibrations dans cette histoire.

– Ouh là ! T'es médium ?

– Non, mais… elle avait l'habitude de se lever tôt, la petite ?

– En général, je les réveille à sept heures, pour l'école, expliqua Aïcha. J'aide Eunice et Annabelle à se préparer. Mais Élilou a très bien pu se réveiller avant et vouloir descendre à la cuisine, elle est très gourmande.

– Était, corrigea Gaëlle.

– Ça lui arrivait souvent ? insista Chib.

– Parfois. Une fois, je l'ai même trouvée installée devant la télé !

– Et personne ne l'a entendue se lever ? Elle a une chambre pour elle toute seule ?

– Oui, ils ont chacun la leur. De toute façon, si elle s'est levée pour faire une bêtise, elle aura fait tout doucement.

– Rassuré, monsieur Chib ? s'enquit Gaëlle en souriant.

– Bien obligé, mademoiselle le médecin. Mais pas complètement convaincu.

– Et voilà le travail !

Un Greg dégoulinant grimpait l'échelle de plongée, brandissant son harpon où pendouillait un minuscule calamar.

– Oh le pauvre, mais c'est un bébé ! s'écria Gaëlle, on va pas le tuer quand même !

– Remets-le à l'eau, s'il te plaît ! renchérit Aïcha.

– Vous êtes connes ou quoi ? C'est délicieux, grillé à la planche.

– On s'en fiche, on n'en mangera pas ! trancha Aïcha. On est contre le génocide des pieuvres.

– Mais c'est pas une pieuvre, c'est un putain de calamar ! Ça se bouffe, comme le poulet !

Silence.

– Oh et puis merde ! marmonna Greg en retirant le petit calamar de la pointe en acier et en le rejetant à l'eau. Voilà, tout le monde est content ?

– T'es gentil ! lui assura Aïcha en l'embrassant sur la joue, et il rougit.

Toi, mon p'tit père, elle va te faire marcher droit, celle-là, diagnostiqua Chib en se rallongeant, tout souriant...

En rentrant chez lui avec Gaëlle, après avoir dîné tous les quatre au restaurant panoramique du Sofitel – merci, Greg –, Chib se sentait un peu ivre. Il avait trop bu. Gaëlle aussi, elle n'arrêtait pas de trébucher et de glousser en regardant les spécimens empaillés. Il n'avait pas prévu de la ramener, ça s'était fait comme ça, quand Greg et Aïcha leur avaient dit bonsoir, avant de s'engouffrer dans le 4×4 de Greg. « J'aimerais bien voir ton atelier, lui avait-elle dit, si ça ne t'ennuie pas. »

Elle était mignonne, sympa, intelligente. Pourquoi pas ? Est-ce qu'il avait fait vœu de chasteté ? Non. Est-ce qu'il avait tous les soirs des jolies filles de vingt-quatre ans prêtes à se pendre à son cou ? Non. Alors, roule ma poule !

Il lui proposa une Despé ou un cognac.

– Cognac, merci.

Il s'en servit un aussi. Il était bon, un cadeau de la comtesse Di Fazio.

Pendant qu'elle sirotait son cognac, il se dirigea vers la mini-chaîne hi-fi. *In the Mood For Love*.

– Tu as aimé le film ? demanda Gaëlle en se resservant.

– Beaucoup. Et toi ?

– Super ! Tu danses ?

Plus tard, allongée contre lui dans l'obscurité de la chambre, pendant qu'il fumait, elle lui demanda soudain :

– Est-ce qu'elle avait des ecchymoses dans le dos ?

– Pardon ?

– La petite fille, est-ce qu'elle avait des ecchymoses dans le dos ?

– Oui, pourquoi ?

– C'est souvent le cas chez les enfants victimes de sévices. Des bleus dans des zones où on se cogne rarement habituellement. « Hors des zones de chute habituelles, à des endroits peu accessibles par l'enfant », récita-t-elle. Tu me passes une taffe ?

Chib lui passa sa Marlboro, il avait le bras tout engourdi.

– Qu'est-ce que tu sais d'autre là-dessus ?

– Plein de choses, mais je ne voulais pas en parler devant les autres, c'est assez sinistre. Est-ce que tu peux avoir accès au corps ?

Il réfléchit un instant.

– Oui, je pense. Je peux prétexter une dernière visite.

– Vérifie si elle est vierge, laissa tomber Gaëlle d'une voix froide.

Chib se redressa, manquant l'éborgner.

– Quoi ?!
– Crois-moi, vérifie, tu seras plus tranquille.
– Mais c'est monstrueux !
– C'est toi qui as vingt-quatre ans ou moi ? Quel âge tu as, d'abord ?
– Quarante-deux.
– Ouah le vieux ! Je me fais sauter par un vieux black !
– C'est moi qui me suis fait sauter. Malgré ma résistance acharnée.
– J'ai pas trop remarqué, mais bon, si tu le dis…
Ils se turent un instant. Le vent faisait grincer les volets en bois. On entendait la mer, chuintement calme et régulier.
– Tu crois vraiment qu'il faut… ? reprit Chib en écrasant son mégot dans la boîte de bière vide qui faisait office de cendrier.
– Si tu veux avoir l'esprit tranquille, oui, assura Gaëlle en bâillant. Oh là là ! Demain, je me lève à six heures, je dois être à huit heures à la fac.
– Un samedi ?
– Hmm. On a une autopsie.
– Décidément, on est faits l'un pour l'autre, sourit Chib en l'enlaçant. Tu veux que je te montre ce que je sais faire avec mon scalpel ?
– Tu m'as assez éventrée pour ce soir. Chante-moi plutôt une berceuse.
– *Dos gardenias para ti*
Con ellas quiero decir…

CHAPITRE 5

La cérémonie était prévue à dix-sept heures. Chib freina devant le portail à 16h30, le souffle court, mal au crâne, sale goût dans la bouche malgré le chewing-gum. Il saisit sa mallette, un modèle noir à armature métallique, essaya de respirer profondément jusqu'à vingt, renonça à la douzième inspiration, descendit et sonna.

Aïcha vint ouvrir, elle avait les traits tirés, les yeux creux.

– On a vraiment trop bu hier ! J'ai une de ces gueules de bois ! Pas toi ?

Il hocha la tête.

– Un peu.

– Et Gaëlle, elle est bien rentrée ?

– Je crois, oui, fit-il évasif.

– Pas la peine de mentir, elle m'a téléphoné !

Ce besoin de bavardages entre filles ! Une vraie tare congénitale ! Il lui emboîta le pas le long de l'allée en se demandant quels avaient pu être les commentaires de Gaëlle. « Il casse pas trois pattes à un canard », « Sympa mais un peu mou, tu vois… », « Veut bien faire ». Ça, c'était le pire. L'étiquette « Élève appliqué mais pas doué ». Il haussa les épaules. Pas complexé, le mec, non pas du tout !

Plusieurs voitures étaient garées sur le parvis. Il reconnut la 606 bleu nuit de Belle-Mamie.

– Qui est-ce qui est déjà arrivé, à part la grand-mère ? demanda-t-il à voix basse.

– Tout le monde, sauf Cordier. Le curé, les Labarrière – des amis à eux –, Chassignol – l'associé d'Andrieu – avec sa pétasse, et les Osmond, des voisins.

– Elle n'a pas de parents, Blanche ?

– Décédés. Elle a une vieille tante qui peut pas se déplacer.

Il posa la main sur son bras, légèrement, en désignant sa mallette d'un air entendu.

– Je dois passer à la chapelle.

Le fin visage d'Aïcha se crispa.

– Une dernière inspection, je ne veux pas qu'il y ait de problèmes, ce serait trop moche, expliqua-t-il vaguement. Préviens-les que je suis là-bas et qu'il vaut mieux qu'ils ne viennent pas, OK ?

– Mais si Andrieu...

– Il n'a sûrement pas envie de voir la toilette mortuaire d'Élilou, alors dis-lui que je les rejoindrai quand tout sera prêt.

– Il va pas apprécier...

– Il m'a payé pour faire un boulot, je le fais. Elle ferme à clé la chapelle ?

Ils étaient arrivés devant le vantail sculpté.

– Y a une grosse clé à l'intérieur, je sais pas si elle marche, les voleurs de chapelles c'est assez rare, jeta Aïcha en s'éloignant rapidement vers la maison.

Il poussa la porte. De nouveau cette odeur de poussière, de terre, de froid et de vieux. On avait recouvert les tréteaux d'un velours violet orné de franges dorées, et le cercueil en verre reposait au centre, devant l'autel préparé pour la messe.

Chib referma la porte derrière lui, actionna la grosse clé en fer. Elle tournait. Parfait. Il avait peu de temps. Il ouvrit sa mallette, en sortit la palette à maquillage pour donner le change, enfila ses gants en caoutchouc avec l'impression de commettre un crime, puis souleva le couvercle qui pesait une tonne.

Élilou, les paupières closes, allongée sur le dos, ses boucles blondes en corolle, les mains croisées sur la poitrine, les jambes jointes, les lèvres scellées par la colle spéciale.

La bouche sèche, le cœur battant, évitant de regarder les paupières closes, il plongea sa main droite entre les cuisses menues en réprimant l'impulsion de s'enfuir, toucha la culotte de la fillette avec répulsion, glissa sa main à l'intérieur.

Tu peux pas faire ça Chib, tu peux pas faire ça sur le cadavre d'une petite fille. Mais il devait savoir.

Des pas sur le gravier. Une portière qui claquait. Vite ! Il plongea son majeur ganté dans le sexe roide de l'enfant qui semblait hermétiquement scellé. Combien de tôle on pouvait se prendre pour un truc comme ça ? Profanation de cadavres ? Cinq ans ?

Il appuya plus fortement, les pas se rapprochaient, bruit de voix, vite, nom de Dieu de nom de Dieu !

Il retira sa main, brûlant de honte, redressa les petites jambes, tira sur la robe, rabattit le couvercle, se précipita vers la porte pour tourner sans bruit la clé dans la serrure monumentale, ôta son gant et referma sa mallette comme Jean-Hugues Andrieu entrait, mâchoires crispées.

– Aïcha m'a dit que vous aviez souhaité effectuer une dernière visite ? jeta-t-il glacial.

– Oui, je voulais m'assurer que tout était en ordre. Parfois... certains détails... il vaut mieux...

Il laissa sa phrase en suspens à la mode de chez eux et Andrieu opina, calmé...

– Elle est belle, n'est-ce pas ? souffla-t-il en direction du cercueil. Oh, mon Dieu, ç'aurait été une si belle jeune fille !

Il étouffa un sanglot, jailli du plus profond de son être, puis se détourna et sortit d'une démarche mécanique.

Avalant sa salive, Chib l'imita, la tête en feu.

Elle ne l'était pas ! Elle n'était pas vierge. Pas d'hymen ! Une petite fille de huit ans ! Comment était-ce possible ? Une malformation génétique ? Une rupture prématurée de l'hymen suite à une chute ? Due à la pratique du poney ?

On l'a violée, voilà la vérité. Quelqu'un l'a violée et l'a tuée.

Prévenir les flics ? Greg doit bien avoir un contact au commissariat. Mais dire quoi ?

– Bonjour, monsieur Moreno.

Il avait failli rentrer dans Blanche, livide dans sa robe bleu marine sans aucun ornement, presque pas maquillée, les épaules voûtées. Il la salua, les yeux fixés sur le petit Christ doré qui se balançait à son cou...

– Mon cousin, le père Dubois, enchaîna-t-elle en lui désignant un petit homme maigre au visage sévère, en costume gris foncé, une croix argentée épinglée au revers de sa veste.

Le prêtre inclina la tête sans rien dire. Chib se fit la remarque que ses yeux et ses cheveux étaient de la même nuance de gris que son costume. Son col ecclésiastique pointait sous une pomme d'Adam proéminente. Ses lèvres minces ne souriaient pas. Il avait moins l'air d'un pédophile que d'un gestapiste à la retraite, se dit Chib, comme Belle-Mamie le saluait à son tour, les yeux gonflés, un mouchoir à la main. Puis Blanche lui présenta leurs amis, les Labarrière, la cinquantaine cossue, bien habillés, bien coiffés, jolis bijoux pour elle, cravate Breuer pour lui, propres, sains, roses, R. A. S. Les Osmond, les voisins, sensiblement du même âge, étaient un peu moins fades. John Osmond avait la panse joviale des buveurs de bière, et son épouse, Clotilde, le nez couperosé des alcooliques. Lui avait opté pour une tenue de gentleman-farmer dans les vert olive, elle pour une robe chasuble mal coupée qui lui donnait l'air d'une bonne sœur en civil. Quant aux Chassignol, c'était encore autre chose. Rémi Chassignol, l'associé, tapait le genre grand prédateur, très à l'aise dans son superbe costume Gilles Masson, épaisse chevelure sombre coupée dru, œil d'acier, nez aquilin, tandis que sa pétasse – dixit Aïcha – arborait fesses rondes et seins volumineux, le tout étroitement moulé dans une petite robe sombre griffée, ses longs cheveux blonds éparpillés sur ses épaules et sa bouche gonflée entrouverte en une moue d'adoration perpétuelle.

Serrements de main polis, brefs sourires contraints, on parlait à voix basse, on se mouvait en silence, on secouait la tête avec tristesse et compassion.

Charles se tenait dans un coin, les yeux rouges comme s'il avait pleuré, bras croisés, très droit dans un costume sombre, peigné au cordeau, réplique miniature de son père. Il toisa Chib sans le saluer.

– Que désirez-vous boire ? demanda soudain Blanche, derrière lui.

– Je vais prendre un peu d'eau, merci.

Elle fit signe au serveur en veste blanche, l'extra dont avait parlé Aïcha.

Blanche… Il regarda la ligne fine de sa nuque. Y poser la main. L'attirer contre lui. La protéger. Protéger contre quoi ? Contre qui ? Contre la Mort ? Ridicule.

La protéger contre la vérité qu'elle ignorait ? Que quelqu'un avait abusé de son enfant ? Était-il capable de leur dire ça ? Non. Alors, il allait laisser un assassin en liberté ? Oui. Parce qu'il n'était pas sûr. Ce n'étaient que des suppositions morbides.

Et le fait qu'elle ne soit pas vierge ? C'est une hallucination tactile ? Il avala son verre d'eau minérale d'un trait, la bouche sèche. Envie d'appeler Gaëlle. Il hésita à sortir pour téléphoner, mais à ce moment-là le père Dubois toussota.

– Mesdames, Messieurs, si vous voulez bien me suivre…

Chib nota l'ombre d'appréhension sur le visage de la Pétasse dont il n'avait pas bien entendu le nom. Quelque chose comme Winnie. Winnie-l'Oursonne-Permanentée ? Belle-Mamie porta la main à sa poitrine sanglée dans un tailleur gris, et soupira profondément. Charles s'approcha, posa sa grande main d'ado trop vite poussé sur son bras tavelé. Elle lui caressa la tête, avec un sourire ému. Blanche se tordait les mains, enlacée par Andrieu, tête basse. Les Osmond regardaient obstinément par terre, les Labarrière ostensiblement en l'air.

La petite procession atteignit la chapelle dans un silence uniquement troublé par le crissement du gravier. Chib expira lentement, les nerfs en pelote.

Ils pénétrèrent dans la chapelle, prirent place dans les travées fraîchement encaustiquées pour l'occasion. Chacun tendait discrètement le cou pour mieux voir le cercueil et le cadavre qui y reposait. Puis la Pétasse cacha son visage dans la poitrine musclée de Chassignol. Noémie Labarrière esquissa un signe de croix. Clotilde Osmond entreprit de feuilleter le missel posé devant elle. Belle-Mamie, près de son fils, se tamponnait les yeux. Blanche étreignait le bois grêlé du prie-Dieu, frissonnante. Les hommes, eux, ne bougeaient pas, regard dans le lointain, rigides comme des sentinelles. Le père Dubois enfila son étole violette, passa derrière l'autel.

C'est alors que les enfants firent leur entrée, en file indienne, conduits par une Aïcha décomposée. Eunice, toute souriante, suivie d'Annabelle les yeux gonflés de larmes, et de Louis-Marie, en blazer bleu marine, raide et solennel. Charles fermait la marche, livide. Ils prirent place sur le banc qui leur était réservé, derrière leurs parents, juste devant Chib. Aïcha s'assit près de la petite Eunice.

– Mes très chers frères, mes très chères sœurs, nous sommes réunis…

– Pourquoi elle est dans la boîte en verre, Élilou ? glapit Eunice.

– Chuut, ma chérie, on ne parle pas pendant la messe ! dit Andrieu en se retournant, un doigt sur les lèvres.

– Nous sommes réunis dans de bien tristes circonstances…

– J'ai envie de faire pipi !

– Ferme-la, lui jeta à mi-voix Louis-Marie, ferme-la, ou gare à toi !

– Méchant ! Je le dirai à Maman ! chuchota la petite en retour avant de se blottir dans les bras d'Aïcha, qui semblait au bord des larmes.

– … d'Élisabeth-Louise, dont l'âme pure et innocente est allée rejoindre…

Pure et innocente… Chib serra les poings.

– … notre chagrin…

Un sanglot rauque s'éleva soudain. C'était Winnie-la-Pétasse, les yeux révulsés. Elle marmonna « Excusez-moi » avant de se moucher bruyamment.

Belle-Mamie, droite comme un i, la fustigea du regard. Les Osmond fixaient maintenant leurs pieds avec acharnement. Paul Labarrière avait fermé les yeux. Noémie les gardait rivés sur ceux du prêtre, sans doute pour éviter de voir le cercueil transparent.

Chib vit que les mains de Charles tremblaient. Le jeune garçon ne pleurait pas, mais s'était empourpré. Louis-Marie s'était composé un visage de granit, paupières baissées, lèvres serrées à ne plus faire qu'un pli. Annabelle se balançait sur ses pieds de plus en plus vite, en faisant claquer ses dents. Eunice, serrée contre Aïcha, suçait frénétiquement son pouce, les yeux grands comme des soucoupes.

Blanche semblait sur le point de s'évanouir, secouée de frissons.

– … parce que nous croyons à la résurrection…

Pas moi, se dit Chib, oh non, les bouchers et les croque-morts ne croient pas à la résurrection.

– Prions ! « Notre Père qui êtes aux cieux… »

Concert de voix mal affermies, raclements de gorge, toux. Chib ouvrait la bouche en cadence sans émettre réellement de sons. Il n'aimait pas prier. Il s'aperçut que Charles ne participait pas, lèvres obstinément closes, le regard fixé sur le grand Christ en bois suspendu au-dessus de l'autel. Un regard chargé de ressentiment et de colère. Contre un dieu si cruel ?

Dubois élevait l'hostie, puis le ciboire contenant le vin de messe. « Il est grand le mystère de la foi », et celui de la mort encore plus, se dit Chib qui ne pouvait s'empêcher de jeter de fréquents coups d'œil à Élilou, tellement sage dans sa cage de verre. Louis-Marie aussi regardait sa sœur, tout en marmottant. Chib faillit sursauter. Il venait distinctement de lire sur ses lèvres « Fuck you ». Mais à qui le garçon s'adressait-il ? À lui, Chib ? Au curé ? À Dieu ? Ou à celui qui avait tué sa sœur ? Tu sombres dans la démence précoce, Chib. S'il était au courant, il en aurait peut-être parlé à ses parents, tu ne crois pas ? Sauf si c'est son papa, le violeur-assassin. Mais Jean-Hugues Andrieu abusant de sa fille et lui brisant ensuite le cou comme à un poulet, ça ne semblait pas très plausible.

Ils allaient communier. Tous, sauf Chassignol, Clotilde Osmond, Aïcha, et, ô surprise, Blanche, prostrée sur son banc, la tête baissée.

Andrieu se pencha sur elle, une main sur son épaule. Chuchotement. Pas de réaction. « Blanche, voyons ! »

Brève torsion du buste : « Laisse-moi ! »

Il serra les poings avant de remonter l'allée à son tour, deux taches rouges sur les pommettes. Belle-Mamie, les yeux exorbités, revenant vers eux :

– Ça ne va pas, Blanche ?

Pas de réponse. Belle-Mamie, l'air pincé, reprenant sa place. Winnie-la-Pétasse trébuchant près du cercueil et manquant s'étaler, se rattrapant à Paul Labarrière. Noémie Labarrière pleurant silencieusement, de petites larmes serrées coulant sur ses joues bronzées de quinquagénaire en bonne forme. Connaissait-elle bien Élilou ? Ou pleurait-elle pour le chagrin des parents ? Il entendit Chassignol tousser sur sa droite, puis se moucher. Aïcha se tourna brièvement vers lui, les yeux pleins de larmes. Il se pencha et lui pressa l'épaule, en signe de réconfort, tout en ressentant violemment que c'était à Blanche que ce geste s'adressait. Eunice s'était endormie, un peu de bave coulait sur son menton. Annabelle, trop jeune pour communier, donnait de petits coups de pied dans le dossier du banc de son père, pas assez fort pour se faire gronder.

Le père Dubois reprenait la parole, on se levait, on joignait les mains, on se demandait si ça allait enfin être fini, qu'on emporte ce corps rompu impudiquement exposé, qu'on arrête cette torture !

Aïcha, Eunice dans les bras, essayant de faire se redresser Annabelle, la lippe boudeuse. Une taloche de Charles, la fillette se releva d'un bond, toute rouge. Louis-Marie lui décocha un regard glacial et elle se raidit. Blanche s'était redressée, elle aussi, les mains serrées, elle tremblait si fort qu'il avait l'impression de sentir la vibration qui la traversait. Andrieu renifla. Ses mains étreignaient le prie-Dieu, blanches aux articulations.

« *Requiem aeternam dona eis Domine. Et lux perpetua luceat eis.* »

« Donne-leur, Seigneur, le repos éternel et que la lumière brille sans fin pour eux. »

Cette lumière qu'ils ne voient plus. Ce repos dont ils n'ont que trop. Enveloppe de chair remplie de liquide aseptique, as-tu accès aux anges ?

De la musique. De l'orgue, bien sûr. Mozart. Le *Requiem* inachevé. Les sanglots éclatèrent. Noémie Labarrière se cachait derrière un mouchoir brodé. Winnie-la-Pétasse sortit en courant, haletante. Chassignol la fusilla du regard, tout en essuyant une larme furtive. John Osmond était cramoisi, Clotilde se tamponnait les yeux. Belle-Mamie avait posé la tête sur l'épaule de son fils, secouée de sanglots. Elle se tourna vers Charles, lui serra le poignet, essaya d'embrasser Louis-Marie qui se dégagea, caressa la joue d'Annabelle qui se mit à pleurer, bruyamment. Son père la prit dans ses bras tandis que Dubois bénissait le cercueil.

– Allez dans la paix du Seigneur…

Ite Missa Est. Il ne reste plus qu'à continuer à vivre.

Andrieu prit Blanche par le bras, la tirant vers la travée centrale. Elle résista, faiblement, puis le suivit, la tête tournée vers son enfant abandonnée aux ténèbres éternelles.

Procession vers la sortie, la lumière violette du crépuscule, l'odeur des jasmins en fleur. Il y avait du vent. Coucher de soleil sur la montagne. Un avion passait, très haut, panache blanc. Le contact fugitif de la hanche de Blanche contre la hanche de Chib. Aïcha emmenait les petites vers la maison, suivies lentement par le reste de l'assistance. Winnie, appuyée à la BMW de Chassignol, reprenait sa respiration. Elle s'était remaquillée. Noémie prit Blanche dans ses bras, sans rien dire, la serra contre elle. Immobilité résignée de Blanche. Paul Labarrière empoignant gauchement l'épaule d'Andrieu. Belle-Mamie, cramponnée à Charles, qui avait l'air d'un vieillard de seize ans. Louis-Marie shoota dans un caillou avec violence, en reniflant. Chib ne savait quelle contenance adopter. Les paroles de réconfort semblaient tellement dérisoires. Il se demanda où était enterré l'autre enfant, le bébé Léon. Blanche avait fait allusion à une concession privée. Un caveau dans la chapelle ? Mais qu'est-ce que ça peut te foutre, Chib, tu vas aller déterrer le bébé pour voir si on l'a sodomisé avant de le noyer ?

– Vous avez effectué un travail remarquable, monsieur Moreno.

Il pivota. Le père Dubois le regardait, sa bouche mince figée en une esquisse de sourire.

– Heu…

– Ils voulaient tellement garder d'elle une image radieuse, l'image de l'enfant si gaie qu'elle était, déclara-t-il de sa voix flûtée.

S'il trouvait que le vampire empaillé posé dans le cercueil avait l'air gai, tant mieux.

– C'est une terrible épreuve… s'entendit chevroter Chib.

– La vie est un don de Dieu dont l'homme ne peut disposer, hélas. Excusez-moi, Jean-Hugues me fait signe.

– Vous croyez aux morts-vivants ?

C'était Louis-Marie, pâle, ses quatorze ans pleins d'anxiété.

– Non. Absolument pas. Les morts ne se relèvent jamais. Parce qu'ils sont morts. Crois-moi, je sais de quoi je parle, lui assura Chib en soupirant.

– C'est vous qui avez embaumé ma sœur ?

– Mmm.

– On dirait une poupée. Une poupée de viande, ajouta le garçon avec une moue écœurée.

Bon sang, quelle horrible expression !

– On dirait qu'elle est méchante !

– Elle n'est pas méchante, c'est simplement qu'elle ne sourit plus, qu'elle ne parle plus, tu comprends ? Mais elle ne va pas se relever, ça tu peux en être sûr.

– J'espère, conclut Louis-Marie en soupirant, visiblement pas convaincu.

– Louis-Marie ! appela Belle-Mamie.

Il haussa les épaules et s'éloigna d'un pas saccadé.

CHAPITRE 6

La réception avait lieu dans un des salons, une vaste pièce aux murs ocre, au sol recouvert de terre vernissée. Une grande table de ferme en occupait le centre, surchargée de victuailles. Quelques tableaux – des préraphaélites –, un bouquet de camélias blancs dans un vase en porcelaine chinoise, des chaises en fer forgé.

On aurait pu se croire en Toscane, se dit Chib en effleurant une grande amphore d'où débordait un nécessaire à broder.

Les extra débouchaient les bouteilles, commençaient à servir. Chib prit une assiette – un carré jaune en céramique – et un gobelet assorti afin de se donner une contenance. Personne ne semblait avoir très faim, mais on se servait, histoire de s'occuper les mains, d'avoir l'air affairé. Blanche se tenait près de la porte-fenêtre. Il suivit son regard et il vit qu'elle contemplait la chapelle.

Jean-Hugues Andrieu buvait, du muscadet glacé, méthodiquement, rapidement, sans manger. Belle-Mamie posa une main inquiète sur son bras et il hocha la tête en soupirant avant de reposer son verre.

– J'ai couché Eunice, elle était fatiguée, vint dire Aïcha à Blanche qui opina distraitement.

Elle sortit non sans avoir jeté un coup d'œil rapide à Chib. Annabelle, juchée sur une chaise, jouait avec sa console. Les garçons avaient disparu.

Bribes de conversation entre Rémi Chassignol et Paul Labarrière, en aparté :

– Alors cher vice-président, tu as pu parler de moi à tes amis socialistes ?

– Le conseil régional n'est pas l'antichambre de la corruption, mon vieux, rétorqua Paul. On en discutera demain.

Sensation de brûlure sur sa nuque. Il se retourna. De nouveau le père Dubois. Ses petites lèvres fines comme une cicatrice.

– Vous êtes catholique, monsieur Moreno ?

Non, moi y en a g'and so'cier vaudou qui mange les Blancs en salade le dimanche.

– J'ai été baptisé, mais je ne pratique pas.

– Vous avez perdu la foi ?

Qu'est-ce que ça peut te foutre ?

– À vrai dire, j'ai été initié à d'autres rites.

Les yeux du prêtre s'animèrent :

– Vous avez changé de religion ?

– En quelque sorte. Je suis un adepte d'Amon-Rê.

Le père Dubois cilla, puis sa petite bouche s'arrondit en une moue sarcastique.

– Vous plaisantez.

Chib sourit aimablement.

– Disons que je m'intéresse beaucoup aux croyances des anciens Égyptiens.

– Panthéisme débridé, aucune élévation intellectuelle.

– Les concepts de Ka, Ba et Akh me semblent au contraire témoigner d'un grand souci de spiritualité.

Clotilde Osmond, qui mangeait un toast au pâté de campagne, se tourna vers eux.

– Vous vous intéressez à la spiritualité, monsieur heu…

– Moreno. Léonard Moreno. Un peu, oui.

– Et qu'est-ce donc que ces Ka, Ba, etc. ?

– Les trois composantes de l'esprit humain. Le Ka est en quelque sorte votre réservoir de force vitale. Par votre attitude, vous l'alimentez tout au long de votre existence, vous constituant un capital survie pour l'au-delà. Le Ba, c'est un peu notre âme. Il s'envole à notre mort et peut parfois revenir sur Terre, hanter les lieux aimés, et l'Akh est une sorte d'esprit lumineux et immortel avec un petit côté diabolique.

– Billevesées ! lança le père Dubois.

– Je ne trouve pas ça plus étrange que le mystère de la Trinité, lui renvoya Chib, affable.

– Ah, la Sainte Trinité ! approuva Clotilde, quel concept déroutant ! Mon mari est anglican, quant à moi, j'avoue que le bouddhisme me fascine – excusez-moi, mon père.

– Une religion sans Dieu. C'est sans doute l'idéal pour une société qui se veut sans maîtres, laissa tomber le prêtre.

Clotilde fronça les sourcils.

– Voilà une remarque de sociologue.

Chib tendit la main vers une tranche de jambon de Parme ornée d'une rondelle de kiwi et en profita pour s'écarter légèrement. Clotilde et le père Dubois s'étaient maintenant lancés dans une discussion sur le déclin de la spiritualité en Occident. Se laissant habilement dériver vers la porte-fenêtre, il se retrouva près de Blanche, qui n'avait pas bougé, les mains crispées autour d'un gobelet de mercurey auquel elle n'avait pas touché.

Il se versa un verre de vin et fit mine de s'absorber dans la contemplation du tableau qui lui faisait face, une campagne toscane pleine de ruines et d'oliviers.

– J'ai entendu ce que vous avez dit à propos des âmes. De ce que vous avez nommé Ba.

Elle avait parlé sans presque remuer les lèvres.

Il but une gorgée de vin sans savoir quoi dire.

– Cette sorte d'âme immatérielle qui peut revenir dans les lieux aimés. Mais est-ce un fantôme ? Ou alors… juste une présence ?

Il déglutit.

– Vous ne devriez pas imaginer ce genre de choses.

– Vous n'aviez qu'à ne pas les évoquer.

– Les fantômes n'existent pas. Nous ne sommes même pas sûrs d'avoir une âme.

– Ce cher Dubois serait ravi d'entendre ça.

– Ne vous laissez pas entraîner dans le cirque du spiritisme.

– Après la disparition de Léon, j'ai vu une voyante. Je sais que c'est idiot, mais il fallait que je le fasse. Elle m'a dit qu'il était heureux, là-haut, près de Dieu. Qu'il pensait à nous. Qu'il nous aimait. Mais un bébé n'aime pas, n'est-ce pas, ajouta-t-elle en se tournant vers lui, un bébé a des besoins, c'est tout. Et quand il est seul, il souffre.

Il plongea son regard dans le sien.

– Les morts ne souffrent pas. La souffrance, c'est pour les vivants. Les morts reposent en paix, parce qu'ils ne sentent plus rien.

– Qu'en savez-vous ? Ce n'est pas parce que vous êtes une espèce de boucher des défunts que vous détenez la vérité.

Chib sentit ses doigts se crisper sur le joli gobelet jaune. De quel droit osait-elle lui parler comme ça ? La douleur l'égarait ! La douleur ou l'outrecuidance d'une grande bourgeoise ?

– Blanche, ma chérie, tu ne manges rien ?

Andrieu les dominait de toute sa taille, les yeux creux, les pommettes marbrées de rouge.

– Je n'ai pas faim. Nous discutons religion.

– Ah ! bien, bien. La foi est notre seule consolation. Mais, en ce moment, j'aurais tendance à tout envoyer au diable, ajouta-t-il, les dents serrées.

Aucun des deux n'avait pu tuer l'enfant, se dit Chib. Ils l'aimaient à l'évidence, ils l'aimaient et ils souffraient atrocement. Comment avait-il pu même imaginer...

Vibration du portable contre sa hanche.

Il désigna l'appareil, sortit dans le jardin. C'était Gaëlle.

– Comment ça va ?

– Ça va. Et toi, l'autopsie ?

– Un vieux clodo. Un foie comme une oie gavée. À vomir. Et la gamine ?

Il sentit son pouls s'accélérer. Il n'avait pas envie de répondre. Mais il répondait :

– Je crois que... enfin je veux dire... je n'ai pas senti l'hymen.

– Si tu l'as pas senti, c'est qu'y en avait pas.

– Mais c'est impossible !

– Est-ce que tu as prélevé des organes ? Des tissus ?

– Oui, pourquoi ?

– Je voudrais les examiner. Je peux passer chez toi, demain ?

– OK. Ça sera joyeux comme dimanche.

– Après l'effort, le réconfort. Je m'occuperai de toi.

Elle avait déjà raccroché. Et voilà, homme-objet pour jeune étudiante délurée. Il rentra dans la salle à manger. Blanche souriait poliment à John Osmond qui la complimentait sur ses plantations. Quelqu'un avait mis de la musique. Vivaldi. Apaisant. Noémie Labarrière discutait avec Winnie-la-Pétasse des charmes comparés de la Twingo et de la Smart. Il les contourna. Rémi Chassignol, Paul Labarrière et Andrieu commentaient la dernière victoire de Tiger Woods. « Franchement, c'est vraiment le seul Noir que je connaisse qui soit doué pour le golf », disait Andrieu. « En général, ils sont plutôt portés vers l'athlétisme », approuva Chassignol. « C'est une question de morphologie. »

Cool, Chib, propulse ta morphologie jusqu'au buffet et verse-toi donc encore une lichette de mercurey premier cru. Belle-Mamie bavardait avec Annabelle. Clotilde et le père Dubois étaient toujours plongés dans une conversation animée… Elle n'arrêtait pas de s'enfiler des godets de muscadet et rosissait à vue d'œil. Le prêtre buvait du Perrier, ouvrant et fermant sa petite bouche avec préciosité.

Chib consulta discrètement sa Type XX, une Breguet 1954 trouvée aux puces. 18 h 30, il pourrait bientôt s'éclipser, se dit-il comme Charles et Louis-Marie faisaient leur entrée. Charles se servit un toast à la purée d'aubergine. Louis-Marie, walkman sur les oreilles, s'empara d'un verre de limonade.

– Louis-Marie ! dit soudain son père, qu'est-ce que tu fais avec ça ?

– J'écoute le Debussy que je dois jouer pour l'examen de piano, répliqua le garçon en soulevant un écouteur.

– Enlève-moi ça, lui renvoya Andrieu, visiblement mécontent. Enlève-moi ça tout de suite !

– Mais Papa…

– Et ne discute pas !

Louis-Marie blêmit, puis ôta le walkman et le laissa choir par terre.

– Bien, Papa, dit-il.

Et il sortit.

Chassignol toussota, Paul Labarrière se baissa pour ramasser l'objet et le posa sur la table.

– Les jeunes garçons... soupira-t-il.

Andrieu lui retourna un sourire crispé, mais avant qu'il ait pu répliquer Belle-Mamie intervint :

– Les enfants me préoccupent, Jean-Hugues... Ils ont été très choqués, tu sais. Tu devrais demander à Dubois de s'entretenir avec eux.

– Oh, Maman ! Comme si de nos jours les jeunes garçons se confiaient encore à des prêtres ! siffla Andrieu entre ses dents avant de vider son verre.

– Dubois a l'habitude des jeunes, je te rappelle qu'il anime un atelier œcuménique.

– Cordier pourrait peut-être vous conseiller quelqu'un ? suggéra Labarrière à mi-voix. L'an dernier, lorsque Noémie a fait cette... dépression sans aucune raison, il l'a dirigée vers Aymet, le neurologue, vous savez le type qui vient toujours au club en nœud pap ? Eh bien, en quelques séances, tout est rentré dans l'ordre.

– Les enfants n'ont pas besoin d'un psychiatre, voyons ! s'exclama Belle-Mamie.

– Neurologue, pas psychiatre, corrigea Labarrière.

– C'est pareil ! trancha-t-elle en se retournant vers son fils. Ce dont ces enfants ont besoin, c'est d'un soutien moral.

– Insinuerais-tu que je ne remplis pas mon rôle ? lui renvoya soudain Andrieu, les traits durcis.

Chassignol prit Labarrière par le bras :

– Au fait, je ne t'ai pas présenté Winifried...

– Charles et Louis-Marie sont complètement désemparés. Ils ont besoin de toi, Jean-Hugues.

– Et que veux-tu que je fasse ? Je ne peux pas la ressusciter, tu sais !

– Je t'interdis de blasphémer !

– Tu peux m'interdire tout ce que tu veux, ça changera quoi ?

– C'est toi qui as besoin de voir un psychiatre.

– Oh Maman, je t'en prie ! ce n'est pas le moment...

– Toi, et surtout Elle ! Elle est en train de perdre la tête, ajouta-t-elle à voix si basse que Chib dut presque se pencher pour entendre.

– Maman !

– Je suis navré, mais j'ai été retenu... Un infarctus dans ma salle d'attente, imaginez-vous ! Heureusement j'ai pu...

Ils pivotèrent vers Cordier qui s'inclina et baisa la main de Belle-Mamie, puis se tourna vivement vers Andrieu.

– Est-ce que Blanche tient le coup ?

– Elle a juste besoin qu'on la laisse tranquille, siffla Andrieu entre ses dents. Comme moi.

– Je vous ai apporté le...

Cordier tira de sa poche un petit flacon de comprimés qu'il mit dans la main d'Andrieu. Celui-ci le remercia d'un signe de tête avant de s'éloigner brusquement.

Belle-Mamie reposa son toast au saumon à peine entamé.

– Je n'arrive à rien avaler ! confessa-t-elle.

– C'est normal, la rassura Cordier en regardant sa montre. Excusez-moi, il faut que je passe un coup de fil... l'infarctus...

– Est-ce que vous ne pensez pas que Blanche devrait prendre du repos ?

– Certainement.

– Non, je veux dire, du repos... dans une maison de repos par exemple...

Il la dévisagea soudain avec attention.

– Évitez simplement qu'elle reste seule avec les petites, elle n'est pas en état de s'en occuper, surtout Eunice, laissa-t-il tomber avant de s'esquiver vers le salon voisin.

Chib avait l'impression que ses oreilles pointaient comme celles d'un chien de chasse et il était tellement contracté qu'il en avait mal aux mâchoires.

Andrieu avait des problèmes d'autorité avec ses fils. Il supportait visiblement très mal l'ingérence de sa mère dans son ménage. Belle-Mamie voulait faire interner Blanche. Cordier les bourrait tous d'anxiolytiques, antidépresseurs, hypnotiques divers. Bien, bien. On entrait dans les coulisses du joli petit théâtre social. On découvrait la malle à déguisements, les trompe-l'œil, les accessoires. Quant au père Dubois qui travaillait avec des jeunes, il aggravait son cas. À surveiller de près. Et Noémie Labarrière, qui avait eu sa « dépression-sans-raison » ? Se serait-elle aperçue que son époux violait la petite Élilou ? Ce Paul Labarrière si convenable, est-ce qu'il n'avait pas le regard trouble et le menton veule ? Mmm. Un air suspect d'honnête bourgeois.

– La famille... soupira Belle-Mamie qui lui sembla soudain très vieille. Tant de joies et tant de peines...

– Dans les circonstances extrêmement douloureuses que vous connaissez, on a tendance à perdre de vue tout ce qui nous donne la force de vivre. Mais ce n'est pas pour autant que ça n'existe plus.

– Comme vous avez raison ! s'exclama-t-elle soudain. C'est ce que j'essaye de faire comprendre à Blanche. Mais...

– On dit que le chagrin d'une mère est plus profond que l'océan et plus sombre que la nuit.

Chib Moreno, le crooner des lieux communs !

– Une mère se doit aussi à ceux qui restent, fit observer Belle-Mamie avec un faux sourire destiné à atténuer ses propos. Une mère ne peut pas se permettre de se perdre dans l'océan de sa douleur, comme vous dites, parce que sinon, c'est toute la famille qui sombre !

– Quand vous aurez un instant, Louise, j'aimerais vous entretenir de la prochaine mission africaine...

Le père Dubois avait surgi sans crier gare, son verre de Perrier à la main. Il sentait l'eau de Cologne. Ses petits yeux fureteurs coururent le long du visage de Chib qui eut envie de les chasser comme une mouche importune.

– Je vous ai interrompus, excusez-moi, ajouta-t-il tranquillement.

– Nous parlions de l'importance des valeurs familiales, lui renvoya Belle-Mamie. M. Moreno y est très attaché, comme nous.

« Tu te rends compte, un banania ! »

– C'est tout à votre honneur, Moreno, vous permettez que je vous appelle Moreno ? De nos jours, les gens ont tendance à ne plus penser par eux-mêmes, à se laisser dériver sur la pensée dominante comme des bouchons de liège.

Chib opina sans se compromettre. Il avait très souvent l'impression d'être un bouchon d'ébène ballotté par ses propres émotions et les aléas de la vie, incapable de décider de la direction à prendre.

– Tout est inféodé à l'argent, ajouta le prêtre entre ses dents.

– Encore vos obsessions égalitaires, Josselin ! le foudroya Belle-Mamie, vous oubliez que ce sont nos valeurs qui ont fait la France que nous aimons.

– Une catin vautrée dans le lit des multinationales, grogna Dubois en étreignant son verre.

– Ne parlez donc pas de ce que vous ne connaissez pas...

La vieille bique ! Du coin de l'œil, Chib vit Clotilde Osmond vider d'un coup un énième gobelet de vin blanc qu'elle re-remplit derechef. Son mari avait enfin lâché Blanche et s'absorbait maintenant dans la contemplation de la chaîne hi-fi en grignotant une brochette de poulet au citron. Chib esquissa un pas en direction du buffet, laissant le père Dubois et Belle-Mamie à leurs chamailleries.

Après avoir hésité le temps nécessaire à repérer les positions de chacun, il recommença à se laisser dériver vers Blanche, qui se tenait toujours dans l'embrasure de la baie vitrée, entrouverte malgré le froid qui tombait avec la nuit.

Elle frissonnait, les bras croisés sur la poitrine, les yeux levés vers les premières étoiles. Il leva les yeux lui aussi. C'était plus facile d'imaginer que toutes ces lueurs vacillantes étaient de petites âmes scintillantes plutôt que d'énormes boules de feu en train de s'auto-dévorer.

Elle ne tourna pas la tête vers lui.

– Pourquoi vous intéressez-vous à moi ?

C'était venu comme ça, direct, froid.

Pourquoi ? Eh bien...

– Je ne sais pas.

– Vous êtes le genre de charognard qui aime à se nourrir des malheurs d'autrui ?

– Vous êtes le genre de bourgeoise narcissique qui croit que tout se juge à l'aune de son petit monde étriqué ?

– Charognard et agressif.

– Hmm. C'est à cause de mon complexe d'infériorité. Vous savez, la couleur de ma peau…

– J'aime bien la couleur de votre peau.

Elle avait dit ça comme elle aurait dit « Passez-moi le sel », sa sandale en cuir grège traçant des cercles sur le dallage.

Il se sentit soudain comme suspendu avec elle dans une bulle spatio-temporelle, séparé des autres par une fine membrane invisible, une bulle où ils parlaient un langage perceptible à eux seuls.

Foutaises, Chib. Elle te manipule. Elle est barjo, Belle-Mamie a raison. Mais il n'avait pas envie de partir. Il avait envie de rester là, à la toucher, sous ce ciel trop étoilé qui sentait le lilas.

– Ah ! Moreno ! Vous qui vous intéressez à l'Égypte… nous avons une conférence ce mercredi… « Amenhotep IV et la tentation monothéiste », par le père Rosières, un de nos théologiens les plus pointus, et un infatigable voyageur. Vous devriez venir…

Avec un chèque pour une quelconque bonne œuvre en terre africaine, tu vas pas laisser tes pauvres frères sans secours, quand même ! Chib hocha la tête.

– J'essayerai, dit-il.

– C'est à vingt heures, au centre éducatif, route des Ormeaux. Blanche connaît, ajouta le père Dubois.

– Nous faisons partie de l'association « Terre du Nil », laissa tomber celle-ci.

Un ramassis de bondieusards avec des revenus à sept chiffres. Bon, on verrait. Il se retourna et constata que les invités commençaient à s'éclipser. Il était temps d'y aller.

– Je vais vous laisser…

Dubois, arrimé à Blanche, lui fit un signe de tête.

– N'oubliez pas, mercredi à vingt heures !

Blanche ne s'était pas retournée.

Il commença à s'éloigner, perturbé, faillit se cogner dans Andrieu qui le salua distraitement, serra la main sèche de Belle-

Mamie et se retrouva dehors, avec le sentiment de s'échapper d'un univers ensorcelé. Comme la Floride avait l'air vivante ! Il se coula sur le siège en cuir avec reconnaissance. Chaque fois qu'il partait d'ici, il avait l'impression de fuir.

Mais qu'est-ce que tu fuis tant, Chib ?

CHAPITRE 7

Gaëlle releva la tête, écarta une mèche qui lui tombait devant les yeux, reposa le foie d'Élilou dans son compartiment réfrigéré.

– Rien d'anormal, apparemment.

– Qu'est-ce que tu cherches ?

– Des signes de lésions viscérales consécutives à des coups. Si l'enfant a été victime de sévices graves pouvant entraîner la mort, comme un hématome cérébral par exemple, son tortionnaire a pu préférer la tuer et donner au décès l'apparence d'un accident évitant toute autopsie, tu comprends ?

– Tu crois pas que tu pousses le bouchon un peu loin ? Que la pauvre gosse est tout simplement vraiment tombée dans l'escalier ?

– Écoute, j'ai suivi un stage sur les violences domestiques, et je t'assure que c'est vraiment plus courant que ce qu'on croit.

– OK, mais ça ne veut pas dire que tous les enfants décédés le sont à cause de ce genre de choses !

– Dans le cas d'une petite fille déflorée à huit ans, on peut se poser des questions. Fais voir les reins.

– Bon sang, on pourrait pas aller à la plage, plutôt ?

– Arrête de râler, on dirait l'oncle Tom.

– Sympa, merci. Tiens. Amuse-toi.

– Tu crois que je vais devenir comme toi, moi aussi, en vieillissant ?

– Tu veux dire charmante et bien élevée ? Y a peu de chances à mon avis.

Elle rit, tout en plongeant son scalpel dans un rein glacé.

Allongé sur le sable, Chib regardait Gaëlle nager, un crawl souple et assuré. Il s'était rapidement trempé dans l'eau trop froide. Des gosses jouaient au frisbee, un chien compissait un tronc d'arbre déposé là par la dernière tempête. Les examens n'avaient rien montré de particulier. La petite semblait en bonne santé. Gaëlle allait se livrer à des analyses plus pointues à la fac, mais... Chib oscillait sans cesse entre la thèse du meurtre et celle de l'accident. Sans oublier la possibilité que la gamine ait eu des relations sexuelles avec quelqu'un et soit parallèlement tombée dans l'escalier. Est-ce que ses frères et sœurs savaient quelque chose ? Mais comment les interroger ? C'étaient des gosses arrogants, sûrs d'eux, peu enclins à parler aux adultes... Est-ce qu'ils seraient présents à cette foutue conférence sur l'Égypte ? Il s'était renseigné, le père Rosières était effectivement un éminent savant, un spécialiste de la question égyptienne. Est-ce que ça valait le coup d'y aller ? Est-ce que Blanche y serait ? Certainement. Ils voudraient tous l'y emmener pour qu'elle ne reste pas murée dans sa douleur. « Il faut vous changer les idées, Blanche, il faut réagir. » « Le moricaud agressif sera là, ça vous distraira. »

Gaëlle surgit près de lui.

– Ça caille !

Elle commença à s'essuyer vigoureusement, puis se laissa tomber près de lui.

– Qu'est-ce qu'on fait ce soir ? Si tu es libre, bien sûr...

Oui, il était libre, libre comme l'air, libre comme un courant d'air entre deux portes.

– Tu veux aller manger une pizza ?

– Ça, c'est original ! Tu veux que je te fasse la cuisine ?

– Tu sais faire la cuisine ?

– Mon cher Chib, je sais tout faire. Comme dans les films américains, tu sais. Tu bois un verre de chardonnay bien frais pendant que je fais revenir des steaks juteux et succulents et nous avons une conversation pleine d'esprit et de connotations sexuelles élégantes...

– Ça va être dur, mais je veux bien essayer, acquiesça-t-il en croisant les bras derrière la nuque.

Les steaks étaient juteux et succulents. Le vin agréablement glacé. La conversation amusante. Et sa conclusion assez torride, se dit Chib en ramassant son jean jeté en boule sur la télé. Gaëlle, à plat ventre entre les draps chamboulés, lui sourit.

– Tu te défends pas trop mal pour un vieux pépé.

Il lui envoya le jean au visage. Elle lui tira la langue.

– Je crève de soif.

– Champagne ou eau minérale ?

– Champagne, mon prince !

Lui qui ne buvait presque pas, voilà qu'il avait constamment envie de s'enivrer. Il ouvrit le frigo. Est-ce que Blanche dormait ? Est-ce qu'elle se tournait dans son lit moite, les mains griffant les draps ? Est-ce qu'elle essayait de prier, prier jusqu'à en oublier de penser, jusqu'à ne plus entendre les cris déchirants de son enfant aux lèvres scellées par de la colle ?

Il fit sauter le bouchon du Pommery et aspergea Gaëlle avec le liquide mousseux. Quel bonheur de pouvoir se saouler, sans être épié par son mari ou sa belle-mère, sans devoir rendre de comptes à personne !

– À quoi tu penses ?

– À rien. À mon âge, on ne pense plus, on essaye juste de respirer.

– Tu sais, mon frère a un pote qui travaille aux Mœurs.

– Je n'ai pas l'intention de te mettre sur le trottoir.

– Ce serait intéressant de savoir si quelqu'un est fiché, dans l'entourage de la petite.

Il soupira. Cette histoire prenait des proportions délirantes.

– Oui, ce serait bien, s'entendit-il répondre.

Le vent soufflait de nouveau, un vent d'est chargé de nuages noirs. Chib vérifia encore une fois l'adresse. Centre culturel « Les Cèdres », 1027, route des Ormeaux, direction Cabris. À ses pieds, la vieille ville scintillait, ocre et rose. Cité des Parfums. Il n'aimait pas Grasse, malgré sa beauté décrépite. Il avait l'impression d'y étouffer. Trop loin de la mer. Trop fermée, trop concentrique. Il accéléra légèrement. Blanche avait dit : « La première à droite après la station-service. » Blanche. Il l'avait appelée pour lui demander l'adresse exacte. Il lui avait semblé que les deux jours où il n'avait pas eu de ses nouvelles avaient duré deux ans. Mais dès qu'elle avait parlé, c'était comme si elle avait toujours été là. « Ah, vous venez ? » avait-elle dit, il s'était senti gêné, importun peut-être. « Je ne sais pas encore. » La réponse avait jailli : « Venez… », suivie d'un : « Oui, Belle-Mamie, j'arrive ! Excusez-moi. » Fin de la communication.

Est-ce qu'il avait rêvé ce « Venez » ? Pourquoi lui aurait-elle dit ça ? Pourquoi avait-elle raccroché sans rien ajouter ? Où était cette putain de station-service ? Avait-il manqué l'embranchement ?

Il repéra la station-service, un vieux machin avec deux pompes rouillées et un type en casquette sorti des années quarante et tourna à droite comme indiqué. Quelle idée de foutre un centre culturel dans ce désert ! Un centre culturel plein de bourgeois vicieux.

Enfin pas vraiment, si les renseignements obtenus par Gaëlle étaient justes.

Le copain de son frère, celui qui travaillait aux Mœurs, avait bien voulu éplucher ses dossiers en échange d'un déjeuner avec elle. Pas de fiche concernant le père Dubois, les Andrieu, ni aucun de leurs amis.

– Au moins, on le sait ! avait commenté Gaëlle au téléphone.

– C'était bien, le déjeuner ? avait demandé Chib.

– Oui, c'était bien, on a mangé à *L'Ondine*, sur la plage, et puis on est allés fumer un joint chez lui.

Petit pincement ridicule. Il n'allait pas être jaloux de cette gamine ! Il n'était même pas amoureux !

– Tu me demandes pas si j'ai couché avec lui ?

– Qu'est-ce que tu veux que ça me fasse ? T'es libre.

– T'es vraiment un vieux soixante-huitard, toi !

– J'avais neuf ans en soixante-huit, bébé.

– Union libre et tout et tout… j'ai du mal à t'imaginer avec une coupe afro et une chemise à fleurs.

– J'ai toujours porté des costards, et des lunettes de la sécu.

– En fait, on a couché ensemble, avait-elle repris, un ton plus bas, mais c'était pas génial, j'étais trop défoncée.

– Ça t'apprendra à vouloir jouer les grandes filles.

– Bon, je te quitte, j'ai mon cours qui commence dans deux minutes.

Quelle tête il avait, d'abord, ce flic qui fumait du shit ? Une gueule de baroudeur avec un blouson en cuir et des Nike ? De son temps, personne n'aurait couché avec un flic !

Il freina. Le centre culturel des Cèdres se dressait derrière une haie de mimosas. Un grand bâtiment moderne, blanc et vitré. Pas le moindre cèdre en vue. Des lauriers rouges, des agaves, un palmier. Une vingtaine de voitures sur le parking. Allez, en piste !

Les conférences avaient lieu au cinéma, une petite salle d'une centaine de places, fauteuils de récupération en velours bleu roi, rideau rouge, murs tendus de bleu foncé. Deux gros baffles de chaque côté de l'écran. Un projecteur de diapos était installé devant le proscenium, à côté d'un micro.

Il y avait déjà une cinquantaine de personnes disséminées dans la salle. Il avait pris soin d'arriver à la dernière minute pour éviter les conversations avant le début de la conférence. Il prit place au dernier rang, près de la sortie. Il avait repéré Belle-Mamie, avec Charles et Louis-Marie, au deuxième rang. Les Labarrière, un rang derrière. Le père Dubois, debout, conversait avec un vieil homme en soutane, au visage buriné. Le père Rosières, sans doute. Il ne voyait pas Andrieu ni Blanche. Vague de déception comme un reflux.

– Pourquoi restez-vous tout seul dans le noir ?

Il sursauta. Elle le dévisageait, debout, s'éventant avec le programme.

– Tout seul dans le noir, j'y suis en permanence, risqua-t-il. (Ô miracle, ses lèvres frémirent, ombre de sourire.) Je n'ai pas vu votre mari, ajouta-t-il avec désinvolture.

– Un empêchement de dernière minute. Il a dû partir pour Bruxelles. Les affaires… À tout à l'heure.

Elle descendait déjà l'allée, s'asseyait à côté de Belle-Mamie qui se retourna moins d'une minute plus tard, lui adressant un petit salut de la main.

Le père Rosières connaissait son sujet, mais Chib avait eu beaucoup de mal à fixer son attention. Pensées en roue libre, longeant des cimetières fleuris.

On applaudissait le conférencier qui éteignait le projecteur et descendait de l'estrade. Que faire ? Partir ? Rejoindre le petit groupe qui s'était formé autour du prêtre voyageur et participer à la discussion ?

– Il y a un pot au foyer.

Dubois venait de surgir, silencieux comme à son habitude.

– La conférence vous a plu ?

– Très intéressant. On sent qu'il connaît son sujet à fond.

Tout en parlant, ils suivaient le mouvement, se dirigeant vers le foyer. Bouteilles de coca, de jus d'orange et de vin rouge. Cacahuètes, olives, saucisson. Le cocktail basique. Un jeune garçon couvert d'acné faisait le service.

– Ça va, Romain ? lui lança Dubois.

– Ça va, merci.

– Romain est un de nos jeunes du foyer d'accueil, chuchota Dubois à Chib, histoire familiale douloureuse...

– Vous êtes éducateur ?

– Non, mais nous assurons une permanence d'aide spirituelle pour ceux qui le désirent. J'anime un café philo une fois par mois.

– Vous voyagez beaucoup...

– Pas mal, oui. Dans mon cas, apporter la parole du Seigneur n'est pas qu'une image.

Ils étaient arrivés près de Blanche qui sirotait un verre de rouge, l'air absent. Chib demanda la même chose, le père Dubois prenant un verre de coca. Le jeune Romain virevoltait derrière le bar, attentif à ce que tout le monde soit servi. Les Labarrière engagèrent la conversation avec Blanche tandis que Belle-Mamie venait saluer Chib.

– Ils ont retrouvé leur chien ? s'enquit Dubois au bout d'un moment, ajoutant à l'intention de Chib : le terrier des Labarrière a disparu depuis trois jours.

Belle-Mamie pinça les lèvres et baissa la voix :

– On l'a retrouvé pendu à une branche, la pauvre bête.

Noémie pense qu'il a dû courir derrière un chat – vous savez comme il les détestait –, qu'il a glissé et qu'il s'est étranglé avec son collier.

– Oh ! Il vaut peut-être mieux éviter de mentionner l'accident devant Blanche et les enfants, fit le prêtre, pensif.

– Évidemment ! grommela Belle-Mamie en s'éloignant.

Dubois s'écarta à son tour pour parler avec deux vieilles dames cramponnées à leur sac à main. Rosières continuait à discuter avec un petit groupe de passionnés qu'avaient rejoint Belle-Mamie et les Labarrière. Chib se tourna vers Blanche.

– Vous avez pu vous reposer un peu ?

Quelle brillante entrée en matière, Chib !

– Ce n'est pas vraiment mon but, monsieur Moreno, laissa-t-elle tomber.

– OK, bonsoir.

– Vous êtes moins susceptible quand il s'agit d'encaisser vos chèques.

– Vous êtes moins désagréable quand il s'agit de chercher une épaule sur laquelle pleurer.

– Tout va bien, Maman ?

Louis-Marie les dévisageait, presque aussi grand que Chib, en jean et blazer bleu marine, comme Charles.

– Oui, mon chéri.

– Tu veux un peu de jus d'orange ? lui proposa-t-il courtoisement.

– Ça va, merci. Et toi, tu ne bois rien ?

– Bof... Vous êtes déjà allé en Égypte ? demanda-t-il en se tournant vers Chib.

– Oui, plusieurs fois. C'est un pays magnifique.

– Vous avez vu des momies ?

– Hmm, au musée du Caire.

Blanche avait encore pâli.

– C'est drôle de penser que ce sont de vrais morts, qu'on vient regarder, comme des œuvres d'art...

Non, mais ce gosse était con ou quoi ?

– Ce qui m'a vraiment plu, c'est de descendre le Nil en felouque, lança-t-il pour changer de sujet.

– Il y a des crocodiles ?

– Parfois. Il vaut mieux éviter de se baigner.

– À la télé, on a vu un reportage sur des gens mangés par des requins, des grands blancs.

Bon, couper court à cette conversation avant qu'on en vienne aux vampires et aux morts-vivants.

– Excusez-moi, je reviens.

Il s'éloigna en direction des toilettes. Elle allait le prendre pour un incontinent, incapable d'attendre la fin de la conversation pour soulager sa vessie.

En sortant, il vit que Charles parlait avec Romain et que celui-ci était rouge jusqu'aux cheveux. Pourquoi ? Déjà Charles repartait avec une poignée de cacahuètes tandis que Romain se mettait à ranger ses bouteilles fébrilement. Deal de came ? Charles se piquait-il à l'héroïne tous les soirs pendant que Louis-Marie relisait *La Reine des Damnés* pour la quinzième fois ?

Louis-Marie, justement, s'approchait de Charles, auquel il dit quelque chose à voix basse. Le visage de celui-ci se figea, puis il saisit le poignet de son frère et articula en silence, mais très distinctement : « Espèce de sac à merde ! »

Super, l'ambiance !

Louis-Marie s'était dégagé d'une torsion et souriait, l'air mauvais, sous le regard en coin de Romain. Personne n'avait rien remarqué, l'algarade ayant duré moins de cinq secondes. Les deux garçons rejoignirent les adultes, calmes et déférents. Chib prit brusquement conscience que Blanche n'était plus là.

– Maman est sortie prendre l'air, lui lança Louis-Marie en passant devant lui.

– Eh bien, moi, je vais bientôt rentrer. J'ai du travail.

– Oh ! Vous voulez dire…

– Un doberman que son maître veut faire empailler, expliqua Chib, gêné.

Les yeux du jeune garçon s'élargirent.

– Génial ! Vous avez vu le film ? *Doberman* ?

– Non.

– Moi non plus. Papa n'a pas voulu. Si on l'écoutait, on n'irait voir que les Disney. Tous les mecs du lycée l'ont vu !

– Et Charles ?

– Charles ? Vous rigolez ? Charles n'aime que les films intellos. Et les Disney, ajouta-t-il en souriant.

– Vous vous entendez bien, Charles et toi ?

– Oui, pourquoi ?

– Vous aviez l'air de vous disputer tout à l'heure.

– Oh ça… je n'aime pas que Charles drague en public, c'est tout.

– Pardon ?

– Charles est pédé, vous ne le saviez pas ?

– Tu plaisantes ?

– Pourquoi, ça vous choque ?

– Non, je suis juste un peu surpris… Tes parents sont au courant ?

– Papa l'a surpris avec Costa, le jardinier, mais il n'a rien dit à Maman. Faites pas de gaffes.

– Il ne fallait pas en parler, si ta mère ne sait rien.

– Je vous fais confiance.

– Tu ne me connais pas.

– Je me trompe rarement sur les gens. N'est-ce pas Charles ? ajouta-t-il en se tournant vers son frère surgi sans bruit.

Le regard sérieux, presque adulte, de Charles se posa alternativement sur Chib et Louis-Marie.

– De quoi parlez-vous ? demanda-t-il avec une pointe de défiance.

– De Maman, répondit Louis-Marie en s'éloignant.

– N'écoutez pas ce qu'il raconte, il est mythomane.

Allons bon.

– Tu n'as pas peur qu'il invente des choses dangereuses ? des choses qui pourraient revenir à votre mère ?

– Que vous lui répéteriez, par exemple ?

Charles le toisait, arrogant.

– Par exemple, acquiesça Chib en soutenant son regard.

L'adolescent eut un sourire méprisant.

– Vous êtes amoureux de Maman, vous n'avez pas envie de lui faire du mal.

Chib faillit s'étrangler avec sa rondelle de saucisson.

– Mais qu'est-ce que tu racontes ? Tu débloques ?

– Tous les hommes sont amoureux de Maman.

– C'est ridicule. Tu raisonnes comme un petit garçon.

– Je suis un petit garçon, monsieur Moreno. Et vous êtes amoureux de ma mère, même si vous ne le savez pas encore.

– Alors, on discute, on discute ?

Belle-Mamie tapota le bras de Charles qui se raidit. Chib esquissa un vague salut :

– J'allais partir, un rendez-vous... mais c'était passionnant !

– Je dirai à Dubois de vous prévenir, pour la prochaine...

– C'est très aimable à vous.

Il lui tendit la main, qu'elle serra fermement, puis il tapa légèrement sur l'épaule de Charles.

– À un de ces jours !

Il salua Dubois de loin et grimpa rapidement l'escalier qui menait à la sortie, encore suffoqué par la conversation qu'il venait d'avoir avec les deux garçons.

Blanche était assise sur le capot de la Floride et fumait. Depuis quand fumait-elle, d'abord ? Il ne l'avait jamais vue avec une cigarette.

Il s'approcha, mal à l'aise.

– Excusez-moi, c'est ma voiture...

– Je sais. N'ayez pas peur, je ne lui ai rien fait.

– Vous n'avez pas froid ?

– Je ne crois pas.

– Vous avez l'air gelée.

Elle jeta le mégot qui grésilla sur le béton et se laissa glisser à terre en lissant sa robe en lin crème. Elle était si près... Il posa la main sur son bras nu, avec la sensation de commettre un terrible péché.

– Vous êtes gelée.

– À vrai dire, je m'en fous.

– Moi aussi, lui renvoya-t-il.

Elle leva la tête. Il avait toujours la main sur son bras. Trop longtemps. Trop longtemps pour un simple geste anodin. Elle ne se dégagea pas. Elle le regardait dans les yeux, sans rien dire. Il laissa retomber sa main le long de sa cuisse.

– Maman ?

C'était Charles, debout sur le seuil de la porte, le cou tendu vers la semi-obscurité du parking. Elle soupira :

– Je suis là, j'arrive.

– D'accord, lança le garçon sans bouger d'un pouce, le regard rivé dans leur direction.

Chib murmura :

– Au revoir, Blanche. Prenez soin de vous. Même si vous vous en foutez.

– Je voudrais vous revoir.

Quoi ?

Incrédule, il la dévisageait comme un idiot.

– Je voudrais… je voudrais visiter votre… atelier.

– Non.

– S'il vous plaît.

– C'est malsain.

– Je vous payerai. Je veux vous voir… travailler.

– Non, répéta-t-il en secouant la tête.

– Vous me laissez tomber, alors ? Parce que je suis en train de tomber. Et vous le savez.

– Je ne vous laisse pas tomber, je veux vous aider, mais pas comme ça.

– Comme ça. Je vous en prie. Juste une fois.

– Merde, vous me coincez !

– Demain, à onze heures.

– Mais je…

– C'est mon seul moment de liberté.

Elle s'éloignait déjà vers la lumière et Charles qui tapait du pied.

Demain à onze heures, Blanche chez lui ! Pourvu que ce pédé de Charles n'ait rien entendu ! Charles, pédé ! Avec Costa, le jardinier ! Mais quel crédit accorder aux propos de Louis-Marie le mythomane ? Les ados sont souvent de tels affabulateurs ! Élilou aurait-elle pu surprendre le secret de Charles et menacer de tout révéler à leur mère ? Mais pourquoi la tuer alors qu'Andrieu lui-même était au courant ? Mais peut-être Andrieu avait-il cru qu'il ne s'agissait que d'un moment d'égarement de son fils aîné alors qu'Élilou, savait, elle, que c'était permanent ? Ou l'avait surpris avec quelqu'un d'autre ? Chassignol ou Labarrière par exemple... Quelqu'un prêt à tuer pour s'assurer le silence de la petite... Mais quel rapport alors avec le viol ? Avait-on d'un côté un violeur d'enfant et de l'autre un tueur homo honteux ?

Et Blanche qui voulait venir le voir, qui le laissait la toucher trop longtemps, qu'est-ce qu'elle voulait vraiment, Blanche ?

Et Charles, encore lui, qui lui assénait tranquillement « Vous êtes amoureux de ma mère », quelle connerie, parce que franchement, s'il avait été amoureux, il l'aurait su, non ?

OK, il le savait. Il était amoureux. OK. Voilà, c'était dit. Il était amoureux de cette conne de bourge prétentieuse. Voilà, d'accord, très bien. Et on fait quoi maintenant ? On trompe Andrieu avec sa femme en pleurs, et Andrieu vous envoie un killer russe qui vous écorche vif ? De toute façon, il pourrait même pas coucher avec elle, elle lui foutait la trouille, il serait impuissant, c'était sûr. Et puis, pourquoi diable vouloir coucher avec cette femme qui n'était rien pour lui ? !

Mon Dieu... Gaëlle devait-elle venir demain ? Non, elle avait cours. Vérifier quand même qu'il n'y ait pas un message sur le portable.

INTERMEZZO 2

Salope à négro
« ahan ahan aanh ! »
yeux de chienne couverte
tu m'as énervé
couic a fait l'oiseau
la nuque brisée
Je l'ai dépecé
et je l'ai mangé
cru, saignant, chair contre mes dents
Un jour tes seins
arrachés,
d'une seule morsure
et tes connes de filles
en lambeaux
bientôt bientôt…

CHAPITRE 8

Sept heures du matin. Chib, pieds nus dans la cuisine, front appuyé contre la vitre. Insomnie. Impossible de se rendormir. Impression que les paupières pèsent trois tonnes. Dehors, mer déchaînée, battue par une pluie diluvienne. Traits blancs des mouettes au ras des vagues. Bourrasques de vent fouettant les nuages comme un lasso de gaucho. Le vieux ponton en bois submergé par l'écume avide. Images de marins en ciré jaune, paquets de flotte en plein visage, chalutiers tanguant dans des creux monstrueux, « Un homme à la mer ! », « Voie d'eau à tribord ! », combien de films, de livres, de ciels gris plombé et d'hommes avalés par les flots en furie ?

Il s'écarta de la fenêtre et de la lumière rasante, but une gorgée de pamplemousse en se grattant le torse. Il allait se faire des œufs et du café. Ça irait bien avec le temps. Le café et la pluie, chaud et froid.

Il avait envie de traîner, envie que le temps n'avance pas. Que la matinée reste figée dans cette lueur grise, pleine de hachures blêmes. Il avait peur.

Téléphone. Il sursauta. Se prit les pieds dans la chaise, faillit tomber.

– Et merde ! Allô ?

– Tu pètes la forme, mon pote !

– Greg ! Il n'est même pas huit heures !

– Ouais, je sais, mais j'aurais besoin de ta caisse.

– Quoi ?

– La mienne est au garage et je dois monter voir Aïcha.

– Ce matin ?

– Ouais, la mère Andrieu va faire des courses en ville et les gosses sont chez la vioque.

– Et qu'est-ce qu'elle va dire à la cuisinière ?

– La cuisinière, elle vient pas quand y a pas les mômes.

– Et le jardinier ?

– Le jardinier, il est chez les voisins. Qu'est-ce que tu veux savoir d'autre ? Aujourd'hui, c'est le jour du ramoneur, point barre !

– OK, t'as toujours le double des clés ?

– Sûr.

– Elle est garée devant chez moi. Me dérange pas, je bosse.

– Tu sais qu't'es mignonne ? Je te la ramène vers trois heures. Allez, à plus, et merci.

« Mon seul moment de liberté. » Les enfants chez Belle-Mamie, pas de jardinier, pas de mari, pas de cuisinière, une Aïcha ravie de rester seule avec le bon gros Greg-la-Trique. Qui ramène la voiture vers trois heures. Donc Mme Andrieu n'a pas l'intention de rentrer déjeuner chez elle. Et où a-t-elle l'intention de déjeuner, Mme Andrieu ? À la morgue miniature de M. Moreno ? « J'ai du steak de doberman, vous m'en direz des nouvelles, ma chère. »

Tiens, il ferait bien d'aller y travailler un peu, sur le doberman, s'il voulait le finir à temps. Son maître, un retraité des postes, était très impatient de l'emporter chez lui. « Mon Tarzan ! Empoisonné ! C'est ignoble ! Une bête si douce et si gentille ! Les gens sont vraiment cruels. »

Tarzan reposait sur le flanc, les yeux vitreux. Superbe bête fine et racée. Longs crocs jaunes et pointus. Son collier clouté avec la médaille frappée à son nom reposait à côté de lui. Tarzan allait orner le deux-pièces de son maître, auquel il arrivait presque à la taille. Devait faire un drôle d'effet de manger ses raviolis en boîte devant « Questions pour un champion » avec la gueule d'un doberman empaillé sur votre épaule.

Le chien puait. Il fallait le vider d'urgence. Inciser sous le ventre et derrière les pattes, décoller soigneusement la peau, la mettre de côté, extirper la moindre parcelle de chair des os qu'il comptait garder, le reste du squelette étant constitué par le mannequin de résine souple qu'il avait déjà modelé et qui attendait sagement d'être recouvert de la peau de l'animal grattée et traitée.

Finalement, c'était bien plus long et bien plus difficile que s'occuper d'un humain, car les humains, sauf exception, n'est-ce pas, n'étaient pas destinés à être exposés sur des socles.

10 h 30. Il reposa ses outils, jeta les gants souillés dans la poubelle. Prendre une douche, s'habiller.

10 h 55. Debout, dans l'atelier, pantalon noir, chemise blanche, cravate en tricot gris. Un vrai mormon. Impossible de rester en place. Il tapota le crâne de Rouky, le renard, décocha une pichenette à la chouette, souffla une poussière imaginaire sur l'espadon. Et s'il l'invitait à déjeuner ? Dans un endroit calme, reposant. Le cimetière, Chib, ce sera parfait.

Et si elle avait changé d'avis et ne venait pas ? Si elle n'avait plus envie, brusquement, de voir des cadavres éviscérés remplis de formol ? Si elle n'avait plus envie de te voir, Chib. Et si elle s'était foutue en l'air ? Bourrée de calmants au volant de sa bagnole, plus de réflexes, sortie de virage, sortie de scène.

Driing.

Elle le regardait, les bras le long du corps, sac en bandoulière, tailleur beige, chemisier crème, yeux cernés, cheveux mouillés de pluie…

– Vous voulez boire quelque chose ? Un coca, une Suze…

– Un verre d'eau, merci.

Il se dirigea vers la cuisine, elle laissa errer son regard sur les spécimens empaillés.

– Ils ont des noms ?

– Certains. Lui, c'est Rouky, elle, c'est Héra. Tenez.

Il lui tendit le verre.

– Vous avez trouvé facilement ?

– Hmm.

– Vous n'avez pas de parapluie ?

– Il pleut ?

Il jeta un coup d'œil vers les vitres ruisselantes. Elle suivit son regard.

– Ah !

L'eau tremblait dans son verre.

– Asseyez-vous, dit-il.

Elle jeta un regard autour d'elle, se posa sur le canapé noir, avala une gorgée.

– Les enfants sont chez Belle-Mamie.

Il faillit dire « Je sais » et se rattrapa juste à temps.

– Vous avez pu dormir un peu ?

– Un peu. Assez pour faire des cauchemars. Ça vous arrive de faire des cauchemars ? On a toujours l'impression que les hommes n'en font pas.

– Ça m'arrive.

– Quel genre de cauchemars ?

– Oh, le cauchemar banal, je suis en retard à l'école, je perds mon pantalon en public…

– Ah, ça… non, je parle de vrais cauchemars. Vous savez, la gorge nouée, les sueurs froides, le ventre qui bat, l'impression qu'il faut absolument que ça s'arrête avant qu'on ne puisse plus du tout respirer…

– Je croyais que Cordier vous donnait quelque chose pour dormir.

– Pas assez fort. Cordier ne veut pas m'abrutir. Cordier veut mon bien, comme tout le monde.

– Parfois, on aurait envie de vous gifler.

– Ne vous gênez pas. J'aime ça.

Il se figea. Elle se moquait ? Elle n'avait pas l'air, assise de guingois sur le cuir noir, son verre d'eau à la main, le dévisageant calmement. Dans la série : la famille Barjo, voici la mère maso ?

Il finit son coca, reposa son verre sur la table.

– Votre mari sait que vous êtes ici ?

– Non. Vous allez le lui dire ?

– Non. Pourquoi est-ce que vous êtes venue ?

– Je vous l'ai dit. Pour voir.

– C'est un travail plutôt écœurant. Ça n'a rien de romantique.

– Je n'ai rien de romantique. Ne vous fiez pas à mon apparence.

– C'est ça, vous êtes dure, solide, carrée…

– Je suis cinglée, c'est différent, mais pas romantique.

– Vous avez parlé à Dubois de votre complaisance pour la mortification ?

Elle s'était levée et lui montrait la porte laquée blanche marquée « Accès réservé ».

– C'est par là ?

Il se leva à son tour, la dépassa en prenant soin de ne pas la frôler, ouvrit la porte.

Tarzan reposait sur l'étal, sous un drap blanc. Les instruments chirurgicaux scintillaient sur la paillasse. Ça sentait le sang, les produits chimiques, la viande faisandée. Il avait poussé la clim et il faisait froid.

Elle fit un pas en avant, très pâle.

– C'est le chien sur lequel vous travaillez ?

– Hmm.

Il ôta le drap, découvrant la peau du chien étalée sur la table comme une descente de lit, avec la gueule encore intacte, babines retroussées, yeux vitreux.

Elle écarquilla les yeux, porta la main à sa bouche et s'évanouit.

Il la vit ployer, vaciller, et s'effondrer sur elle-même comme une poupée de chiffon, les yeux révulsés. Il la rattrapa juste avant qu'elle ne touche terre, la saisissant à bras-le-corps. Bons réflexes, Mister Chib !

Évanouie contre lui. Il se penchait de cinq centimètres et ses lèvres toucheraient les siennes, légèrement entrouvertes. Il ne se pencha pas. Il sentait sa poitrine contre son torse, un contact doux et soyeux. Pas de réaction intempestive, Chib ! Trop tard. Réaction intempestive. Gêné, il la posa doucement sur le carrelage, alla chercher un verre d'eau glacée, en fit couler un peu entre ses lèvres.

Elle déglutit, toussa, sursauta, battant des cils.

– Vous avez perdu connaissance. Tenez, buvez encore un peu.

Elle cilla encore, but, tandis qu'il lui soutenait la tête.

– Respirez lentement. Voilà. Ça va mieux ?

– Oui. Je suis ridicule, n'est-ce pas ?
– Complètement…
– Aidez-moi à me relever.
Il la remit sur pied aisément, elle était légère, et elle brossa ses vêtements du plat de la main, en évitant de regarder le cadavre du chien. Chaque fois qu'elle respirait, sa poitrine effleurait son bras. Il recula d'un pas.
– Je peux vous inviter à déjeuner ?
– Je n'ai pas très faim.
– Ça vous fera du bien, de manger un peu…
– Comme vous voulez. Où est la salle de bains ?
– Par là.
Dès qu'elle eut refermé la porte, il eut l'impression de recommencer à respirer. Cette femme le mettait dans un état de stress inimaginable. Est-ce qu'elle aimait vraiment les gifles ? Est-ce qu'Andrieu la battait ? L'attachait, la fouettait ? Pendant que Chassignol sodomisait Charles et que Labarrière violentait Élilou ? Des échangistes sado-maso pédophiles ? Délires. Purs délires.
Elle revenait vers lui, elle s'était recoiffée. Où allait-il l'emmener manger ? La vision du restaurant de la plage s'imposa, on y mangeait bien, c'était calme, couvert et vitré. Pas très luxueux, mais…

La pluie fouettait les vitres. Les vagues venaient s'écraser sur le sable, à trois mètres d'eux. Impression de déjeuner dans un bateau. Il faisait assez sombre, agréablement sombre. Il n'y avait que quelques convives. Un couple âgé avec un yorkshire qui répondait au nom de Philomène et ne cessait de quémander à manger. Un couple un peu plus jeune, la femme arborant cette teinte auburn si caractéristique de la cinquantaine, l'homme en chemise rayée, qui discutait bilans et comptes d'exploitation. Trois cyclistes volubiles et harassés, leurs bécanes appuyées contre le muret.
Le patron s'approcha, serviette blanche sur l'épaule.
– Putain de temps pourri ! Vous prenez un apéro ?
– Une Suze, merci.
– Et une pression.

– Ça roule !

Ils restèrent silencieux le temps qu'on leur apporte leurs consommations, un silence plein du fracas des vagues.

Elle jeta un coup d'œil à la carte, la reposa.

– Vous n'avez jamais eu mal au cœur, au début ?

– La première fois, j'ai vomi, lui concéda-t-il. Après, j'ai appris à les aimer. Avec la tendresse, le dégoût est parti.

Il but une gorgée de sa pression. Elle liquida la moitié de sa Suze. Le patron revint. Chib commanda un carpaccio d'espadon, elle prit un loup grillé. Sans sauce. Une bouteille de muscadet. De l'eau minérale.

Chib se surprit à émietter un morceau de pain et le reposa. Le vent avait encore forci. Par moments les vitres vibraient. Demain, la plage serait recouverte de varech. Le patron revint avec la commande. Le muscadet était bon. Elle vida son verre. Il la resservit. But aussi. La bière à jeun lui avait déjà un peu tourné la tête. Tant mieux. Qu'ils soient ivres. Sans pensées. Sans questions.

Le premier éclair la fit sursauter. « Ça va péter ! » commenta le patron en les servant. Philomène se mit à geindre, le museau enfoui dans les mollets de son maître qui lui répétait « Arrête de faire le bébé ! » sans conviction. Blanche tourna la tête vers le bruit, puis, tout en tripotant son loup du bout de sa fourchette, elle lâcha :

– Noémie Labarrière va sûrement vous appeler, pour son chien.

– Pardon ?

– Scotty, son terrier. Il s'est étranglé avec son collier, certainement en poursuivant un chat. On l'a retrouvé pendu à une branche de pin.

Il se souvint de la brève conversation entre Dubois et Belle-Mamie. Quelqu'un avait jugé bon de mettre Blanche au courant. Noémie Labarrière elle-même sans doute.

– On dit que la ville est dangereuse pour les animaux, mais je trouve que c'est pire à la campagne. C'est le quatrième chien qui disparaît cette année, continuait-elle…

– Ils se font souvent écraser, admit-il en se disant qu'elle ne mangeait rien.

– Hmm.

Elle reposa sa fourchette, le regarda :

– Vous croyez qu'on peut aimer un chien autant qu'un enfant ?

– Philomène, tu vas arrêter de faire des caprices, oui !

Il lui rendit son regard.

– Certainement. Je crois qu'on peut tout aimer, un objet, un animal, un être humain, un endroit, avec la même intensité.

– Vous voulez dire que ce qui compte, ce n'est pas ce que l'on aime, mais de l'aimer ?

Non, il ne voulait rien dire. Il voulait manger son carpaccio en la regardant. Il voulait s'allonger près d'elle et écouter la pluie. Il voulait qu'elle se sente en sécurité. Pour la sécurité, elle a son mari, Chib, elle n'a pas besoin d'un négrillon gabarit poche.

Une vague plus forte que les autres vint se fracasser contre le soubassement en ciment de la terrasse, éclaboussant les vitres d'écume.

– Elles sont costauds, vos vitres ? cria un des cyclistes en rigolant. Sinon, dans cinq minutes, on mange les pieds au frais !

– Vous inquiétez pas ! C'est ce soir que ça va craindre, déjà en novembre, tout a été démoli ! On en a eu pour quinze jours de travaux.

– Oh ! Regardez, le canot ! cria soudain la femme aux cheveux auburn en se soulevant à demi de sa chaise.

Un canot à moteur venait de rompre ses amarres et, chassé par le vent, dérivait sous leurs yeux en direction de la digue.

– Il va se fracasser ! prédit un des cyclistes.

Les vagues roulaient la petite embarcation, lui plongeaient le mufle sous l'eau, comme pour la noyer, puis la rejetaient en l'air, désinvoltes.

– On dirait qu'elles le torturent… laissa tomber Blanche à mi-voix, en écho aux pensées de Chib.

Le canot filait droit sur la digue, à demi submergé, roulé, frotté entre les gros doigts d'écume. Soudain, il se dressa, nez au vent, tel un chien de cirque avançant sur ses pattes arrière. Tout le monde s'était tu. Une dernière vague le poussa brutalement au derrière et le canot s'envola, une poignée de secondes, suspendu sous les nuages comme un collage insolite, avant de retomber contre la digue, d'exploser contre le ventre rocheux et acéré de la digue.

– Putain de merde ! commenta sobrement un des cyclistes.

Le patron se tourna vers lui pour lui répondre, mais personne ne sut jamais ce qu'il allait dire, parce qu'une rafale arracha soudain une partie du toit en plastique, déversant une douche froide sur Philomène et ses maîtres qui se mirent à glapir de concert.

Chib se demanda brièvement s'il était vraiment possible qu'il se trouve pris dans une mini-tempête sur sa bonne vieille plage tranquille en compagnie d'une femme aussi consistante qu'un fantôme, mais une giclée de pluie glacée dans le visage le convainquit que oui, il y était bien, et qu'il valait mieux filer avant que la structure tout entière ne s'effondre.

Il se leva. Blanche le regardait, un vague sourire aux lèvres.

– Vous n'êtes pas vraiment un aventurier, on dirait.

– Je ne suis pas maso, non. Allez, venez.

Elle se leva lentement, prenant son temps, malgré la pluie qui lui ruisselait sur le dos par la déchirure béante dans la toile.

– Mais putain, jamais elle va arrêter de nous faire chier cette météo ! hurlait le patron en essayant de colmater les dégâts.

Les cyclistes avaient empoigné leurs vélos. Philomène jouait des castagnettes entre les bras de son maître qui filait vers la sortie tandis que sa femme invectivait le restaurateur.

Blanche contourna la table.

La vague grandit dans le champ de vision de Chib.

Grandit vraiment. Vraiment trop. Dans le style vague géante de film catastrophe.

Il tendit le bras vers Blanche.

La saisit durement par le coude.

La vague boucha l'horizon.

Il tira Blanche derrière lui sans ménagement. Elle poussa un cri de protestation.

Il y eut un très léger bruit de verre brisé. Une estafilade sur la vitre ? Une estafilade qui se transforma en toile d'araignée. Puis la vitre se brisa en mille morceaux.

Une masse d'écume bouillante vint encercler leurs pieds, les sucer, essayer de les entraîner avec elle, Chib se raccrocha au montant métallique.

La vague se retira, comme à regret, avec un grondement sourd. Il y avait du sable partout. Blanche se mit à rire, un rire hystérique.

– Ça vous fait marrer, pauvre conne ? gueula le patron. Mais putain ! Ça vous fait marrer ?!

Chib la poussa vers la sortie, elle se laissa faire, elle ne riait plus, elle émettait des sortes de petits cris, des cris de chiot.

Les caniveaux avaient débordé, noyant la rue sous une eau saumâtre. Il l'enlaça, attira sa tête contre sa poitrine. Il sentit ses mains se crisper sur ses épaules, résister, puis elle s'abandonna, la pluie tombait à torrents, la mer mugissait sans relâche, il tenait Blanche dans ses bras et elle pleurait.

Il lui caressait les épaules, les cheveux, hésitant, maladroit. Elle blottit son visage contre son cou, ses lèvres tout contre, il sentait son souffle court lui hérisser la peau, il la serra dans ses bras, un peu plus fort.

Ses sanglots s'apaisaient peu à peu. Reniflements. Léger recul. Elle redressa la tête, s'essuya le nez du revers de la main. Son maquillage avait coulé. Traces noires autour des yeux. Son chemisier lui collait à la peau, trempé, moulant son torse menu, ses cheveux dégouttaient, mèches plaquées sur le front... Il se passa la main sur le crâne, chassant une myriade de gouttelettes de ses cheveux en brosse. Elle recula encore, s'éclaircit la gorge, ouvrit son sac comme si elle voulait y prendre quelque chose, le referma.

Il la prit par le bras.

– Venez.

Elle lui jeta un coup d'œil, méfiant, hostile. Il haussa les épaules. Elle le suivit.

– Tenez.

Il lui tendit une serviette, en gardant une pour lui. Elle se mit à tamponner ses vêtements détrempés. Il ôta sa veste gorgée d'eau et sa chemise et s'essuya vigoureusement. Quand il marchait, ses chaussures couinaient avec un bruit de flaque. Elle enleva les siennes, entreprit de se sécher les jambes, en équilibre sur un pied.

– Je dois être chez moi à trois heures au plus tard, dit-elle.

Elle ne le regardait pas. Elle regardait le ciel convulsé, par la fenêtre. Il posa sa serviette-éponge sur le frigo. Il était 13 h 30.

Ne fais pas ça, Chib. Ne le fais pas. C'est bien la dernière chose à faire.

Il le fit.

Il s'avança jusqu'à elle et posa la main sur son épaule humide. Il posa la main sur son épaule et l'attira contre lui. Il l'attira contre lui et posa ses lèvres sur les siennes, froides, mouillées. Il embrassa ses lèvres froides et elle lui rendit son baiser.

Pourquoi tu fais ça, Chib ? Vous n'êtes pas des animaux. Recule, écarte-toi, écarte-la de toi, arrêtez-vous pendant qu'il en est encore temps.

Mais bien évidemment ils ne s'arrêtèrent pas, ils se laissèrent glisser dans le vacarme de la pluie, ils se laissèrent couler sous le ciel déchiré, avides de se noyer.

14 h 15.

Elle était allongée sur le dos, absolument immobile, nue, les mains le long du corps comme un gisant de pierre blanche et tendre. Son bras à lui, caramel brun, posé près de son flanc. Un pli du drap entre le bout de ses doigts et sa hanche.

Il se redressa, enfila son slip, son pantalon. Elle se mit à fredonner, tout bas. « Maman les p'tits bateaux ont-ils des jambes… »

Il frissonna. Ils n'avaient pas échangé un seul mot tout le temps que ça avait duré. Elle était folle et il était fou de la suivre dans sa folie. Il ramassa ses chaussures.

– Il est deux heures et quart, dit-il.

Elle soupira, s'assit lentement, cachant ses seins sous son avant-bras.

Il lui passa ses vêtements. Elle les enfila, tournée vers le mur. Puis :

– Mon Dieu, j'ai une tête affreuse. Je peux utiliser la salle de bains ?

Il finissait de nouer sa cravate, un vrai modèle années cinquante, quand elle ressortit, aussi impeccable que lorsqu'elle était arrivée ce matin, dans l'autre vie, celle qu'il venait de quitter inconsidérément.

Elle extirpa les clés de sa voiture de son sac, les fit sauter dans la paume de sa main aux ongles délicatement rosés.

– Vous pensez que je suis une salope ?

Mais non, pas du tout, c'était lui, le dernier des salauds, profiter du désarroi d'une femme en deuil…

– Non. Je… je ne pense rien.

Il se tut, incapable de dire autre chose.

Elle referma la main sur les clés, se dirigea vers la sortie.

– Je vous demande pardon, ajouta-t-elle encore, la main sur la poignée, je vous demande pardon, Léonard, mais je ne pourrai pas vous aimer. Je n'ai plus d'amour en moi.

– Je sais. Ça n'a aucune importance.

Elle avait ouvert, elle était sortie, la porte s'était refermée et il la regardait encore dix minutes après, une porte blanche avec une serrure à trois points. Tiens, il n'avait jamais remarqué que la peinture commençait à s'écailler.

CHAPITRE 9

– … et alors la gueule d'Andrieu quand il m'a vu débouler à poil des chiottes !

Greg saisit une grosse poignée d'olives noires et fit signe au serveur du bar d'en rapporter d'autres. La pluie avait cessé, le soleil était revenu dans le ciel dégagé. Ça sentait l'ozone, le mouillé, tout semblait propre, lavé. Assis à la terrasse du *Chelsea*, Chib sentait poindre le mal de tête.

– Qu'est-ce que tu foutais à poil dans les chiottes ? s'enquit-il tout en connaissant la réponse…

– Je te signale que c'étaient les chiottes de la chambre d'Aïcha, OK ? lui rétorqua Greg en s'étirant. Alors d'abord, l'Andrieu de mes deux il frappe juste un coup et il rentre, comme ça, pas gêné, comme si c'était chez lui…

– C'est chez lui, soupira Chib en saisissant une olive qu'il fit tourner entre ses doigts.

– Attends ! Le mec il était pas censé rentrer avant le soir, et il faut qu'il se pointe à deux heures, style « Je voulais faire une surprise à ma femme », mortel con ce genre de surprise. Heureusement qu'Aïcha avait sa blouse, vu qu'on jouait un peu au docteur, et lui, la bouche en cul de poule : « Qui est cet homme, Aïcha ? »

Il s'interrompit pour avaler une gorgée de bière, et siffler une fille qui passait, moulée dans un short ultra-court. Sans se retourner, la fille lui adressa un doigt d'honneur.

– J'aime les filles qui ont du caractère, reprit-il en bâillant. Bon, où j'en étais ?

– Andrieu est rentré plus tôt que prévu et t'a trouvé à poil dans la chambre d'Aïcha.

– Ouais. Alors, elle : « C'est mon fiancé, Monsieur. » Lui : « Vous pourriez aller à l'hôtel ! » Aïcha, très classe : « On n'avait pas prévu ce qui allait arriver... je ne me serais jamais permis... je suis vraiment désolée... » récita Greg d'une voix de fausset... Bref, elle te l'a embobiné, presqu'il s'excusait de nous avoir dérangés, le gus. Tout ce qui l'intéressait, c'était de savoir où se trouvait sa bonne femme.

Pincement à l'estomac.

Greg remua sur sa chaise, fit craquer ses doigts.

– Tu veux autre chose ? je crève de soif, moi.

– Non merci. Et après ?

– Après ? Rien. Il est ressorti, j'ai pris une douche, je me suis habillé et j'ai fichu le camp, juste comme sa femme arrivait.

– Qu'est-ce qu'il lui a dit ? demanda Chib en fixant son olive avec l'intensité d'un tragédien antique.

– Ben, « T'étais allée faire des courses ? », des trucs comme ça, « Qu'est-ce que t'as acheté ? », et elle : « Mais comment ça se fait que t'es déjà là ? » « Je voulais rentrer plus tôt, je voulais te voir », on aurait cru les pièces de théâtre à la télé, je me suis demandé si elle le faisait pas cocu.

L'olive s'échappa des doigts de Chib et roula sur le trottoir luisant.

– Et je vais te dire, continuait Greg, la bouche pleine, je me demande s'il se le demande pas aussi, si tu vois ce que je veux dire. Elle avait pas l'air nette, la femme. Et lui, il a l'air franchement chiant. Genre qui aimerait bien la tenir en laisse.

L'image de Blanche à quatre pattes au bout d'une laisse en cuir cloutée s'imposa désagréablement à Chib.

– J'espère qu'Aïcha n'aura pas de problèmes, dit-il.

– Mais non, elle m'a assuré que ça irait. Ils ont trop besoin d'elle avec les mômes et tout... Putain, elle m'a montré la petite dans sa caisse en verre, c'est trop laid, mec, j'ai failli gerber. Tiens, regarde, rien que d'y penser ça me file des frissons !

Il montra son avant-bras musculeux hérissé de poils blonds.

– Pire qu'un film d'horreur. J'avais l'impression qu'y avait plein de dingues cachés derrière moi avec des tronçonneuses. Faut être cinglé pour faire ça.

– Quoi ? Embaumer son enfant ?

– Déjà... mais surtout le montrer, le montrer comme si c'était un, j'sais pas moi, comme la mygale sous globe que ma mère a rapportée du Mexique, tu vois ? Un putain de souvenir du grand voyage !

Il se tut, finit sa bière, les traits marqués par ce questionnement existentiel. Chib avala une petite gorgée de son martini, l'estomac contracté par l'anxiété. Si Andrieu soupçonnait quelque chose... Mais Andrieu devait bien avoir d'autres pensées en tête qu'une possible infidélité de son épouse. Andrieu était un père accablé de chagrin. Un père qui venait de perdre son deuxième enfant, après le décès du petit Léon dix ans plus tôt. Forte mortalité pour une famille cossue. Et unie. Tellement unie que Blanche s'envoyait en l'air avec l'embaumeur de sa fille, même pas quinze jours après l'avoir rencontré. Perturbation psychologique passagère ? Ou bien instabilité caractérielle permanente ? Qu'est-ce qu'il y avait derrière la façade de respectabilité des Andrieu ? Un gamin homo, deux petits cadavres, une mère nympho ?

– ... en tout cas, c'est vrai que le toubib, ce Cordier, il est drôlement accro à Aïcha, disait Greg en sirotant sa deuxième bière.

– Pardon ?

– T'écoutes, des fois ?! Je te disais que le médecin est passé, vers midi. Il a sonné, on a pas répondu. Le mec qui passe comme par hasard juste le jour où Aïcha est seule dans la baraque... Il a insisté comme un malade, puis il est parti, l'air furieux.

– Je te signale qu'il a certainement vu la Floride à travers la grille. Et qu'il sait que c'est ma voiture.

– Putain ! il a dû croire que c'est toi qui te tapais Aïcha, il va te haïr, le vieux vicieux !

Chib comprit brusquement qu'Andrieu aussi avait vu la Floride garée dans sa cour. Il avait donc dû en déduire que Greg était un ami de ce bon monsieur Moreno. Et est-ce que ce bon monsieur Moreno était aussi lubrique que ce blond velu ?

Se partageaient-ils les femmes de la maison ? Le blond pour la brune, le brun pour la blonde... partition inachevée pour coït mécanique. Mais non, pourquoi diable Andrieu irait-il s'imaginer des trucs pareils ?

Bzzz.

Vibration dans sa poche arrière. Le portable. Il l'en extirpa et le considéra sans entrain. L'appareil vibrait et jetait des flashes lumineux.

– Allô ?

– Monsieur Moreno ?

– Lui-même.

– Noémie Labarrière à l'appareil. Nous nous sommes rencontrés à... au...

– Oui, je m'en souviens parfaitement.

– J'aurais besoin de vos services. J'ai perdu mon petit Scotty et...

– Voulez-vous que nous prenions rendez-vous pour en discuter ?

Greg lui adressait des grimaces, haussant ses épaules massives, levant les yeux au ciel. Chib fixa le sol.

– Eh bien... hésita-t-elle, je suis en ville et...

– Six heures au *Majestic* ?

– Parfait. À tout à l'heure.

– Wahhh, comme y cause bien ! Encore une de tes poules ?

– Une femme qui veut faire empailler son chien.

– Après ma mort, tu pourras empailler ma queue, pour l'offrir au musée de l'Homme, ricana Greg en matant deux jeunes filles qui venaient de prendre place à la table d'à côté. Nordiques, décréta-t-il. Bonne camelote.

– Bon, je vais te laisser.

Chib s'était levé.

– Tu peux finir mon martini, j'en veux plus.

– Ouais, ciao, amuse-toi bien avec ta vioque. J't'appelle.

Il était déjà tourné vers les filles, sourire enjôleur aux lèvres.

Bzzzzz.

Encore !

– Salut papy !

Gaëlle.

– T'es en cours ?

– Oui, c'est la pause. On va finir tard ce soir. Je passerai te voir demain, si t'es libre.

– Pas de problème. On dîne ensemble ?

– Et plus si affinités. T'as pas l'air d'avoir la grande forme.

– Je suis un peu crevé.

– Et puis ?

– Et puis quoi ?

– Toi, tu me caches quelque chose !

– Greg s'est fait surprendre par Andrieu à poil dans la chambre d'Aïcha.

– Le con ! Mais qu'est-ce qu'il venait foutre dans la chambre d'Aïcha, le père Andrieu ?

Bonne question.

– Il espérait peut-être se la sauter, continuait Gaëlle. Si sa femme était pas là...

– Elle était en ville, c'est pour ça que Greg était monté, y avait personne à la villa. Andrieu n'était censé rentrer que le soir, mais en fait il est arrivé en début d'après-midi.

– Tu trouves pas ça bizarre ? Il se ramène vachement plus tôt, et se pointe direct chez Aïcha, juste le jour où y a personne...

– Pour toi, tous les mâles sont des obsédés sexuels.

– Ben...

– D'après Greg, il avait plutôt l'air contrarié que Blanche ne soit pas là.

– Ouais, il l'a joué classique. Ça veut rien dire. Les mecs mariés, c'est les pires. Je te quitte, je dois y aller.

Andrieu voulant séduire Aïcha ? Rentrant plus tôt dans ce but ? Comme ça l'aurait soulagé !

Noémie Labarrière s'était installée à une table d'angle, dans un coin tranquille, pas trop éclairé. Elle buvait un cappuccino tout en feuilletant un magazine.

– J'espère que je ne suis pas trop en retard, dit Chib en tirant une chaise en rotin vers lui...

Il était six heures pile.

– Non, pas du tout, c'est moi qui étais en avance, s'excusa-t-elle très courtoisement.

Il s'assit, elle replia son journal. Il commanda une eau minérale. Il n'avait pas soif. Elle tapota la crème du cappuccino du dos de sa petite cuillère.

– Nous étions très attachés à notre Scotty, c'était vraiment un brave petit chien. Mais il a toujours eu la sale manie d'attaquer les chats, il ne pouvait pas les supporter, ça le rendait fou !

– On a tous nos défauts, commenta Chib, le roi des croque-morts.

– C'est mon mari qui l'a retrouvé. Pendu à une branche, le pauvre petit. Ces saletés de colliers... Et Blanche qui venait juste de perdre Élilou... je n'ai même pas osé pleurer, je me sentais honteuse, vous comprenez, un chien...

– L'amour ne distingue pas entre les formes de vie.

– Vraiment, vous croyez ?

J'en sais rien. Je viens de baiser Blanche, je pense à rien d'autre, je suis sonné.

– Mon mari avait déjà fait naturaliser Coquette, son chien de chasse. Alors pourquoi pas Scotty ? Nous le mettrons avec elle, dans la bibliothèque de Paul, sous la hure de sanglier.

– Votre mari est chasseur ?

– Passionnément. Lui et Chassignol sont de fines gâchettes. Andrieu, lui, c'est plutôt le tir en salle.

– Ils sont très amis ?

– Autant que des hommes peuvent l'être, sourit-elle en dévoilant de fausses dents impeccables. Vous savez, toute cette histoire de testostérone, de compétition, de territoire... comme mon pauvre Scotty. Ce n'est pas une femme qui irait courser quelqu'un qui se balade dans son jardin. Elle lui offrirait plutôt un rafraîchissement.

– Vous ne chassez donc pas ?

– Certainement pas ! Blanche, Clotilde et moi jouons au tennis, c'est meilleur pour la ligne. Chassignol voudrait que nous parrainions Winnie pour qu'elle puisse s'inscrire au country-club, mais...

Elle se tut, avala une gorgée de cappuccino.

– Elle est un peu trop… hasarda Chib.

– Oui, exactement… Rémi a toujours eu des goûts plutôt… extravagants. Quand je pense qu'il a failli épouser Blanche! Ç'aurait été un désastre!

Chib sentit ses doigts se serrer autour de son verre.

– Elle l'a connu avant de connaître Andrieu?

– Oui, ils étaient en fac ensemble. En fac de droit.

– J'ai du mal à imaginer Blanche en fac de droit…

– Oh, elle voulait devenir avocat, vous savez ce que c'est, l'idéalisme des jeunes filles… C'est Chassignol qui lui a présenté Jean-Hugues. Il en est tombé fou amoureux. Cela fait quinze ans qu'ils sont mariés, elle a eu Charles à vingt-trois ans. Moi, je n'ai jamais pu avoir d'enfants. Je voulais en adopter, mais Paul n'a pas voulu en entendre parler. Alors, je m'occupe de ceux des autres. Je joue les taties gâteaux.

– Belle-Mamie ne doit pas laisser beaucoup de place aux autres, elle a l'air d'adorer ses petits-enfants, risqua Chib.

– Elle en est positivement folle! acquiesça Noémie en rejetant la tête en arrière, mettant en valeur son fin collier de chez Cartier.

– Ça ne doit pas toujours être facile, pour Blanche… une belle-mère si présente… osa-t-il.

– Ah, vous l'avez remarqué? D'habitude, les hommes ne voient jamais ce genre de chose. J'ai dû supporter la mère de mon mari pendant dix ans sans qu'il comprenne jamais pourquoi je faisais la tête! Le problème de Blanche, c'est qu'elle ne dit jamais rien. Elle est tellement rêveuse, tellement perdue dans son monde intérieur… Tout le contraire de Jean-Hugues. Un roc!

– Les contrastes font les bons couples, lança, lèche-cul, Moreno.

– À condition que leurs différences ne se transforment pas en abîme infranchissable, souligna Noémie Labarrière qui venait de lire un article intitulé « Quand votre couple se lézarde ».

– Ils ont l'air de très bien s'entendre.

– Bien sûr. C'est juste que… oh, mais je suis vraiment trop bavarde! Paul va se demander où je suis passée. Quand pouvez-vous venir chercher Scotty ? Il est chez notre vétérinaire, voici sa carte.

Chib l'empocha, frustré. Encore dix minutes et il savait tout du couple Andrieu.

Noémie se levait, rassemblant ses paquets.

– Vous autres, vous savez vraiment parler aux femmes ! lui lança-t-elle, mutine.

Vous autres ? Qui ça ? Les métis ? Les bâtards ?

– Comme m'a dit mon coiffeur : « C'est parce que nous n'avons pas peur de laisser s'exprimer notre féminité. »

Son coiffeur ? Féminité ? Qu'est-ce… ?

Il devait avoir l'air éberlué, car elle fronça les sourcils, mimant la confusion :

– Oh, excusez-moi, je suis désolée, je suis tellement indiscrète, sans doute n'avez-vous aucune envie que ça se sache ! C'est ce vilain Charles qui… oh là là, je dois me sauver.

Charles ? il faillit la saisir par le gras du bras pour lui hurler : « Mais de quoi tu causes, sale bique ? », se contint pendant qu'elle trottinait vers la porte à tambour.

– Appelez-moi !

Il la vit se précipiter vers la station de taxis. Qu'est-ce que Charles était allé raconter sur lui ? Mais quel nid de vipères ! D'un autre côté, si tout le monde croyait qu'il était gay, ça serait plus pratique avec Blanche… quoi, avec Blanche ? C'était un coup de folie, Chib, pas le prélude à une liaison passionnée. C'est déjà oublié. Ça n'a jamais existé.

Il vida son verre d'eau avec colère. Perturbés ou pas, Charles et Louis-Marie n'étaient que deux petits merdeux qui méritaient une bonne raclée. Il imaginait déjà les commentaires : « Vous connaissez Chiiiib Moreno ? L'embaumeur gay, vous savez, le petit black si maniéré ? Un amour, vraiment, d'une sensibilité, ma chère… On se demande comment il peut faire ces choses horribles… Brrr ! »

Il jeta de la monnaie sur le guéridon, sortit. Il allait passer prendre le chien et rentrer travailler. S'abrutir dans les entrailles de clébard en écoutant Portishead.

Le vétérinaire remonta ses lunettes qui glissaient. Le terrier, emballé dans une housse en plastique réfrigérée, reposait sur le lit d'examen.

– Et voilà ! Pauvre vieux Scotty, victime de son mauvais caractère !

Il se racla la gorge, ôta ses lunettes, se massa les yeux. La soixantaine fatiguée dans un pantalon en velours noir côtelé et un sweat Lacoste gris perle. Chaussé de Doc Martens noires. Montre Patek Philippe. Chib laissa courir son regard sur les photos dédicacées de ses clients les plus célèbres, qui ornaient son bureau. Deux stars de cinéma, le maire précédent, un top-model, un joueur de football...

– Belle clientèle... laissa-t-il tomber avec la moue admirative de circonstance.

– Hmm. Ça fait trente ans que j'exerce dans le coin, je connais tout le monde.

La clinique vétérinaire était située dans un parc, au cœur des collines à milliardaires.

– Je ne sais pas pourquoi, je pensais que ce n'était plus à la mode de faire empailler ses animaux de compagnie, reprit le docteur Chabot en recoiffant ses rares cheveux gris.

– Ce n'est plus à la mode, confirma Chib, mais il y a toujours des amateurs. Heureusement pour moi.

– Exact. Remarquez, vous ne manquerez pas de travail si ça continue à ce rythme, là-haut !

– Comment ça ?

– Je trouve qu'il y a eu un taux anormalement élevé de décès brutaux cette année, dans le coin. Entre Opio et Valbonne. Je me suis même demandé si nous n'avions pas affaire à un malade qui s'amuserait à trucider les chiens. Mais généralement ce genre d'obsédé utilise des boulettes empoisonnées. Tandis que là... c'est simplement la fréquence anormale des accidents qui m'a inquiété. Je n'en ai pas parlé, évidemment, inutile d'affoler tout le monde.

– Et de faire vivre les gens dans la peur, surtout quand on ne peut rien faire ! acheva Chib avec compréhension.

– Exact ! Quoi qu'il en soit, ça avait l'air de s'être calmé, depuis deux mois. Et voilà que Scotty... Enfin, c'est toujours moins terrible que ce qui est arrivé aux Andrieu... Quel drame atroce!

Chib hocha la tête avec compassion.

– Vous n'avez pas un métier bien gai! Moi, au moins, j'ai les naissances, les bêtes qu'on réussit à sauver, ça compense la souffrance, mais vous...

– Oh, les miens ne souffrent plus. Et j'espère que mon travail aide leurs proches à retrouver la paix.

– Exact! Mais je trouverais plutôt sinistre d'avoir des cadavres chez moi... Enfin, chacun son boulot!

Des décès de chiens anormalement élevés. La phrase lui tournait dans la tête tandis qu'il sortait le terrier emballé du coffre de la Floride et rentrait chez lui. Un tueur de chiens? Un tueur de chiens et d'enfants? Série B à fond la caisse, arrête ton cinéma!

Il s'intima l'ordre de ne plus penser, sans succès, puis entreprit de mettre la touche finale à un Tarzan rigidifié, crocs découverts sur une langue artificielle en caoutchouc. La vraie gisait dans la poubelle, avec les viscères et les yeux de l'animal. Une touche de peinture sur les dents, du lustrant sur le poil, les yeux achetés dans un magasin spécialisé, soigneusement fixés dans les orbites vides et propres, les pattes discrètement vissées au socle en bois gravé à son nom. En ahanant, il souleva l'animal reconstitué, qui pesait bien une trentaine de kilos, et le posa sur une planche à roulettes rouge et bleu qui allait servir à le porter jusqu'à la voiture de son maître. L'effet était assez saisissant, il le reconnut en contemplant le chien empaillé prêt à faire du skateboard. C'était du bon boulot. « Voilà, papa peut venir te chercher », dit-il à la dépouille juste comme on sonnait à la porte.

Une fois son client reparti avec son doberman à roulettes, Chib entreprit de s'attaquer à Scotty. Le dépecer, gratter soigneusement la peau et les os dont il comptait se resservir, traiter la peau et la mettre à sécher à la lampe artificielle. Des heures de boulot en vue. Mais mieux valait s'abrutir de travail que d'alcool, parce que ce dont il avait envie, vraiment envie, en dehors de téléphoner à Blanche, de serrer Blanche dans ses bras, d'aller chercher Blanche avec la Floride et de l'emporter dans la nuit étoilée comme un voleur, comme un barbare, ce dont il avait vraiment envie, c'était de boire, de boire jusqu'à tomber inanimé, la tête aussi vide qu'une citrouille de Halloween...

INTERMEZZO 3

Elle puait.
Elle puait son odeur.
Elle puait l'esclave.
Dans ses yeux, dans sa bouche.
L'odeur sale.
L'odeur des cris entre les draps.
L'odeur mouillée.
Qui fait mal.
Ses lèvres de salope sur les joues des enfants.
Ses lèvres.
Je les veux.
Je les découperai
Je les plaquerai contre mon cou.
Ahan ahan ahan
Pute.

CHAPITRE 10

Le soleil entrait à flots dans la pièce. Chib entrouvrit un œil, le referma. Quelle heure était-il ? Il chercha à tâtons sa montre sur les tommettes, puis s'aperçut qu'elle était à son poignet. 11 h 12. Super. Il avait dormi comme un bébé. Si seulement il n'avait pas si mal à la tête… Il se retourna sur le dos, sentit quelque chose de dur sous ses reins, ramena d'entre les draps entortillés une bouteille de vodka vide. Ça alors ! Hier soir, il aurait juré qu'elle était aux trois quarts pleine. D'Herbe de bison, sa préférée. Il avait d'ailleurs l'impression que le troupeau de bisons tout entier paissait dans sa bouche. Et y bousait à qui mieux mieux. Se laver les dents, tout de suite. Et pisser. Il se leva, vacilla, ébloui. Il avait juste eu l'intention de prendre un petit remontant avant de se coucher, alors que la peau de Scotty, bien tendue, reposait sur le séchoir. Pas de s'offrir la cuite de l'année. Celle qui donne envie d'être expédié en cure de sommeil pendant quinze ans.

Il se traîna jusqu'à la douche, se faufila sous le jet glacé. Aiguilles pointues sur le crâne, la poitrine. Compte jusqu'à cent. Rince-toi la bouche, yahoo les bisons, cassez-vous !

Grelottant, il s'essuya tant bien que mal, où est ce foutu bain de bouche à la menthe ? Il se gargarisa plusieurs fois tout en urinant. Une bonne vitamine C 1000, du jus de fruit frais, et ça allait certainement s'arranger. L'eau froide dégouttait agréablement le long de sa nuque.

Il retourna s'allonger quelques instants, histoire de pratiquer un peu de respiration zen.

Et se rendormit.

L'avion vrombissait. Il allait atterrir, il allait atterrir, là, sur l'oreiller, mais ce con de pilote ne voyait-il pas que ce n'était pas la piste ?

Chib se dressa en sursaut. Le portable vibrait le long de sa joue. Hagard, il appuya sur la touche OK.

– On l'a volée ! On a volé ma fille !

Ouais, l'avion avait bien atterri, sur la planète Dingo. Chib s'humecta les lèvres, s'entendit articuler : « Pardon ? », d'une voix rauque, en majordome bien stylé, mais, même si son cerveau embrumé refusait de l'admettre, il avait déjà compris.

– On a volé Élilou ! hurla Jean-Hugues Andrieu à l'autre bout du fil.

– Mais... marmonna Chib, mais pourquoi...

– Comment voulez-vous que je le sache ?

– Vous avez prévenu les flics ?

– Pour que ça fasse la une des journaux ? C'est pour ça que je vous appelle. La comtesse Di Fazio m'a dit un jour que vous connaissiez une agence sérieuse ?

Une agence de quoi ? Une agence matrimoniale ? Immobilière ? Mais de quoi parlait-il ? Brusquement la lumière se fit, et il se sentit inondé de sueur. Ce con de Greg ! Il était là un jour où la comtesse était venue, il l'avait baratinée comme un malade et, à soixante-huit ans, elle avait fondu devant tant d'ardeur virile. « Votre si sympathique ami », disait-elle toujours en s'enquérant des nouvelles de la bête. Greg lui avait filé la carte de visite « *Search Agency.* Investigations en tous genres » qu'il s'était fait faire à l'automate de la gare, avec son numéro de téléphone, au cas où...

– Alors ? s'impatientait Andrieu, la voix brisée.

Alors, alors...

L'évidence s'imposa soudain à Chib. Greg en détective privé, c'était l'occasion rêvée, la voie royale pour mener l'enquête sur ce qui se passait réellement là-haut. Sauf que... qui pourrait vraiment croire plus de deux secondes – hormis une vieille dame liftée et frustrée sexuellement – que cet abruti était détective ? Tant pis.

– Effectivement, je connais quelqu'un, dit-il. Un peu extravagant, mais très efficace. En fait vous le connaissez aussi.

– Plaît-il ?

– Vous l'avez vu hier. Chez vous. Gregory Donatello.

– Ce type-là ?

– C'est un bon dans son domaine. Pas très distingué, c'est sûr...

Respiration saccadée. Puis un soupir.

– D'accord. Appelez-le. Dites-lui de se pointer ici le plus vite possible. Il faut la retrouver. Si on ne la retrouve pas, je... j'en mourrai, vous comprenez ? Savoir que le corps de ma petite fille est entre les mains d'un malade ! Oh mon Dieu, excusez-moi, j'ai envie de vomir...

Moi aussi, se dit Chib en courant à la salle de bains.

Après s'être vidé, il se sentit mieux. Manger. Il fallait manger. Stabiliser l'estomac. Il ouvrit le frigo, engouffra à la hâte deux tranches de jambon, un yaourt maigre, un gros morceau de gruyère, du jus de pamplemousse, une cuisse de poulet sous vide, et une barre de chocolat noir. Et maintenant le café. Parce que sans café, c'était même pas la peine d'essayer de comprendre ce qui se passait.

On avait volé le corps d'Élilou.

Insensé. C'était insensé...

L'auteur du « vol » était-il celui qui lui avait brisé la nuque ? Celui qui l'avait violée ? Venu rechercher le corps pour assouvir des penchants encore plus immondes ?

Il eut un nouveau haut-le-cœur qui lui fit cracher un peu de bile. Plus jamais de vodka. Plus jamais pendant au moins un mois.

Il commença à s'habiller tout en appelant Greg pour le mettre au courant de la situation.

– T'es pas siphonné ? lui lança celui-ci. Tu me vois jouer Colombo chez la famille Addams ? Et en plus je participe au tournoi de beach-volley, alors désolé, mec, mais compte pas sur moi pour chercher des petites filles mortes dans la forêt.

– Greg !

– Non et non ! Lâche-moi avec ça, t'as qu'à demander à

Gaëlle, elle sera ravie. Tu leur dis que c'est mon associée et voilà. Bon, j't'quitte parce que je joue dans un quart d'heure et que je vais gagner, mon pote !

Gaëlle… mais oui !

– Je ne suis pas vraiment sûre que ce soit une excellente idée… dit-elle en tapotant le tableau de bord de la Floride qui grimpait la côte en seconde.

– On n'a pas le choix.

– La gendarmerie m'aurait paru une option préférable. Il s'agit quand même d'une profanation de sépulture. Je veux dire qu'il y a un vrai malade mental caché dans un coin…

– Je croyais que c'était moi le pépère pantoufle ?

– Chib, si cette gamine a vraiment été assassinée et violée, et que maintenant on a volé son cadavre, il faut prévenir les flics ! C'est pas Fantômette et Razibus qui vont résoudre ça en deux coups de cuillère à pot.

– Et c'est qui, Razibus ?

– Arrête. Merde, ce que t'as les yeux jaunes ! Qu'est-ce que t'as fait hier soir ?

– Je m'étais toujours dit que ça devait être déprimant de sortir avec un toubib, soupira Chib, en se massant l'arête du nez… Bon, on récapitule. T'es l'associée de Gregory. Ton père était flic. Tu es spécialisée dans les affaires concernant les enfants.

– Et s'il me demande mon autorisation d'exercer ?

– Et d'un, jusqu'à la nouvelle loi, on n'a besoin que d'une simple déclaration d'activité à la préfecture, et de deux les gens font rarement ça. T'as déjà demandé son diplôme à ton coiffeur ? Andrieu connaît la comtesse Di Fazio qui me connaît et lui a recommandé Greg : c'est un milieu qui fonctionne par cercles concentriques. Et à ce propos, t'es discrète et bien élevée. Extrêmement bien élevée, insista-t-il.

– Oui, chef. Et toi, t'es quoi ? Le Grand Marabout des Objets Perdus ?

Il haussa les épaules sans répondre. Il ne pouvait pas hocher la tête, ça faisait trop mal. OK, ils étaient en train de déconner. OK, il fallait prévenir les gendarmes. Et OK, il ne le ferait pas.

Andrieu était debout devant la chapelle, les traits tirés, les yeux rougis et gonflés, son jogging blanc maculé de sueur et de poussière. Chib, sanglé dans son meilleur costume anthracite, fit les présentations, en priant pour que son haleine ne trahisse pas sa cuite.

– Gaëlle Holzinski. L'associée de Donatello. Il est malheureusement retenu en Italie, mais Gaëlle est particulièrement compétente pour tout ce qui a trait aux enfants.

– On ne cherche pas un pédophile, bon sang! grogna Andrieu tout en serrant la main de Gaëlle, très élégante dans un ensemble La City beige et rose emprunté à sa voisine de cité U.

– On recherche un individu certainement très perturbé qui a profané la sépulture d'une enfant, lui renvoya Gaëlle avec son meilleur accent Neuilly-Auteuil-Passy. Que s'est-il passé exactement ?

– Je suis venu vers onze heures trente, pour… pour lui dire bonjour, et… et elle n'était plus là !

Il semblait sur le point d'éclater en sanglots. D'un geste rageur, il repoussa les battants de la porte de la chapelle, révélant l'intérieur sombre et frais.

Le cercueil vide trônait sur l'autel. Gaëlle s'en approcha d'un pas décidé, suivi d'un Chib nauséeux.

– La porte de la chapelle n'était pas fermée à clé ? s'enquit-elle en examinant la boîte en verre.

– Non. Comment imaginer que… si seulement…

– C'est normal, vous n'avez rien à vous reprocher, dit-elle en se penchant sur une traînée de gouttelettes figées.

Elle tournait le dos à Andrieu, et Chib la vit renifler et faire la grimace. Elle se redressa, examinant les lieux.

On aurait dit qu'elle avait fait ça toute sa vie, se dit Chib, admiratif. Une vraie graine de flic.

– Est-ce que vous avez relevé des traces de pas ?

– Dans le gravier ? Impossible.

– Quelque chose était dérangé ? On a emporté des objets ?

– Non, rien. Tout était normal, sauf… sauf ça ! On a déplacé la châsse et…

– Où se trouvait-elle normalement ?

– Là, sur ses tréteaux, à côté de saint François d'Assise.

Andrieu désigna une belle statue du saint en bois polychrome. Chib se demanda pourquoi on avait placé la châsse en verre sur l'autel. Dans une intention blasphématoire ?

– Votre femme est-elle au courant ? disait Gaëlle.

– Oui. Enfin, je ne sais pas. Je le lui ai dit, mais… elle avait pris sa Mépronizine et elle s'est rendormie…

– Vos enfants ?

– Charles m'a entendu téléphoner à Moreno.

Moreno. On laissait tomber le « monsieur ».

– Il vaudrait peut-être mieux qu'il ne dise rien à ses frères et sœurs, fit observer Gaëlle…

– C'est ce que je lui ai dit. Je ne comprends pas, reprit-il en serrant les poings, je ne comprends pas !

– Vous avez des ennemis ?

– Des ennemis ?

– Des gens qui vous détestent ? Des voisins aigris ? Des concurrents malheureux ?

– Pas que je sache. Et franchement, si vous croyez qu'un boursicoteur va venir voler le corps de ma fille pour se venger d'une OPA quelconque…

– Monsieur Andrieu, il n'y a que deux solutions, énonça Gaëlle d'une voix claire et posée. Soit nous avons affaire à un acte malintentionné de la part d'une personne qui vous hait, vous ou votre famille, soit nous avons affaire à un fou. Mais admettez qu'il y a peu de chances pour qu'un fou passe précisément dans votre chapelle privée et décide d'y dérober le corps de votre enfant.

Andrieu la considéra un instant en silence, les sourcils froncés.

– Ce que vous venez de dire est terrible. Vous venez de dire que quelqu'un me hait au point de se livrer à un acte aussi barbare !

Gaëlle hocha la tête, posa brièvement la main sur le poignet d'Andrieu.

– Je crois que c'est très grave, monsieur Andrieu. Je crois que vous devriez prévenir la police.

– Pas encore ! Ma femme est déjà très perturbée… Si nous devions… si jamais… des photos dans les journaux, le scandale… ça l'achèverait. Vous savez très bien que la presse est toujours tenue au courant des… des sujets juteux, ajouta-t-il avec une moue de dégoût et de colère mêlés. Il y a des choses qui ne doivent pas sortir du cercle de famille, acheva-t-il dans un murmure.

– Comme vous voulez, répliqua-t-elle sans ciller. Bien. Comment peut-on sortir de votre propriété ? Je veux dire, autrement que par le portail ? Car je suppose que quelqu'un l'aurait entendu s'ouvrir et se refermer ? J'ai remarqué qu'il grinçait assez fortement.

– Oui, je pense qu'Aïcha l'aurait entendu, elle a le sommeil léger et sa chambre est dans l'aile la plus proche de la grille.

Il semblait réfléchir intensément.

– À gauche, notre propriété jouxte celle des Labarrière, reprit-il, et aboutit à la rivière. De l'autre côté, nous avons les Osmond, dont nous sommes séparés par un vieux mur en pierres de deux mètres de hauteur.

– Le plus pratique serait donc de descendre jusqu'à la rivière, de la traverser et… ?

Gaëlle laissa sa phrase en suspens.

– De se retrouver sur la D9, compléta Andrieu en serrant les mâchoires. La D9 qui est toujours déserte la nuit.

– Quand êtes-vous venu à la chapelle pour la dernière fois ?

La question était mal formulée, se dit Chib, mais Andrieu comprit parfaitement ce que Gaëlle voulait dire : « Quand avez-vous vu Élilou pour la dernière fois ? »

– Hier soir, vers minuit. Je n'arrivais pas à dormir. Nous avons joué aux échecs avec Louis-Marie, puis j'ai essayé de lire, mais… Elle était si belle, elle semblait dormir, juste dormir…

Aussi belle qu'un bœuf à l'étal, aussi belle qu'un vampire shooté au Formalin, yeah man !

– Papa !

Annabelle apparut, son éternel jeu à la main, le visage barbouillé de sauce.

– Maman est tombée ! lança-t-elle, l'air affolé.

– Merde ! lâcha Andrieu.

– Elle est venue nous voir dans la cuisine, elle a dit bonjour à Colette, et puis elle a fait comme ça…

Annabelle porta ses mains à son visage et leva les yeux au ciel.

– … et puis elle est tombée et Colette a dit de t'appeler.

– Je viens.

Il était déjà dehors, Annabelle courant à ses côtés en essayant d'attraper sa main, mais il ne la regardait pas.

Gaëlle laissa échapper un long sifflement.

– Y a autant d'électricité dans ce mec que dans un câble à haute tension ! J'ai l'impression d'avoir les cheveux tout hérissés.

Chib acquiesça, distraitement, brûlant du désir de courir vers Blanche évanouie.

– Je vois que ça te passionne, lui lança-t-elle. Ça t'intéresserait plus si je te disais que le voleur de cadavre a pissé sur le cercueil ?

Il sursauta.

– Ah ! « Chib Moreno, la résurrection » ! ironisa-t-elle.

– Ça veut dire que celui qui a fait ça haïssait la petite ?

– Peut-être.

– Mais s'il la haïssait, pourquoi emporter son corps ? s'obstina Chib.

– Pour le détruire, le démembrer, le manger, j'en sais rien, mais sûrement pour quelque chose de très moche. En fait, ça me fout la trouille, conclut-elle en se dirigeant vers la sortie.

Il s'approcha de l'autel, du cercueil profané. Pas de mégot de cigarette, de papier opportunément tombé d'une poche, voire d'agenda ou de permis de conduire malencontreusement égarés, pas même le traditionnel bouton de veste de tweed uniquement confectionné chez X, qui, coïncidence, tient un registre avec toutes les fausses identités de ses clients serial killers… non, juste le dallage usé, où l'herbe poussait entre les interstices disjoints.

Il remarqua soudain, pour la première fois, la plaque en marbre blanc sur le sol, sous la statue de saint François d'Assise. Une petite plaque rectangulaire, propre, en bon état, qui portait gravés dans la pierre ces simples mots : « Léon Henri Enguerrand

Andrieu - 17 janvier 1991 - 23 juillet 1992. Repose en paix». Il y avait donc bien un caveau de famille.

Il se baissa, regarda sous l'autel. Sombre et poussiéreux. Il avança la tête et une tarente jaillit sous son nez, manquant lui provoquer un arrêt cardiaque. Il se releva, furieux d'avoir eu peur.

– « Jésus que ma joie demeure... »

Nouveau choc. Sonore cette fois. L'orgue résonnait à fond entre les murs épais. L'orgue ? Il n'y en avait pas. Il pivota sur lui-même. La *Cantate BWV 147* de Bach continuait à s'égrener, avec ses terribles paroles de joie. Il repéra le haut-parleur près d'un pilier. Suivit le câble jusqu'à la mini-chaîne laser encastrée dans une petite niche, près de la porte d'entrée. Il la rejoignit en deux bonds.

L'œil vert du « play » était allumé. Il appuya sur « stop », le silence revint. Quelques CD. Le Bach, le *Requiem* de Mozart, *Trésors de la musique baroque*... Qui avait mis la chaîne en marche ?

Il sortit. Personne en vue. Où était Gaëlle ?

– Tiens, vous êtes encore là, vous ?

Cordier, debout près d'une Volvo verte, le dévisageait sans aménité, sa mallette à la main.

– Blanche va mieux ? lança le médecin en s'avançant vers la maison.

– Heu, je ne sais pas...

Cordier haussa les sourcils puis les épaules avant de s'engouffrer dans la bastide dont Gaëlle ressortait au même moment.

– Elle est allongée sur le canapé du salon, lui apprit-elle. Puis à l'adresse de Chib :

– T'as trouvé quelque chose ?

– Non. C'est toi qui as mis un CD dans la chapelle ?

– Un CD ? Oui, bien sûr. Je me suis dit : « Tiens, on n'a rien à faire, pourquoi ne pas s'écouter tranquillos le dernier Manu Chao ? »

– Quelqu'un a mis un CD. Bach.

– Et alors ?

– Et alors ?! Et alors j'ai vu personne, personne n'a parlé, il y a juste quelqu'un qui est entré sans faire aucun bruit et qui a mis ce putain de disque pendant que je farfouillais sous l'autel !

– Tu m'as l'air bien nerveux.

– Nerveux ?! Je suis pas nerveux, je vais juste t'étrangler si tu continues à prendre cet air supérieur.

Il appuya le bout de ses doigts contre son front, les fit craquer :

– Et Blanche ?

– Elle a repris connaissance. Elle a demandé où était Élilou, et puis elle a commencé à se taper la tête contre le mur.

Chib ferma les yeux. Vision d'une ambulance emmenant Blanche vers la nuit sans étoiles de l'hôpital psychiatrique.

– Et qu'est-ce qu'on va faire, maintenant ? demanda Chib avec colère à la Volvo du docteur Cordier, on va claquer dans nos doigts pour faire réapparaître le corps ?

– On va aller jusqu'à la rivière.

– Tu penses à Ophélie ? Une mise en scène macabre ? demanda Chib les yeux écarquillés.

– Je pense que le voleur est bien allé quelque part avec son butin.

– Je vais voir Blanche un instant, je te rejoins.

Elle soupira. Il rougit.

Cordier se redressait, une seringue à la main. Andrieu tenait celle de sa femme, abandonnée, les yeux clos, la tempe gauche rouge et gonflée.

– Ça va virer au bleu, puis au jaune, rien de grave, dit Cordier. Mais je crois que nous allons devoir la faire suivre.

Andrieu eut un geste de dénégation :

– Cordier, c'est normal qu'elle craque, avec tout... tout ça !

– Je sais, mais elle commence à devenir dangereuse pour elle-même. Je vais vous donner le téléphone d'un type bien, continua-t-il en fouillant dans sa sacoche avachie...

– Le type qui s'est occupé de Noémie ? s'enquit Andrieu.

– Mmm. Tenez. Appelez-le sans faute.

Sans rien ajouter, il se dirigea à grands pas vers la porte-fenêtre dans l'embrasure de laquelle se tenait Chib mal à l'aise, et sortit, sans le saluer, en homme pressé.

Blanche tressautait, ses paupières se contractaient, sa main agrippait celle d'Andrieu, qui lui caressait le front.

Casse-toi, Chib, regarde-les s'aimer et casse-toi vite fait.

Il ressortit, la tête baissée, buta dans une chemise bleu marine.

Charles.

– Maman va mieux ?

– Oui, le docteur est venu.

– Je sais, je l'ai vu partir, répondit le garçon dont les yeux étaient à la hauteur des siens.

Des yeux d'un bleu très sombre. Hostiles. Scrutateurs.

– Tu as parlé de moi à Noémie Labarrière ? s'enquit Chib, brusquement.

– On se tutoie ? lui renvoya Charles.

Des yeux insolents.

– Je t'ai posé une question.

– Pourquoi est-ce que je parlerais de vous ?

– Alors, elle a menti ?

Charles ébaucha un sourire.

– Tout le monde ment… Vous ne mentez jamais, vous ? Vous feriez mieux de retrouver ma sœur au lieu d'écouter les ragots. Dubois dit que les commérages sont la porte ouverte aux souillures de l'âme.

Et toi, à qui t'ouvres ta porte, hein ?! se dit Chib en se mordant les lèvres.

– Charles ! Va chercher un verre d'eau fraîche pour ta mère, s'il te plaît.

– Oui Papa.

Il s'esquiva avec un salut désinvolte. Chib se força à respirer un bon coup. Ne pas se laisser déstabiliser. Revenir à la situation présente. Charles avait vu Cordier. Charles était donc dans le parc ? Il sortit pour observer les lieux. La cabane à outils du jardinier lui sauta brusquement aux yeux. À moitié dissimulée derrière un eucalyptus centenaire. Un homme en sortait, torse nu, en short de toile beige. Longs muscles fuselés. Cheveux bruns attachés en catogan. Un visage buriné, aux yeux étonnamment clairs. Costa, le jardinier ? Certainement. Il portait un tuyau d'arrosage enroulé sur son épaule bronzée. Il ne regardait ni Chib, planté au milieu de la cour, ni la maison.

Charles sortant de la cabane du jardinier ? Ou Charles et le CD mystérieux ?

Se mordillant les lèvres, il contourna la piscine que ne jonchait aucune feuille morte pour rejoindre Gaëlle.

Un petit chemin courait dans la pinède, le long d'une haie de troènes derrière laquelle on entendait le chuintement d'un tourniquet à eau. Il parcourut une centaine de mètres avant d'apercevoir Gaëlle, penchée sur le sol tapissé d'aiguilles de pins, l'air courroucé.

– Qu'est-ce que ça donne ?

– Rien. J'ai jamais vraiment été très forte pour suivre une piste en forêt.

– Et la rivière ?

Elle désigna la berge derrière elle. Chib s'avança. Une petite rivière sinueuse s'enfonçait sous les saules pleureurs. Des affleurements rocheux permettaient de gagner facilement l'autre rive, un peu plus escarpée, parsemée d'épineux.

– Pas facile de grimper sans s'accrocher aux ronces, fit-il observer.

– Bof. Suffit de faire gaffe.

Il se retourna vers elle :

– Écoute, ça tient pas debout. Un mec vient ici. Vole le corps d'une petite fille. Et se casse en bagnole ? Pour le ramener chez lui ? T'imagines, le moindre contrôle de flics...

– Chib, si les gens se tenaient ce genre de raisonnements, ils feraient pas toutes les conneries qu'on peut lire dans le journal, non ?

Il secoua la tête :

– Si le type qui a fait ça l'a fait parce qu'il hait Andrieu, le corps va réapparaître. Mutilé, défiguré, tout ce que tu veux, mais il va réapparaître, pour lui faire encore plus mal !

– J'espère bien que non, soupira Gaëlle, les mains sur les hanches...

– Ah, tu préfères qu'on soit en présence d'un nécrophile qui ait décidé de faire d'Élilou sa petite fiancée éternelle ?

– Je préfère rien. À vrai dire, ce que je préférerais, c'est revenir huit jours en arrière, quand je te connaissais pas.

– Ça avait pourtant l'air de vachement t'exciter, jouer les flics amateurs, tout ça. C'est toi qui m'as poussé dans cette voie, non ? s'énerva Chib en s'efforçant de ne pas hausser le ton.

– OK, j'ai merdé, ça te va ?

Gaëlle passa la main dans ses épaisses boucles châtain en soupirant.

– Je voyais ça comme un jeu, et maintenant... Andrieu avait l'air tellement ravagé...

Un bruissement. Ténu. Chib se figea. Craquement de bois mort.

– Examinons un peu la rive, enchaîna-t-il en se penchant vers le sol herbeux.

Le bruissement de nouveau. Quelqu'un se cachait dans les fourrés, se dit-il, le cœur battant. Il roula des yeux en direction de Gaëlle pour la prévenir. Elle haussa les épaules.

– À quoi tu joues ? C'est pas le moment d'imiter Armstrong ! Par moments, franchement, je me demande si tu deviens pas sénile !

Craquement, bruissement. Là, sur la gauche. Et cette idiote de Gaëlle murée dans sa mauvaise humeur. Qui sait si le canon d'un flingue n'était pas braqué sur eux ? Il porta machinalement la main à ses cheveux en brosse. À moins que... le corps d'Élilou jeté derrière un buisson ? Grignoté par un renard en maraude ? Ou des rats ? Des petites dents pointues de rats des champs plantées dans la chair raide ?

Il se pencha de nouveau, suivant une piste imaginaire. Gaëlle soupira.

– T'es pas drôle, Chib !

Il s'immobilisa près du fourré, la sueur lui coulait le long des reins. Difficile de savoir à quel point on est peureux avant d'avoir l'occasion d'avoir peur, hein, mon vieux Chib ?

Quelqu'un respirait. Quelqu'un respirait de l'autre côté de ces fichues branches épaisses. Il tourna encore une fois la tête vers Gaëlle qui contemplait la rivière l'air buté et bondit.

Comme ça, sans l'avoir décidé. Chib-le-léopard-des-bastides-provençales.

Il ne sentit pas les griffures des ronces. Il percuta une masse qui poussa un cri affolé, renversa un corps qu'il tenta ensuite d'écraser sous lui, saisit une poignée de cheveux blonds et tira violemment avant de se figer.

– Espèce de malade!

Winnie-la-Pétasse le regardait, haletante, les yeux écarquillés, ses lèvres pulpeuses à cinq centimètres des siennes.

– Qu'est-ce qu'il se passe?

Gaëlle surgit. Chib se redressait, époussetant son pantalon tandis que Winnie s'asseyait lentement, une main manucurée en travers de son débardeur en soie verte.

– J'ai entendu du bruit, j'ai pensé que...

– Vous m'avez sauté dessus! Vous auriez pu me... me casser une jambe!

– Qui êtes-vous et que faisiez-vous derrière ce buisson? lui demanda durement Gaëlle.

– Je me promenais. C'est interdit?

– Vous êtes dans une propriété privée.

– Exactement, je suis chez mes amis, les Labarrière.

– Non, désolée, corrigea Gaëlle, ici vous êtes du côté Andrieu.

– Je connais également très bien les Andrieu et ils ne vont pas chipoter pour un sale buisson de mûres! gronda Winnie en se relevant à son tour.

– Gaëlle, je te présente Winifried, s'interposa Chib. La fiancée de Rémi Chassignol, ajouta-t-il obséquieusement.

– Ça ne nous dit pas ce que vous faisiez cachée là-derrière, à nous espionner... poursuivit Gaëlle d'un ton sec.

– Je me demandais ce que vous fabriquiez! protesta la jeune femme, je ne vous espionnais pas! J'ai d'abord pensé que vous étiez peut-être venus chercher un peu... d'intimité... et puis j'ai entendu votre conversation, ça m'a intriguée, voilà! conclut-elle en examinant ses longs ongles orange vif.

– Chassignol déjeune chez les Labarrière? demanda Chib, histoire de détendre l'atmosphère.

Winnie se rembrunit.

– Non, j'étais juste venue leur faire un petit coucou.

Elle ment, se dit-il. Mais pourquoi ? Et à quel propos ?

Winnie consultait sa montre, une Twenty 4 ornée de brillants. Soudain terriblement pressée.

– Oh là là ! Je dois filer. Bye bye !

Elle sautait déjà avec aisance sur les rochers, comme si elle avait été chaussée d'espadrilles plutôt que d'escarpins, et remontait la pente en leur adressant un petit salut aimable.

– Pourquoi est-ce qu'elle part par là ? marmonna Gaëlle.

– Tu la trouves pas nette, toi non plus ?

– Difficile d'être plus floue, si tu veux mon avis. Ce n'est pas vraiment le genre de fille qu'on s'imagine aller cueillir des champignons en écoutant le chant des mésanges. Si je me trompe pas, sa spécialité c'est plutôt la chasse aux pigeons, non ?

– Je suis toujours sidéré de la rapidité avec laquelle une femme détecte la courtisane chez une autre femme !

– « Courtisane », comme t'es mignon ! Plus personne parle comme ça, Papy !

– N'empêche que c'est Papy qui a débusqué la Winnie. Une Winnie sans son Chassignol, mais sachant peut-être chasser le Labarrière... conclut-il pensif.

Gaëlle suivit la pente herbeuse du regard.

– Est-ce qu'elle pourrait être mêlée à ce qui nous occupe ?

– Je ne sais pas, avoua Chib. Ça paraît peu probable. Winnie-la-Pétasse complice du Tueur-Violeur-Voleur-de-cadavre ? Je ne vois pas une femme impliquée là-dedans.

– Macho ! laissa tomber Gaëlle avec une moue moqueuse.

– Peut-être, concéda Chib, irrité. Mais tu vois, toi, une femme se trimballer avec un cadavre de gamine ? Aider un mec à faire ce genre de trucs ? J'y crois pas. C'est un acte d'homme. De mâle.

– Ah ! Oyez, oyez, voici la grande théorie de Léonard Chib Moreno sur les actes couillus et les actes vaginés !

– Parfaitement. Exemple : j'ai envie de te coller une beigne alors que toi tu frappes avec la langue.

– Tu t'en plains pas toujours...

Elle s'approcha de lui et lui planta un baiser sur la joue. Puis reprit son air préoccupé.

– Je propose qu'on retourne à la Floride et qu'on aille faire un tour sur la D9.

– OK.

Ils revinrent lentement sur leurs pas, perdus dans leurs pensées.

– Attends ! dit soudain Chib, si on passait faire un tour chez les Labarrière ? Histoire de vérifier les bobards de Winnie ? On peut bien s'égarer nous aussi dans le sous-bois.

Gaëlle hocha la tête et ils franchirent la haie, avec la sensation de commettre un délit.

Le côté Labarrière ressemblait comme deux gouttes d'eau au côté Andrieu. Des pins parfaitement élagués, quelques oliviers bien taillés, des massifs de lauriers, roses et jaunes, une pelouse bien tondue et une grande piscine turquoise bordée de dalles rosées. On entendait le frappement rythmé que produit un nageur fendant l'eau à vive allure. Ils se rapprochèrent.

– Il n'y a pas de chien ? demanda Gaëlle à voix basse.

– Il y en avait un. Je suis en train de l'empailler.

– Tu deviens vraiment la coqueluche de la jet-set, on dirait !

– Hou hou ! lança Chib sans lui répondre, il y a quelqu'un ?

Éclaboussures. Silence. Puis une tête émergea de la piscine. Labarrière, haletant, ses rares cheveux plaqués sur le crâne. Un torse massif, couvert de boucles grises. Il se hissa sur le rebord à la force des biceps.

– Qu'est-ce que vous foutez là ?

– Excusez-nous, on se baladait, on s'est trompés de chemin, expliqua Chib. Je vous présente Gaëlle, ma fiancée.

– ...chanté. Ma femme n'est pas là, lâcha Labarrière en saisissant une grande serviette-éponge bleu marine.

– Vous n'êtes pas frileux ! fit observer Gaëlle, admirative.

L'homme eut un petit sourire modeste et satisfait.

– Non, pas trop. J'essaye de nager tous les jours, de février à novembre. Vous êtes allés déjeuner chez Andrieu ? ajouta-t-il en se frictionnant la poitrine.

– Heu... juste prendre un verre, répondit Chib. Madame Andrieu a eu un petit malaise. Bien, on ne va pas vous déranger plus longtemps, s'empressa-t-il d'ajouter. Dites à votre épouse que je m'occupe de Scotty, il sera prêt après-demain.

– Pauvre vieux clebs ! murmura Labarrière en enfilant un épais peignoir assorti à la serviette. Costa me dit que la même chose vient d'arriver à la petite teckel des Doglione, de l'autre côté de la colline. La loi des séries…

– Costa ? Le jardinier d'Andrieu ? s'enquit Chib d'un air anodin.

– Hmm. Il fait de l'entretien chez nous, notre vieux Luigi n'a plus trop la forme. Et il bosse aussi pour les Doglione. C'est un vrai bourreau de travail, Costa, il veut gagner suffisamment pour prendre sa retraite au Portugal. Dans cinq ans. Il fait construire là-bas.

– C'est bien… marmonna Chib en retour. Allez, on vous laisse. Bonne journée.

– Merci. Je vais passer un coup de fil à Jean-Hugues et je préviens ma femme pour Scotty. Au revoir, mademoiselle.

Il sourit à Gaëlle, poitrail bombé, mains dans les poches de son luxueux peignoir.

Cinq minutes plus tard, ils étaient hors de portée de voix.

– Il était seul, sans sa femme ! chuchota Gaëlle.

– En slip, dans la piscine, ricana Chib.

– Avec cette Winnie comme convive surprise.

– Tu penses ce que je pense ?

– Je le pense !

CHAPITRE 11

Ils étaient revenus dans la cour gravillonnée où Aïcha passait, un grand panier d'osier sous le bras.

– Greg a gagné ! Il a eu la coupe ! s'exclama-t-elle en les voyant.

Elle se rapprocha et ajouta, à voix basse :

– Il m'a dit, pour la petite. Vous l'avez retrouvée ?

– Non, grogna Chib. Andrieu t'a parlé de quelque chose ?

– De rien. Officiellement, Blanche a fait un malaise, c'est tout. J'ai eu toutes les peines du monde à empêcher Belle-Mamie de camper au pied de son lit avec sa broderie. Mais je les ai entendus se disputer. Elle a engueulé Andrieu d'avoir fait appel à vous. Elle l'a traité d'irresponsable. A dit qu'elle allait téléphoner au commandant je sais pas quoi, un ami de son mari, et Andrieu lui a crié que c'était hors de question, qu'elle allait rentrer chez elle, un point c'est tout. Ambiance d'enfer, quoi.

– Et les enfants ? demanda Gaëlle.

– Plantés devant *Fourmiz* dans la salle télé. Je vais à la buanderie, expliqua-t-elle en désignant le linge dans le panier. Je traîne pas, vu qu'ils sont pas mal énervés.

Elle s'esquiva rapidement, courbée sous le poids du linge.

Ils se rapprochèrent, jetèrent un œil dans le salon ocre. Personne. Ils avancèrent sur le dallage. Chib toussota. Bribes de dialogue enjoué et éclats de voix juvéniles jaillissant de derrière une porte close. La salle télé, certainement. Ils passèrent dans un autre salon, avec vaste cheminée, profonds canapés anglais en cuir, table de billard et bibliothèque murale montant jusqu'au plafond. Des marines anciennes aux murs. Impression d'entrer dans un décor mille fois vu dans les films. Ne manquait que le fidèle valet, air impassible et accent british. Un jeu d'échecs sur un guéridon près de la fenêtre. Andrieu était penché sur l'échiquier, et le contemplait en silence, les avant-bras reposant sur les genoux.

– Excusez-nous… commença Gaëlle.

Il releva lentement la tête, comme un homme profondément absorbé dans ses pensées, et se leva tout aussi lentement.

– Je suppose que vous n'avez rien trouvé, laissa-t-il tomber. Paul Labarrière m'a appelé pour prendre des nouvelles de Blanche. Il m'a dit que vous étiez passés chez lui.

– Nous avons suivi le chemin jusqu'à la rivière, sans résultat, répondit Gaëlle avec un soupir.

– Nous sommes tombés sur Winifried, ajouta Chib…

– Winnie ?

Andrieu les dévisageait, un sourcil levé. Sa paupière gauche tressautait.

– Oui, elle était en visite chez les Labarrière, expliqua Chib avec son air innocent. Elle avait dû se garer sur la D9, elle est repartie par le sous-bois.

Andrieu ouvrit la bouche, la referma.

Les paroles de Chib flottaient dans le salon avec leur relent d'incongruité. Pourquoi diable se garer sur une départementale, crapahuter dans un sous-bois épineux et franchir une rivière pour rendre visite à des amis dont la villa comprenait bien évidemment un accès direct ? Surtout quand on est une jeune femme coquette et chaussée de talons hauts.

– Cette Winifried est-elle la maîtresse de votre voisin ? demanda brusquement Gaëlle de son ton le plus professionnel.

– Winnie ? Avec Paul ?! balbutia Andrieu, non, bien sûr que non ! Les Labarrière sont des amis, voyons, et Winnie est la… fiancée de mon associé, Rémi Chassignol.

– Il n'y a aucun différent entre ce Chassignol et vous ?

– Chass… mais qu'est-ce que vous allez imaginer ? Je connais Rémi depuis plus de vingt ans !

– Abel aussi connaissait bien Caïn, se contenta de répondre froidement Gaëlle.

– C'est ridicule.

– Jean-Hugues ! les interrompit soudain une voix autoritaire. Oh ! tu es occupé, je ne savais pas…

Belle-Mamie se tenait sur le seuil, dans un tailleur bleu-gris à double boutonnage, un ouvrage de broderie à la main.

– Oui, Maman ?

Elle avança, fixant les visiteurs d'un œil inquisiteur, et les salua brièvement.

– Monsieur Moreno, mademoiselle…

– Holzinski, dit Gaëlle.

– Tu as besoin de moi, Maman ? coupa Andrieu.

Le ton signifiait clairement : « Tu me déranges. » Mais, loin de battre en retraite, elle avança encore.

– Dubois est là, annonça-t-elle d'un ton résolu.

– Je suis occupé. Je vous rejoins dans un quart d'heure.

– Il est au courant, ajouta Belle-Mamie, d'un ton de défi.

– Qu'est-ce que… ! Pourquoi lui en as-tu parlé ?

– Toutes ces cachotteries ne servent à rien, Jean-Hugues.

– Maman !

« On ne lave pas son linge sale en public, voyons ! », se traduisit Chib.

– Dubois a toujours été de bon conseil, argumenta Belle-Mamie, faisant front aux yeux rougis de chagrin de son fils.

– Je m'en fous, tu entends ? feula celui-ci. C'est moi qui prends les décisions concernant ma maison, tu entends !

Elle le considéra sévèrement :

– Ne t'énerve pas comme ça, c'est puéril. Et ça ne résout rien. Après tout, il s'agit aussi de ma petite-fille, mon cher.

Andrieu cacha brièvement son visage dans ses larges mains, puis secoua la tête.

– Fais-le entrer, capitula-t-il soudainement.

Réprimant un sourire de triomphe, Belle-Mamie rouvrit la porte à double battant et appela le prêtre qui entra aussitôt. Il portait son habituel costume gris foncé et arborait une fine moustache assortie, qui accentuait son air de belette.

Il salua de la tête, s'avança jusqu'à Jean-Hugues dont il serra les mains entre les siennes.

– Une terrible épreuve, une nouvelle et terrible épreuve, lui murmura-t-il avec compassion.

Andrieu se dégagea.

– Quelqu'un veut boire quelque chose ? demanda-t-il en saisissant une bouteille de Glenfidish dans le meuble à alcool vitré.

Chib et Gaëlle hochèrent négativement la tête, Belle-Mamie soupira avec exaspération et Dubois refusa de la main, impatient :

– Non merci. Eh bien, où en sommes-nous ?

Andrieu se servit un doigt de whisky avant de lui faire le résumé de la situation. Dubois écoutait, sourcils froncés, caressant sa fine moustache du bout de l'index.

– Un acte impie. Une volonté blasphématoire ! déclara-t-il avec conviction lorsque Andrieu eut terminé son bref récit.

– C'est ça, un complot islamiste, ricana celui-ci en se versant un deuxième doigt de whisky.

– Je n'ai pas dit ça, protesta Dubois, mais nous avons affaire à une âme très perturbée.

– Un possédé ?

Belle-Mamie avait l'air perplexe...

– Un possédé ! cracha Andrieu, on aura tout entendu !

Il vida son verre d'un geste rageur.

Dubois haussa les épaules.

– Tu as toujours été un matérialiste, Jean-Hugues. Mais tout ne se résume pas à l'argent.

– Quel rapport avec ma fille ?

Dubois engloba Andrieu, Chib et Gaëlle d'un geste du bras :

– Vous cherchez une explication rationnelle à un acte qui relève d'un autre mode de conscience.

– Je dois faire venir un exorciste, c'est ça ? demanda Andrieu, toujours sarcastique.

– Je suis habilité à pratiquer l'exorcisme majeur, le coupa Dubois, c'est pour ça que je sais de quoi je parle.

– Toi ? Mais tu ne nous en as jamais...

– Ce n'est pas le genre de chose qu'on crie sur les toits. Ce n'est ni un sujet de conversation ni un sujet d'amusement, Jean-Hugues. C'est un acte terrible et terrifiant.

Gaëlle observait le prêtre, fascinée. Il semblait soudain habité par une force intérieure qui faisait briller ses petits yeux gris. Chib se dit qu'il faisait soudain plus grand et plus... puissant, oui, puissant était le mot...

Il y eut un silence, pendant lequel ils restèrent tous à se regarder. Un silence soudain troublé par un cri.

– OÙ EST-ELLE ?

Blanche se tenait dans l'encadrement de la porte, vacillante, une main sur le chambranle, enveloppée dans un peignoir en satin blanc à moitié boutonné laissant voir une nuisette en coton écru, les cheveux dans les yeux. L'hématome sur sa tempe avait viré au bleu foncé.

– OÙ EST MA FILLE ?

– Blanche, ma chérie...

– Pourquoi est-ce que tu ne m'as rien dit ? Pourquoi ?!

Elle fit un pas vers eux, faillit tomber, se raccrocha au dos d'un fauteuil.

– Je me suis réveillée, j'avais rêvé d'elle, elle m'appelait, elle voulait que je vienne, elle avait si froid, si froid, tu comprends... Je me suis levée, je suis allée jusqu'à la chapelle, et... ELLE N'EST PAS LÀ ! Qu'est-ce que tu en as fait ? De quel droit ?

– Blanche ! On ne sait pas où elle est. Quelqu'un a...

Andrieu s'interrompit, incapable de continuer.

– Quelqu'un a volé le corps, termina Dubois à sa place en s'approchant de Blanche.

Elle le dévisagea, incrédule. Se tourna vers sa belle-mère, puis vers Chib.

– C'est idiot ! articula-t-elle d'une voix pâteuse, complètement idiot.

– Votre mari nous a chargés d'enquêter, expliqua Gaëlle. Nous faisons tout notre possible.

– Enquêter ? Mais elle a froid, vous ne comprenez pas ?! Il faut lui apporter un manteau.

– Les médicaments... expliqua Andrieu dans un souffle, elle délire. Il faut la recoucher.

– Je m'en occupe.

Belle-Mamie enlaça Blanche qui se débattait faiblement.

– Venez ma chérie, venez...

Elles passèrent près de Chib, interdit. Blanche sentait incontestablement l'alcool. Elle lui adressa un regard de noyée, il vit sa main tremblante ébaucher le geste d'attraper la sienne, non, pas maintenant! puis retomber contre son flanc tandis que sa belle-mère l'entraînait hors de la pièce en lui murmurant de vagues paroles de réconfort.

– Nous allons poursuivre nos investigations, dit Gaëlle en se tournant vers Jean-Hugues.

– Très bien, marmonna celui-ci, le regard rivé sur les deux femmes qui s'éloignaient.

Chib et Gaëlle sortirent à leur tour, tandis que Dubois disait à Andrieu :

– Nous devrions prier. La prière est force, la prière est espoir.

– La prière est un leurre! lui renvoya Andrieu. À quoi diable ont servi toutes tes prières ?!

– « Je crois en un seul Dieu, le Père tout-Puissant, créateur du ciel et de la terre, de l'univers visible et invisible… »

– Décidément, ils sont tous atteints! commenta Gaëlle en débouchant à l'air libre. On dirait une réunion de psychopathes pour un film d'horreur des années cinquante.

– C'est vrai qu'au début ça surprend, lui concéda Chib.

– Et le curé! Il devrait plutôt jouer le rôle de Satan, il me fout les jetons. Et ta Blanche! Une évadée de l'asile! Le pauvre Andrieu, c'est le seul qui ait l'air normal.

– Blanche est bourrée de calmants, elle vient de perdre sa fille, elle a bien le droit de perdre un peu les pédales, non ?!

Chib sentait la colère l'envahir.

– Ne me dis pas que cette femme est dans cet état uniquement à cause du décès de son enfant, lui renvoya Gaëlle. Elle pue la névrosée chronique à plein nez. Et alcoolo en plus. J'en ai vu des tas à l'hosto.

Chib lui tourna le dos sans répondre. OK, Blanche déconnait à pleins tubes, OK, elle était malade, et alors? Qu'est-ce qu'elle connaissait de la vie, Gaëlle, à part les certitudes illusoires de sa jeunesse ?

Il se dirigea vers la chapelle, entendant avec plaisir ses

semelles écraser le gravier. Il se sentait en colère contre le monde entier, un monde qui permettait qu'on viole et qu'on tue des petites filles, qu'on vole leur cadavre, un monde qui permettait que le lâche Chib Moreno n'esquisse pas un seul geste envers la femme dont il est tombé amoureux, malgré son évidente détresse, parce que son mari est à côté et qu'il crève de trouille, le couard Chib Moreno, le roi de l'adultère vite fait. Merde ! Blanche était en train de couler à pic et lui il tremblait dans son froc !

Il poussa les battants de la vieille porte sculptée sans même y penser. Le geste était agréable : pousser. Lancer les bras en avant. Frapper cette foutue porte innocente. Les battants s'écartèrent docilement et il fit un pas en avant.

Un seul.

Parce que le deuxième resta en suspens, étrangement figé, comme s'il venait de heurter un mur invisible.

Le mur invisible qui l'empêcha une longue seconde de mettre des mots sur ce qu'il voyait.

Élilou était revenue.

Voilà ce que lui disait son cerveau, hébété.

Élilou était revenue.

Mais pas dans son joli cercueil en verre de conte de fées, pas dans son joli cercueil, non.

Elle était crucifiée au-dessus de l'autel, la tête en bas.

Crucifiée sur la grande croix de bois dont on avait décloué le Christ polychrome.

Le Christ polychrome, jeté par terre, face contre terre.

Chib cligna des yeux. Il voyait tout avec une telle netteté. La croix renversée. Le visage d'Élilou à 80 cm au-dessus de l'autel. Ses fins cheveux blonds pendant le long du mur, en corolle, ses joues blêmes, ses lèvres restées closes grâce à la colle. Sa robe, qui retombait sur son ventre, dévoilant sa culotte blanche. Les petits genoux cagneux. Les clous, la tête sombre des longs clous enfoncés dans les pieds menus, au milieu des chaussettes, contre la bride des chaussures vernies.

Sans s'en rendre compte, Chib s'appuya au dossier d'un prie-Dieu. Dubois avait parlé de possession. Et ce qu'il avait sous les yeux était bien œuvre diabolique.

Il avança vers l'autel. Il frissonnait. Sa bouche était sèche comme du carton. Chaque pas lui coûtait. Les clous dans les mains, yeux noirs luisants dans les petites paumes bleuies. Et le pire, le pire c'étaient les yeux. Ouverts. Paupières décollées. Yeux morts révulsés qui le regardaient approcher à l'envers. Des yeux de démon, se dit Chib, putain ! ces yeux lui faisaient peur !

Il serra les poings. Toute cette mise en scène visait à ça, à provoquer la peur, le malaise, le dégoût. Qui pouvait donc haïr les Andrieu à ce point ?

Il manqua trébucher contre le Christ jeté sur le dallage. Le retourna. S'aperçut qu'on lui avait enfilé un soutien-gorge en dentelle noire ajourée. C'était ridicule, se dit-il, ridicule, mais affreusement obscène, ce Christ en bois affublé d'un soutien-gorge de charme, avec ses larmes sculptées coulant dans sa barbe d'homme.

Il fronça les narines. Là encore, ça sentait l'urine. On avait pissé sur le Christ. Il frissonna.

Une étiquette blanche était accrochée au soutien-gorge. Avec quelques mots tapés à la machine. Il se pencha, déchiffra : « Fils de Pute ». Il avait franchement froid maintenant. Il releva la tête. Élilou pendait toujours de l'autre côté de l'autel, ses yeux sans regard fixés sur lui.

Il ne pouvait pas appeler les Andrieu, il ne pouvait pas leur laisser voir une telle horreur !

Il recula et courut brusquement vers la sortie. Prévenir Gaëlle et Dubois, Dubois devait avoir déjà rencontré ce genre de choses… Fermer la porte, empêcher quiconque de rentrer dans la chapelle… Il ferma à clé derrière lui et mit la clé dans sa poche. Il était en nage, bien que complètement gelé.

Il aperçut Gaëlle en train de discuter avec Costa, près de la cabane à outils. Lui fit signe. Elle fit oui de la tête, continua à parler quelques secondes, puis le rejoignit.

– Il n'a rien vu de particulier, pas d'étrangers se faufilant dans la propriété ni…

– Gaëlle, elle est revenue !

– Pardon ?

– Élilou. Elle est là-dedans !

Elle suivit son regard.

– Dans la chapelle ?

– Oui. Je te préviens, c'est vraiment moche.

– On l'a démembrée, c'est ça ?

– Non, mais c'est du même genre.

Elle recula, le considéra avec attention.

– Merde, t'es tout gris !

– Je te dis que c'est moche. Il faut prévenir Dubois. Mais surtout pas Andrieu.

– Je vais voir, dit-elle d'un ton résolu.

– Attends !

Il tira la clé de sa poche.

– Ne laisse personne entrer, referme derrière toi.

– Tu me fous la trouille, protesta-t-elle en s'emparant vivement de la clé.

Il la regarda déverrouiller la porte, pousser le battant et…

Se mettre à vomir.

Il courut vers elle. Se retourna brusquement. Costa les observait, les yeux plissés. Il repoussa le battant derrière lui. Gaëlle reprenait son souffle, s'essuyait la bouche avec un kleenex pêché dans son sac à main.

– J'avais encore jamais gerbé, même en autopsie, s'excusa-t-elle.

– J'ai plus d'entraînement que toi, lui dit-il en posant gentiment sa main sur son épaule.

– Qu'est-ce qu'on va dire à Andrieu ? S'il voit ça, il est bon pour la camisole de force à vie.

Chib se mordit les lèvres.

– À moins qu'on la remette dans le cercueil, chuchota-t-il rapidement.

– Quoi ? Comme ça… tout simplement ?

– Tu viens de le dire, ils ne supporteront pas de voir ça, Gaëlle, aucun parent ne supporterait de voir ça sans perdre la raison.

Elle se mordillait l'ongle du pouce, indécise. Il accentua sa pression sur son épaule.

– Je sais qu'il faudrait prévenir les flics, mais les Andrieu n'y survivront pas !

Oui, Blanche en mourrait certainement. Se jetterait sous un train. S'ouvrirait les veines avec un morceau de verre aussi transparent que son regard. Blanche errant à jamais dans les couloirs pisseux d'une unité psychiatrique, en marmonnant des mots sans suite, les ongles écaillés d'avoir gratté les murs comme on gratte le couvercle d'une tombe dans laquelle on est enterré vivant.

– Va prévenir Dubois, disait Gaëlle. On décidera avec lui. Il vaut mieux être couverts.

Chib soupira.

– Tu peux rester seule là-dedans ?

– Oui, ça va mieux. Je vais prendre des photos.

Chib la regarda stupidement.

– Comme ça, même si on remet tout en place, on pourra chercher des indices, lui expliqua-t-elle en sortant de son sac un petit appareil numérique dont elle fit jouer le zoom.

Comment alerter Dubois sans qu'Andrieu entende ? Chib se glissa dans la maison sous le regard de Costa qui arrosait les parterres d'hortensias bleus et blancs.

Andrieu, visiblement perturbé, grimpait l'escalier menant aux chambres.

La chance était avec lui. Il fonça dans le salon-bibliothèque. Dubois, les yeux fermés, les mains jointes, marmottait en sourdine.

– Il faut que vous veniez, c'est très grave ! lança Chib à voix basse.

Le prêtre ouvrit les yeux. Décroisa les mains.

– Vous l'avez retrouvée, c'est ça ?

Chib acquiesça.

– Il ne faut pas que ses parents le sachent, il ne faut pas qu'ils voient ça, ajouta-t-il d'un ton pressant.

– Je vous suis.

Dubois lui emboîta le pas, les lèvres serrées.

Costa arrosait toujours et Chib s'efforça de traverser la cour lentement, sans montrer son agitation. Le prêtre sur ses talons, il toqua discrètement à la porte, qui s'entrouvrit une demi-minute plus tard.

Gaëlle se tenait dans l'embrasure, l'appareil photo à la main. Elle s'écarta pour les laisser passer et referma la porte derrière eux.

Dubois ne dit rien. Rigoureusement immobile, il fixait le corps supplicié d'Élilou. Puis il s'en approcha, lentement. Ses chaussures en cuir craquaient à chaque pas. Il leva la main droite et fit un large signe de croix. Chib retint son souffle, il s'attendait presque à ce que la tête de la gamine pivote sur son axe, dans un remake de *L'Exorciste*, ou que le Christ en bois se lève d'un bond pour souffleter le prêtre. Mais il ne se passa rien. La statue souillée resta à terre. L'enfant crucifiée continua à darder ses prunelles mortes sur eux.

– Que doit-on faire ? demanda Gaëlle.

– La dépendre et la remettre dans son cercueil, répondit le prêtre d'une voix creuse. Ils ne doivent pas voir ça. Ils ne sont pas assez forts.

– C'est ce qu'on pensait, dit Gaëlle, mais on voulait avoir votre accord.

– Allons-y.

Il s'avança d'un pas résolu. Chib poussa le Christ dans la travée et le rejoignit. Le prêtre l'arrêta d'un geste.

– Est-ce qu'il y a une échelle ?

Chib regarda autour de lui. Pas d'échelle. La croix mesurait environ 1,50 m et le piton qui la soutenait se trouvait à 3,30 m du sol. Inaccessible sans échelle.

– Peut-être dehors ? suggéra-t-il.

– Je vais voir, dit Gaëlle.

– Le jardinier va te demander pourquoi tu as besoin d'une échelle dans la chapelle, objecta Chib. Et de plus Andrieu risque de rappliquer n'importe quand. Ou même Belle-Mamie si elle voit notre trafic. Je pense qu'on peut y arriver en grimpant sur l'autel, ajouta-t-il en joignant le geste à la parole.

Dubois parut vouloir protester, mais ne dit rien. Debout sur l'autel, Chib se pencha en avant, les bras tendus. Il manquait au moins 60 cm pour atteindre le piton. Il pouvait toujours essayer de saisir à pleins bras la croix – et le corps cloué dessus – pour la détacher du mur. Oui, il pouvait essayer ça, se dit-il avec dégoût.

– Ce n'est pas ainsi qu'il a procédé, lança soudain Gaëlle. Regardez.

Debout sur un banc, elle grimpa d'un bond sur une des ogives latérales, puis, de là, s'aidant des anfractuosités du mur, se hissa jusqu'à la rosace centrale, au-dessus de la croix impie. Là, assise, sur le rebord, elle n'eut qu'à se pencher légèrement pour en toucher le sommet.

– Il lui a fallu une corde, dit-elle. Pour soutenir la croix dans la descente et pour la remettre ensuite à sa place.

Chib et Dubois fouillèrent la chapelle du regard.

– Il a dû l'emporter avec lui, grogna le prêtre. Bon, Moreno, aidez-moi, on va soulever la croix à l'aide des branches latérales.

– OK.

Ils empoignèrent chacun une des barres transversales, prenant bien soin de ne pas effleurer les petits poignets transpercés.

– Un, deux, trois !

Ensemble, ils poussèrent vers le haut et le crochet glissa hors du piton, aidé par Gaëlle qui s'était penchée en avant.

Ce n'était pas très lourd, se dit Chib, surpris. Une trentaine de kilos en tout, peut-être. Mais l'ensemble oscillait dangereusement.

– À terre ! cria Dubois en se baissant.

Le bois heurta le sol avec un bruit sourd, les cheveux d'Élilou voletèrent. Ils appuyèrent rapidement le montant vertical contre le mur tandis que Gaëlle les rejoignait.

– Couchons-la !

– Comment est-ce qu'on va retirer les clous ? demanda Chib en se mordillant les lèvres.

– Attendez !

Gaëlle fouillait dans son sac. Elle en extirpa un coupe-ongles.

– Voilà, ça va nous servir d'arrache-clous.

« Le Club des Trois et le Mystère de la Chapelle Maudite », se dit amèrement Chib en regardant Dubois s'emparer du coupe-ongles et entreprendre d'extraire un long clou à tête plate de la chair marbrée.

La vision était tellement surréaliste qu'elle en perdait de l'émotion. Comme un film trop exagéré. Déjà, Dubois s'attaquait à l'autre poignet, ses lèvres minces étroitement serrées. Chib contemplait le clou souillé sur la dalle de pierre.

– Les pieds, maintenant, marmonnait le prêtre, une mauvaise sueur coulant le long de ses tempes.

Un seul clou pour les deux pieds entrecroisés. Vingt centimètres de long. Imprégné de l'odeur du formol.

– Moreno ! Aidez-nous au lieu de bayer aux corneilles !

Dubois soulevait le corps d'Élilou par le buste, tandis que Gaëlle avait empoigné les jambes. Il les rejoignit, soutenant l'enfant sous les reins, désagréablement conscient de la proximité de son visage.

Ils la déposèrent doucement dans le cercueil de verre et Gaëlle arrangea les brides des chaussures, tassant les chaussettes, pour qu'on ne voie pas les deux trous jaunâtres laissés par le clou. Chib rabattit les mains sur la poitrine, recoiffa rapidement les cheveux secs qui crissaient, avança la main pour clore les paupières.

– Il les a coupées ! s'exclama-t-il.

– Quoi ? demanda Dubois occupé à redresser le Christ.

– Les paupières... Je les avais collées ! Ce salaud les a coupées pour réouvrir les yeux ! On ne peut plus les fermer, pas assez de peau ! expliqua-t-il.

– Tant pis. Aidez-moi à remettre Notre Seigneur en place.

– Vous avez lu l'étiquette accrochée au soutien-gorge ?

– Blasphème. Je vous ai dit que celui qui a fait ça est une âme perverse, diabolique. Il a souillé Notre Seigneur avec de l'urine, il L'a affublé de ce sous-vêtement, pour Le tourner en dérision. Rites sataniques, conclut-il dans un souffle en soulevant la statue.

Chib l'aida à la reclouer, à l'aide de son mocassin « Capri ». La maison Arfango, si stylée, n'avait certainement pas prévu cet usage pour le mocassin le plus prisé de la jet-set des années soixante.

Ils finissaient de redresser la croix, haletants, quand on essaya d'ouvrir la porte. Puis des coups violents en ébranlèrent le panneau.

– Voilà ! lança Chib en allant ouvrir.

Un Andrieu hagard, col de chemise ouvert, le dévisageait.

– Pourquoi vous êtes-vous enfermés là-dedans ?

– Élilou est de nouveau là, intervint Dubois d'une voix apaisante. Nous allions te prévenir.

– Qu'est-ce que tu racontes ! rugit Andrieu en les bousculant.

Il se figea en voyant le corps de sa fille dans son cercueil.

– Comment est-ce possible ? Qui l'a ramenée ? balbutia-t-il.

– On ne sait pas. Il y a également eu du vandalisme, ajouta Gaëlle en désignant la croix adossée au mur.

– Qu'est-ce que c'est que ce cirque ?! Qu'est-ce que ça veut dire à la fin !

Andrieu serrait les poings à en avoir les jointures blanches.

– Est-ce que le corps a été… a été… profané ? exhala-t-il en fermant les yeux.

– Apparemment pas, répondit fermement Gaëlle.

Et voilà, se dit Chib, si un examen fait apparaître la défloration d'Élilou, on mettra ça sur le compte du voleur de cadavres.

« À moins qu'on ne t'accuse, toi ? » lui susurra soudain une horrible petite voix intérieure. L'embaumeur pervers aux gants et au pénis caoutchoutés. Il cligna des yeux. Andrieu se penchait sur le corps de son enfant, étreignait les parois de verre. Brusquement, il se raidit, se retourna.

– Elle a ouvert les yeux ! balbutia-t-il, mon Dieu, Dubois, elle a ouvert les yeux !

– C'est un effet réflexe, s'empressa de dire Chib, sans doute lorsqu'on a bougé le corps.

Andrieu le considéra, l'air complètement perdu, puis, se passant la main dans les cheveux :

– Un effet réflexe, oui. Un instant, j'ai cru… c'était idiot, mais… Je vais aller prévenir Blanche.

– Je t'accompagne, lança Dubois en lui prenant le coude.

Dès qu'ils furent sortis, Gaëlle se laissa tomber sur un banc.

– J'en peux plus ! Je suis plus épuisée que si j'avais couru le marathon.

– Le stress, marmonna Chib.

– Le pire, c'est de se dire qu'il y a bien quelqu'un qui a fait ça ! Qui a couché avec la gamine, l'a tuée et a volé son cadavre pour le profaner ensuite. Tu imagines la dose de haine que ça représente ?

– Et pourquoi haïr autant les Andrieu ?

Chib se tapotait le menton, pensif.

– Un ancien amant de Blanche ? proposa Gaëlle en bâillant.

– Il y a quelque chose qui ne colle pas.

Chib faisait les cent pas.

– Et de un, reprit-il, on a un pervers qui a eu des relations sexuelles avec Élilou, puis l'a tuée de peur qu'on le découvre. Et de deux, un profanateur de cadavre. Il manque un lien.

– Comment ça ?

– Voler un cadavre, lui ouvrir les yeux, le clouer à l'envers sur une croix, c'est un acte agressif envers les vivants qui devront contempler le spectacle. Or, le pédophile qui a abusé de la gamine ne l'a pas fait pour faire du mal aux Andrieu, sinon il ne l'aurait pas tuée pour dissimuler le viol.

– Il l'a peut-être tuée par accident, objecta la jeune femme. La fillette essayait de lui échapper, je sais pas. Bon, j'ai ma dose pour aujourd'hui. On y va ?

Chib opina tout en ruminant des pensées confuses.

Le soleil était haut dans le ciel. Éblouissant. Trop éblouissant. Les fleurs trop colorées. L'herbe trop verte. Chaque grain de gravier avait la netteté d'un caillou de jardin zen. Tout paraissait sculpté dans du plastique rutilant. On avait du mal à imaginer que des êtres humains blafards et souillés de larmes erraient dans la bastide.

Costa avait disparu. Louis-Marie et Charles dépliaient une table de ping-pong. En présence de la mort, chaque acte quotidien paraît incongru, se dit Chib en suivant Gaëlle dans la pénombre fraîche du grand salon.

Écho de voix tendues en provenance de l'étage. De la chambre de Blanche ? Dubois apparut soudain en haut de l'escalier, s'avança à leur rencontre.

– Elle est très agitée, chuchota-t-il, il vaut mieux les laisser seuls. Nous avons prié pour le repos d'Élilou, mais cela n'a pas suffi à l'apaiser.

– Nous allons prendre congé, lui répondit Gaëlle sur le même ton. Nous poursuivrons nos investigations demain, si la famille le désire.

– Très bien.

Il les escorta jusqu'à la porte.

– J'espère que tout ce cirque sera bientôt fini ! lança Belle-Mamie depuis le jardin d'hiver où elle faisait goûter Eunice et Annabelle.

– Je veux y aller, au ci'que ! cria Eunice en battant des mains.

– C'est une façon de parler, ma chérie, mange ton cookie, lui enjoignit sa grand-mère tandis qu'ils sortaient.

– Moi, je veux faire de la boxe ! laissa tomber Annabelle en se renversant sur son siège.

– Finis ton chocolat au lieu de dire des bêtises.

– C'est pas des bêtises ! Je veux devenir boxeuse et tous les écrabouiller !

– Annabelle, voyons !

– À demain.

Dubois referma la porte, les empêchant d'entendre la suite de la conversation.

– Une douche, un steak-frites et un double whisky, et vite, chauffeur !

Chib hocha la tête en se glissant avec lassitude dans la Floride. Il n'avait pas envie de rester dans cette ambiance morbide et il n'avait pas envie de s'éloigner de Blanche. Il n'avait envie de rien de ce qui lui arrivait en ce moment. Il avait envie de vivre autre chose que cette réalité-là, il se sentait frustré, énervé, anxieux, avec un début de sinusite et des brûlures d'estomac.

– Je peux dormir chez toi ? demanda Gaëlle en appuyant sur la touche « play » du lecteur de CD.

– Dormir, oui, rétorqua Chib tandis que Cab Calloway entonnait *Hard Times*.

INTERMEZZO 4

Le temps
m'attend
souffle glacé
poignets noués
brûlure dorée.
Ses yeux fermés
je les ouvre.
Sa bouche close
je la force.
Son ventre nu
je le fracture
comme un voleur.
Voleur de mort.
Ils ont peur maintenant.
Enfin.
Ils commencent à comprendre
que le temps les attend aussi.
Le temps du châtiment.
Le doux temps de la douleur.

CHAPITRE 12

– Allô ! Qu'est-ce que tu fous ? Me dis pas que t'es encore en train de tirer un coup ! T'es pire qu'un lapin australien !

Greg braillant sur le répondeur.

– T'es avec Gaëlle ? Hou hou, Gaëlle, sors la tête de sous les draps !

– Elle est partie, elle avait cours, grogna Chib en posant l'aiguille avec laquelle il venait de mettre le point final à son travail sur Scotty. Et si j'avais été avec quelqu'un d'autre, hein ?

– T'as jamais plus d'une gonzesse par an, ricana Greg.

Tu te trompes, mon vieux. Le Chib nouveau est un vrai bourreau des cœurs.

– Aïcha m'a un peu briefé, continuait Greg, c'est hyper-dingue, votre truc.

– Comme tu dis.

– Tu sais ce que j'pense ?

– Tu sais que ça te fait du mal, de penser ?

– Arrête tes conneries, tu sais ce qu'j'pense ? J'pense que c'est l'père, avec son look Wall Street, tu sais, comme le type qui tuait les putes dans *Hollywood Night*, le type insoupçonnable, ben c'est toujours lui.

– Greg, on parle de vrais gens. D'une vraie petite fille.

– Et qui est vraiment morte, ta vraie petite fille. Et qui est pas sortie toute seule de sa boîte de conserve pour aller gambader dans la forêt avec Bambi, hein ? J'te dis que c'est lui, il l'a violée et tuée, et maintenant ça l'a rendu fou.

– Excuse-moi, j'ai un autre appel, c'est peut-être eux.

– Souviens-toi de ce que j't'ai dit, j'ai l'instinct!

Chib raccrocha tout en attrapant son portable posé sur la table basse.

– Bonjour, je vous appelais à propos de Scotty.

Noémie Labarrière.

– J'ai terminé, dit-il en passant la main sur la tête reconstituée du terrier. Je peux vous l'apporter quand vous voulez.

– Parfait. Disons dans une heure?

Il jeta un coup d'œil à sa montre. 10 h 45.

– Impeccable, j'arrive.

Il écouta son répondeur en s'habillant. Pas d'appels. Apparemment, les Andrieu avaient décidé de se passer de ses services. Ce qui entraînait la douloureuse question suivante: sous quel prétexte revoir Blanche? Il pouvait toujours appeler pour avoir des nouvelles, tout à fait normal de prendre des nouvelles après ce qui s'était passé. Oui, il allait attendre un peu et puis il appellerait, se dit-il en bâillant. Il s'était levé à six heures pour « terminer » Scotty, le rembourrer de résine et le revêtir de sa peau traitée, et il avait les yeux qui le piquaient un peu, à cause de la fatigue et des produits toxiques. Un petit tour dehors lui ferait le plus grand bien.

Noémie Labarrière était allongée sur un transat vert olive, près de la piscine. Elle portait un sari chatoyant, dans les tons orangés, et de fines sandales Gucci en cuir tressé.

Elle se redressa en voyant Chib et la boîte oblongue en métal qu'il portait sous le bras.

– Oh... c'est lui? C'est...

– Oui. Vous voulez le voir?

– Ici? Non, allons dans la maison.

Il la suivit.

Vaste salon aux meubles blancs, sol en marbre rose, murs tendus de lin saumoné, deux toiles de Vasarely, un Hooper, une télé numérique avec enceintes, une pile de *Vogue* sur la table basse en bois de rose.

Noémie paraissait agitée, elle se frictionnait les bras comme si elle avait froid.

– J'ai besoin d'un verre, je crois. C'est la première fois… Je…

– Je vous recommande une goutte de cognac, dit Chib, c'est le plus efficace.

– Ah vraiment ?

Elle se penchait vers un meuble marqueté, saisissait un flacon de cristal taillé.

– Vous en prendrez bien aussi ?

– Une larme, merci, répondit-il avec l'onctuosité d'un valet de pied.

Elle prit deux verres à cognac, les remplit à demi. En tendit un à Chib et avala une gorgée du sien avant de dire :

– Allons-y.

Il posa le verre sur la table basse, ouvrit la grande boîte métallique avec des gestes précis. Scotty apparut, debout sur son socle, une patte levée, la queue dressée.

– Oh ! C'est…

Noémie contemplait son chien embaumé, une main sur le cœur. Elle s'assit, but une autre gorgée.

– C'est assez surprenant, n'est-ce pas… Le voir comme ça… comme s'il venait me dire bonjour, le petit amour ! Oh, mon Dieu ! Quand Papa va te voir… dit-elle au chien.

Puis se retournant vers Chib, elle ajouta :

– Vous avez fait un superbe travail, monsieur Moreno.

Autre gorgée de cognac. Chib avala un peu du sien pour lui tenir compagnie. Il se sentait encore barbouillé après la cuite et les événements de la veille. Noémie Labarrière s'était levée et farfouillait dans son sac à main, en sortait enfin son chéquier. Chib lui tendit sa note d'honoraires qu'elle parcourut rapidement, la tenant à bout de bras.

– J'ai oublié mes lunettes à la piscine, voyons… mmm…

Elle reposa la note sans autre commentaire et entreprit de rédiger son chèque, les yeux plissés.

– Mon mari me dit que vous êtes passé hier en compagnie d'une ravissante jeune femme. Votre fiancée ?

– Une amie, laissa tomber Chib avec un sourire, en empochant le chèque. C'est amusant, votre amie Winifried m'a posé la même question.

– Winnie ?
– Hmm, opina Chib, nous l'avons rencontrée dans le sous-bois.
– Qu'est-ce que Winnie faisait dans le sous-bois ? La pauvre chérie a horreur des aiguilles de pin.
– Je crois qu'elle était venue vous saluer.
– Mais je n'étais pas là ! s'exclama Noémie en haussant les sourcils.
– C'est pour ça qu'elle repartait, expliqua Chib en redressant une mèche sur la tête de Scotty.
Noémie paraissait décontenancée. Puis ses lèvres se pincèrent.
– C'est un prénom peu courant, Winifried, reprit Chib.
– Elle est d'origine allemande. Rémi l'a rencontrée lors d'un congrès à Francfort.
– Ah, elle travaille dans la finance, elle aussi ?
– Non, elle servait le café, ricana Noémie, c'était la secrétaire d'un des participants. Rémi l'a débauchée, littéralement !
Elle émit un petit rire haut perché, ravie de sa plaisanterie.
– Ils ont l'air très épris l'un de l'autre, dit Chib-le-roi-de-la-conversation-mondaine.
– Paul pense que Rémi ferait mieux de réfléchir avant de trop s'engager. Vous savez ce que c'est... les jeunes femmes sans fortune ont une tendance très nette à s'éprendre d'hommes plus âgés et plus riches... Ce doit être génétique...
Il sourit poliment. Elle effleura la tête de Scotty puis retira précipitamment la main.
– Ça m'écœure un peu, avoua-t-elle. Il est superbe, mais...
Mais il est mort. Tu tripotes un cadavre et tu t'en rends compte.
– Oh là là, déjà midi, j'ai un tennis dans un quart d'heure !
Chib prit congé.
La haute haie de cyprès lui cachait la propriété des Andrieu. Mais il savait que Blanche était de l'autre côté. Comme une ombre jetée sur un matelas glacé. Il prit son portable et composa leur numéro.
– Oui, bonjour ?

Aïcha.

– Salut, c'est Chib, je venais aux nouvelles.

– Non, nous n'avons besoin de rien, merci.

– Rappelle-moi sur mon portable.

– Au revoir.

Il s'installa au volant de la Floride et démarra comme Noémie Labarrière s'engouffrait dans une Twingo bordeaux. Elle le klaxonna en passant et il fit un signe de la main avant de se mettre à rouler doucement.

La D9 sinuait entre les pins. Un panneau signalait un dos-d'âne. Il ralentit encore et aperçut la rivière en contrebas. Il se gara sur l'accotement, descendit.

La pente escarpée menait droit aux deux propriétés, distantes d'une centaine de mètres. À travers les frondaisons, il distinguait la silhouette élégante de la bastide Andrieu et le bleu de la piscine Labarrière. N'importe qui pouvait y accéder en quelques minutes. Pas très sécurisé, comme site. Et l'absence de molosses rendait les choses encore plus faciles. Est-ce que Costa le jardinier dormait sur place et était armé ? Mais dans ce cas, comment se faisait-il qu'il n'ait rien entendu l'avant-veille ? Chib se remémora soudain le petit œilleton incorporé dans le montant de la baie vitrée, chez les Labarrière. La maison était sous surveillance électronique. Plus discret et plus efficace qu'un chien de garde. Surtout en ces temps d'hécatombe canine, comme l'avait souligné le vétérinaire. La bastide était sûrement équipée d'un dispositif semblable, ce qui expliquait l'absence de clôtures rigides.

Il porta vivement la main à sa poche, le portable sonnait.

– C'est Aïcha. Je suis dans la buanderie. Je ne pouvais pas parler, Belle-Mamie était à côté de moi.

– Alors ?

– Andrieu a un conseil d'administration très important à Londres, il s'absente jusqu'à demain, il est très inquiet, mais Blanche refuse de l'accompagner. Hier soir, elle a voulu aller voir Élilou, elle est restée à genoux dans la chapelle pendant au moins deux heures, je lui ai apporté un châle, elle avait l'air sourde et aveugle, comme si j'existais pas ! Il est venu la chercher de force vers dix heures et il l'a ramenée dans sa chambre. Je l'ai entendue crier cette nuit. Eunice m'a fait une crise d'acétone ce matin, Cordier a dû revenir, et cette peste d'Annabelle a renversé un pot de confiture sur le canapé, ça m'a pris une demi-heure pour tout nettoyer.

– Et Charles et Louis-Marie ?

– Ils ont repris la classe.

– Costa dort-il dans la propriété ?

– Parfois, dans l'ancien pavillon de chasse, mais la plupart du temps il rentre chez lui, à Châteauneuf.

– Mmm. Et Belle-Mamie, elle est partie ?

– Enfin ! Elle a embarqué les deux petites, elle les garde jusqu'à demain, elle voulait pas les laisser avec Blanche.

Chib consulta sa montre. 12 h 30.

– À quelle heure ils rentrent, les garçons ?

– Vers cinq heures, pourquoi ? Oh non, c'est trop dangereux !

– Qu'est-ce qui est trop dangereux ?

– De venir la voir.

– Il faut bien découvrir qui a fait ça !

– Écoute, on se connaît pas beaucoup, mais ne me prends pas pour une idiote.

– Allô ?! fit Chib, allô, je n'entends plus rien.

Il coupa la communication.

La voie était libre.

Aïcha vint ouvrir sans entrain. Elle avait les traits tirés et son lourd chignon penchait dangereusement d'un côté.

– Vous désirez ? lança-t-elle à voix haute en s'effaçant pour le laisser passer.

Du coin de l'œil, Chib enregistra la silhouette de Costa. Perché sur une échelle, il taillait la haie de lauriers.

– Je venais prendre des nouvelles de Mme Andrieu. Son mari m'a dit qu'elle avait eu un léger malaise.

– Suivez-moi, je vais voir si Madame peut vous recevoir.

Il lui emboîta le pas avec la sensation de jouer dans une parodie de feuilleton télévisé dont on aurait distribué les rôles à contre-emploi.

Aïcha le laissa dans le salon ocre. Quelqu'un se servait d'un mixer électrique, certainement la cuisinière.

Il était en train d'admirer le Turner, de se fondre dans les volutes vert pâle, quand il l'entendit.

– Qu'est-ce que vous faites là ?

Il se retourna.

Elle le dévisageait, appuyée à l'une des hautes chaises, très strictement vêtue d'un tailleur cachemire pied-de-poule, impeccablement coiffée et très légèrement maquillée. Sa croix en or se détachait sur son chemisier gris pâle. Il se sentit bête.

– Je venais prendre de vos nouvelles.

– Ah, vraiment ? Voir comment se porte la petite chose fragile qui perd la tête, etc., etc.

– Je ne voulais pas vous déranger, répliqua-t-il en se dirigeant vers la porte.

– Je n'ai pas dit que vous me dérangiez.

Elle avait relevé le menton et soutenait son regard.

Il se dit qu'il allait partir, là, tout de suite, et se rapprocha aussitôt d'elle.

– Pas si près, lui lança-t-elle en jetant un regard vers le jardin.

– Invitez-moi à déjeuner, je veux vous parler.

– Je n'ai pas faim. Et notre dernier déjeuner s'est plutôt mal terminé.

Il se sentit minable. Il devait partir. Mais il ne pouvait pas. Pas alors qu'elle était si près de lui. Qu'il la voyait respirer trop vite. Que ses mains le brûlaient de la toucher. Comment des mains pouvaient-elles brûler autant sans produire de flammes ? Comment ne le sentait-elle pas ?

Elle se redressa légèrement, croisa les bras dans un geste de défense dérisoire, et lui adressa une ébauche de sourire, vraiment lamentable.

– Je ne veux plus jamais vous revoir, murmura-t-elle.

Instantanément, ses mains devinrent plus glacées que le corps d'Élilou. Comment des mains pouvaient-elles être aussi froides sans se briser ? Comment pouvait-elle lui dire ça, avec ce sourire à la con qui la faisait trembler et gîter comme un navire en perdition ?

Il avança d'un pas, la forçant à reculer vers le hall sombre, l'acculant contre un angle, loin du regard de Costa. La maison était silencieuse, juste troublée par la conversation d'Aïcha et de la cuisinière, loin derrière les portes du monde normal. Il leva ses mains glacées et les posa sur ses épaules, l'attirant vers lui. Elle leva les bras, brutalement, pour se dégager.

– Lâche-moi.

La caresse du tutoiement le déchira comme un rasoir. Il voulut resserrer son étreinte et elle le gifla, de sa main droite, une gifle sèche, plate, qui se posa sur sa joue sans faire mal et s'y attarda, se muant en caresse le long de la mâchoire serrée. Il lui saisit le poignet.

– Je vais crier.

– Normal, pour une petite chose qui perd la tête.

– Connard !

Enfin une étincelle de vie ! Il la lâcha. Il se sentait soudain un irrésistible désir d'être cruel.

– Je n'étais pas venu pour vous sauter, j'étais venu pour savoir si nous devions poursuivre notre enquête.

Elle s'empourpra, accusant le choc.

– Mon mari n'est pas là.

– Je sais.

– Je ne veux plus entendre parler de ce cauchemar.

– Parfait. Bouchez-vous les oreilles et dormez bien.

– Ce n'est pas un jeu, pour moi, siffla-t-elle avec une fureur contenue, c'est comme si je perdais un peu de fluide vital chaque jour, un peu de ce fluide vital que vous recueillez dans vos seaux en plastique et que vous videz à la poubelle. Et à la place, on me remplit de terre, de terre froide, par pelletées, et vous, vous vous penchez, vous regardez et vous me demandez combien de temps encore je pense pouvoir respirer, d'un air réprobateur, de l'air réprobateur du riche pour le pauvre qui crève de faim !

Il vit les larmes perler au coin de ses yeux gris, puis se mettre à couler, très doucement. Il sentit ses larmes à lui, au creux de son estomac, lourdes, étouffantes, remonter soudain à la surface et mouiller ses paupières, à sa grande honte.

– Il y a quelqu'un ?

Dubois! Son pas sur le gravier. Dans un geste irraisonné, elle attira Chib contre elle, s'enfonçant dans une pièce sombre et minuscule. Un placard, se dit-il, en heurtant un aspirateur, mon Dieu, si on les trouvait là, ils étaient perdus, pendus, lynchés. Sa main à elle sur sa bouche à lui, sa main à lui sur sa nuque à elle, leurs bouches l'une sur l'autre, dans l'odeur de Javel et de produit à tommettes, l'humidité de ses larmes contre sa joue, il la serre si fort...

– Blanche n'est pas là ? Je lui avais dit que je passerais la voir.

– Elle doit être dehors, avec M. Moreno...

– J'ai vu sa Floride, en effet. Je vais voir.

Chib sentit sa bouche s'assécher. Aïcha doit être affolée, qu'est-ce qu'on va faire, je m'en fous, je te veux, ils vont nous trouver, ça va être terrible, je m'en fous, je te veux encore, comme ça, abandonnée.

– Madame ?

Voix hésitante d'Aïcha.

– Le père Dubois est là, il vous cherche.

Les pas d'Aïcha qui s'éloignent, indécis. Le silence.

Les doigts de Blanche se resserrèrent sur ses épaules, violemment. Puis elle entrebâilla la porte, se glissa dehors. Claquement de talons sur le sol carrelé.

– Josselin !

– Ah, vous êtes là ! Bonjour, Blanche.

– J'étais dans ma chambre. Vous avez vu Moreno ?

– Non, je croyais qu'il était avec vous...

– Il m'a demandé la permission de jeter un coup d'œil un peu partout.

Chib s'était glissé dehors à son tour, avait avancé sans bruit jusqu'au salon d'hiver, l'avait traversé, le cœur battant, et se retrouvait dans le jardin. Il respira à fond. Se frotta machinalement les lèvres pour effacer une trace de rouge à lèvres. Mais elle n'en portait pas.

Il les voyait de dos, se dirigeant vers la piscine, Dubois, les yeux fixés sur le sol, une sacoche en cuir marron se balançant à son bras, et Blanche, bras croisés comme à son habitude, la tête un peu penchée sur le côté, le côté opposé à Dubois, qui l'écoutait parler. Il décida de contourner la maison par-derrière et de les rejoindre un peu plus loin, comme s'il revenait du sous-bois.

Une allée pavée serpentait dans l'herbe impeccablement tondue. Il passa à côté d'une brouette posée près d'un massif d'hibiscus en fleur, la dépassa. S'arrêta. Une brouette, c'était pratique pour transporter un corps, un petit corps d'enfant. Et si c'était tout simplement Costa, le coupable ? Costa, que Louis-Marie accusait d'entretenir des relations sexuelles coupables avec Charles. Charles, malgré son allure adulte, n'était quand même qu'un mineur. Costa, le pédophile discret, opérant à domicile...

Chib se rapprocha de la brouette. Un innocent tas de ferraille gris, avec deux manches gainés de bois. Il se pencha. Elle ne contenait qu'une bâche en plastique bleue roulée en boule, et un sécateur aux poignées rouillées. Non, tachées, rectifia-t-il en distinguant du vert pomme sous les plaques rougeâtres.

Il avança la main vers la bâche qui l'attirait irrésistiblement. Souleva un coin de cette dernière. Un peu plus. Encore un peu. De nouveau ce sentiment de peur, de danger imminent. Il pivota sur lui-même, persuadé d'être observé. Personne. Un rouge-gorge s'envola en pépiant. Chib saisit fermement un morceau de plastique et tira.

Quelque chose roula au fond de la brouette. Quelque chose de poilu.

Une peluche, se dit-il, une des peluches d'Eunice.

Puis il vit les petites gouttelettes sur ses mains, les toutes petites gouttelettes rouges. Il y en avait plein la bâche. Plein l'intérieur de la bâche. Il se pencha encore, les mains légèrement écartées du corps.

Les yeux de la peluche pendaient hors de leurs orbites. Ils avaient coulé, laissant d'épaisses traces jaunes sur le museau plein de sang. *De sang* ? Des yeux de peluche qui *coulent* ? Oh non ! Il avança un index tendu vers la petite masse de poils, attrapa une patte, tira.

Le ventre fendu du chiot grouillait de gros vers blancs.

Chib retira sa main, la secoua comme pour se débarrasser d'un objet dégoûtant.

Le sang avait giclé partout. Il comprit brusquement à quoi

avait servi le sécateur. On avait ouvert la poitrine de l'animal en deux, comme une volaille. Un setter roux et blanc d'environ trois mois. Éventré et énucléé.

Écœuré, il frotta ses mains contre son pantalon pour se débarrasser des immondes taches de sang.

– Mme Andrieu vous cherche. Ils sont dans lé jardin d'hiver.

Il sursauta. Costa le dévisageait, depuis l'angle du mur.

– J'arrive, dit-il en rejetant la bâche sur le cadavre. Ça fait longtemps que vous vous êtes servi de cette brouette ?

Costa plissa les yeux, perplexe.

– Cette brouetté ?

Il avait un léger accent, chantant, agréable.

– Oui, celle-là.

– Je ne m'en sers pas en ce moment, c'est la saison de la taille, cetté brouetté elle sert plus tard, pour transporter la terre. Vous auriez dû mé dire que vous en aviez besoin, ajouta-t-il en haussant les épaules, comme pour signifier que les lubies de ses patrons et de leurs amis ne l'étonnaient aucunement.

– Je l'ai trouvée ici, expliqua Chib. Il y a… il y a un cadavre de chien, à l'intérieur.

Costa fronça les sourcils. S'avança rapidement jusqu'à la brouette. Chib souleva de nouveau la bâche. Costa se pencha, regarda longuement le chiot, calmement, en homme habitué à observer les choses avec attention.

– C'est un des petits de Nilda, dit-il en se redressant.

– Nilda ?

– La chienné des Osmond. Elle a eu une portée dé six à Noël. Ils en ont gardé trois, pour la chasse. Celui-ci, c'était Tobias. Le bout des deux pattes arrière roux, expliqua-t-il. Faut que jé les appelle, conclut-il en s'éloignant. Va pas être content, monsieur Osmond, qu'on ait tué son chien.

– Il paraît que ça arrive souvent en ce moment, le vétérinaire d'Opio craint qu'il y ait un malade dans le coin, dit Chib en s'éloignant avec lui.

– Celui qui a tué cé chien, sûr que c'est un malade, acquiesça Costa. Et c'est vrai qu'il y a pas mal dé chiens qui ont des accidents, cette année.

– Osmond pourra porter plainte, là il ne s'agit pas d'un accident !

– Ouais. Il verra sûrement avec les gendarmes. Excusez-moi...

Il bifurqua vers la remise, laissant Chib planté devant le jardin d'hiver. Devait-il en parler à Blanche et à Dubois ? De toute façon, Blanche l'apprendrait par les Osmond. Qu'un sadique avait éventré leur chien Tobias et abandonné la dépouille martyrisée dans la brouette des Andrieu. Le lendemain du jour où on avait dérobé et profané le corps d'Élisabeth-Louise Andrieu. Une effervescence meurtrière en total contraste avec l'ordinaire paisible et cossu de ces collines bourgeoises. Comme un coup de poing rageur dans une image d'Épinal, se dit Chib en entrant dans le salon vert. Un coup de ciseau sanglant dans une sitcom sirupeuse. Mais pourquoi ?

Dubois était perché sur le bord de son siège, une tasse de thé en équilibre sur les genoux, Blanche, renversée en arrière dans son fauteuil, avait les mains crispées sur les accoudoirs.

– Je ne vous dérange pas ?

Dubois se retourna vivement, renversant un peu de thé, Blanche fit une esquisse de sourire.

– Ah, Moreno ! Votre amie n'est pas avec vous ? demanda le prêtre.

– Non, elle...

Il faillit dire « elle avait cours », mais se reprit juste à temps :

– Elle est un peu débordée. Une autre affaire en cours... elle m'a demandé de lui donner un coup de main, étant donné les circonstances...

Blanche regardait le ciel à travers la verrière.

– Comme ce nuage est épais, dit-elle d'une voix atone.

Ils levèrent machinalement les yeux. Une masse grise, semblable à une grosse poignée d'étoupe arrachée à un matelas, filait au-dessus de leurs têtes, navire de coton à la proue torturée.

Dubois posa sa tasse sur la table en céramique.

– Je vais vous laisser, Blanche, vous avez besoin de vous reposer.

– Et vous aussi, n'est-ce pas ? ironisa-t-elle.

Dubois s'était levé, sans répondre.

– J'ai demandé aux sœurs de Sainte-Eulalie de prier pour vous et les vôtres.

Ce fut au tour de Blanche de ne pas répondre.

– Ce sont des franciscaines, des femmes aussi engagées et efficaces socialement que spirituellement, expliqua Dubois en entraînant Chib vers la cour gravillonnée. Bon, alors, qu'avez-vous trouvé ?

– On a tué un chiot. Il est dans une brouette, derrière la maison.

– Tué comment ?

– Avec un sécateur.

Le prêtre serra ses lèvres minces, les yeux brillants.

– Ça rôde tout près de nous, n'est-ce pas ? murmura-t-il. Comme une ombre, une ombre sombre et froide. Mais je ne Le laisserai pas continuer à souiller cette demeure ! ajouta-t-il avec détermination.

– Vous croyez réellement que nous avons affaire à… au… à un être surnaturel ? bafouilla Chib.

– Je crois que nous avons affaire à une puissance surnaturelle et mauvaise, incarnée dans un corps humain. Ne me dites pas qu'un initié aux mystères d'Isis ne croit pas aux forces de la nuit !

– Eh bien… entre avancer des théories et y être confronté…

Dubois lui tapa sur l'épaule.

– Les hommes comme vous ne croient qu'à ce qu'ils voient. Alors, regardez. Le Mal est à l'œuvre. Montrez-moi ce chien.

Après que le prêtre eut contemplé le petit corps éviscéré, ils revinrent lentement dans la cour. Costa taillait toujours sa haie de lauriers, la sueur imprégnant son tee-shirt Mickey. Il adressa un grand sourire à Dubois.

– Est-ce que c'est un de vos paroissiens ? demanda Chib.

– Un des plus fidèles, acquiesça le prêtre. Il ne manque jamais la messe du samedi soir. Un homme pieux et droit.

Qui se tape le fils aîné de la maison, ricana Chib en lui-même, ça pour être droit…

Dubois soupira.

– Je dois y aller, une réunion avec le SDU. Tenez-moi au courant !

Il s'engouffra dans sa vieille Clio bleue et démarra. Blanche était seule. Andrieu ne rentrait que demain. Chib pouvait parfaitement se cacher dans sa chambre et passer la nuit avec elle. Aller garer la Floride sur la D9 et revenir par le bois, ni vu ni connu. L'idée de serrer Blanche contre lui toute une nuit, de sentir son poids sur son épaule, sa chair douce contre la sienne le fit presque trembler de désir. Mais c'était une idée complètement idiote. Il suffisait qu'un des enfants fasse irruption en pleine nuit... à moins qu'elle ne ferme sa porte à clé, bien sûr. Hmm.

Il s'avança jusqu'à elle. Elle fixait toujours le ciel, n'avait pas bu son thé.

– Je voudrais dormir avec vous, dit-il.

– Je voudrais dormir, répondit-elle.

– Cette nuit, ajouta-t-il.

Elle se tourna vers lui.

– C'est dangereux.

– Je m'en fiche.

Elle se leva, lissa sa jupe.

– Je me couche à dix heures. Au revoir, monsieur Moreno.

Elle lui tendait la main. Il la serra, brièvement.

Dehors, il faisait froid maintenant. Il boutonna sa veste. Costa lui fit signe :

– J'ai vu M. Osmond. Le problème, c'est que M. Andrieu est pas là.

– Et alors ?

– Eh bien, je crois pas trop qu'il serait content dé voir des gendarmes débarquer chez lui en son absence. J'ai demandé à M. Osmond d'attendre demain pour les prévenir. Ça changera rien pour lé chien.

– Mais pour les indices, peut-être ! protesta Chib.

– Ici, c'est M. Andrieu lé patron, objecta Costa en croisant les bras sur sa poitrine d'haltérophile. Et j'espère que vous n'en avez pas parlé à Madame, elle est déjà suffisamment secouée comme ça.

– Je ne suis pas débile ! s'emporta Chib.

Dans le regard éloquent que lui renvoya Costa, il lut que oui, pourtant, il en avait l'air. Il décida de battre en retraite. Inutile de s'aliéner le jardinier.

Gaëlle avait laissé plusieurs messages sur son portable. Il les écouta tout en roulant au pas sur la D9. Elle ne pouvait pas venir ce soir, trop de boulot. Ça tombait bien. Il éprouva un curieux sentiment d'irréalité en écoutant Greg lui parler d'un projet de sortie en mer pour le samedi, avec Aïcha. Il était tellement plongé dans l'univers glauque et sinistre de la bastide que son autre vie – sa vie habituelle – n'était plus qu'un souvenir importun. Il repéra un emplacement tranquille, l'entrée d'une propriété bordée de platanes. Le portail rouillé et ouvert qui pendait sur ses gonds disait l'abandon. Un énorme magnolia garantissait la discrétion.

Il vira et reprit la route de la ville. Au carrefour, un bus déchargeait sa cargaison de passagers. Il aperçut soudain Charles et Louis-Marie. Les deux garçons ne chahutaient pas, ils avaient l'air préoccupés. Il se fit une nouvelle fois la réflexion que Charles était le portrait tout craché de son père. Haute stature, visage carré, on sentait l'homme en devenir, sous la moustache naissante. Louis-Marie, plus petit, plus maigre, avait le côté frêle de sa mère, le même visage mince. Voyant qu'ils attendaient pour traverser, il s'arrêta près d'eux.

– Je vous dépose ?

Charles hocha la tête. Il s'installa devant, laissant à Louis-Marie l'étroite banquette arrière. Il nota que le garçon se rongeait méchamment les ongles et vit dans le rétro Louis-Marie se mordiller nerveusement l'intérieur des joues. Ils avaient beau essayer de frimer en jouant les durs, ils avaient du mal à surmonter le choc de la mort de leur petite sœur, se dit Chib en redémarrant.

– Vous rentrez du lycée ?

Nouveau hochement de tête.

– Où est-ce que vous êtes ?

– Institut Saint-Joseph, lança Louis-Marie. Le Moyen Âge !

– Tu dis n'importe quoi, s'insurgea Charles, tu préférerais être avec tous les macaques de Jules-Ferry ?

– Qu'est-ce que tu entends par « macaque », Charles ? demanda Chib.

– Les petits branleurs, les racketteurs, les dealeurs, toute la zone qui fout le bordel ! grogna Charles.

– Charles aime l'Ordre, ricana Louis-Marie. Il est royaliste.

– Et alors ? T'es trop petit pour comprendre quelque chose à la politique, pauvre nul !

La Floride grimpait la côte en vieille habituée des lieux.

– Il y a eu un petit incident, cet après-midi, dit Chib.

– Cet après-midi ? Vous étiez chez nous ? demanda Charles.

– Il est arrivé quelque chose à Maman ? lança Louis-Marie.

– Non. À un des chiens des Osmond. Tobias. Quelqu'un l'a tué.

Charles haussa les épaules, comme si la mort d'un chien en regard de la mort d'un être humain…

– On sait qui c'est ?

– Non. On a trouvé le cadavre dans une brouette, sous une bâche.

– Tué comment ? voulut savoir Louis-Marie, en se mordillant les lèvres.

– À coups de sécateur, répondit Chib peu désireux de se lancer dans des explications détaillées.

– Merde ! siffla Louis-Marie entre ses dents. Il était mignon, Tobias.

– Clotilde voulait le donner à Élilou, murmura Charles, très pâle. Elle voulait lui faire la surprise pour son anniversaire, le mois prochain.

– Ta gueule ! jeta Louis-Marie, dis pas des trucs comme ça !

– Mon pauvre Loulou, t'es vraiment grave !

– Ta gueule, je t'ai dit ! cria Louis-Marie en tapant Charles sur la tête avec son sac à dos.

Charles se retourna, essaya de lui balancer une gifle.

– Pas de bagarre dans la voiture ! s'écria Chib. Et d'ailleurs, vous êtes arrivés.

Il freina devant le portail. Les deux garçons descendirent en se lançant des regards mauvais.

– Salut, et merci, dit Charles tout en décochant un coup de pied à son frère qui esquiva.

– Salut Charlie, salut Loulou ! cria Chib en redémarrant.

Une pluie de graviers rejaillit sur l'aile et il prit le virage en souriant, ravi d'avoir énervé les deux petits morveux.

CHAPITRE 13

Il avait plu toute la nuit. Une pluie lourde et lancinante comme une migraine. Chib s'était garé à l'entrée de la propriété abandonnée vers vingt-deux heures trente. Il avait couru sous la pluie, avait couru à travers le sous-bois, s'empêtrant dans les ronces, trébuchant sur les feuilles humides, redoutant que les chiens des Osmond ne se mettent à aboyer. Mais, entre la pluie et le meurtre du chiot, ils devaient être enfermés, à l'abri. La piscine brillait, telle une lanterne pour naufragés, rectangle turquoise à la surface grêlée de gouttes. Il avait longé la bastide, haletant, trempé jusqu'aux os, certain de tomber sur Costa armé d'un fusil à pompe ou sur une Annabelle en pyjama prête à hurler à s'en faire éclater les cordes vocales.

La pluie ruisselait sur la chapelle, détrempait le gravier, crépitait sur le toit en tôle de l'abri de jardin. La pluie couvrait le bruit de ses pas hésitants. Il s'était agrippé à la gouttière et s'était hissé jusqu'au premier. La chambre, sa chambre, plongée dans l'obscurité. La fenêtre était entrouverte. Il était entré. Si elle n'avait pas coupé le circuit de surveillance, ça allait sonner et des vigiles allaient appeler, s'était-il dit en se dirigeant à tâtons dans la pièce qui sentait vaguement le médicament. L'éther. Ça sentait l'éther. Est-ce qu'elle en respirait ? Il avait buté dans le lit matrimonial, avait senti une cuisse sous sa main. Une cuisse nue.

– Tu es froid, avait-elle dit. Tu es froid et mouillé.

– Il pleut.

Il s'était assis près d'elle, avait caressé son front, sa joue. Il sentait le froid à présent, il tremblait. Elle l'avait soudain attiré vers elle, couché contre elle.

– Tu as coupé l'alarme ? avait-il demandé.

Elle n'avait pas répondu, la tête enfouie dans son cou.

Ils n'avaient plus parlé.

Il avait plu toute la nuit. Chib était parti à l'aube, ses vêtements encore désagréablement humides. Il s'était glissé dans la décapotable comme un voleur et avait filé le long de la route sinueuse. Pas envie de rentrer chez lui. Il s'était arrêté dans un bar de nuit, près du port, avait commandé un café, avait lu le journal qu'on venait de livrer, assis dans un angle, près de la vitre, dans le vacarme des bennes à ordures et le cri incessant des mouettes.

Il avait plu toute la nuit, comme si le ciel pissait du sang, comme il pleuvait sans cesse au cœur des ténèbres.

Maintenant, le soleil brillait dans le ciel lavé de ses blessures, les nuages s'étaient regroupés sur les montagnes, chape sombre et opaque.

Il bâilla. Il avait dormi deux heures en rentrant chez lui, s'était réveillé en sursaut, la bouche pâteuse, la tête lourde. La conscience soudain aiguë du fait qu'il entretenait une liaison avec Blanche Andrieu l'avait suffoqué. Comment était-ce possible ? Il la connaissait à peine, elle était mariée, catholique, mère de famille, amoureuse de son mari, elle venait de perdre sa fille, comment pouvaient-ils coucher ensemble ? et pourquoi avec lui ?

Il se massa les tempes en essayant d'éclaircir ses sentiments. Mais ils restaient aussi opaques que les nuages, là-bas. Le téléphone sonna, strident.

– T'aurais pu me rappeler !

Gaëlle.

– Il s'est passé un truc…

Chib lui raconta la découverte du chien mutilé.

– Et Élilou ? Elle a plus bougé ?

Il n'était même pas allé voir. Trop occupé à draguer la mère, se dit-il, écœuré.

– Bon, j'espère que les gendarmes vont mettre la main sur le taré qui a fait ça, parce qu'à mon avis c'est le même qui a violé et tué la gosse. À moins qu'il n'y ait une concentration exceptionnelle de tarés dans ce périmètre.

Chib acquiesça. Il aurait tellement voulu que quelqu'un vienne lui dire ce qu'il ressentait exactement, vienne l'aider à trier, à étiqueter ses sensations qui se chevauchaient, s'effilochaient, le poignardaient par à-coups.

Ils convinrent de se retrouver pour dîner, pizza sur le port.

Il raccrocha. Le téléphone sonna de nouveau. C'était Greg. Aïcha avait sa soirée, qu'est-ce qu'ils faisaient, Gaëlle et lui ? Chib leur dit de se joindre à eux.

Troisième coup de fil.

– Qu'est-ce que vous avez fait à ma femme ?

Il sentit ses jambes se liquéfier sous lui.

– Pardon ?

– Elle était tout habillée quand je suis arrivé. Maquillée, coiffée, nette. En train de mettre des fleurs dans un vase. Elle m'a dit que vous aviez eu une grande conversation sur la mort et que ça lui avait fait du bien.

– Oh... ça...

Mais qu'est-ce que c'était que cette connerie ?

– Vous ne lui farcissez pas le crâne avec des trucs genre vaudou, j'espère ?

Non, c'est pas le crâne que je lui farcis, mon pote...

– Je suis né ici, vous savez.

– Je sais, c'est juste que... après le décès de Léon, elle a versé dans le spiritisme. Heureusement que Dubois est intervenu énergiquement !

– Ni vaudou ni spiritisme, ne vous inquiétez pas.

Ne vous inquiétez de rien.

– OK. Bon, en ce qui concerne le chiot des Osmond, les gendarmes sont là. C'est pour ça que je vous appelle, ils voudraient vous poser quelques questions, vu que c'est vous qui l'avez découvert. Vous pouvez venir ?

– J'arrive.

– Et surtout pas un mot sur le reste, compris ? ajouta Andrieu à voix basse.

– Ne vous inquiétez pas.

Chib se gara en soupirant. Il se sentait nerveux. La perspective de voir Blanche et son mari en même temps. Ils étaient rentrés dans le vrai mensonge. La vraie trahison. Le bon vieil adultère des familles faisant irruption dans le drame criminel. Un mélange de Boulevard et de Grand-Guignol. Ridicule.

L'estafette des gendarmes était garée près de la Jaguar d'Andrieu. Il la contourna. Des voix d'hommes à l'arrière de la maison.

Un adjudant observait la brouette et son macabre contenu, tandis qu'un jeune gendarme prenait des notes. L'adjudant se tourna vers Chib. Il devait avoir la cinquantaine, un visage rubicond, l'air affable.

Chib se présenta. Ils discutèrent quelques minutes, le jeune gendarme prit sa déposition, l'adjudant déplora la montée de la violence gratuite, l'incivisme de la jeune génération, fit allusion aux immigrés, tandis que Chib l'écoutait de son air le plus nègre-blanc.

– Vous ne pensez pas que ce sont des gamins qui ont fait ça ? demanda-t-il en rectifiant machinalement son nœud de cravate.

– Non, soupira l'adjudant à regret, je pense que c'est un drogué ou quelque chose comme ça. Il y a des drôles de gens qui rôdent dans la campagne, vous savez. Des fous inoffensifs et d'autres qui le sont moins.

– Le vétérinaire d'Opio soupçonne l'existence d'un tueur de chiens en série.

– L'enquête est en cours, répliqua l'adjudant, visage fermé. Nous faisons notre travail de notre mieux.

– Mais nous en sommes certains ! fit la voix distinguée d'Andrieu dans leur dos.

Il serra la main de Chib, se tourna vers l'adjudant :

– Je crois que vous êtes déjà allés voir John Osmond ?

– Oui, mais il n'a rien pu nous apprendre de plus. Bien,

nous allons emporter le corps, au cas où le juge d'instruction voudrait faire pratiquer une autopsie. Je vous tiens au courant, monsieur. Et encore toutes mes condoléances.

Andrieu cilla.

– Merci, répondit-il, les mâchoires serrées.

Un homme de marbre, se dit Chib, il essaye de se transformer en homme de marbre, mais il se fendille de partout.

Les gendarmes partis, Andrieu se tourna vers Chib :

– Ils ont trouvé des traces dans le sous-bois. Quelqu'un y est apparemment passé récemment, il y a des empreintes de pas dans la boue. Un homme, d'après la pointure. Un homme en baskets.

Il jeta un coup d'œil aux mocassins de Chib.

– Le problème, continua-t-il, c'est que le chien a été tué avant, donc ce n'est pas forcément lié à ce visiteur nocturne.

– Mais il y a quand même quelqu'un qui rôde dans le sous-bois, se sentit obligé de dire Chib, glacé de trouille.

– Exactement. Je vais faire poser une clôture électrique. Inutile de tenter le diable.

Littéralement, s'il fallait en croire Dubois.

– N'aurait-il pas été plus sage de tout leur dire ? avança-t-il prudemment.

– Je vous ai déjà exprimé ma position, je ne veux pas de paparazzi, je ne veux pas de milliers de questions, de soupçons, pas en ce moment, pas avec ma femme qui est déjà tellement éprouvée !

– Je voulais simplement être sûr… marmonna Chib.

– Eh bien, soyez-le ! martela Andrieu. Je tiens à ce que Mlle Holzinski poursuive son enquête de son côté.

Parfait. Gaëlle allait reprendre du service.

– Pourquoi les gendarmes étaient-ils là ?

Blanche avait surgi en silence, tailleur grège, un rang de perles en sautoir, léger maquillage, pas de bagues sauf son alliance, le regard clair.

– Une simple formalité, répondit son mari en se ressaisissant, un des chiens des Osmond est mort.

Elle haussa un sourcil.

– Les gendarmes se déplacent quand un chien décède ?

– Il a peut-être été... empoisonné, acheva Andrieu en fixant la pointe de ses chaussures. Et comme on l'a trouvé sur notre propriété...

– Ils ne nous soupçonnent tout de même pas ! s'exclama-t-elle.

– Mais non, bien sûr, simple routine.

Elle se tourna vers Chib, calme et gracieuse.

– Vous déjeunez avec nous, monsieur Moreno ?

– Je vous remercie mais je suis attendu chez des amis.

– Très bien. Ah, au fait, j'ai eu un coup de fil de Noémie Labarrière. Ils sont enchantés de votre travail.

Son mari la fixait avec un certain étonnement mêlé de soulagement. Le spectre du traitement psychiatrique s'éloignait dans cette belle matinée ensoleillée. Des passereaux pépiaient. L'arrosage automatique faisait entendre son bruissement ténu. Il posa une main sur l'épaule de sa femme. Elle ne broncha pas. Chib avait l'impression qu'on lui fouaillait le bas-ventre à coups de couteau. Lui qui n'avait jamais été jaloux, il avait soudain envie d'arracher la main possessive d'Andrieu, de la trancher à la hache. Il devait partir. Ne plus revenir, se dit-il pour la centième fois.

Le portable d'Andrieu se mit à sonner.

– Salut Rémi. Oui...

Il s'éloigna, hors de portée de voix.

– Voulez-vous m'accompagner à la chapelle ? demanda Blanche en le regardant droit dans les yeux, sans aucune, aucune trace d'un souvenir de la nuit passée.

– Si vous y tenez...

– Merci.

Il la suivit, elle se tordit la cheville sur le gravier, mais il ne s'approcha pas d'elle, oh non !

En entrant dans la chapelle, il se sentait plein d'appréhension, comme si quelque affreuse vision allait de nouveau l'assaillir. Mais non, Élilou reposait dans la châsse translucide, le Christ était toujours appuyé contre le mur. Seule l'odeur d'urine, âcre, témoignait de ce qui s'était passé.

– Un chat a dû entrer ici, fit observer Blanche. Je vais dire à Aïcha de venir nettoyer.

Elle s'approcha de sa fille, les bras croisés, voûtée, mais résolue.

– Je commence à comprendre, dit-elle à voix basse, je commence à comprendre qu'elle est partie pour de bon. Je ne voulais pas… parce que ça fait tellement mal… Ça ne veut pas dire que je l'accepte, je crois que je n'accepterai jamais.

Elle posa une main hésitante sur le couvercle.

– Maman est là, ma chérie, Maman t'aime, chuchota-t-elle. Même si M. Moreno pense que Maman n'est qu'une pute, Maman pense à toi.

Chib se raidit, choqué.

– Ne dis pas n'importe quoi, Bon Dieu !

– Le Bon Dieu me semble tristement absent dans tout ça. Tu ne penses pas que je suis une pute ?

– J'ai envie de te frapper, quand tu joues à ça, répondit-il.

– C'est vrai que ce serait plus pratique si je me laissais baiser en silence.

Les mots, si crus, semblaient incongrus dans sa bouche.

Ils se regardaient, debout, immobiles, le corps d'Élilou entre eux. Puis elle rompit la garde et se détourna. Andrieu arrivait, rangeant son portable dans sa poche de veston.

– Excusez-moi, les affaires…

Chib prit congé, l'esprit rongé par les mots de Blanche. Elle le corrompait, elle le dissolvait, elle cheminait en lui comme la putréfaction dans les corps qu'il préparait. Il enfonça la touche « play » du lecteur de disques d'un geste rageur, monta le son à fond. « *A house where nobody lives* », se mit à marteler Tom Waits. Quelqu'un habitait-il réellement dans Blanche ? Ou n'était-elle qu'une sorte de personnage fait de fragments schizoïdes ?

La voix de Greg dans sa tête : « Tu te poses trop de questions, mec, et en plus t'as jamais les réponses, ça te fatigue la tronche pour rien et ça emmerde tout le monde. » Il décida de ne plus penser.

La soirée avait été fiévreuse, agitée, sarabande infernale de questions-réponses décousues. Greg roulait des yeux effarés, Aïcha complétait ses lacunes, Gaëlle faisait mille suppositions à la minute. Reposant, en fait, s'était dit Chib. D'avoir l'esprit occupé, totalement indisponible pour une pénible introspection.

Il avait demandé à Aïcha ce qu'elle savait de la sexualité de Charles. Elle avait froncé les sourcils.

– Je le sens pas trop net, ce gamin. Il me calcule jamais, comme si j'étais en plastique, tu vois.

– Louis-Marie m'a dit qu'il était homo. Qu'il avait eu des relations avec Costa.

– Quoi ?! C'est pour ça, alors! Quel salaud, ce Costa!

– Mais Charles dit que Louis-Marie est mythomane.

– Louis-Marie ne ment jamais! s'était étonnée Aïcha, c'est le seul à tenir tête à son père!

– Est-ce que Charles est très attaché à sa mère?

– Comme tous les garçons... Un qui est très attaché à Blanche, c'est le petit père Osmond. Il en bave presque, chaque fois qu'il la voit, le pauvre vieux.

– Il ne s'entend pas avec sa femme?

– Clotilde? Elle est pas très bandante, tu l'as vue.

John Osmond. Avec son gros nez bulbeux et sa bedaine de buveur de bière. Se vengeant sur la fille de ne pouvoir séduire la mère? À moins que... Blanche s'envoyant tous les hommes à portée de main? Blanche, gémissant sous John Osmond, Blanche participant à des partouzes avec Élilou?

Il avait dû réfléchir à voix haute, parce que Gaëlle disait: « Tu crois? », que Greg lançait: « S'ils font des partouzes, je peux le savoir: ma mère connaît tout le monde dans ce milieu. En plus du club, elle organise des soirées échangistes depuis trente ans », et qu'Aïcha pouffait, nerveusement, gênée à l'idée que le serveur les entende.

Il repensait à tout ça en se garant encore une fois devant la bastide, le lendemain matin. Une sorte de routine. Gaëlle descendait, se lissait les cheveux, étouffait un bâillement.

– À vrai dire, je vois pas trop ce qu'on va faire, lui chuchota-t-elle. J'ai plus vraiment d'idées !

– On va fouiner un peu partout. Poser des questions. Farfouiller dans la baraque.

– Ouais, c'est ça. Fouiller tranquillement le bureau d'Andrieu pour dénicher les photos de Costa en train de sodomiser Charles ou de Blanche chevauchant John Osmond sous l'œil admiratif de son mari.

– En parlant des Osmond...

Chib lui décocha un discret coup de coudes.

John et Clotilde Osmond entraient dans la bastide, John tenait sa femme par le bras, elle portait un grand panier de fruits.

– Ah ah, visite expiatoire ! ricana Gaëlle. Cette jupe me serre trop.

– Ralentis sur l'alcool et les pizzas quatre fromages...

– Ralentis sur les conseils. Allez, en scène !

Ils prirent chacun une grande inspiration et s'avancèrent côte à côte.

Blanche, en robe de lin lavande, remerciait les Osmond avec effusion.

– Ils sont magnifiques ! disait-elle en caressant une goyave. Il ne fallait pas...

– Nous sommes allés au marché, on n'a pas pu résister à vous en ramener. Jean-Hugues aime tellement les fruits exotiques ! Comme John !

Blanche cligna des yeux, puis aperçut Chib et Gaëlle, debout, dans l'embrasure de la porte-fenêtre.

– Oh ! Entrez, mon mari n'est pas là, mais...

– Il est au courant, l'informa Gaëlle, style flic stylé. Ne vous dérangez pas pour nous.

Et, entraînant Chib, elle s'avança dans le hall, laissant les Osmond médusés, mais trop polis pour poser de questions. Ils saluèrent discrètement Aïcha qui faisait la poussière dans la salle télé et se séparèrent. À Gaëlle, le bureau du maître de maison, à Chib la bibliothèque. Mais qu'est-ce qu'on cherche ? se demandait Chib en déambulant dans la pièce dont les volets clos laissaient filtrer des rais de lumière jaune. Il passa la main sur les tranches de vieux volumes en cuir. Shakespeare. Hmm. Il considéra l'échiquier. Il ne savait pas jouer aux échecs. Sinon, il aurait pu avancer un des pions dans la partie en cours, comme on voyait dans les films, le style « Cette partie entamée depuis deux ans, moi je vous la résous en une minute, et paf, vous êtes échec et mat, mon vieux ! » Il s'approcha du billard, s'amusa à tirer quelques boules, mais le bruit lui sembla trop fort dans le silence environnant. Un secrétaire, dans un angle. Il manœuvra les tiroirs en acajou. Bourrés de chemises en carton – « EDF », « France Télécom », « Vacances », etc. –, de papiers, de prospectus, d'agendas où Blanche avait noté des rendez-vous anodins, des dates d'anniversaire. Elle avait une petite écriture pointue, à l'ancienne. « Élilou dentiste », lut-il. Il regarda la date : mercredi 28 avril 2002. Dans quelques jours.

Il parcourut encore un moment les agendas, mais il n'y avait bien sûr aucune mention du genre « Élilou encore violée par John Osmond » ou « Avons été suivies par un individu louche à poil sous son imperméable ». Rien que la vie tranquille d'une famille sans histoires.

Il se redressa, referma les tiroirs. Une photo dans un cadre en orme ornait le dessus du meuble. Le même genre que celle que Blanche lui avait montrée le premier jour. Toute la famille réunie, elle y compris, sourires étincelants, chevelures blondes jouant dans le vent. Il la prit et faillit la lâcher, surpris. Sa main avait touché quelque chose de gluant. Avec précaution, il retourna la photo. Le dos du cadre était imprégné d'une substance blanche et collante qu'il identifia au premier coup d'œil. Du sperme ! « On » s'était masturbé sur cette photo, se dit-il tout en la reposant avec dégoût. De nouveau cette sensation désagréable d'être observé. Il se retourna d'un bond. La pièce était vide, sombre et vide. Il reporta son attention sur la photo souillée. Un jour de fête familiale. Brusquement, ce fut comme si le violeur prenait réellement corps. Ce n'étaient plus des suppositions, des supputations, c'était un homme de chair, quelque chose de lourd qui écrasait l'enfant, s'enfonçait en elle, provoquant de la douleur et de la peur, c'était une respiration haletante, un souffle court, qui venait assouvir sa bestiale passion alors même qu'il en avait tué l'objet. Un être de chair, oui, dont l'âme évoquait une forêt sombre, dense, froide et suffocante à la fois, une forêt sans lumière, sans issue, dont les arbres se penchaient vers vous pour vous étrangler.

Il releva la tête, s'essuya le front. Il transpirait. Comme s'il avait eu soudain un flash, une vision. Il cligna des yeux à plusieurs reprises pour se débarrasser de cette sensation d'étouffement. La pièce reprit ses marques. Sa coûteuse banalité.

Un homme assez intime avec les Andrieu pour se trouver seul dans le salon-bibliothèque. Sachant disposer d'assez de temps pour se livrer à un acte sexuel clandestin. Difficile de ne pas penser à Andrieu lui-même. Ou au père Dubois.

– Vous cherchez quelque chose ?

Belle-Mamie se tenait sur le seuil, toute raide dans un jogging en velours mauve, un bandeau assorti dans les cheveux.

– J'attendais que Mme Andrieu ait fini son entretien avec ses amis, improvisa-t-il en songeant avec nervosité à Gaëlle qui farfouillait dans le bureau de Jean-Hugues.

– Vous aviez quelque chose de particulier à lui dire ?

Oui, je voulais savoir quand est-ce qu'on pourrait se revoir pour tirer un coup.

– Votre fils a demandé à Mlle Holzinski et moi-même de poursuivre nos investigations concernant...

– Je doute que vous ayez trouvé quelque chose. Cette affaire est du ressort de la police.

– Certainement, mais ce n'est pas moi qui prends les décisions, lui répondit-il tout en se disant que l'entêtement d'Andrieu à ne pas prévenir la police paraissait tout à coup bien suspect.

Belle-Mamie haussa un de ses sourcils patriciens, ses yeux bleus comme ceux de son fils le fixant sans aménité derrière ses lunettes double foyer. Puis elle se détourna, en entendant des pas résonner sur le dallage vernissé.

Gaëlle. Ouf. Secouant sa masse de cheveux roux avec désinvolture, tendant une main aux ongles à peine rosés à une Belle-Mamie interdite.

– Bonjour. Je suis ravie que vous soyez là, j'avais justement besoin de quelques précisions.

– À quel propos ? demanda Belle-Mamie en croisant ses mains manucurées parsemées de taches brunes.

– Vous êtes assurément quelqu'un de très observateur, lui renvoya Gaëlle, très à l'aise, et je voudrais connaître votre sentiment sur les ennemis que pourrait avoir votre fils. Les hommes ont souvent tendance à être trop confiants.

– Je suis d'accord avec vous ! approuva Belle-Mamie en se détendant. Jean-Hugues est incapable de voir le mal là où il se cache !

Esquive-toi, Chib, ces dames vont avoir une conversation où tu n'auras rien à dire.

– Excusez-moi, je reviens.

Il quitta la pièce sans qu'elles paraissent s'en apercevoir. Gaëlle était redoutable, une comédienne-née !

Les Osmond se trouvaient encore là, il entendait l'écho de leur conversation avec Blanche. Quel dommage que Belle-Mamie ne soit pas un homme, elle aurait fait un coupable idéal.

Il songea brusquement que le sperme au dos de la photo pouvait être analysé. Il fallait qu'il l'emporte. En attendant, autant jeter un coup d'œil dans les chambres. Il grimpa rapidement l'escalier, sur la pointe des pieds. Chaque porte s'ornait d'une plaque en céramique avec le nom de l'occupant des lieux et décorée d'un motif particulier. Un petit canard pour Eunice, un écureuil pour Annabelle, un lapin blanc pour Élilou, une voiture de sport rouge pour Louis-Marie, un cheval noir pour Charles. Vraiment ringard, marmonna Chib tout en entrant dans la chambre de Charles. Il examina rapidement le décor. Un lit une place recouvert d'une couette ornée d'un damier noir et blanc, une armoire moderne, blanche, un bureau noir, sur lequel étaient posés des classeurs bien alignés, un pot en forme de main contenant des stylos, un bloc-notes, un ordinateur portable – un iBook blanc et vert. Au mur, deux posters. Des coureurs tendus dans le sprint et un paysage de neige, vierge, que foulait un ours blanc. Chib saisit le bloc-notes. Un début de devoir de maths. Il ouvrit les tiroirs, rapidement. Des livres de classe, des dictionnaires, quelques exemplaires de *Première*, deux revues d'informatique, une photo de Brad Pitt torse nu, visiblement découpé dans un magazine. Hmm. Pas Julia Roberts ou Juliette Binoche, non : Brad Pitt. Hmm. Il remit la photo à sa place, sous un livre d'histoire, souleva le couvercle de l'iBook. L'écran de l'appareil affichait des cubes multicolores évoluant dans un espace bleu marine.

Il ressortit, referma la porte sans bruit, entra chez Louis-Marie. Toujours le lit à une place, recouvert d'une couette à l'effigie des Simpson, l'armoire blanche, des étagères pleines de livres pour enfants et ados, le bureau noir sur lequel s'étalait une carte du monde, grande ouverte, à côté d'un globe terrestre lumineux, un plumier avec des stylos, un iBook blanc et bleu, un exemplaire du dernier Harry Potter ouvert au chapitre 3. Au mur, des affiches de cinéma : *Scary Movie 1*, *L'Empire contre-attaque*, *Jurassic Park 1*. Sur l'écran de veille de l'iBook, un Spiderman bleu et rouge grimpait le long d'un gratte-ciel en verre. Dans un angle, un synthétiseur Aïwa haut de gamme.

Du bruit. Pas très loin. Il se glissa dehors. En bas, les Osmond prenaient congé. Redescendre. Aller chercher la photo. Il se faufila dans l'escalier, collé au mur, déboucha dans le hall. Blanche et les Osmond se tenaient devant l'office, Clotilde remerciait Colette qui lui tendait un livre de cuisine provençale. Chib obliqua vers la bibliothèque, écouta un instant derrière le battant. Pas un son. Gaëlle et Belle-Mamie devaient être parties. Il appuya sur la poignée mais la porte resta fermée. Il recommença. Quelqu'un avait fermé à clé. Quelqu'un à l'intérieur ? Mais qui ? Andrieu ? Encore une fois revenu à l'improviste ? Chib toqua doucement. Pas de réponse.

– Nous sommes là ! lança la voix aiguë de Belle-Maman dans son dos. Dans le jardin d'hiver.

Il les rejoignit. Elles buvaient du thé.

– Vous en voulez une tasse ? proposa Belle-Mamie. Rien de tel qu'un bon Oolong. Je n'apprécie pas du tout ce thé vert japonais dont raffole Blanche.

– Non merci, répondit Chib, je n'apprécie pas tellement le thé.

Belle-Mamie pinça les lèvres.

– Les Anglais sont encore là ?

– Ils sont en train de prendre congé.

– J'avais peur que Blanche ne les invite à déjeuner. Ils sont charmants, mais… Clotilde est un peu portée sur la bouteille et John…

– Louise m'expliquait que John était… fasciné par Blanche, compléta Gaëlle en portant sa tasse à ses lèvres.

Louise ! Elle appelait le dragon par son prénom ! Hallucinant !

Louise approuvait, se servait une nouvelle tasse de thé :

– Jean-Hugues dit que ça n'a aucune importance, mais ce n'est pas très sain, n'est-ce pas ? Il ne faudrait pas que cet individu se croie encouragé.

– Il lui voue sans doute une passion toute platonique, le genre de passade romanesque typique des hommes de sa génération, dit Gaëlle avec un sourire désarmant.

Mais Belle-Mamie n'aimait pas le concept de désarmement.

– Le démon de midi, oui ! Un vieux libidineux ! Mon mari n'aurait pas toléré un tel comportement.

– Dans quelle branche était-il ? demanda Gaëlle avec la même ferveur que si elle attendait les résultats du loto.

– Enguerrand ? Dans la finance, c'est une tradition dans la famille. Lui qui détestait la comptabilité ! ajouta-t-elle avec un sourire attendri qui la rajeunit de vingt ans.

Puis elle reprit son masque sévère et ajouta :

– Pauvre cher Enguerrand, comme il serait affligé par tous ces… ces…

Elle n'acheva pas sa phrase et finit sa tasse. Chib se demandait où était Blanche et comment aller récupérer la photo.

– Je crois que j'ai oublié mon stylo dans la bibliothèque, lança-t-il en tâtant ses poches.

– Eh bien, allez-y, fit le dragon sans le regarder.

– C'est fermé à clé.

– Fermé à clé ? Oh ! ce doit être Aïcha qui a voulu faire du zèle. Demandez-lui donc de vous ouvrir.

Il s'esquiva et, sans avoir aperçu Blanche, finit par trouver

Aïcha qui passait l'aspirateur dans la salle à manger. Elle l'accompagna, un gros trousseau de clés à la main.

– C'est pas moi qui ai fermé, lui chuchota-t-elle, je suis sûre que c'est elle, pour t'empêcher de fouiner dans les affaires de son fils chéri.

Il saisit la photo par le haut du cadre avec l'intention de la fourrer sous sa veste, mais ce n'était plus la peine : on l'avait nettoyée. Le dos en était lisse et sec. Incrédule, il passa la main sur le carton souple. Rattrapa Aïcha dans le couloir :

– Tu as fait le ménage dans cette pièce ?

– Non, pas encore. J'y vais, là.

Quelqu'un se cachait-il dans la maison ? Il grimpa l'escalier en courant, ouvrit les portes des chambres à la volée. Vides. Il vérifia les trois salles de bains, les vastes placards, redescendit inspecter le bureau, le salon ocre, la salle à manger où deux couverts étaient dressés sur la longue table de ferme.

Et Blanche ? Il s'élança dehors. Blanche discutait avec Costa qui lui montrait un citronnier rabougri. C'était insensé ! Quelqu'un était entré dans la bibliothèque entre le moment où il l'avait quittée et maintenant, soit pendant la demi-heure qui venait de s'écouler. Et ce quelqu'un avait nettoyé la photo et fermé à clé. John Osmond ? Mais il avait vu Blanche les raccompagner jusqu'à la grille. Cependant, Osmond avait pu dire à sa femme qu'il avait oublié quelque chose et revenir sur ses pas. Mais Osmond n'avait certainement pas la clé de la bibliothèque. Sauf si Osmond avait l'habitude de circuler dans la maison en douce et avait fait faire un double du trousseau d'Aïcha. Osmond, avec sa dégaine de pépère en pantoufles, se faufilant dans l'ombre tel Arsène Lupin.

– Restez donc déjeuner ! entendit-il en approchant de la verrière, ça fera du bien à Blanche d'avoir un peu de compagnie.

Chib se dit qu'à la place de Blanche il n'apprécierait pas qu'on invite des gens à déjeuner sous son toit sans lui demander si ça lui convenait. Belle-Mamie voulait décidément prouver qu'elle était toujours la reine-mère.

– Je disais à Gaëlle que vous devriez rester déjeuner, répéta la vieille dame.

L'idée de s'asseoir en face de Blanche et de soutenir une conversation mondaine lui parut au-dessus de ses forces.

– Désolé, mais je suis déjà pris, mentit-il.

– Pour ma part, ce sera avec plaisir, dit Gaëlle tout en coulant un regard surpris à Chib qui fit mine de ne rien voir et prit congé.

– Je reviens te chercher vers deux heures, lança-t-il à son adresse.

Blanche ne parlait plus avec Costa. Elle était debout, dans le hall, appuyée contre un mur, les bras croisés.

– Vous ne restez pas avec nous, monsieur Moreno ?

– Non, je ne peux pas.

– Comme vous êtes lâche... chuchota-t-elle. *(Puis, à voix haute :)* Vous nous ferez au moins le plaisir de nous rejoindre pour le café ?

– Je vais essayer, répondit-il avec raideur.

Colette était sortie de la cuisine, portant un plat de farcis.

Blanche se redressa, Chib lui serra la main, gauchement. Elle avait la paume sèche et douce. Il sortit sans se retourner.

– J'espère que le déjeuner est prêt, je meurs de faim !

Charles traversait la cour en balançant son sac à dos bourré de livres.

– Ton frère et toi ne restez pas à la cantine ?

– Mon frère peut-être, mais moi j'en avais ma claque aujourd'hui. J'ai cours qu'à trois heures ! jeta-t-il avec désinvolture avant de disparaître dans la maison.

Chib quitta la propriété plus perplexe que jamais. Charles pouvait fort bien être arrivé en cachette depuis un bon moment. Charles, l'ado homo violant et tuant sa sœur ? C'était incohérent... Tout était incohérent depuis le début. Comme si deux trames différentes se superposaient, s'enchevêtraient, brouillant la vision. Il essaya de récapituler les faits.

Axe principal : Une enfant meurt. Elle a peut-être été assassinée. Elle n'est pas vierge. On vole son cadavre. Puis on le restitue, après l'avoir crucifié. On profane une statue du Christ. On éventre un chiot. On éjacule sur une photo de famille.

Axes secondaires : L'aîné des garçons aurait une relation

sexuelle avec le jardinier. La mère a une relation sexuelle avec l'embaumeur de sa fille. Le voisin anglais est amoureux de la mère. La belle-mère méprise sa bru. Un ami de la famille a probablement une liaison avec la fiancée de l'associé du mari. Le mari a l'air irréprochable.

Bilan : N'importe quel membre du voisinage hétérosexuel pouvait être le coupable. Donc éliminer Charles et Costa ? Mais si Louis-Marie avait menti ? Donc continuer à tourner en rond. Et pourquoi Charles avait-il laissé entendre à Noémie Labarrière que Chib était lui-même homo ?

Et est-ce que Gaëlle allait deviner ce qui s'était passé entre Blanche et lui au cours de cette longue nuit blanche ? *Les Nuits Blanche*, v.o. en noir et blanc, interdit aux mineurs.

Il s'aperçut qu'il avait faim, s'arrêta au McDo' et fit la queue un quart d'heure avant de pouvoir commander deux Big Mac à une étudiante suédoise surmenée dont le sourire figé semblait avoir été dessiné par un caricaturiste. Il s'installa dans le coin le plus tranquille – debout à un guéridon d'angle près des toilettes – et mâchonna ses sandwichs en se repassant encore et encore le film des événements.

Puis il retourna à la voiture, essaya de lire un manuel de conversation en néerlandais acheté lors d'un voyage à Amsterdam, répétant les phrases comme un perroquet, le jeta sur la banquette arrière, croisa les bras derrière la tête et ferma les yeux en se disant : « Je vais dormir un peu », les rouvrit au bout de cinq minutes, épuisé par la tension nécessaire pour garder ses paupières closes, se massa les tempes avec les index à s'en faire des bleus, décida de trier le contenu de la boîte à gants, s'arrêta au quatorzième vieux ticket d'autoroute, décida d'aller laver la voiture dès ce soir et d'aspirer un peu tout ce sable sur les tapis de sol, descendit pour se dégourdir les jambes, remonta aussitôt et, s'apercevant qu'il était enfin deux heures, démarra en trombe.

Un peu avant d'arriver à la bastide, il vit une petite Yaris gris argent s'engouffrer dans le chemin goudronné qui menait chez les Labarrière. Une femme conduisait, une femme aux longs cheveux platine. Winnie qui s'en allait rendre visite à ses chers amis. Il freina, sortit le portable de sa poche arrière. Composa le numéro des Labarrière. Tomba sur le répondeur.

– Bonjour, ici Léonard Moreno. J'ai oublié de vous donner le produit d'entretien pour le poil de Scotty, et comme j'étais dans le coin…

Pause. Personne ne décrocha.

– Bon, je vous rappellerai. Au revoir, bonne journée.

Les Labarrière n'étaient apparemment pas là. Mais la Yaris ne ressortit pas.

Blanche s'était éclipsée quelques instants après que Chib eut accepté une tasse d'expresso jamaïcain, prétextant des coups de téléphone à passer. Ils avaient bavardé un moment encore avec Belle-Mamie devenue intarissable sur l'Âge d'Or d'avant Mai 68, puis avaient réussi à prendre congé, croisant sur la route la Jaguar d'Andrieu qui ne les avait apparemment pas vus, le regard braqué droit devant lui, l'air absent.

En passant devant le chemin qui menait chez les Labarrière, il avait ralenti. La Yaris n'était plus là.

Gaëlle avait bien sûr voulu savoir pourquoi Chib n'était pas resté déjeuner et il avait dû inventer un client à voir d'urgence. Il avait rapidement enchaîné avec la découverte de la photo salie puis mystérieusement nettoyée.

– Charles ? avait laissé tombé Gaëlle après avoir réfléchi un moment, tu crois que ce pourrait être Charles ?

– Je ne sais pas. Tu es sûre de n'avoir aperçu personne dans la maison ?

– Si, les 7 nains et Dracula, mais j'ai oublié de te le dire.

Il avait ramené Gaëlle à la gare, elle allait au théâtre avec des amies, et était rentré chez lui, de mauvaise humeur, la tête bourdonnante, extrêmement énervé.

La boîte aux lettres débordait de prospectus, qu'il jeta rageusement dans la poubelle publique toute proche. Sous les prospectus, une lettre des impôts, une carte postale d'un copain en vacances à Cuba, et un paquet de la taille d'un livre. Un livre ? Il jeta ses clés sur la table basse et entreprit de déchirer l'enveloppe kraft. Non pas un livre, un DVD. La jaquette noire ne portait aucune indication. Il n'avait rien commandé ! Il grimpa dans sa chambre, dans la mezzanine. Inséra le DVD dans le lecteur. Où était la télécommande ? Enfouie sous un coussin, évidemment. Il se tortilla à plat ventre sur le lit pour la trouver, appuya enfin sur « play ».

Quelques secondes de noir, puis une image, pas très nette, très sombre, mais cependant parfaitement identifiable : un homme grimpait le long d'une gouttière. Un homme qui lui ressemblait comme deux gouttes d'eau et regardait nerveusement par-dessus son épaule tout en s'agrippant au tuyau. Chib déglutit. C'était impossible ! On n'avait pas pu le filmer, putain !

Sauf que c'était tout à fait possible puisqu'on le voyait maintenant passer par la fenêtre et en repousser les battants derrière lui. Et, dieu merci, plus rien. Le noir de nouveau. Rien que d'imaginer qu'on aurait pu enregistrer leurs ébats lui donnait la nausée. Il fit défiler le disque rapidement mais celui-ci ne contenait rien d'autre. Il s'empara du boîtier, l'examina sous tous les angles. Un banal boîtier en plastique sans aucune identification. S'il y avait eu des empreintes, il les avait certainement bousillées en le tripotant. Mais comme de toute façon, il ne serait jamais allé montrer ça à personne… Celui qui avait fait le film en avait certainement une copie. Il s'attendait presque à entendre le téléphone sonner et une voix étouffée lui enjoindre de se rendre au pied du troisième lampadaire à gauche avec deux cent mille euros en petites coupures dans un sac en plastique. Il aurait presque préféré que ce soit l'œuvre d'un maître chanteur en fait. D'un esprit rationnel aimant l'argent. Pas d'un pervers pédophile et sadique qui allait certainement éprouver la plus grande jouissance à fourrer ce foutu film dans les mains d'Andrieu. Il fallait qu'il prévienne Blanche ! Qu'elle intercepte le courrier. Il était peut-être déjà trop tard !

Il se précipita vers le téléphone et, comme il attrapait le combiné, celui-ci se mit à sonner. Le souffle coupé, il émit un « Allô » enroué, s'attendant au pire.

– Bonjour, ici Noémie Labarrière. Désolé de vous avoir manqué ce midi, mais je suis passée prendre Paul au Conseil et nous sommes allés déjeuner ensemble, il faisait si beau !

Paul n'était pas chez lui à midi ? Répondre.

– Oh, aucune importance, je vous l'apporterai demain si ça vous convient.

– Vers onze heures, ce sera parfait.

– Très bien, à demain.

Mais qui Winnie était-elle allée voir ? Que faisait-elle chez les Labarrière en leur absence ? Se servait-elle de leur propriété pour passer incognito chez les Andrieu ? Était-elle venue chercher son complice après que celui-ci était allé nettoyer la photo ? Chassignol, l'associé et ami d'enfance d'Andrieu ? Chassignol, l'amoureux éconduit de Blanche ? Chassignol le carnassier sans états d'âme ?

Il se jeta sur son lit, ferma les yeux. Trop d'informations en même temps. Saturation neuronale. Se calmer. Faire le tri. Le plus grave, c'était le film. Andrieu pouvait avoir sa peau avec ça. Littéralement. Le faire tirer comme un lapin par n'importe quel petit tueur à gages. Il ne doutait pas que le wonder boy avait les contacts nécessaires pour faire mener à bien un contrat sur l'amant de sa femme. Par Chassignol, tiens ! Il essaya d'appeler Gaëlle mais tomba sur son répondeur. Il composa le numéro des Andrieu. « Madame est sortie, lui apprit une Colette compassée, elle et Madame Mère avaient rendez-vous au Secours catholique. » Madame Mère ! Doux Jésus ! On avait bien besoin de ton secours ! Une bière. Il lui fallait une bière. Juste une. Pas de bière dans le frigo. Pas une seule bière dans le frigo, évidemment. Quand avait-il pensé à faire des courses ? La semaine dernière ? Celle d'avant ? Impossible de rester ici à tourner en rond. Il ramassa ses clés, enfila sa veste et sortit. Une bière. Une terrasse. Des gens normaux.

Les gens normaux défilaient autour de lui sans qu'il les voie. La bière s'éventait dans le verre. Il faisait froid sur la terrasse maintenant que le soleil avait tourné. Chib regardait son porte-clés, une trompette argentée miniature, comme si elle allait lui donner le la de l'affaire. La personne qui l'avait filmé possédait une petite caméra numérique à infrarouges. Un matériel qui valait cher. Se renseigner sur l'équipement audiovisuel des Andrieu. Mon Dieu, savoir que quelqu'un *savait*! Une gorgée de bière tiède. Marrant comme la chose la moins objectivement importante, un film d'adultère, prenait soudain plus de place que le meurtre ou la profanation de sépulture, uniquement parce que ça le concernait, lui, directement!

Il n'était même pas allé jeter un coup d'œil sur la pauvre Élilou. Il avait envie d'un café maintenant, d'un café bien fort, amer, qui pourrait dissiper la confusion qui régnait dans son esprit. Il héla le garçon, commanda un double expresso, avala une autre gorgée de bière.

Winnie ne s'était pas rendue chez les Labarrière sans raison. Avait-elle les clés de la maison? Rendez-vous avec un domestique? Une liaison avec Costa le jardinier omniprésent?

– Putain, mec, on dirait qu'on vient juste de te déterrer, tu fais peur!

Il sursauta. Greg le toisait, en boxer-short bleu Billabong et pull en coton à col polo blanc, ouvert sur sa poitrine d'ours. Il s'assit, commanda une tequila de sa voix de stentor, puis se remit à examiner Chib, sourcils froncés.

– Tu serais pas en train de me péter un câble, toi? Qu'est-ce que tu fricotes avec la névro?

– Quoi? couina Chib, mais de quoi tu parles?

– De la mère Blanche. Aïcha pense que tu te l'envoies.

Très léger arrêt cardiaque.

– Mais pourquoi?

– Ou que t'aimerais bien te l'envoyer. Paraît que vous vous tournez autour, t'sais, genre championnat du monde de boxe thaï, quand les mecs y se jaugent et y s'reniflent.

– Blanche est quelqu'un de spécial, avança-t-il platement.

– Ouais, spécial, c'est ça, tu vois, comme *Brigade spéciale*, t'sais? Toi t'es le flic des Mœurs vicelard, et elle la pute toxicosado.

– Ne la traite pas de pute!

– Oh là, c'est encore pire que ce qu'j'pensais. Le Grand Moreno est amoureux, les mecs! cria-t-il, les mains en cornet.

– Ta gueule, t'es trop con, merde!

– Détends-toi, on rigole! Tu veux une clope?

– Non.

– Y boude, maintenant. Putain, t'es une vraie lesbienne, en fait.

Greg tira sur sa Camel avec volupté.

– Bon, soyons sérieux, mon pote. Tu te la fais ou pas ?

– Tu m'emmerdes. J'ai d'autres choses à penser. Au fait qu'on a crucifié le cadavre d'une gamine, par exemple. Ou qu'on a éventré un chien. Ou encore que quelqu'un s'est branlé sur une photo de famille.

– Quoi ? Mais c'est dégueulasse !

– Exactement. Le problème c'est qu'on sait pas qui. Oui, en fait c'est exactement ça, le problème.

– À mon avis, c'est elle.

– Elle qui s'est branlée sur une photo ? Super comme raisonnement !

Les gros doigts de Greg lui tapotèrent la poitrine, assez fermement.

– Reste poli, Chib. Bon, OK, c'est pas elle pour la photo, mais reconnais qu'elle est psycho.

– Elle est psycho. Et après ?

– T'as combien de mecs en piste ?

– Plein. Andrieu, le mari. Les amis : John Osmond, Paul Labarrière, Rémi Chassignol. Le jardinier Costa. Les fils Charles et Louis-Marie. Le cousin, le père Dubois...

– Le curé, ça serait pas mal, murmura rêveusement Greg, dans *Baises avec le Diable 2*, c'était lui qui tuait et dévorait les bébés...

– *Baises avec le Diable 2* ? C'est un film, ça ?

– Hmm. Vidéocassette. Vraiment super, sauf les pipes, vu que la vampire, elle était vraiment nulle et pas vraiment blonde. Je te le prêterai si tu veux.

– Non, merci.

– T'es triste, Léonard Moreno, t'es triste comme une vieille grenouille de bénitier. De toute façon, tu le trouveras jamais, ton mec.

– Merci, c'est encourageant.

– Et peut-être même qu'il va te faire la peau, s'il sent que tu le serres de trop près. Tu ferais mieux de laisser tomber, si tu veux mon avis, et de la laisser tomber, elle aussi. C'est un coup pourri, Chib. Tout est pourri, la baraque et les occupants. Comme ces maisons maudites, t'sais. Dans les films y a toujours un con qui veut à tout prix y entrer à deux heures du matin une nuit de pleine lune, malgré les têtes coupées dans le jardin et le carrosse tiré par des loups-garous aux yeux rouges. Me dis pas que tu veux être ce con-là ?

– Tu bois pas ta tequila ?

Greg soupira et vida son verre d'un trait. Puis il se fendit d'un large sourire.

– Regarde-moi ce beau petit lot ! Hé, mademoiselle, mademoiselle... Je peux avoir un autographe ?

Chib tourna la tête. La fille, une grande blonde dans un ensemble en jean rouge moulant, secouait la tête en riant. Greg s'était déjà levé et l'avait rejointe, immense et nonchalant, traînant ses grands pieds dans ses sandales Heschung noires pleines de sable. Chib finit son café, qui était froid. Alluma une des cigarettes de Greg. Inspira à fond, imaginant avec délices la fumée se répandre dans ses poumons, comme un brouillard mortel. Un brouillard qui engendrait des fantômes. Des fantasmes morbides et cruels. Il se leva, profitant de ce que Greg baratinait toujours, et s'esquiva en lui lançant un vague « À plus ! ».

INTERMEZZO 5

T'as aimé le film
autant que t'as aimé la baiser ?
Sa peau de marbre
sa bouche de quartz
ses yeux de glace sans tain
C'est comme copuler avec la mort elle-même
se sentir couler dans une faille qui se referme
au-dessus de votre tête
une fente sans fond
Tu vas encore mieux aimer la suite
sacrifices et Rédemption
un vrai feuilleton
où on pleure du sang par tous les pores
Porcs.

CHAPITRE 14

La nuit avait été agitée. Il s'était réveillé plusieurs fois en sueur, affolé par des rêves dont il ne se souvenait pas, hormis une sensation de chute, et le bref flash d'une voiture allant inéluctablement s'écraser contre un mur de ciment gris. Il était au volant et il savait qu'il allait mourir. Mais on ne meurt jamais dans les rêves, dit-il à son miroir en se rasant, on se réveille toujours avant. Pourquoi ?

Le miroir se contenta de lui renvoyer l'image d'un homme aux traits brouillés, comme s'il reflétait soudain sa réalité intérieure.

À onze heures tapantes, Chib se présenta chez les Labarrière.

– Très joli, votre costume ! apprécia Noémie en l'invitant à entrer. Smalto ?

– Brioni, la corrigea-t-il en tirant machinalement sur sa veste beige.

– C'est fou ce que les hommes sont coquets de nos jours ! lui lança-t-elle avec un sourire malicieux.

Il acquiesça, mal à l'aise, la suivit dans le vaste salon blanc. Tira de sa mallette un flacon sans étiquette.

– Voilà. Ça entretient le brillant du poil et ça évite qu'il devienne trop cassant. Si vous voulez, je peux montrer à votre femme de ménage comment on fait.

– Fernanda a pris quelques jours, elle est dans sa famille, le mariage de sa nièce… Elle revient après-demain.

– De toute façon, ce n'est pas compliqué, le mode d'emploi est inscrit au dos.

Fernanda n'était donc pas là hier. Une maison vide. Une Winnie en balade. Avec qui ?

Noémie lui offrait à boire, l'examinant entre ses paupières mi-closes. Il prit un xérès et elle se servit une bonne rasade de Campari.

– Beau garçon, bien élevé, bien habillé… C'est étrange que vous ne soyez pas marié ! susurra-t-elle soudain.

Elle en revenait à cette histoire de pédé ?

– Gaëlle n'y tient pas, lui répondit-il aimablement, on attend de mieux se connaître.

Elle se redressa.

– Oh, c'est sérieux, alors ?

– Plus ou moins.

– Vous êtes comme Paul ! Il faut lui arracher les mots de la bouche ! Est-ce que nos conversations à nous les femmes sont si ennuyeuses ?

– Non, mais je suis d'un naturel plutôt réservé, répondit-il avec un sourire franc.

Satisfaite, elle se rencogna dans le canapé, repliant ses jambes sous elle. Sa bouche un peu lasse lui souriait. Une belle femme d'âge mûr, se dit-il, aux traits un peu affaissés, et qui cherche quoi ? Elle ne le draguait pas, quand même ? Il posa son verre, fit mine de se lever.

– Vous partez déjà ? On commençait à peine à bavarder.

– Vous devez avoir beaucoup à faire…

– Ne dites pas de bêtises ! Dites-moi plutôt d'où est-ce que vous êtes originaire ?

Une fantasmeuse du nègre-à-grosse-bite ? Il but une gorgée.

– Je suis né ici. Ma mère était ouvreuse de cinéma. Je n'ai pas connu mon père.

– C'est lui qui était…

Chocolat ?

– Oui, c'était un marin américain.

– Oh ! Comme c'est romantique !

Ouais, se faire violer par trois marins défoncés dans une impasse, ça avait dû être super-romantique. Même que sa mère en avait gardé l'air rêveur toute sa vie. Comme si elle était pas là, en fait.

– Et vous n'avez jamais cherché à le retrouver ?

À les retrouver ? À retrouver trois balèzes noirs parmi des milliers de balèzes noirs sillonnant les mers avec un bob blanc sur le crâne ?

– Non. Il ne me manque pas.

Elle se pencha vers lui, plissant les yeux, la mine conspiratrice :

– Paul pense que Charles n'est peut-être pas le fils de Jean-Hugues.

Quelle langue de vipère ! Chib opta pour un ton sincèrement étonné.

– Vous voulez dire qu'il aurait été adopté ? Mais c'est le portrait craché de son père !

– Paul trouve qu'en fait il ressemble beaucoup à Rémi, susurra-t-elle en portant son verre à ses lèvres rouges.

L'image de Blanche se livrant à des partouzes effrénées s'imposa de nouveau à lui. Mais c'était ridicule. Charles ressemblait vraiment à Jean-Hugues. Quel plaisir les Labarrière éprouvaient-ils à échafauder pareilles hypothèses ? Animosité classique contre un couple d'amis plus jeunes, plus beaux, plus riches et dotés des enfants qu'ils n'avaient pas eus ? Il la regarda avec plus d'attention. Elle lui semblait visqueuse, maintenant. Elle se lécha les lèvres, un geste furtif de bête à l'affût. Une bête gorgée de venin, mais utile. Elle lui dirait tout ce qu'elle savait de tout le monde et même tout ce qu'elle ne savait pas. Bon, lancer l'appât.

– Blanche a eu une liaison avec Rémi ?

– Eh bien… je ne peux pas l'affirmer bien sûr… mais Rémi a toujours été amoureux d'elle et…

Donner un peu de mou :

– Blanche a l'air très éprise de son mari.

– Certainement. Mais Rémi a un tel charme… la plupart des femmes le trouvent irrésistible.

Un petit tour de moulinet, maintenant :

– Vous aussi ?

Elle gloussa, se cachant derrière son verre vide.

– Vilain ! Qu'allez-vous suggérer là ? Je dis simplement que

Rémi plaît beaucoup et qu'il a certainement essayé de séduire Blanche.

– Bien qu'il soit le meilleur ami de Jean-Hugues ?

– L'amitié n'a rien à voir dans ces choses-là, mon cher. Et rappelez-vous qu'il l'a connue avant Jean-Hugues et qu'elle l'a éconduit pour lui préférer celui-ci.

– De l'histoire ancienne, objecta-t-il.

– Pour les hommes, aucune défaite amoureuse n'est de l'histoire ancienne. Vous avez tous un petit Napoléon qui sommeille en vous. Oh, excusez-moi, je ne voulais pas dire…

Elle pouffa, la main devant la bouche, vieille gamine perverse. Chib sourit, faussement complice. En fait, elle commençait à l'agacer. Il aurait eu envie de la bousculer. Elle continuait à minauder, à lui faire du charme, machinalement peut-être, il ne savait pas. Elle devait aimer s'imaginer avoir un pouvoir sur les hommes. Une relation de patronne provocante à employé soumis. Parfait pour toi, Chib, l'employé modèle, le plus parfait des béni-oui-oui.

Elle se resservit une autre rasade, tout aussi généreuse que la première. Il joua son va-tout.

– Et c'est à cause d'un petit Napoléon quelconque que vous avez fait une dépression ?

Elle vida son verre avant de répondre, l'air soudain grave.

– Je vous trouve bien curieux, Moreno.

– Vous m'intéressez.

– Vraiment ? Je pensais que vous vous intéressiez plutôt à Blanche…

Encore ! mais qu'est-ce qu'ils avaient tous à voir la vérité !

– À Blanche ? Quelle idée !

Elle le scruta attentivement, penchée en avant, en faisant la moue.

– Petit flatteur…

Il soutint son regard. Elle se renfonça dans le canapé en soupirant.

– Paul a eu une aventure avec Clotilde Osmond, lâcha-t-elle tout à trac.

Clotilde au nez rouge ? Drôle d'idée. Ils n'avaient tous vraiment rien d'autre à faire que de se culbuter dans leurs massifs de lauriers-roses. Il toussota.

– Je reconnais que ça a dû être assez perturbant... parce que, Mme Osmond... enfin, je veux dire...

– Qu'elle est moche, allez-y, ne vous gênez pas. Clotilde est moche, elle a un nez de clown, elle est grosse et mal foutue. C'est bien ce qui m'a déprimée. Pourquoi diable me tromper avec cette souillon anglicane ?

– Vous avez eu la réponse ?

– Non, il n'a jamais été foutu de me le dire. Il faut croire que sa conversation était plus intéressante que la mienne. Ou qu'elle connaissait mieux son kama-sutra.

– Ça m'étonnerait, laissa tomber Chib avec un sourire enjôleur, tout en essayant d'imaginer comment on pouvait avoir envie de Clotilde Osmond. En tout cas, je comprends que vous ayez eu un choc.

– Ce n'était pas la première fois que Paul... il a toujours été coureur... C'est un homme, n'est-ce pas, je suppose que vous ne pouvez pas vous en empêcher... le besoin de séduire, de dominer...

Cette manie qu'elle avait de toujours tout fourrer dans des catégories sans appel. Une adepte des étiquettes toutes faites. Et ce bon vieux Paul avec son petit bedon et sa calvitie naissante, un foudre de la guerre des sexes ? Décidément, mon vieux Chib, t'es vraiment largué !

Noémie, maintenant lancée, continuait à parler, elle avait l'air un peu éméchée, elle ne cessait de s'humecter les lèvres de la pointe de sa langue rose.

– Je ne sais pas pourquoi ça m'a porté un tel coup... J'ai passé au moins trois séances chez le psy à pleurer, juste à pleurer. C'est terrible de s'entendre pleurer comme ça, sans pouvoir expliquer pourquoi. J'essaye de m'entretenir, de rester agréable à regarder, je fais de la gym, du tennis, je surveille ce que je mange, je ne veux pas me dégrader, me laisser aller, devenir une, une Clotilde Osmond justement, et... quel âge est-ce que vous me donnez ?

La question qui tue. La moindre erreur et c'est le peloton

d'exécution. Chib prit une brève inspiration. Toute hésitation était assimilée à une trahison.

– Quarante-huit ?

– Qu'il est mignon ! Je vais bientôt avoir droit à la carte vermeil, mon petit Moreno !

– C'est impossible !

– Vous êtes un amour, vous savez. Servez-moi à boire.

Il lui servit un fond de verre, mais elle lui fit signe d'en mettre un peu plus. Elle allait être saoule. Pourvu qu'elle ne se montre pas entreprenante. Elle lui souriait, sa petite langue pointue entre les lèvres, un œil malicieusement plissé.

– John Osmond est au courant ? demanda-t-il pour la ramener dans le droit chemin d'une conversation sérieuse.

– Il s'en fiche, il rêve de séduire la douce Blanche.

– Mais est-ce qu'il l'a su ? insista Chib, soucieux de démêler les possibles motivations de chacun.

– C'est moi qui le lui ai dit, si vous voulez tout savoir. J'ai sonné chez lui, je lui ai tendu un bouquet de roses que je venais de couper au jardin et je lui ai lancé : « John, savez-vous que nous sommes cocus ? » Il a mis les roses dans un horrible vase en forme de dauphin et m'a proposé du thé.

– Et ?

– Nous avons pris le thé.

– Il n'a fait aucun commentaire ?

– Si, il l'a trouvé trop amer.

Chib agita un index grondeur et elle se mit à rire en se cachant derrière un des coussins. Si elle escomptait qu'il se jette sur elle…

– Non, sérieusement, qu'est-ce qu'il a dit ?

– Que même si c'était vrai, cela n'avait pas d'importance ! « Ces choses-là arrivent… », patati patata. Une vraie limace !

– Il avait l'air sincère ?

– J'en ai eu l'impression. Quand je lui ai proposé de les tuer tous les deux à coups de hache, il m'a regardée d'un air horrifié.

Chib sourit, pour lui faire plaisir.

– Et vous, comment l'avez-vous su ? C'est votre mari qui vous l'a dit ?

– Paul ? Vous voulez rire ? La seule fois où il a embouti la voiture, il a prétendu s'être fait braquer par un pilleur de banques. Paul est un lâche. Non, je l'ai deviné à leurs gestes, leurs regards. J'ai appelé Paul au bureau, je lui ai simplement dit : « Clotilde… », et il a lancé un « Quoi ? » si étranglé que j'ai aussitôt su que c'était la triste réalité.

Chib finit son martini, pensif. Noémie s'était recroquevillée en chien de fusil, les cuisses découvertes, pelotonnée entre les coussins blancs. Il jeta un coup d'œil à sa montre.

– Oh ! Il faut absolument que je me sauve ! Merci encore pour tout !

– Vilain garçon ! Il est venu soutirer les vers du nez à la pauvre Noémie et maintenant il s'en va et la laisse toute seule…

– Allez boire un thé chez John, lança-t-il en se dirigeant vers la porte.

Elle lui jeta un coussin à la tête, feignant la colère, et il lui renvoya un baiser du bout des doigts.

Ouf, sauvé !

CHAPITRE 15

Une fois dehors, il s'immobilisa près de la piscine. Un sentier descendait à travers les arbres, vers la rivière en contrebas. Si Winnie n'était pas venue retrouver Paul, puisque celui-ci déjeunait avec sa femme, était-il possible qu'elle soit venue rencontrer Jean-Hugues ? Quoi de plus pratique que la maison vide des voisins ? Ou encore Costa, qui surgissait à tous les détours de buissons. Et cette aventure de Paul Labarrière avec Clotilde Osmond ! Était-ce une preuve des goûts pervers de Paul ? Mais Clotilde n'avait vraiment rien d'une enfant.

Chib regagna sa voiture, maussade. Il roula lentement jusque chez les Andrieu, freina devant le portail et observa la cour à travers les barreaux.

Pas de Jaguar. Pas de 606. Juste la Chrysler de Madame. Il coupa le moteur. Sonna.

– Qu'est-ce que tu fais là ? demanda Aïcha en tirant la grille.

– J'étais dans le coin. Tout va bien ?

– Si on veut. Cordier doit passer dans un quart d'heure.

– Bon, je fais un saut à la chapelle et je file.

– Tu veux que je la prévienne ?

Il se sentit rougir sous le regard ironique de la jeune fille.

– Non, c'est pas la peine.

– Hmm. Si tu voyais ta tête !

Il haussa les épaules et se dirigea vers la chapelle en faisant crisser le gravier.

– Attends, il faut que je t'ouvre, c'est toujours fermé, maintenant.

Elle fouilla dans le gros trousseau pendu à sa ceinture, qui lui évoquait une gouvernante de l'époque victorienne, et en détacha la clé.

– Tiens, rapporte-la-moi avant de partir.

La chapelle sentait l'eau de Javel et l'encaustique. Le Christ avait été remis à sa place, son sang de bois coulait toujours le long de son flanc, ses yeux baissés refusant de regarder ce monde cruel. Un bouquet de lys blancs ornait l'autel. Chib se força à baisser son regard sur Élilou, s'attendant à lui voir un poignard planté dans la poitrine ou un préservatif enfoncé dans la bouche.

Mais elle reposait aussi paisiblement que possible, pour une créature remplie de formol. Malgré lui, il jeta un coup d'œil aux pieds transpercés par les clous. Un peu de liquide avait suinté sur les chaussettes en coton blanc. Les joues avaient l'apparence, non, la couleur de la cire, jaune, luisante. Mais, sans pouvoir se l'expliquer, on savait au premier coup d'œil que ce n'était pas une poupée de porcelaine. Le côté pincé, rétréci, peut-être, des chairs, la réalité des lèvres, avec leurs fines ridules, les doigts desséchés... « Une poupée de viande », avait dit Louis-Marie. Oui, une poupée monstrueuse, grandeur nature, qu'un cinglé s'était amusé à transporter sous son bras, comme un paquet de linge sale.

Un grincement.

Il se retourna vivement. La porte était entrouverte. Ne l'avait-il pas soigneusement refermée derrière lui ? Il revint sur ses pas, la poussa d'un geste vif. Cordier avait dû arriver, sa Volvo était garée près de l'entrée. Chib avait la nuque trempée.

– Pan !

Ahh ! Il avait sursauté. Annabelle le regardait, hilare, un gros automatique noir à la main.

– T'as eu peur, hein ?!

Il réprima l'envie de lui flanquer une gifle.

– C'est toi qui es venue dans l'église, il y a cinq minutes ?

Le visage de la gamine se ferma aussitôt.

– C'est pas une église, c'est le vaisseau spatial de la Sorcière Bleue.

– Ne dis pas de bêtises, grogna Chib, peu désireux de rentrer dans son jeu.

– Je dis pas de bêtises, c'est toi qu'es bête, sale nègre !

Il en resta bouche bée. Ou pouvait-elle avoir entendu cette insulte, sinon chez elle ? Ou alors à l'école ? Il se pencha vers elle, l'attrapa par le poignet.

– Tu crois que c'est gentil de dire ça ?

Elle le dévisageait l'air buté.

– Je m'en fiche et j'm'en fiche ! Lâche-moi ou je te tue !

Elle lui brandit son pistolet en plastique sous le nez, et il allait l'engueuler quand un détail retint son attention. La gueule du canon portait des rayures. Comme s'il avait déjà vraiment tiré, se dit-il. Et il semblait lourd, vraiment lourd, et terriblement en acier, à bien y regarder. Oui, terriblement *vrai*, en fait. Et le cran de sûreté n'était pas mis. Est-ce qu'il y avait des crans de sûreté sur les jouets ? Est-ce que cette affreuse petite peste avait volé le flingue de son père ? Dans le doute, il la lâcha.

– Tu es très mal élevée. File ! lui lança-t-il de sa voix la plus autoritaire.

– C'est toi le mal élevé, et je vais te pulvériser ! hurla-t-elle en retour, cramoisie de rage.

Comme grossi au microscope, il vit son petit index rose se resserrer sur la détente. Il plongea à plat ventre, sentit les gravillons heurter sa joue, lui rentrer dans la bouche.

Clic.

– Bien fait pour toi ! criait Annabelle au-dessus de sa tête, t'es mort !

Clic. Un jouet. Clic ! Il se redressa, à quatre pattes, couvert de poussière. Des rires. Il tourna la tête. Près de la grille, Charles et Louis-Marie se tenaient les côtes.

– C'est gentil de venir jouer avec Annabelle, lui lança Charles, hilare.

Il se releva, furieux et humilié.

– Reste par terre ! lui ordonna Annabelle, t'entends !

– Toi, fous-moi la paix ! cria Chib en lui arrachant le pistolet des mains, hors de lui, et en le jetant dans un massif d'hortensias.

La détonation lui coupa le souffle. Une corolle de pétales bleutés s'éleva sous le ciel clair, enveloppée d'un petit nuage de fumée. Les garçons observaient le phénomène, incrédules. Annabelle porta une main à sa bouche et se mit à courir vers la maison. Chib se pencha sur le massif de fleurs. Ça sentait la cordite. Il ramassa l'arme. Elle était lourde, effectivement. Il l'examina, les jambes tremblantes. Un Baby Eagle, calibre 9 mm Luger. Capacité : 15 cartouches. Poids : environ 1 kg. Une bonne arme de poing.

– Qu'est-ce qui se passe ?

La voix de Blanche, affolée.

– C'est rien, m'man, un accident ! répondit Louis-Marie sans quitter Chib et le pistolet des yeux.

– Un accident ?

– Apparemment, Annabelle a trouvé un pistolet, expliqua Chib en lui tendant l'arme encore chaude.

Cordier se tenait près de Blanche, sa bouche lippue tordue en une grimace suspicieuse.

– Qu'est-ce que c'est que ça ! marmonna-t-il.

– C'est à Jean-Hugues, répondit Blanche, les yeux écarquillés. Comment Annabelle a-t-elle pu… Il les range dans son râtelier… à la cave…

– Elle a failli tuer M. Moreno !

La voix de Charles trahissait sa surexcitation.

– Je suis désolée… lança distraitement Blanche, les yeux fixés sur le massif déchiqueté.

– Si vous permettez, je vais y aller, dit Cordier en tripotant ses clés de voiture, et un conseil : remettez cette arme sous clé !

Il se dirigeait déjà de son pas vif vers son véhicule, sa serviette coincée sous le bras lorsque Chib prit conscience qu'il n'était encore en vie que parce que le Baby Eagle s'était miraculeusement enrayé. Il sentit ses jambes trembler, se força à respirer profondément.

– Allons voir ce râtelier, s'entendit-il dire d'un air décidé.

Blanche acquiesça et ils regagnèrent la bastide, suivis par les garçons.

– Aïcha, Annabelle est punie ! Qu'elle reste dans sa chambre !

– Bien Madame. Mais je ne l'ai pas vue. Elle jouait dehors…

– Cherchez-la et faites-la monter. Dites-lui que je suis très fâchée.

– Bien Madame.

Ils descendirent à la cave, une grande cave voûtée, bien éclairée, blanchie à la chaux. Un cellier en garnissait l'un des murs. Du bois pour la cheminée contre un autre. Un établi bien rangé, et le fameux râtelier, en bois, dont la vitrine laissait voir deux carabines, une Brno ZK 99 et une Norinco . 22 long rifle, un beau Bernizan à platines modèle 318, un pistolet de tir sportif Walther GSP . 32 S&W long et l'emplacement vide du Baby Eagle. La vitrine bâillait, cadenas déverrouillé.

– Je ne comprends pas, fit Blanche, Jean-Hugues a toujours la clé sur lui...

– Papa a peut-être oublié de refermer, avança Louis-Marie.

– Ça m'étonnerait, Papa n'oublie jamais rien ! le contredit Charles avec hargne.

– Doucement ! Je crois qu'il est temps d'aller interroger Annabelle, ajouta Blanche en laissant traîner ses doigts sur le verre.

– Elle va mentir ! Elle ment tout le temps ! jeta Charles.

– Ça suffit ! Vous êtes insupportables en ce moment !

Mais à peine avait-elle dit cela qu'elle rougissait et se mordait les lèvres, provoquant chez Chib un désir quasi irrépressible de la prendre dans ses bras et de l'emporter loin d'ici. Là où l'herbe est plus verte, dans le Pays Enchanté qui n'existe pas.

Ils remirent l'arme à sa place et remontèrent.

Aïcha se porta à leur rencontre.

– Je ne l'ai pas trouvée, Madame, elle doit se cacher !

– On va la trouver, nous ! jeta Louis-Marie, et les deux garçons s'élancèrent dans deux directions opposées.

– Où est Eunice ? s'enquit Blanche tout en se frictionnant machinalement les épaules bien qu'il fît chaud.

– Elle regarde la cassette que Monsieur lui a rapportée.

– Ah ! M. Moreno et moi allons prendre le thé dans le jardin d'hiver.

– Bien, Madame.

Il la suivit, ému par son dos frêle, ses hanches étroites, cette façon qu'elle avait de passer la main dans ses cheveux cendrés pour remettre une mèche derrière son oreille. Il avait tout le temps envie de la toucher. De la serrer contre lui. Comme si elle remuait tout un potentiel de tendresse jusque-là inutilisé.

Tabourets japonais, table en céramique, épais bambous verts et noirs, il se dit que décidément il n'aimait pas l'odeur de terre fraîche qui régnait en permanence sous la verrière.

Elle ne le regardait pas, elle caressait la surface lisse de la table du bout de l'index. Chib voulait lui parler du DVD. Mais il restait muet, comme elle. Paralysé. Le silence semblait s'éterniser. Il s'entendait respirer avec l'impression d'être un soufflet de forge. Il prit une inspiration, ouvrit la bouche et s'entendit énoncer :

– Je n'ai pas vraiment envie de thé.

Mais pourquoi avait-il sorti ça ? Tout aussi platement, elle lui répondait :

– Eh bien, prenez autre chose.

Ce n'était pas avec ce genre de dialogue qu'ils décrocheraient un Molière, se dit-il en décroisant les jambes tandis que Blanche croisait les siennes.

Sur ces entrefaites, surgit un Charles essoufflé.

– Elle a disparu, Maman !

– Ne dis pas de bêtises.

– Mais c'est vrai ! On a regardé partout ! Sauf dans la chapelle.

Blanche serra les mâchoires. Le nerf familier tressautait près de sa tempe. Chib se sentit obligé de se lever.

– Je vais la chercher avec vous, dit-il. Elle doit se cacher, de peur de se faire gronder.

– Annabelle ? lui renvoya Charles, elle n'a peur de rien ! C'est une vraie peste !

– Charles ! laissa mollement tomber sa mère. Allez-y, je reste ici.

Le ciel s'était couvert, une épaisse nuée grise s'étendait rapidement sur les collines, dévorant le ciel bleu. Il allait pleuvoir. Louis-Marie les attendait près de la piscine, se mordillant l'intérieur des joues, les sourcils froncés.

– Je suis allé jusqu'à la rivière, dit-il à son frère, je me demande bien où elle peut se planquer !

Chib passa en revue à voix haute les différentes possibilités, de la cabane du jardinier au grenier et à la buanderie, mais apparemment les garçons avaient tout fouillé.

Chib imagina soudain la gamine remontant la pente broussailleuse qui menait chez les Labarrière. Elle pouvait très bien se tapir dans leur pool house, confortablement garnie de matelas rayés. Il leur fit part de son hypothèse et ils se mirent en route, les deux garçons aussi frétillants que des chiens de chasse.

Le sous-bois exhalait une odeur de feuilles, de sève, de terreau, comme si l'approche de la pluie exacerbait les odeurs. Chib cherchait un indice du passage de la fillette, sans succès.

– Je me demande comment elle a pu piquer la clé à Papa ! jeta Louis-Marie en sautant pour se suspendre à la branche d'un pin. Et en plus, elle savait donc que c'était un vrai flingue ! continua-t-il en se balançant comme un singe.

Il avait raison. Mais peut-être croyait-elle qu'il n'était pas chargé. Et d'ailleurs quelle imprudence, de la part d'un père de famille, qu'il l'eût été ! Chib commença à remonter la pente broussailleuse. Il trébucha soudain sur une pierre cachée par de la mousse et faillit tomber. Charles pouffa. Chib éprouva le vif désir de lui tordre le cou, puis oublia aussitôt. Il y avait quelque chose dans le buisson d'églantier. Sur sa droite. Un petit objet brillant. Il se pencha, plongea la main entre les ronces, sentit les épines acérées contre sa peau tendre, le saisit. Un petit bouton carré en argent. Un bouton de manchette. Il referma la main dessus et le glissa dans sa poche.

– Qu'est-ce que vous ramassez ? demanda Charles.

– Rien. Où est ton frère ?

– En train de jouer à Tarzan.

Louis-Marie surgit soudain près d'eux.

– À Tarzan ! Ce que t'es ringard, mon pauvre Charles !

– Tarzan ou Predator, c'est pareil, c'est des trucs de mômes.

– Parce que jouer à la Barbie, c'est pas un truc de môme ?

Sur cette flèche du Parthe, Louis-Marie s'élança vers le haut de la pente en courant. Chib jeta un coup d'œil à Charles, cramoisi. Un ado de quinze ans qui joue à la poupée, c'est rare, se dit-il tout en jouant avec le bouton de manchette dans sa poche. Un joli bouton gravé. D'un beau A majuscule. Andrieu l'avait-il perdu dans le sous-bois en cherchant le corps d'Élilou ou en venant y retrouver Winnie ? Quoi de plus pratique que la villa vide des voisins pour tirer un coup vite fait avec la fiancée de votre meilleur ami – et associé ?

Il déboucha sur la grande terrasse des Labarrière, les sourcils froncés. Ils auraient dû appeler Noémie. Elle n'allait pas apprécier de les voir débarquer comme ça. Il sortit son portable tout en interrogeant du menton Louis-Marie qui ressortait de la pool house.

– Elle y est pas ! lança le garçon, avec une touche d'exaspération.

– Qu'est-cé qué vous cherchez ?

La voix grave de Costa. Debout près d'un bosquet de cyprès, le jardinier les dévisageait sans aménité, ses bras noueux croisés sur le manche d'une grande pelle plantée dans une motte de terreau.

– Annabelle a disparu, expliqua Charles en contemplant ses baskets.

– On s'était dit qu'elle était peut-être venue se cacher ici, ajouta Louis-Marie en trempant sa main dans la piscine. Brr, elle est froide !

– J'ai travaillé là tout lé matin. J'ai vu personne.

– Eh bien tant pis. Excusez-nous.

Costa baissa la tête et empoigna la pelle sans répondre, Chib vit les muscles se tendre tandis qu'il la plongeait dans la terre épaisse. Des muscles puissants que Charles buvait du regard, le visage un peu détourné.

En revenant à la bastide, Chib s'arrêta près de la chapelle.

– Attendez-moi-là, ordonna-t-il aux deux garçons.

– Oïk Oïk Oïk, couina Louis-Marie en faisant mine de décocher des coups de poing à Charles.

– Arrête, merde ! grogna celui-ci.

– Oïk Oïk Oïk…

Chib fit rapidement le tour des travées, regardant sous les

bancs, dans le confessionnal, sous l'autel, pressé de sortir de cet endroit qui lui faisait peur. Pas d'Annabelle. Il regagna la cour juste comme la pluie se mettait à tomber. De grosses gouttes lourdes et molles, comme des mouches obstinées. Il leva la tête. De gros nuages noirs se chevauchaient, parcourus de frissons électriques. Les garçons avaient disparu. Il courut vers le jardin d'hiver. Le ciel creva d'un coup, à peine était-il entré. Blanche se leva, anxieuse.

– Mais où peut-elle bien être ?!

– Ne vous inquiétez pas, on va la trouver.

– Ne dites pas n'importe quoi d'un air rassurant, c'est exaspérant.

– Alors ne posez pas des questions sans réponse !

– Vous…

Il ne sut jamais ce qu'elle voulait lui dire, car Louis-Marie venait de faire irruption, trempé jusqu'aux os.

– Maman !

– Oui ?

– On n'a pas regardé dans le puits !

– Quel puits ? lâcha Chib, avec une soudaine bouffée d'angoisse.

Ces tordus avaient un puits en plus ?! Pourquoi pas un donjon avec une salle de torture ?

– Le vieux puits, près du verger, lui expliquait Louis-Marie. Normalement, il est bouché par une planche, mais elle était tellement vieille et pourrie que Costa l'a enlevée pour la remplacer.

– Il l'a enlevée quand ? demanda Blanche dans un souffle.

– Hier soir. Il doit venir cet après-midi.

– Oh ! Mon Dieu…

– On y va, dit Chib en empoignant Louis-Marie, mais vous savez, Annabelle n'est pas un bébé…

Il ne finit pas sa phrase, déjà dehors. Désagréable sensation de l'eau froide sur sa tête. Louis-Marie l'entraîna vers le verger, il faisait sombre, un coup de tonnerre résonna au loin. Parfait pour un film d'horreur, se dit Chib, en apercevant la margelle du puits. Un mètre de diamètre environ. De grosses pierres plus ou moins descellées. Le ventre noué, Chib se pencha d'un coup, pour regarder à l'intérieur. On n'y voyait rien. La pluie lui ruisselait dans le cou, le long des joues, dans les yeux, les entrailles du puits n'étaient que ténèbres.

– Va chercher une torche ! ordonna-t-il à Louis-Marie qui repartit en courant.

Il scruta de nouveau la cavité sombre. Il y avait un bruit. Il releva la tête, écouta. Le fracas de la pluie dans les arbres l'empêchait de bien entendre. Il se pencha de nouveau, essayant de s'isoler de l'orage. Oui, il y avait un bruit. Comme… *eeeeeeee…* comme une voix humaine, se dit-il en étreignant la margelle à s'en briser les phalanges, *eeeeeee…* comme une plainte sourde et continue. Oh non !

– Voilà !

Louis-Marie lui tendait une lampe torche. Il la braqua vers le fond.

Elle était là. À deux mètres d'eux. Plaquée contre la paroi rugueuse. La tête en bas. Retenue dans sa chute par une aspérité, quelque chose – un clou ? – qui s'était accroché dans sa robe en laine beige. Elle avait les yeux fermés, elle ne bougeait pas. Juste ce gémissement qui sourdait entre ses lèvres serrées. « *Eeeeeee* », aidez-moi, se dit-il, aidez-la et aidez-moi, aidez-nous un peu, bordel ! Il enjamba la margelle.

– Il me faut une corde ! Vite !

Louis-Marie regardait sa sœur, la bouche ouverte.

– Le tissu va craquer, chuchota-t-il.

– Va chercher une corde, nom de Dieu ! hurla Chib.

Peut-être qu'il pouvait descendre, en faisant bien attention et en s'accrochant aux pierres disjointes. Descendre et l'attraper avant que cette fichue robe se déchire complètement. Il posa le pied dans une anfractuosité, les yeux fixés sur le tissu effiloché. Tiens encore un peu saloperie, tiens encore un peu !

Halètements au-dessus de sa tête.

– Tenez !

Un bon mètre de corde mouillée le frappa au visage.

– Accroche-la bien ! cria-t-il.

Un éclair auréola la tête du garçon penché vers lui.

– Je l'ai attachée à l'oranger ! lui renvoya celui-ci. Allez-y !

Il enroula la corde autour de sa taille, la noua, reprit sa descente. Louis-Marie avait récupéré la torche posée sur le rebord et l'éclairait. La pluie cinglait le visage de l'enfant, sans qu'elle bouge un cil, les yeux obstinément clos. Il vit qu'elle serrait les poings, contre son ventre. Il déglutit, glissa sur la pierre mouillée, se rattrapa à la corde qui se tendit violemment. Bien. Louis-Marie avait bien fait son boulot. Il avança plus franchement. « *Eeeeeee* ». Le son se répercutait entre les murs circulaires, sourd et lointain comme son propre écho. Il lui sembla que la déchirure s'était élargie, qu'elle était en train de s'élargir là, sous ses yeux, et non, ce n'était pas une impression, il voyait la maille se distendre, il voyait la pointe de métal, une pointe noirâtre, il la voyait de plus en plus nettement, parce que la déchirure s'agrandissait, que la robe allait céder et... Elle tombait ! Il plongea, la main tendue à l'aveuglette, referma ses doigts sur un morceau de chair glacée. Un mollet. Qui descendit d'une secousse avant que les doigts resserrent leur prise sur la cheville. Il sentait le tissu rêche de sa chaussette. Il essaya de la ramener vers lui, mais elle était lourde. Trop lourde pour être tenue à bout de bras. D'un seul bras. À tâtons, il chercha l'autre cheville, s'en empara.

– N'aie pas peur, je vais te remonter, tu m'entends ?

– *Eeeeeeee.*

État de choc. Depuis combien de temps était-elle suspendue là ?

– Tire-nous ! hurla-t-il à l'adresse de Louis-Marie, tire-nous !

Le garçon hocha la tête et disparut.

Une traction sur la corde. Chib prit appui sur la paroi et poussa. Il fallait faire attention à ne pas cogner la tête d'Annabelle contre les pierres. Ç'aurait été bête de lui fracasser le crâne sur un moellon, vraiment bête mon vieux Chib. La pluie lui tombait directement dans les yeux chaque fois qu'il levait la tête, l'empêchant de discerner Louis-Marie. Au prix d'un violent effort, il réussit à plier les bras, amenant la fillette à hauteur de sa ceinture. Bien. Lui passer le bras autour de sa taille, voilà, la redresser. Elle reposait contre son torse. Elle n'avait pas ouvert les yeux.

– C'est trop lourd ! criait Louis-Marie, je vais chercher de l'aide.

– OK ! C'est bon, je la tiens.

Il resta là, suspendu, un pied niché dans un trou, sous le ruissellement tenace de la pluie, Annabelle immobile contre lui, « *Eeeeeee* », à regarder défiler les nuages noirs au-dessus d'eux. Une armée gris et noir qui donnait la charge.

La corde se tendit soudain brutalement, le décollant de la paroi. Il scruta l'ouverture, les yeux plissés, vit des silhouettes penchées vers lui. La voix de Costa :

– On va vous rémonter ! Ténez-vous !

– OK !

Une saccade, puis il se sentit soulevé de cinquante centimètres. Une pause. Nouvelle saccade. Il se retrouva bientôt à l'air libre, tendit l'enfant à Louis-Marie, trempé comme une soupe et grelottant, s'assit sur la margelle pour enlever la corde qui lui sciait la poitrine. Costa et Charles, hors d'haleine, se rapprochèrent.

– Comment elle a pu tomber là-dedans ? marmonna Costa. Juste lé seul jour où j'enlève cetté foutue planche !

– Annabelle ? disait Louis-Marie en la secouant, ça va ?

La fillette se mit à claquer des dents sans répondre, les paupières toujours baissées.

– Vous devriez appeler Cordier, dit Chib, en se redressant.

– C'est fait ! lui jeta Charles, en agitant son portable dernier cri. Et j'ai aussi prévenu Maman que tout allait bien.

– Votre père n'est pas rentré ?

– Il ne rentre pas si tôt !

Costa se renfrogna encore plus à la mention d'Andrieu. Sans doute craignait-il pour sa place. Annabelle aurait pu se tuer, non, aurait dû se tuer, rectifia Chib mentalement.

Ils revinrent à la bastide en silence, la gamine dans les bras de Louis-Marie. Blanche les attendait sur le seuil, les mains étroitement jointes. Elle se jeta sur l'enfant, l'arrachant des bras de son frère.

– Ma pauvre petite chérie ! C'est fini, tout va bien, Maman est là !

Annabelle émit une sorte de hoquet puis se mit soudain à sangloter, sans rien dire.

– Vous devriez aller vous changer, vous allez attraper la mort ! dit Aïcha aux deux garçons dès qu'ils furent entrés. J'ai préparé du chocolat chaud pour la petite, Madame.

– Merci.

Chib restait gauchement planté dans un coin, dégoulinant. Blanche s'était assise sur une chaise à haut dossier, Annabelle sur ses genoux. Il regarda l'heure à sa montre. Trois heures à peine, mais le ciel était si sombre qu'on se serait cru au crépuscule. D'ailleurs, Aïcha avait allumé la lampe Directoire placée sur le meuble à liqueurs. Elle revenait à présent avec un bol fumant et des barres chocolatées.

– Aïcha, donnez donc un des joggings de Monsieur à M. Moreno, qu'il puisse se changer.

– Bien, Madame. Si vous voulez me suivre…

À peine la porte refermée, elle se tourna vers lui :

– Qu'est-ce qui s'est passé ?

– Je n'en sais rien. Elle a dû tomber en faisant l'imbécile.

– Annabelle est plutôt prudente, je la vois mal gambader sur la margelle d'un puits !

Il haussa les épaules.

– Apparemment, cette propriété est une source de danger permanent pour les enfants, laissa-t-il tomber.

– Tu crois que… ?

Il haussa encore une fois les épaules. Elle s'arrêta près d'un grand coffre en bois, en sortit un jogging blanc repassé de frais, le lui tendit, lui désigna une porte.

– Les toilettes, tu peux te changer, expliqua-t-elle avant de filer.

Il avait l'impression de passer son temps à essuyer des orages imprévus et à devoir se changer ensuite. La corde avait laissé une marque rougeâtre sur son torse et la peau était écorchée par endroits. Il se tamponna avec du papier toilette et de l'eau froide, enfila le jogging qui était beaucoup trop grand. Il dut rouler les manches et les bas de pantalon et serrer au maximum le cordon à la taille pour éviter qu'il ne lui glisse sur les hanches.

Il se regarda dans le miroir suspendu au-dessus du lavabo à l'ancienne. Manquait plus que le bonnet pointu pour avoir l'air d'un lutin passé au napalm.

Annabelle avait ouvert les yeux, mais restait plaquée contre sa mère qui la berçait doucement. Cordier, penché sur elle, lui examinait les pupilles, tout en lui prenant le pouls. Il avait l'air de mauvaise humeur, fatigué et bouffi, la barbe en broussaille. Ses cheveux mouillés et décoiffés laissaient voir son crâne dégarni. Il soupira :

– Elle est en pleine forme. Elle a juste eu très peur. Une bonne nuit de sommeil et tout ira bien. Donnez-lui donc un peu de sirop avant de la coucher.

Il empoignait déjà sa sacoche, jeta un bref coup d'œil à Chib, se fendit soudain d'un sourire :

– Vous fâchez pas, mon vieux, mais franchement...

Blanche suivit son regard, mais elle ne rit pas. En fait Chib n'était pas sûr qu'elle le voyait. Il résista à la tentation d'agiter les doigts devant ses yeux, pendant que Cordier s'éclipsait en rigolant toujours.

– Vous lui avez demandé comment c'était arrivé ? dit Chib en désignant la fillette du menton.

– Elle dit qu'elle ne se souvient pas. Elle courait et elle est tombée, répondit Blanche d'une voix étrangement détachée.

– La margelle fait cinquante centimètres de haut !

– Elle a dû trébucher.

Toujours ce ton monocorde.

– Vous avez prévenu votre mari ?

– Inutile de l'inquiéter.

Chib soupira. Effectivement, inutile d'en rajouter une couche, Annabelle était saine et sauve. Mais il avait l'intime conviction qu'on avait bel et bien tenté de la tuer. Votre intime conviction, on s'en tape, monsieur Moreno ! Apportez-nous des preuves !

Il avança la main et caressa la tête de la fillette qui se recroquevilla contre sa mère.

– Annabelle...

Pas de réponse.

– Est-ce qu'il y avait quelqu'un avec toi ? chuchota-t-il tout contre son oreille.

Il sentit Blanche se raidir.

– Qu'est-ce que...

– Chuut ! Annabelle, tu m'entends ?

– C'est pas ma faute ! bredouilla-t-elle, en larmes.

– Non ma chérie, ce n'est pas ta faute, bien sûr, dit Blanche en lui embrassant le front.

– Je l'ai pas volé !

Elle parlait certainement de l'automatique.

– Tu l'as trouvé, c'est ça ?

– Il était dans la chambre d'Élilou ! C'est elle qui l'a volé.

Blanche avala sa salive. Chib posa la main sur le poignet tétanisé d'Annabelle.

– Dans la chambre d'Élilou ? Tu y es entrée ?

– Oui ! Parce que je voulais mes Pokémon, ils sont à moi, et elle, elle les avait pris !

– Ah, bien sûr. Et tu as trouvé le gros pistolet ?

– Il était dans le coffre à jouets. Je voulais le ramener à mon Papa. Élilou, c'était qu'une voleuse !

– Ne dis pas ça, mon cœur, oh ! ne dis pas ça...

Blanche avait fermé les yeux et serrait l'enfant si fort que Chib eut peur qu'elle l'étouffe.

– La chambre d'Élilou n'est pas fermée à clé ? lui demanda-t-il.

– Non. Pour quoi faire ? Pour l'empêcher d'y revenir ? grinça-t-elle, les yeux clos.

Il ne répondit pas. Qui avait caché le pistolet dans le coffre à jouets d'Élilou ? Et dans quel but ? Il imagina soudain Andrieu faisant irruption la nuit successivement dans chacune des chambres, les yeux opacifiés par la folie. Les enfants dorment, de ce sommeil profond des enfants, avec parfois quelques bulles au coin des lèvres ou un soupir. Il les regarde avec une infinie tristesse, braque son arme et tire, crânes qui explosent, derniers regards stupéfaits de bêtes innocentes, giclées de cervelle sur les oreillers immaculés, puis il enfonce le canon de l'arme dans sa bouche et...

Andrieu ou Blanche ?

Comme ça semblait beaucoup plus réaliste avec Blanche dans le rôle de la folle...

– Bois ton chocolat, ma chérie, disait celle-ci, il est bien chaud.

– J'en veux pas ! J'veux du coca.

Bon, ça avait l'air d'aller mieux.

Des pas.

Il se redressa. Andrieu les dévisageait, interloqué, sa mallette high-tech à la main, l'air fatigué.

– Qu'est-ce qu'il se passe ? Aïcha a l'air complètement affolée. Et qu'est-ce que vous faites dans mon survêt ?

– Rien, rien... répondit Blanche qui berçait toujours sa fille.

– Comment ça, rien ?

– Il y a eu un petit accident, commença à expliquer Chib. Annabelle est tombée et...

– J'suis pas tombée, c'est lui qui m'a poussée ! hurla la fillette, les traits convulsés de rage.

– Lui qui ?

– Hein ? Quoi ? s'exclamèrent simultanément Chib et Andrieu.

– Lui, celui du film ! Il est chez nous et il va tous nous couper la tête !

Andrieu se tourna vers Blanche.

– Tu peux m'expliquer ce que ça signifie ?

– Je n'en sais rien.

– Quel film ? demanda Chib.

– Le film où il a la grande cape noire et la figure blanche qui crie !

– Ça pourrait être *Scream*, suggéra Chib.

– Tu les laisses voir des films d'horreur ? s'enquit Andrieu, le visage sévère.

– À ton avis ?

Blanche s'était levée, Annabelle tendait les bras vers son père qui la prit et la cala contre sa hanche.

– Je vais voir Aïcha, laissa-t-il tomber, glacial, avant de sortir.

Blanche tendit une main tremblante vers le bol de chocolat, en but une gorgée.

– Je déteste ça, murmura-t-elle pensivement en reposant le bol sur la table. C'est chaud, sucré et écœurant comme des paroles de réconfort. On a voulu tuer Annabelle, c'est ça ?

– Je ne sais pas, dit Chib, les enfants inventent tellement de choses.

– On a volé le pistolet de Jean-Hugues et on l'a caché dans la chambre d'Élilou. Et après, on a essayé de tuer ma petite fille. Vous croyez qu'il va tous me les tuer, les uns après les autres ?

– Qui ça, « il » ?

– Le démon, comme dirait Dubois. Le chien féroce jailli des Enfers, murmura-t-elle pensivement.

Dubois.

Qui circulait dans la bastide à sa guise.

Dubois, le bon cousin serviable.

L'exorciste chevronné.

Le familier des Ténèbres.

Oh ! et puis merde, ce pouvait être n'importe qui. La folie et la haine pouvaient emprunter tous les visages, tous les sourires.

– Vous ne sentez pas son haleine ? continuait Blanche, vous ne sentez pas le goût du sang entre vos dents serrées ? Moi, je le sens tout le temps. Un goût d'acier rouillé.

Il prit soudain conscience de ce qu'elle avait dit « tous me les tuer, les uns après les autres ». Il se pencha vers elle, posa la main sur son épaule toujours froide.

– Blanche, murmura-t-il, Blanche, tu penses qu'Élilou a été assassinée ?

Elle leva les yeux vers lui. Le regarda. Ses yeux gris et figés, comme une mer gelée.

– Tu crois que c'est moi qui l'ai tuée ? lui renvoya-t-elle, très calmement.

– Mais non ! Je veux savoir ce que, toi, tu crois ! protesta Chib en surveillant la porte du coin de l'œil.

– Je crois que nous sommes maudits. Léon, Élilou, bientôt Annabelle… Je crois que Dieu me hait comme je le hais. Donne-moi à boire.

– Non. Jean-Hugues va revenir.

– Je m'en fous. Je suis fatiguée. Tellement fatiguée…

– Écoute, j'ai reçu un film. Un film où on me voit entrer dans ta chambre.

Elle ferma les yeux. Reflux des vagues, loin, hors de portée, ne laissant que le sable lisse du visage. Elle répéta : « Un film ? », comme si c'était un mot inconnu.

– Oui, insista-t-il, quelqu'un sait…

Il vit le nerf se tendre le long de sa joue. Elle étira ses lèvres en un vilain sourire.

– Quelqu'un sait que le gentil M. Moreno baise la vilaine Mme Blanche ?

– Merci, Moreno, je n'étais pas au courant.

Chib sentit son cœur s'arrêter. Andrieu lui faisait face, Annabelle toujours contre sa hanche. Chib avait instinctivement rentré la tête dans les épaules, dans l'attente des coups, mais non, l'autre souriait.

– Vous lui avez sauvé la vie, continua-t-il, j'ai une dette envers vous, mon vieux !

Comprenant qu'il parlait de la gamine, Chib exhala un long soupir et parvint à articuler un « Ce n'est rien, c'est normal » presque convenable.

– Aïcha m'a expliqué aussi ce qui s'était passé avec le flingue. Je ne comprends pas comment on a pu ouvrir le râtelier.

Il s'était renfrogné, soucieux.

– Vous voulez que je demande à Gaëlle de poursuivre ses investigations encore quelques jours ? proposa Chib.

– Oui, je pense qu'il faut tirer tout ça au clair, n'est-ce pas Blanche ?

– Oui, bien sûr. Excusez-moi, je vais aller m'allonger un moment.

Elle sortit, sans un regard pour Chib. Andrieu posa sa fille par terre.

– Va jouer avec Eunice, mon chou, Papa a du travail. Et arrête d'inventer des histoires, Papa n'aime pas ça ! la tança-t-il en agitant un index grondeur.

Chib attendit qu'elle fût sortie pour demander ce qu'il en

était du « monstre » qui l'avait soi-disant poussée. Andrieu haussa les épaules, tendant le tissu de son costume bleu marine.

– Elle a inventé ça pour ne pas se faire disputer. Elle me l'a avoué. Bon, reprit-il, quelle est votre opinion ?

– À quel propos ?

– La disparition d'Élilou, le meurtre du chiot, et maintenant ce vol... Je vois bien que c'est lié, je ne suis pas aveugle !

Hélas, pensa Chib en se mordant les lèvres, si seulement t'étais aveugle et paralysé, je me sentirais tellement mieux !

– Je crois vraiment que quelqu'un vous veut du mal, dit-il à haute voix, quelqu'un qui est peut-être plus proche que vous ne le pensez.

– Qu'est-ce que vous insinuez ?

– Je ne sais pas. On m'a dit que John Osmond était amoureux de votre femme.

– Et alors ? Je ne vois pas pourquoi ça lui donnerait l'idée de voler le corps de ma fille ou d'éventrer un chien, qui était à lui de surcroît ! Et d'abord qui vous a dit qu'il était amoureux de Blanche ?

– Noémie Labarrière.

– Cette langue de vipère ! Toujours à espionner tout le monde, celle-là. Je comprends que ce pauvre Paul ait craqué !

Au point de se taper Clotilde Osmond, ça oui, on pouvait dire qu'il avait craqué. Et apparemment tout le monde était au courant. On vivait en vitrine, dans les collines. Mais il y avait forcément quelqu'un qui mentait. Qui portait un masque en permanence. Et dont le cœur brûlait de haine et de colère. Mais contre qui, et pourquoi ?

Contre qui : à l'évidence contre les Andrieu.

Pourquoi ? Tant qu'il ne comprendrait pas « Pourquoi », se dit Chib, il ne comprendrait rien. « Qui » n'était que la conséquence de « Pourquoi ».

Lâche tes arguties, Chib, concentre-toi sur Andrieu. Tu sais, la poudrière qui risque de te sauter à la figure à tout moment si quelqu'un allume la mèche avec un DVD, par exemple.

Andrieu semblait perdu dans de moroses pensées, les yeux

cernés. Il s'était servi un grand verre de scotch et buvait à petits coups en passant la main dans ses cheveux bien coupés. Il désigna la bouteille du menton, mais Chib déclina son offre.

– Je suis obligé d'y aller, dit-il. Je vous appelle demain matin.

– Je serai au bureau. De toute façon, venez quand vous voulez, vous avez carte blanche. Ah, au fait, voici le code pour le portail, inutile de sonner à chaque fois.

Il lui tendit un bristol sur lequel il avait noté quatre chiffres. Chib prit congé, mal à l'aise. En passant devant la salle télé, il entendit les voix des garçons qui plaisantaient. L'insouciance de la jeunesse. Avait-il jamais été insouciant ? Il lui semblait qu'il avait toujours connu le doute, la peur, l'incertitude.

Le vent soufflait encore, mais il ne pleuvait plus. L'air sentait le froid, le mouillé, les choses enfouies sous l'humus, le monde du sombre et de la nuit. Assis dans la Floride, il resta un instant immobile, les mains sur le volant, à faire le point. Tout allait trop vite. Les faits s'accumulaient, sans aucun lien apparent, sans la moindre réponse. Et la menace diffuse se précisait. Annabelle était en danger. Quoi qu'elle ait pu dire à son père, Chib restait persuadé qu'on l'avait poussée dans le puits. Et celui qui l'avait fait allait certainement recommencer, d'une autre façon. Mais pourquoi vouloir tuer Annabelle ? Que cet enfant soit réellement odieuse ne suffit pas, se dit-il en essayant de plaisanter. Alors pourquoi ? Quelqu'un abusait-il d'elle ? Cela aurait expliqué qu'elle se soit rétractée. Parce qu'elle avait peur, qu'elle était sous la coupe de son violeur. Un pervers qui craindrait de se voir démasqué.

Et si c'était Cordier ? Qui de mieux placé qu'un médecin pour tripoter des petites filles ? Quasiment au su et au vu de tous. Et qui de mieux placé pour signer des certificats de décès. Cordier ! Mais oui, il faisait un coupable merveilleux ! Cordier avait tué bébé Léon, Élilou, et maintenant il s'attaquait à Annabelle. Mais pourquoi n'avait-il pas touché aux garçons ? Encore que... Charles... Vérifier depuis quand Cordier était leur médecin. Mais comment ? Tu n'es pas flic, Chib, tu ne peux pas débarquer chez les gens avec un joli carnet à spirales en suçotant ton stylo genre Colombo.

Sensation de brûlure sur la nuque. Il s'étira, se retourna.

Costa le dévisageait, tout près, une planche sous le bras. Il baissa la vitre.

– Oui ?

– Je vais remplacer cette foutue planche, expliqua le jardinier, pour qué plus personne il tombe.

Chib garda le silence. L'homme semblait embarrassé, hésitant.

– Il faut que jé vous parle, lança-t-il soudain, à propos du pétit chien.

Un volet claqua. Brusquement intéressé, Chib passa la tête à l'extérieur.

– Allez-y.

Grondement de moteur. La 606 de Belle-Mamie vira devant lui en cahotant et vint se garer à côté de lui.

– Toujours là, monsieur Moreno ? lui jeta-t-elle en défroissant de la main son ensemble tailleur pantalon beige.

– Je partais, lui renvoya-t-il en mettant le contact.

Costa s'était refermé comme une huître et s'éloignait déjà dans l'ombre des arbres. Chib démarra, furieux. La vieille sorcière avait débarqué au moment palpitant ! Costa savait quelque chose sur le meurtre du chiot. Quelque chose dont il ne voulait pas parler devant Belle-Mamie. Et maintenant, il allait falloir attendre le lendemain matin pour en savoir plus.

Il jeta un coup d'œil à son portable. Un texto de Gaëlle, lui demandant si elle pouvait passer ce soir, vers 20 h 30. Il tapota « OK ». Dire qu'il n'y avait que quinze jours que tout ce cirque avait commencé. Deux petites semaines. Et l'impression de courir à la catastrophe. Comme un esquif sur des rapides incontrôlables.

Gaëlle était crevée. Affalée dans le vieux fauteuil club en cuir, une jambe par-dessus l'accoudoir et sirotant une Bud, elle écouta docilement le récit des événements. Bâilla copieusement. S'étira. Finit sa bière.

– Bon, si j'ai bien compris, c'est panique à bord ! lâcha-t-elle finalement.

– Le résumé me semble correct.

– Ce que je me demande c'est pourquoi Paul Labarrière a couché avec Clotilde Osmond.

– Gaëlle ! Franchement...

– Oui, franchement. Elle a peut-être un moyen de pression sur lui. Elle le fait peut-être chanter ?

– Elle a peut-être des talents cachés dont il raffole. À vrai dire, ça n'a pas beaucoup d'importance.

– Ça, on n'en sait rien. Parce qu'à mon avis on est en plein dans le domaine de la perversion : pédophilie, zoophilie, nécrophilie, on a tout l'assortiment. Tu crois que Costa sait qui a tué le chien ? demanda-t-elle abruptement.

– S'il le sait, pourquoi ne l'a-t-il pas dit aux flics ?

– Il s'agit peut-être d'un de ses employeurs, suggéra Gaëlle.

– C'est ce que je me suis dit. Ou de Charles, son supposé amant.

– Pourquoi Charles aurait-il eu des relations sexuelles avec Élilou s'il préfère les hommes ? Merde, on tourne en rond.

Chib alla se chercher une autre bière.

– À mon avis, commença-t-il en faisant sauter la languette de la boîte, à mon avis, on est en face de deux séries d'actes distincts. Ou de deux cinglés. D'un côté celui qui a eu des relations sexuelles avec Élilou et l'a tuée, s'est masturbé sur la photo et a essayé de tuer Annabelle, de l'autre celui qui obéit à des pulsions encore plus transgressives, vole le corps, urine sur le Christ, tue le chien.

Gaëlle pêcha une cigarette dans son paquet presque vide.

– Avec tout ça, je fume comme un pompier, fit-elle observer tout en aspirant avidement la fumée. Deux cinglés ? Merci bien, on en avait assez d'un. Et d'autre part, rien ne prouve que quelqu'un ait poussé Annabelle. La gamine est assez perturbée pour mentir. Elle t'a quand même tiré dessus, le cher petit ange, avec une arme qu'elle savait être une vraie !

– Justement. Qui a volé ce flingue ? Et pour quoi faire ?

– Hé, papy, je suis pas extra-lucide ! Qu'est-ce que tu nous as préparé de bon à manger ?

– Du rien, garanti très frais. On se fait un chinois ?

– Wahh, toutes les folies ce soir… Et on essaye de parler foot ou actualités pour changer ?

– Impossible, dit Chib en attrapant ses clés, tout ça me ronge trop la tête.

– C'est vrai, tu commences à ressembler à une de tes momies adorées.

CHAPITRE 16

À neuf heures précises, Chib freina devant la propriété. Il avait dormi par à-coups, ne cessant de se repasser tous les événements des quinze derniers jours. À six heures, il était debout, avait préparé le petit déjeuner et accompagné Gaëlle à son train. Elle bâillait encore en lui faisant au revoir de la main. Il ne se sentait même pas fatigué. Trop énervé pour ça. Impression d'être rempli de caféine à ras bords. Il resta un moment à fixer la grande bastide, si élégante et souriante dans le soleil du matin. Comme un sourire plein de fausses dents, se dit-il. Derrière, ça puait. Et s'il se trompait ? Si personne n'avait violé ni tué Élilou ? L'absence d'hymen pouvait n'être qu'une malformation congénitale. Et elle pouvait fort bien s'être tout simplement rompu le cou dans l'escalier. Les seuls faits incontestables étaient le vol du corps, la souillure du Christ, le meurtre du chien, la pollution de la photo et le vol du pistolet. Qui disaient certes un esprit gravement malade, mais pas forcément un tueur d'enfant. De la chair, de l'urine, des entrailles, du sperme, une arme à feu. Est-ce que ces cinq éléments réunis avaient un sens ? Constituaient un message ?

Il soupira, quitta le confort tiède du cabriolet. Le vent soufflait toujours, frisquet, il remonta le col de sa veste et tapa le code qui ouvrait le portail.

La voiture d'Andrieu n'était pas là. La maison était silencieuse. Les enfants devaient être en classe. Blanche était seule. Non, Chib, elle est seule avec Colette et Aïcha, c'est pas vraiment être seule, ça. Donc tu cherches Costa et tu t'approches pas de la baraque.

Il pivota au prix d'un grand effort et se mit à la recherche du jardinier. La porte grande ouverte de la cabane à outils lui apprit qu'elle était vide. Il marcha un moment sous les arbres, jusqu'au verger. Une brouette et une pelle étaient posées près d'un oranger en fleur. Chib s'étira, fit jouer les muscles de ses épaules raides de stress. Il contourna la bastide et longea la piscine recouverte d'un filet bleu ciel sans rencontrer personne. Idéal pour un cambrioleur. Il se baladait là depuis un quart d'heure sans que quelqu'un s'en soit aperçu. Il revint à la cabane, en scruta l'intérieur encombré de matériel de jardinage. Costa était peut-être encore en train de travailler au puits. Il suivit l'allée de lauriers blancs, avec la sensation de se balader dans un décor vide.

On avait soigneusement cloué des planches neuves pour obstruer complètement le trou. Il effleura la margelle. Loin d'être glacée et glissante comme la veille au soir, la pierre en était sèche et rugueuse. Par terre, près de ses mocassins, il aperçut un marteau, de longs clous. Costa avait laissé ses outils, il devait être tout près. Il regarda autour de lui, frissonna. Tout était si paisible, pourquoi se sentait-il si nerveux ?

Un papillon bleu et jaune vint se poser sur le marteau, puis, déçu, voleta jusqu'à un hibiscus flamboyant, près duquel serpentait un tuyau tout emmêlé. Costa avait même laissé une botte, se dit-il. Une *botte.*

Il se releva. Une botte en caoutchouc marron. Sous l'hibiscus. Ne cours pas, marche.

La botte était une grande taille, au moins du 44, et se prolongeait par une jambe. Une jambe recouverte d'un bleu de travail taché de terre. Chib serra les dents et se pencha.

Costa le regardait, allongé sur le dos, un bras derrière la tête, l'autre le long du corps. Il avait la bouche entrouverte comme un homme qui fait la sieste et ronfle légèrement. Le papillon vint se poser sur les lèvres, frotta ses fines pattes contre la langue. Costa ne cilla pas. Le papillon ne partait pas, apparemment satisfait de son nouveau perchoir. Ses ailes battaient doucement. Chib toucha le poignet velu qui dépassait de la manche bleue. Froid. Il se força à se pencher encore. Vit une ombre passer dans le regard clair du jardinier. Leva la tête. Ce n'était qu'un nuage qui se reflétait dans les yeux du mort. Maintenant, il voyait le sang, sous le crâne, une petite flaque à moitié bue par la terre épaisse. Et la bordure en pierre, pointue, qui courait le long de l'hibiscus. La botte, coincée dans le tuyau. La tête sur la pierre à l'arête aiguë. Une mort stupide et instantanée sous le soleil levant. Il tendit la main vers le papillon fermement accroché à la lèvre inférieure de Costa. En toucha les ailes qui pulsaient sous ses doigts. Puis se redressa et se dirigea vers la maison. Inutile de fouiller les alentours, il était sûr de ne rien trouver d'anormal. Un bon vieil accident comme il s'en produit tous les jours. Certes, Costa s'était bien opportunément fracassé le crâne en tombant, juste le lendemain du jour où il lui avait parlé du meurtre du chien, mais les flics y verraient-ils autre chose qu'une coïncidence ? Et d'ailleurs y avait-il autre chose ? Gaëlle et lui ne sombraient-ils pas dans la théorie du Grand Complot ?

– Oh, je ne t'avais pas entendue !

Aïcha avait surgi dans son champ de vision, portant un tricycle.

– Je fais un peu de rangement, expliqua-t-elle. Qu'est-ce qu'il y a ? T'as une drôle de tête ?

– Costa s'est tué en tombant, près du puits.

– Il est tombé dans le puits ?! s'exclama la jeune femme en lâchant le tricycle qui heurta une chaise en rotin et la renversa.

– Non, il est tombé en arrière sur une pierre pointue. Fracture du crâne, sans doute. Il faut appeler la police.

Elle restait là, indécise.

– Mais pourquoi tu étais là-bas, à cette heure-là ?

– Je voulais lui poser quelques questions. À propos du chien. Il savait quelque chose.

– Mais Léonard... les flics, qu'est-ce que tu vas leur dire ? Pour leur expliquer ce que tu faisais là ?

Il n'avait pas pensé à ça.

– Je leur dirai... que j'avais sympathisé avec Costa, qu'il devait me donner des boutures pour mon amie.

Elle fit la grimace, dubitative.

– Espérons qu'Andrieu ne décide pas de tout leur balancer, parce que vous auriez du mal à justifier de vous être fait passer pour des détectives privés, si tu me suis...

Oh oui, il la suivait. Droit sur les emmerdes.

L'adjudant considérait le corps allongé à ses pieds, les sourcils froncés.

– Il a pas eu de chance, le pauvre gars ! laissa-t-il tomber. Qu'est-ce qu'elle fout l'ambulance, Théo ? ajouta-t-il en se tournant vers le jeune gendarme qui l'accompagnait déjà la fois précédente.

Chib nota que ledit Théo s'était fait pousser la moustache, une fine moustache châtain qu'il caressait en parlant.

– Elle arrive, chef. Ce que je me demande, c'est pourquoi il est venu par ici.

L'adjudant lui renvoya un regard étonné.

– Ben, il voulait sûrement arroser, il a trébuché et paf ! *Finita la commedia !*

– Oui, mais il avait pas rangé ses outils, là-bas, insista le jeune Théo. On dirait qu'il n'avait pas fini son travail, qu'il a été dérangé, qu'il est venu voir quelque chose et...

– Il s'est pris les pieds dans le tuyau et boum ! termina l'adjudant, ça ne change rien.

Ça changeait tout. Théo avait raison. Quelqu'un ou quelque chose avait attiré l'attention de Costa. Qui s'était déplacé jusqu'à l'ombre de l'hibiscus, hors de vue de la maison. Et là on lui avait fracassé la tête avant de disposer le corps de manière à ce que l'accident paraisse évident.

– Vous allez demander une autopsie ? s'enquit Chib.

– Une autopsie ? Comme vous y allez ! On n'en fait pas comme ça, des autopsies ! C'est le juge qui décide de toute façon. M'étonnerait qu'il gaspille l'argent des contribuables pour un accident de travail, conclut-il en s'écartant pour laisser la place aux ambulanciers et à leur brancard.

Chib remonta lentement vers la bastide. Théo avait pris sa déposition, souligné le fait qu'il se trouvait là à chaque événement tragique, ce à quoi Chib avait rétorqué que la tragédie, c'était son métier, ce qui avait suscité une moue écœurée chez son interlocuteur.

Blanche était assise dans la salle à manger, devant une tasse de café froid et des toasts auxquels elle n'avait pas touché depuis qu'Aïcha l'avait informée de la mort de Costa, une demi-heure plus tôt. Elle avait accueilli la nouvelle avec calme et avait demandé : « Vous êtes sûrs qu'il est mort ? » Chib le lui ayant confirmé, elle avait touillé son café sans rien ajouter qu'un simple « Mon Dieu... ».

En guise d'oraison funèbre on pouvait faire mieux, se dit-il en s'asseyant en face d'elle.

– Vous avez prévenu votre mari ?

– J'ai l'impression de vous entendre répéter ça sans arrêt, lui répliqua-t-elle. Aïcha est en train de refaire du café.

– Je m'en fous. Je vous demande si vous avez prévenu Jean-Hugues.

– Et moi je vous demande si vous voulez du café.

– À quoi tu joues ? marmonna-t-il en lui saisissant le poignet.

Elle se dégagea.

– Mais à rien. Vous avez trop d'imagination, Moreno, vous vous laissez emporter. Alors, café ?

Aïcha se tenait sur le seuil, avec une cafetière fumante sur un plateau et deux tasses.

– Volontiers, merci, dit Chib, les dents serrées.

Dès qu'Aïcha fut ressortie, il se tourna vers Blanche.

– Pourquoi est-ce que tu es agressive ?

– Je ne sais pas. Parce que je n'ai pas envie de parler. J'ai envie d'être seule.

Coup de poing au bas-ventre, froid, dur. Il se leva.

– Excuse-moi, je m'en vais.

– Je t'ai dit que tu ne pouvais pas m'aider.

– Parfait. Reste comme ça, c'est très bien. Surtout ne change pas, ne change rien. Continue à crever en douceur.

– Pauvre con !

Elle n'avait pas élevé la voix et elle ne le regardait pas, elle examinait sa tasse en porcelaine vert d'eau. Il éprouva soudain une immense fatigue. Et peut-être bien une envie de pleurer aussi. Il devait agir, dire quelque chose, ça ne pouvait pas… pas comme ça… dans ce désastre silencieux, mais aucun mot ne lui venait, juste cette impression de n'être plus qu'une terre désolée et battue par les vents. Comme si le rejet de cette femme lui enlevait soudain sa qualité d'être humain.

Cette femme.

Blanche.

Il eut envie de hurler son nom, comme un loup, de hurler à s'en faire péter la gorge, de l'inonder de son sang chaud, de la frapper, oui, de la frapper !

Non, de la prendre dans ses bras, là, maintenant, pendant que l'adjudant venait prendre congé, les saluait poliment, une main au képi, est-ce que personne ne voyait qu'il était en train de devenir fou ? Qu'il se remplissait de pierres, qu'il était pétrifié ? !

– Est-ce qu'il y a des formalités à accomplir ? disait Blanche.

– Je verrai ça avec votre mari, ne vous inquiétez pas. Nous allons prévenir la famille.

– Il n'était pas marié. Il avait une sœur, à Lisbonne, je crois. Aïcha doit avoir ses coordonnées.

L'adjudant remerciait, sortait enfin. Et Blanche le suivait. Regardait s'éloigner l'ambulance, l'estafette. Regardait Colette se signer. Regardait un nuage dans le ciel bêtement bleu.

Ne regardait pas Chib l'invisible, l'insignifiant, l'ennuyeux M. Chib Moreno. Et si elle l'avait manœuvré depuis le début ? Si ce n'était qu'une salope de nymphomane ? Douillettement confinée dans sa souffrance ?

Arrête, Chib, elle a quand même perdu deux enfants. Elle ne joue pas la souffrance, elle souffre. Et elle te fait souffrir. C'est comme aimer une lame de rasoir qui te trancherait la gorge parce que c'est sa nature.

Il se secoua. Un homme était mort, sans doute assassiné, et il ne pensait qu'à son aventure avec la maîtresse des lieux. Pitoyable égoïsme.

Vibration du portable. C'était Gaëlle. Il l'informa de la mort de Costa, à voix basse, le dos tourné. Quand il raccrocha, Blanche n'était plus là. Il s'avança jusqu'à la salle à manger. Vide.

Il n'allait pas la courser à travers la maison. Il allait partir. Qu'ils aillent tous se faire foutre.

Il regagna la Floride, déprimé et encore plus énervé qu'en arrivant. Puis l'évidence et la brutalité de la mort de Costa s'imposèrent soudain à lui. Celui qui avait éventré le chien avait bel et bien tué un homme. Pour s'assurer de son silence. Il ne s'agissait plus de perversions sexuelles, mais de meurtre. Prémédité.

Et la question qui se posait était de savoir comment l'assassin avait su que Costa voulait parler à Chib. Parce que la seule personne présente la veille au soir, c'était Belle-Mamie. Vraiment pas le coupable le plus plausible. À moins que ce ne soit un vieux travelo, ricana-t-il en regardant la Clio du père Dubois faire son entrée.

– Vous en faites une tête ! s'exclama le prêtre en s'extirpant de son véhicule.

– Costa, le jardinier, il est mort.

– Quoi ? Mais comment ?

Chib raconta encore une fois la version officielle.

– Un homme si pieux, parti sans avoir pu se confesser... murmura le prêtre.

– Justement, il m'avait dit qu'il savait quelque chose, à propos du meurtre du chiot des Osmond.

Dubois releva vivement la tête, ses petits yeux braqués sur Chib.

– Qu'est-ce que vous sous-entendez ?

– Rien, je fais le rapprochement, c'est tout. J'étais venu ce matin pour le voir. Et il est mort.

– Dans ce cas, vous êtes en danger vous aussi, fit observer le prêtre en lui tapotant la poitrine du bout de l'index. Quand les démons se libèrent, ils ne font pas dans la dentelle, vous savez. Le mal se nourrit de lui-même comme un feu qui dévore tout. Comment va Blanche ?

Chib se sentit décontenancé.

– Comme d'habitude, je crois.

– Je n'ai pas de conseils à vous donner, Moreno, mais je ne pense pas qu'il y ait dans le cœur de ma cousine place pour un autre homme que son époux.

– Mais je...

Le prêtre lui tapa sur l'épaule et s'éloigna d'un pas vif. Chib, suffoqué, resta planté près de la voiture. Il devait être devenu transparent sans s'en rendre compte. Tous les autres voyaient tourner les rouages de son petit cerveau surmené, battre douloureusement son cœur malmené, se contracter ses nerfs hérissés. Il grimpa dans la Floride, claqua la portière et démarra sur les chapeaux de roues, Télépopmusik à fond, « *Love can damage your health* ».

Greg sirotait son pastis de midi, les jambes confortablement allongées devant lui, en matant les passantes. Chib, lui, contemplait son Perrier rondelle. Il n'aurait pas dû venir prendre l'apéro, il n'avait pas envie de parler. Mais il n'avait pas non plus envie de rester chez lui, et le coup de fil impromptu de Greg lui avait donné l'occasion de fuir sa chambre, emplie du souvenir du corps de Blanche.

– Qu'est-ce que tu vas faire maintenant ? demanda Greg en piochant dans la coupelle de chips trop grasses.

– C'est-à-dire ?

– Ben, avec ce jardinier mort et tout ça.

– Les flics vont faire une enquête, je suppose.

Chib goba une autre olive, dubitatif.

– T'as l'air d'un vieux chancre mou, mec, finit-il par lâcher. C'est ta Blanche qui te travaille ?

– Laisse tomber.

– Bordel, Chib, cette salope t'a niqué à mort !

– Ne l'appelle plus jamais salope, t'entends ?

– Mais regarde-toi, merde ! T'as jamais été très fun, mais alors là, tu bats les records. Putain, si c'est ça que ça te fait, l'amour, ça donne pas envie.

– Elle ne m'aime pas.

– Et pourquoi elle t'aimerait ? Elle est mariée, mec, je te le rappelle, elle se paye un petit extra et c'est tout. Tu peux pas simplement tirer ton coup comme tout le monde sans que ça devienne aussi chiant que du Bergman ?

– T'as déjà vu un film de Bergman, toi ?

– Ouais, un quart d'heure au moins, en attendant le début de la Coupe.

– Et Aïcha, hein? questionna Chib, les doigts serrés autour de son Perrier.

– Quoi, Aïcha? On s'entend bien, on baise bien et voilà.

– Mais tu ressens quoi pour elle?

– Mais j'en sais rien! protesta Greg en vidant son verre, je passe pas mon temps à me regarder dans la tête! Bon, on va bouffer?

– J'ai pas faim.

– Malheur, il nous la joue totale déprime! Faut manger, mon vieux, la bouffe au moins, c'est du réel.

– Tu devrais donner des conseils dans le courrier du cœur. Le taux des suicides grimperait en flèche, ça ferait de la place.

Greg s'était levé, s'étirait.

– Arrête tes conneries. Allez, je t'invite. Daube et polenta.

Chib soupira. Daube et polenta. Pourquoi pas? Vomir ça ou autre chose...

Il devait être seize heures. Allongé sur le futon, il fixait le plafond où dansait un moucheron, en essayant de se relaxer, la daube et la polenta lui pesant sur l'estomac comme une valise trop lourde qu'il n'aurait pas su où poser. Non, ce n'était pas la daube, c'était Blanche, la pierre à son cou qui l'entraînait vers le fond, l'empêchait de respirer. Est-ce qu'il l'aimait? se demanda-t-il brusquement en se redressant, est-ce que c'était ça, aimer? Merde, comment savoir?! Il avait toujours été solitaire. Affectueux, mais jamais vraiment épris. Non, ça ne devait pas être ça, parce que... qui aurait voulu connaître une telle douleur? Il se trompait. C'était son ego qui souffrait, voilà tout. Il était blessé dans sa virilité.

Il se renversa de nouveau en arrière. Le moucheron s'était collé à la lucarne, désespérément désireux de cette lumière inaccessible. Ton clone, Chib, obstiné et perdant d'avance.

Téléphone. Il bondit, fit tomber le combiné dans sa hâte, le rattrapa au vol.

Une respiration haletante. Non, deux respirations haletantes.

Saccadées. Des petits cons qui plaisantaient. Il allait raccrocher quand la femme gémit. Un jet d'acide lui inonda l'œsophage. Nouveau gémissement. Long. Le souffle rauque de l'homme. Cadencé. Chib avait l'impression qu'il allait broyer le téléphone. La femme cria, légèrement, ce cri retenu, étouffé, qu'il avait entendu la nuit, chez elle. Puis le froissement des draps. Le glissement des peaux en sueur l'une sur l'autre. Le grésillement caractéristique d'une cigarette qu'on allume. Et le silence.

Il essaya d'entendre s'il y avait quelqu'un à l'autre bout du fil ou si la bande enregistrée s'était tout simplement arrêtée. Un déclic. Puis :

– Non, ça fait mal, non !

Qu'est-ce que c'était que ça, maintenant ?

Une voix de petite fille. Il sentit sa lèvre supérieure s'emperler, l'essuya.

– Non, non, non !

Annabelle ? Eunice ? Non, ce n'étaient pas leurs voix. Alors… Élilou, mon Dieu, c'était Élilou. Elle sanglotait à présent, et il y avait une respiration de nouveau, rythmée, un deux, un deux, de plus en plus fort.

Il courut à l'évier, le téléphone plaqué contre l'oreille et expulsa les restes de daube pendant que le violeur achevait son forfait et que résonnait soudain, assourdissant, l'*Hallelujah* de Haendel.

Il s'aspergea d'eau, d'une main, s'essuya maladroitement avec le torchon, la foutue musique lui explosant le tympan, puis un clic et le silence. Il regarda le combiné, hagard, sentant la sueur le long de son dos, le sale goût dans sa bouche. Ses pensées se télescopaient comme des astres arrachés de leur centre de gravité. Les cris de l'enfant. L'homme et la femme qui faisaient l'amour. Les gémissements de Blanche, le léger cri de Blanche. Mais Blanche dans les bras de qui ? D'Andrieu ? De lui, Chib ? Il ne s'était jamais entendu baiser, comment savoir. Toutes les hypothèses étaient aussi déplaisantes les unes que les autres. Parce qu'il ne supportait pas d'entendre Blanche jouir avec un autre, il préférait encore qu'on les ait enregistrés la nuit où il était venu comme un voleur. Ou, plus terrible encore,

Blanche abandonnée sous le poids de l'homme qui avait violé sa fille ?

Il s'aperçut qu'il tenait toujours le téléphone et le reposa sur son socle. Se rinça la bouche de nouveau. Prévenir Blanche qu'il y avait peut-être un magnéto caché dans sa chambre, un de ces machins minuscules qui se déclenchaient à la voix. Et Gaëlle qui était coincée à Nice, en plein examen. Il enfila ses chaussures, saisit sa veste et sortit.

– Il faut que je parle à Blanche.

Aïcha écarquilla les yeux tout en mettant un doigt sur ses lèvres.

– T'es fou ! Pas si fort ! Belle-Mamie est là, avec Dubois. Ils préparent la kermesse de la Saint-Jean.

– Préviens-la discrètement.

– Mais je peux pas ! Qu'est-ce qu'il se passe ?

– Il faut que je lui parle, c'est tout. Ou que j'aille dans sa chambre.

– Hé, ça va pas ? Greg dit que tu pètes un boulon, je commence à croire que c'est vrai. Tu t'imagines si quelqu'un te trouve dans sa chambre ?

– Les gosses sont là ?

– Oui !

– Aïcha… ah tiens, Moreno !

Dubois venait de surgir dans le couloir.

– M. Andrieu nous a demandé de continuer nos recherches, lança Chib avec raideur.

– Je sais, je sais. Aïcha, le bottin, s'il vous plaît. Nous dressons la liste des personnes à contacter, pour la kermesse, précisa-t-il à l'adresse de Chib.

– Si vous permettez…

Chib désigna d'un geste vague l'escalier et le hall.

– Je vous en prie. Mais dites-moi, vous avez trouvé quelque chose ?

– Non, malheureusement.

Le prêtre se rapprocha.

– Blanche m'a appris l'accident d'Annabelle. Et juste après

survient le décès brutal de ce pauvre Costa… Les événements se précipitent, Moreno. Le Mal pointe sa gueule hideuse et montre les crocs. Et j'ai l'impression que vous êtes dans sa ligne de mire. Attendez-moi dans une heure à la chapelle, ajouta-t-il dans un souffle, je vais essayer de nous protéger un peu mieux.

– Pardon ?

– Ah, merci Aïcha.

Il rentra dans le salon sans ajouter autre chose.

– Je monte ! jeta Chib à une Aïcha interdite.

Il s'arrêta devant la porte close de la chambre de Charles, colla son oreille au battant. Le cliquetis des touches de l'ordinateur, assorti des habituelles petites musiques électroniques. Bien. De chez Louis-Marie s'échappait *Jardins sous la pluie* de Debussy. Interruption, reprise. Même erreur au même endroit. Retour au début. Il devait s'entraîner sur son synthé. Parfait. La route était libre. Il posa la main sur la poignée de la chambre matrimoniale avec le sentiment de commettre un cambriolage et entra. La chambre était plongée dans la pénombre, les volets fermés. Le lit était fait, couette bleu ciel impeccablement tirée, oreillers bleus à volants assortis. Il passa la main sous le matelas, ne pense pas à ce qui s'est passé dans ce lit, cherche, sois efficace, le long du cadre en bois, rien non plus, il se mit à quatre pattes, pas un brin de poussière sur les tommettes vernies, se coucha sur le dos et se glissa sous le sommier.

Là, dans l'angle gauche, contre le mur, à moitié dissimulée par le rebord en bois, une petite boîte chromée, guère plus grande qu'un paquet de cigarettes. Il l'attrapa avec l'impression de saisir un insecte dangereux et hideux. Un petit bijou miniaturisé. Il appuya sur « eject », fit jaillir la minuscule cassette. Combien de fois avait-on enregistré les ébats des Andrieu ?

Il ressortit, le magnéto dans sa poche. Est-ce que la chambre d'Élilou était « équipée » de la même façon ? En tout cas, elle était aussi sombre. Et le lit était fait. Couette rose ornée de petits nounours blancs. Tous les jouets et objets familiers de l'enfant étaient restés là. Jusqu'au livre entrouvert sur la table de nuit. Un conte dessiné. *Le Mouton qui voulait être un loup.* Sur la couverture, un joli petit mouton blanc montrait les dents en essayant d'avoir l'air féroce. Il l'ouvrit. La première page portait la mention « Pour Annabelle, de la part de sa Maman ». Mais c'était Élilou qui le lisait. Un livre un peu « bébé » pour ses huit ans. Élilou la voleuse, d'après Annabelle. Voleuse d'amour maternel ? Désireuse de retourner à la petite enfance, de s'y réfugier loin de ce qu'on lui faisait subir ? Le simple souvenir de l'enregistrement du viol lui donna de nouveau la nausée. Il s'efforça de respirer à fond, puis se glissa sous le lit. Rien. « On » était venu récupérer son joujou.

– Qu'est-ce que vous faites là ?

Il sursauta, se cogna le front contre le montant en pin verni. Charles le toisait, les bras croisés sur la poitrine.

– Ton père m'a chargé d'enquêter sur divers événements qui se sont produits dans cette maison, riposta Chib en se relevant.

– Quel genre ?

– Ce n'est pas à moi de te le dire.

– Ça vous amuse de venir tripoter dans la chambre de ma sœur ?

– Et toi, ça t'amusait de te faire tripoter par Costa ?

La réplique avait fusé avant même qu'il s'en rende compte. Le garçon s'empourpra, ses traits se convulsèrent.

– Putain de ta race !

– Mon petit Charles, tu t'oublies ! Un garçon si bien élevé… Tu vas faire de la peine à ta maman.

– Ne touchez pas à ma mère !

– C'est vrai que tu joues à la Barbie ? T'étais la petite Barbie de Costa ?

– Enfoiré !

Le poing de Charles l'atteignit au menton, le projetant sur le lit. L'adolescent, les lèvres retroussées, écumant, se jeta sur lui et Chib n'eut que le temps de rouler sur lui-même pour éviter deux poings serrés comme une massue. Il bondit sur ses pieds, jeta un oreiller à la tête d'un Charles déchaîné, et profita de son aveuglement momentané pour lui faucher les jambes d'un coup de pied, avant de le chevaucher, le clouant au sol à plat ventre. Le garçon se tordait sous lui, mais il lui maintenait fermement les poignets.

– Arrête de te tortiller, on dirait une gonzesse.
– Taisez-vous ! Vous n'avez pas le droit.
– Je m'en fous, j'en ai marre de ta famille, j'en ai marre de toi. Je veux la vérité.
– Laissez-moi !
Il ne se débattait plus, geignant simplement, et Chib prit soudain conscience qu'il ondulait des reins entre ses cuisses serrées contre ses hanches. Il le lâcha et s'écarta vivement.
Charles se retourna, il riait, et il bandait, comme Chib put le constater, sous le léger tissu de son survêt en nylon bleu marine.
– Qu'est-ce qu'il y a ? demanda-t-il, l'air mauvais, vous continuez pas à m'interroger ? Vous voulez pas savoir ce qu'on faisait avec Costa ? ce qu'il me faisait ? Combien de fois ? Où ? Vous voulez que je vous montre ?
Il lança la main vers le bas-ventre de Chib, qui se recula.
– Arrête tes conneries. Dis-moi la vérité, c'est tout.
– Ce que vous pouvez être stupide ! dit simplement Charles en gagnant la porte. Étriqué et stupide. Un vrai petit-bourgeois.
La porte claqua, laissant Chib décontenancé et en proie à une assez violente envie de meurtre. Bon, on se calme, mon vieux. On respire un grand coup. On analyse. Tu as un magnétophone dans la poche. Tu as Charles qui a avoué sa liaison avec Costa. Tu as chez toi la preuve orale qu'on a violé Élilou. Non, faux. On t'a fait écouter un enregistrement que tu es le seul à avoir entendu. Et à quoi ça t'avance, tout ça, hein ? À rien, voilà la vérité, à rien, sinon à ajouter un peu plus à la confusion ambiante.
Il referma doucement la porte, effleura du bout des doigts le lapin blanc qui l'ornait, redescendit. Les voix de Blanche et de Belle-Mamie en grande conversation à propos des lots de la tombola.
– Qui est-ce qui vous a tabassé ?
Louis-Marie sortait de la cuisine, un flacon de yaourt à boire à la main. Chib se demanda une seconde de quoi il parlait puis porta la main à son menton. Il n'avait rien senti sur le moment. Mais la douleur était là, soudain, bien palpable.
– Je suis tombé, dit-il.

Louis-Marie sourit.

– Ça m'étonnerait. À mon avis, vous vous êtes battu.

– À quelle heure est-ce que tu es parti, ce matin ?

– J'ai pris le bus de sept heures quarante-cinq, pourquoi ?

– Et Charles ?

– Charles n'avait cours qu'à neuf heures. De quoi on est suspects ?

– Est-ce que Costa était déjà là quand tu es parti ?

Louis-Marie but une gorgée de yaourt, s'essuya la bouche d'un revers de main.

– Ah, c'est ça, fit-il, l'air entendu, vous voulez savoir si je vous ai vu avec lui.

Chib le dévisagea, interloqué. Qu'est-ce que le gamin s'imaginait donc ?

– Vous vous êtes disputé avec lui, il vous a cogné, vous avez riposté et il est tombé, hein ?

– Mais… mais pas du tout !

Louis-Marie lui décocha un coup d'œil complice.

– Vous bilez pas, je m'en fous, c'était un sale con, comme ça il pourra plus faire de mal à Charles.

– Attends un peu !

Chib avait l'impression que tout le monde connaissait le texte de la pièce qui se jouait sauf lui. Il martela :

– Je ne me suis pas disputé avec Costa, il ne m'a pas frappé, je ne l'ai pas fait tomber, OK ?! Je suis passé ici ce matin et Dubois pourra témoigner que je n'étais pas blessé, OK ?!

– Pourquoi vous vous mettez en colère ?

– Mais parce que tu m'accuses de meurtre ! explosa-t-il, en s'efforçant de contenir sa voix.

– Homicide par imprudence sans intention de donner la mort, rectifia le garçon, c'est comme ça que ça s'appelle. Vous ne regardez jamais la télé ? Costa, il est arrivé à sept heures, ajouta-t-il.

Le meurtre avait donc eu lieu entre sept heures et neuf heures et quart, heure à laquelle Chib avait découvert le corps, ce qui n'apportait aucun élément nouveau. Louis-Marie le dépassa pour s'engager dans l'escalier. Chib le retint par le bras.

– Est-ce que ça continuait entre Charles et Costa ? Bien que ton père soit au courant ?

Léger tremblement sous ses doigts.

– J'ai pas envie d'en parler.

Il resserra sa prise, prêt à exploser.

– Tu préfères que j'aille poser la question à ton père ? Ou à ta mère ?

Louis-Marie releva la tête, plantant ses yeux gris comme ceux de sa mère dans les yeux bleus de Chib.

– Je suis pas une balance, déclara-t-il, solennel.

– Arrête de te la jouer ! C'est toi qui m'as appris que Charles et Costa avaient une liaison. C'est pas balancer, ça ?

– C'est pas pareil. J'étais en colère contre Charles.

– Il faut que je sache, tu comprends ?

– Oui, ça continuait. Mais si vous le dites à mon père, je vous tue, acheva-t-il puérilement.

– Avec un flingue volé dans son râtelier, par exemple ? ricana Chib en relâchant la pression sur le maigre biceps de l'adolescent.

Celui-ci haussa les épaules et grimpa brusquement les marches quatre à quatre sans répondre.

Eh bien, qu'avait apporté cette bonne petite conversation amicale avec le charmant cadet ? À part la confirmation des coupables penchants de Charles pour la domesticité mâle du domaine ? Ce qui semblait l'exclure définitivement des violeurs potentiels d'Élilou, de même que Costa. À moins que les goûts de Costa n'aient été plus éclectiques et… C'était l'heure de rejoindre Dubois dans la chapelle maudite.

Le prêtre l'attendait près de la châsse, une main posée sur le couvercle, comme s'il intimait au cadavre l'ordre de se tenir en paix. Il tira de sa poche une petite burette et fit signe à Chib d'approcher.

– Nous sommes tous en danger, lui souffla-t-il en secouant la burette. Vous ne sentez pas comme il fait froid ?

Chib qui transpirait d'énervement ne répondit pas.

– D'abord la glace, après le feu. C'est comme ça qu'ils s'y prennent. Ils vous figent puis vous consument.

« Vous figent et vous consument », il était bien le digne cousin de Blanche, finalement.

– J'ai là-dedans de quoi les éloigner temporairement, disait Dubois en secouant la burette au-dessus de la tête de Chib, qui recula malgré lui...

Il sentit une goutte d'un liquide froid glisser sur son crâne. Le vieux cinglé l'aspergeait avec de l'eau bénite ? Et ensuite il allait lui filer un crucifix en argent et une gousse d'ail ?

– Et voici l'ail, dit Dubois en lui collant deux gélules dans la paume. L'évêque de Turin les a sanctifiées lui-même en les frottant contre le Saint Suaire. Ça ne sert à rien d'en porter autour du cou, c'est de la superstition, acheva-t-il avec une mine de conspirateur. Ce qui compte, voyez-vous, c'est que les objets soient chargés, positivement chargés, pour combattre les décharges négatives de ceux d'en face.

Chib essaya de lui sourire aimablement tout en avalant les deux gélules. Ne pas le contrarier, de toute évidence le pauvre vieux était en plein délire.

– Vous croyez que je suis fou ? Non, je ne suis pas fou, Moreno, mais j'ai vu des choses dont vous n'avez pas idée, dont vous n'aurez jamais idée, j'ai vu le démon, vu comme je vous vois, sortir de la bouche d'un petit garçon de six ans. J'ai vu un homme pleurer des flots de sang, du vrai sang qui nous éclaboussait tous. Et une femme vomir des matières fécales tout en riant aux éclats.

Était-il possible que le malheureux prêtre soit abonné au même club vidéo que Greg ? se demanda Chib tout en opinant vaguement.

– Et puis merde, jeta brusquement Dubois en se dirigeant vers la sortie, vous ne me croyez pas, personne ne me croit jamais, c'est à se demander pourquoi j'essaye !

– Attendez !

Chib le saisit par la manche.

– Costa était l'amant de Charles, lança-t-il tout à trac, votre pieux Costa !

Dubois cilla.

– C'est impossible. Totalement impossible.

– Charles lui-même me l'a avoué.

– Il a menti !

– Pourquoi irait-il inventer ça ? !

Le prêtre serra les poings, les yeux brillants.

– Alors, c'est encore plus grave que je ne pensais. Toute la maison est infectée.

– Et on m'a téléphoné, continua Chib, qui ne pouvait plus s'arrêter de parler, on m'a fait écouter le viol d'Élilou, je l'ai entendue crier, vous comprenez ? !

Dubois étreignit le dossier du prie-Dieu avec force :

– Élilou a été violentée ? balbutia-t-il, mais vous ne m'en aviez rien dit !

– Je n'en avais pas la certitude. C'est un cauchemar, ajouta-t-il, en faisant craquer ses doigts.

– Non, dit le prêtre avec vigueur, ce n'est justement pas un cauchemar, c'est la réalité, le combat entre Lucifer et Dieu est notre réalité !

Chib secoua la tête avec lassitude, qu'est-ce qui lui avait pris de tout déballer à cet illuminé ? Un besoin irrépressible de se confier. Dire que Dubois lui avait paru jusqu'ici assez solide et fiable, bien que parfaitement antipathique. Toutes les ancres d'amarrage cédaient les unes après les autres, le Titanic-Moreno allait bientôt être emporté par les flots déchaînés. Il sentit la main du prêtre se poser sur son épaule.

– Vous êtes fatigué, Moreno, fatigué, amoureux, découragé et impie. Avec ça, étonnez-vous de perdre pied.

– Est-ce que vous savez quelque chose ?

Chib avait saisi Dubois par les revers de sa veste. Il s'aperçut de la brutalité de son geste et le lâcha aussitôt. Il était à bout, se dit-il. « Niqué à mort », selon l'élégante formulation de Greg.

– Je ne sais rien de plus que vous, lui renvoya Dubois en redressant la croix épinglée à son col.

– Mais vous soupçonnez bien quelqu'un ? ! s'emporta Chib.

– Nous ne sommes que des masques, Moreno, des masques de chair appliqués sur des âmes qui souffrent. Quelle différence entre un masque et un autre ?

– Je vous parle de viol, de meurtre, de psychopathe, pas de démons fourchus !

– C'est bien le problème. Vous me parlez d'apparences.

– OK, grinça Chib, alors à votre avis sous quelle apparence se cache notre démoniaque dément?

– Pourquoi pas la vôtre? lui répliqua Dubois avec un mauvais sourire, vous avez accès à tout, vous connaissez tous les protagonistes... la mort soudaine d'Élilou n'a peut-être fait qu'amplifier vos fantasmes, vous a précipité dans le chaos mental d'un film dont vous êtes l'auteur, le réalisateur et l'interprète?

– Ce n'est pas drôle.

– Bon, la mienne, alors? Un homme de Dieu devenant le paltoquet de la tentation, quoi de plus amusant pour Satan?

Chib le considéra avec attention. Les yeux perçants du prêtre brillaient, ses narines frémissaient, sa pomme d'adam montait et descendait convulsivement. Il était donc plus bouleversé qu'il ne voulait le montrer. Ou complètement frappadingue.

– Mais enfin, Dubois, où est-ce que vous êtes? glapit la voix excédée de Belle-Mamie de l'autre côté de la porte. Le prêtre pivota, s'éclaircit la voix avant de répondre :

– Je suis là, j'arrive!

Il sortit, laissant Chib dans la semi-pénombre.

– On vous cherche partout! Le traiteur est intraitable et...

Les voix s'éloignèrent. Chib se laissa tomber sur un banc. Le Christ pleurait toujours sur son bout de bois. Élilou luttait contre le pourrissement. Un scarabée mordoré fuyait un rai de lumière. Danse de poussières. Grincement de la porte dans son dos. Mû par un réflexe incontrôlé, il se laissa glisser à terre, entre deux travées.

Des pas, sur le dallage.

Qui arrivaient à sa hauteur.

Deux derbies en cuir bleu marine, des chevilles, des mollets gainés de nylon transparent, le bas d'une jupe plissée, bleu marine elle aussi. Chib sentit son cœur s'emballer. Les pas le dépassèrent. Il releva la tête, se tortilla pour l'apercevoir entre les bancs.

Elle s'était arrêtée près du cercueil vitré, les deux mains posées à plat sur le verre, la tête baissée vers son enfant morte. Ses cheveux clairs masquaient en partie son visage. Il vit ses épaules se courber. Ses lèvres se poser sur la surface froide et transparente, implacablement transparente et infranchissable. Puis elle renversa la tête en arrière et laissa échapper un long gémissement. Quelque chose qui tenait du sanglot et de la rage. Elle se tourna vers l'autel, balaya le vase rempli de fleurs fraîches d'un revers de main, sans cesser de gémir, tomba à genoux sur le sol bosselé, il vit ses doigts s'accrocher à la nappe blanche et dorée, en rouler un coin en boule et la fourrer dans sa bouche, étouffant son cri, il vit les larmes qui ruisselaient, il vit dans ses yeux inondés la plainte éternelle et jamais entendue, qui vous fait presque croire à la tendresse de la mort. Il se releva et courut jusqu'à elle, se laissa tomber à côté d'elle, l'attira contre lui, sans lui laisser la possibilité de se défendre.

Résistance.

Ses épaules rejetées en arrière, sa tête qui se secoue, il tient bon, il serre, elle le mord, elle plante ses dents dans la chair de l'épaule, il s'en fout, il la serre, elle cède, elle cède soudain comme une digue qui n'en peut plus, ravagée, érodée, elle cède, s'effondre contre lui, soubresauts, ses mains à lui sur la douceur maladive des épaules, il la serre, trop fort, l'entourant entièrement de ses bras, ses lèvres à elle contre son cou, respiration aussi brûlante que la peau est froide, il voudrait dire, il ne sait pas, il voudrait dire des choses qu'elle n'a pas envie d'entendre. Humidité de la bouche entrouverte contre le tremblement du creux de sa gorge. Le Christ les regarde, le sang gouttant sur ses joues creuses. Chib caresse doucement le dos de Blanche, ses flancs. Elle noue ses mains autour de sa nuque, l'attire contre elle, violemment. Ils sont perdus. L'eau du vase brisé a coulé sur le dallage de pierre, ils s'allongent dans l'eau, s'allongent dans les fleurs, dans les éclats de verre, tandis qu'Élilou continue indéfiniment de mourir, ils s'allongent, balbutient, s'étreignent et ferment les yeux.

À l'instant où elle ouvrit la bouche pour crier, Chib la couvrit de sa main, et elle le mordit de nouveau, brutalement, jusqu'au sang, tandis qu'il se délivrait en elle, et qu'elle l'enserrait si violemment de ses cuisses qu'il avait l'impression qu'elle lui broyait les reins. Ils restèrent un moment soudés, juste occupés à respirer, à revenir à la surface.

Oh mon Dieu ! se dit-il en reprenant son souffle et en se rajustant, qu'avaient-ils fait ?! N'importe qui aurait pu entrer, les surprendre, là, dans un lieu consacré, devant le corps de l'enfant ! À demi agenouillé, il rabattit la jupe sur ses cuisses nues et elle lui renvoya un regard brumeux. Il lui prit la main, la força à se relever. Elle était molle et abandonnée, sans réaction.

– Blanche ! Blanche, il faut sortir d'ici.

– Pour aller où ?

– Il faut partir, c'est trop dangereux. Lève-toi, viens !

– Je veux dormir. J'aime bien cet endroit. J'aime bien l'odeur du sol.

– Blanche ! Imagine que quelqu'un nous découvre !

– On te lynchera, tu crois ? Je te regarderai pendant qu'ils te pendront, de derrière les barreaux de ma chambre.

Chib la saisit à bras-le-corps et la souleva. Elle se laissa retomber et il la rattrapa de justesse. Son slip blanc, là par terre, il se baissa sans la lâcher, attrapa le slip, le fourra dans sa poche. Elle avait fermé les yeux, elle ne bougeait plus.

La porte. La foutue porte, la fin du monde.

– Ah vous êtes... mais qu'est-ce que... !

– Elle a eu un malaise, j'allais appeler.

Andrieu se précipita vers eux, Chib lâcha Blanche dans ses bras. Est-ce que ça sentait le foutre, est-ce qu'il avait bien refermé sa braguette ?

– J'ai entendu du bruit, improvisa-t-il, conscient de dégouliner de sueur – Dieu merci elle ne mettait pas de rouge à lèvres – et je l'ai vue près d'Élilou, elle avait l'air de pleurer et, d'un coup, elle s'est effondrée...

Blanche émit une sorte de hoquet qui pouvait passer pour un sanglot, ou un rire, se dit-il en se mordant l'intérieur des joues. Non, elle n'allait quand même pas se mettre à rire !

– Ça va, ma chérie ? demandait Andrieu en soutenant sa femme.

– Vous voulez que je vous aide à la porter jusqu'à la maison ? s'enquit Chib.

– Non, ça va aller. Elle revient à elle.

Blanche les regardait en effet. Se redressait. S'appuyait sur le torse d'Andrieu.

– C'est passé, un étourdissement, je ne sais pas… fit-elle, une main à son front.

– Heureusement que Moreno t'a vue, tu aurais pu te faire mal en tombant ! lui dit Andrieu avec sollicitude. C'est vrai ajouta-t-il en se tournant vers Chib, vous êtes toujours là quand il faut !

Il vit très nettement le léger sourire de Blanche, un sourire écœuré.

– Je vais dire à Aïcha de venir nettoyer, reprit-il en désignant du menton le vase brisé.

Un miracle qu'on ne se soit pas coupés, se dit Chib, un miracle, faut dire que c'était l'endroit rêvé pour les miracles, non ?

Andrieu se dirigea vers la sortie, sa femme à son bras, Chib fermant la marche, témoin sans honneur d'un bien curieux mariage.

INTERMEZZO 6

Ni le feu
Ni l'eau
Ni la terre
Ni le souffle de l'air
Rien que la glace
toujours et encore
qui me brûle les entrailles
Je voudrais
Je voudrais
Mais tout le monde s'en fout
C'est pour ça que je dois
Que je dois.
Pour arrêter de me briser
comme un vase renversé
à chaque éclat de rire.

CHAPITRE 17

Après que Blanche se fut éclipsée pour aller faire un brin de toilette avant de rejoindre Dubois et Belle-Mamie, Andrieu convia Chib à boire un verre dans la bibliothèque.

– Pensez-vous que Costa ait été assassiné ? lui demanda-t-il à brûle-pourpoint en lui proposant un cigare que Chib refusa d'un geste.

– Je me suis posé la question, lui répondit Chib prudemment.

– Il avait peut-être découvert l'identité du pervers qui avait… dérobé Élilou, poursuivit Andrieu en faisant tourner son panatela entre ses doigts.

– Quelqu'un que vous connaîtriez en ce cas ? lui fit observer Chib.

Andrieu posa le cigare sur la table basse marquetée. Se frotta les yeux.

– Quel bordel… soupira-t-il. Quel insensé foutu bordel de merde !

Chib but une gorgée de cognac sans répondre.

– Ah ! tu es là, mon chéri !

Belle-Mamie s'avança vers eux, coup d'œil réprobateur aux verres à demi pleins.

– Nous voudrions ton avis pour le gala en faveur des réfugiés afghans…

– Je vous rejoins dans dix minutes.

– C'est-à-dire… c'est assez urgent, Dubois est au téléphone et…

– Dix minutes.

– Mais enfin qu'est-ce que c'est que tous ces mystères ! Vous n'arrêtez pas de comploter, qu'est-ce qu'on me cache ? Dites-le-moi, vous, monsieur Moreno, que se passe-t-il ici ?

– Nous continuons nos recherches pour savoir qui avait emporté le corps de votre petite-fille et profané la chapelle, madame.

– Billevesées ! Il fallait prévenir la police, je l'ai dit cent fois, mais Jean-Hugues n'en fait toujours qu'à sa tête, ou à celle de Blanche, ajouta-t-elle perfidement. Et puis qu'importe ? À quoi bon s'occuper du geste ignoble d'un quelconque détraqué ! C'est dans la vie quotidienne qu'on surmonte ses peines.

– Moi, j'ai besoin de savoir, argua Andrieu en vidant son verre sous le sourcil froncé de sa mère. Parce que ça m'empêche de dormir.

– Tu ferais mieux de prendre les cachets que t'a donnés Cordier.

– Me bourrer de drogues ? Ça m'étonne venant de toi ! riposta-t-il en saisissant la bouteille.

– Et arrête de boire ! Tu crois que c'est un exemple pour tes fils ?

– Mes fils... murmura Andrieu, qu'est-ce que tu sais de mes fils ?

Belle-Mamie mit ses lunettes et le considéra attentivement, la tête un peu penchée de côté.

– Jean-Hugues, tu m'inquiètes ! Je pense sincèrement que...

– Je me fous de ce que tu penses ! hurla Andrieu en lançant son verre qui alla se renverser sur le volume IX des œuvres complètes de Racine avant de rouler par terre dans un tintement cristallin.

Belle-Mamie le contemplait, bouche bée. Andrieu se dirigea à grands pas vers la porte, la franchit sans un regard pour sa mère médusée et la claqua violemment derrière lui.

– Mais... balbutia-t-elle, mais... il m'a jeté son verre au visage !

– Pas vraiment, il l'a simplement projeté droit devant lui, crut bon de lui faire remarquer Chib Moreno, le réparateur patenté ès désordres familiaux.

– Il ne se contrôle plus, vous avez vu ?! Et devant...

Elle s'interrompit, se mordit la lèvre. « Devant un domestique en plus ! » compléta mentalement Chib.

– Et Blanche qui... enfin vous savez... reprit-elle en se frottant nerveusement les mains. Il faut que je parle à Dubois, conclut-elle en s'esquivant d'un pas vif.

Resté seul, Chib ferma les yeux et se renversa en arrière. Juste quelques minutes de répit. De silence. Du silence, ordonna-t-il à tous les personnages qui hurlaient sous son crâne, à toutes les répliques qui fusaient et revenaient s'écraser contre ses tempes douloureuses comme des boomerangs. Juste quelques secondes. Comme si tout ça n'existait pas. Comme si Blanche n'existait pas. Comme s'il ne s'était jamais enfoncé dans sa chair si blanche.

– Bunny est pa'ti !

Il rouvrit les yeux avec lassitude. Eunice se tenait sur le seuil, mordillant un petit dauphin en peluche bleu, elle avait pleuré.

– Tu as perdu ton Bunny ? lui demanda gentiment Chib qui s'en foutait éperdument.

– Non, il est pa'ti ! Il m'aime pus !

Allons bon.

– Pourquoi il t'aime plus ?

– Pa'ce que je suis vilaine !

– Il te l'a dit ?

– Oui !

– Et pourquoi tu es vilaine ?

Et pourquoi faut-il qu'il y ait toujours quelqu'un pour venir vous prendre la tête au moment le moins opportun ?

– Parce que j'veux pas le fai' ! Alo's c'est que je suis vilaine, lui assura-t-elle.

– Faire quoi ?

Elle le regarda sans répondre et il eut soudain l'impression sidérante qu'elle lui décochait une œillade lascive. À trois ans. Il cligna des yeux. Les rouvrit. Elle mâchouillait son dauphin, les poings crispés, les yeux gonflés de larmes. Il lui fit signe d'approcher et elle s'avança d'un pas hésitant.

– Cet été, si je suis t'ès gentille, j'i'a à Disney ! lui lança-t-elle subitement.

– C'est quoi, être très gentille ? demanda Chib soudain en alerte.

– Et Bunny aussi y viend'a voi' Mickey !

– Je croyais qu'il était parti.

– T'es bête !

Au moins un point sur lequel tout le monde était d'accord.

– Si je suis bien gentille, y reviend'a !

– Comment tu vas faire pour être bien gentille ? insista-t-il.

Elle ferma soudain les yeux, serra les lèvres et il vit ses doigts s'enfoncer dans le dauphin, en faire une boule. Il sentit ses propres doigts s'enfoncer dans l'accoudoir du fauteuil.

– Elle est au courant, ta maman ? reprit-il à voix basse.

Dernière étreinte convulsive du dauphin, puis elle fit volte-face en courant. Il faillit se lancer à sa poursuite, mais à quoi bon ? Elle ne dirait rien de plus. Il se laissa retomber dans le fauteuil. Est-ce qu'il pensait bien à ce à quoi il pensait ? Le contexte pédophile se précisait. Costa avait-il été le tortionnaire des enfants ? Jusqu'à ce que l'un d'eux, excédé, lui fracasse la tête avec une pierre ? Après tout, c'était lui qui avait ôté la planche de la margelle. Et lui qui prétendait savoir quelque chose sur le meurtre du chiot. Mais qui prouvait que c'était vrai ? Il voulait peut-être simplement détourner les soupçons de lui-même. Non, Chib, non, si c'était Costa, et Costa seul, qui abusait des enfants, Eunice ne pourrait pas aujourd'hui te dire que si elle était bien gentille elle irait à Disneyland. Mais Eunice savait-elle seulement que Costa était mort ? Que comprenait-elle de la mort, d'ailleurs ?

Et, accessoirement, où était donc Bunny ? Lui avait-on enlevé Bunny pour la punir d'avoir résisté à des avances ? Depuis quand Bunny avait-il disparu ? Avant ou après le décès de Costa ? Bon Dieu, Chib, tu te rends compte que tu es en train d'enquêter sur la disparition d'un *lapin en peluche* ? D'un autre côté, si Bunny était possédé par le diable, ça expliquait tout. En fait, c'était lui qui se levait la nuit pour violer les gamins Andrieu. Pour dérober le corps d'Élilou. Peut-être même qu'il se tapait Blanche, le Bunny, en secouant ses grandes oreilles, hi han, hi han, non, l'âne c'est toi, Chib, l'âne bâté, le Cadichon de service. Stop. Calme. Relax. Une infusion de nénuphar bien dosée, voilà ce dont il avait besoin. Zen et méditation.

Il se leva d'un bond, vida son verre de cognac, se planta devant la photo qui avait été souillée. Contempla les visages souriants. Une vraie publicité pour le mariage et la famille. Comme si elle portait la légende : « Faites comme nous, soyez sains et heureux. » Mais le sperme au dos avait laissé à l'encre sympathique un autre message : « Faites comme nous, cachez vos blessures. »

Il retourna la photo, par acquit de conscience. Elle était propre. Si seulement il savait qui avait été le support de cette masturbation. Laquelle par ailleurs ne cadrait pas avec son hypothèse de pédophilie. Si quelqu'un abusait d'un ou plusieurs enfants, pourquoi venir en plus se masturber sur leur photo ? Ou alors... John Osmond contemplant l'objet inaccessible de sa flamme ? Difficile d'imaginer le pauvre gros bonhomme s'activant en vitesse pendant que Belle-Mamie faisait la conversation à Clotilde. Et toi, Chib, tu ne devrais pas faire faire un double de la photo, pour ton usage personnel, tu sais, quand tu te réveilles la nuit en agrippant l'oreiller comme si c'était ses hanches ?

Il la reposa brutalement sur la console. Une petite partie de billard, voilà ce qu'il fallait pour se calmer les nerfs. Il disposa les boules sur le tapis vert, se concentra pour frapper la première. Le fracas qu'elles firent en se dispersant lui fit plaisir, de même que la course rebondissante de la n° 8 contre les bandes, et sa chute. Il joua pendant près d'une demi-heure, essayant de se concentrer exclusivement sur ses cibles, Calculant les rebonds. Pour pointer la n° 5, là, il fallait...

Un hurlement.

Un hurlement, suraigu.

Qui s'interrompit net.

Il dévalait déjà l'escalier, les nerfs à fleur de peau. Faillit percuter Dubois qui jaillissait de la salle à manger, talonné par Blanche et Belle-Mamie. Vit Andrieu se précipiter hors de son bureau. Seule la porte de la salle télé d'où s'échappaient des bruits d'intense fusillade resta close. Ils se regardèrent, indécis.

La voix d'Aïcha : « Qu'est-ce qu'il y a ? »

La voix hachée de Colette : « Là, là ! »

Cavalcade jusqu'à la cuisine. Colette, une main sur son opulente poitrine, désignait une marmite posée sur la plaque en vitro-céramique. Une marmite d'où s'échappait... une voix ? Chib se demanda l'espace d'une seconde si la marmite était assez grande pour contenir le corps d'une enfant de trois ans. Andrieu, bousculant tout le monde, soulevait déjà le couvercle. Chib vit Blanche se retenir au frigo, crayeuse. Il rejoignit Andrieu qui jetait le couvercle dans l'évier, se pencha, le cœur battant.

Il y avait bien quelque chose dans l'eau bouillonnante. Une masse informe, pourvue de bras et de jambes. Et de grandes oreilles. Bunny, en train de cuire à gros bouillons dans un mélange d'aromates.

– Bon sang, Colette, siffla Andrieu, mais ce n'est qu'un jouet ! Vous vous rendez compte que vous avez hurlé ?

– Excusez-moi, Monsieur, balbutia la malheureuse, écarlate, j'étais au potager et en revenant j'ai trouvé cette marmite, et je... j'ai... avec l'histoire du chiot qu'a été éventré...

– Ce n'est pas un chiot, c'est le lapin en peluche d'Eunice ! aboya Andrieu, hors de lui, en saisissant une des oreilles de Bunny du bout des doigts.

Il extirpa le lapin de son bain-marie et le secoua. Les poils collés et les yeux en plastique à demi fondus, il était répugnant, se dit Chib.

– Une saloperie de lapin en peluche, hurla Andrieu en le cognant sur le plan de travail en marbre.

Le lapin s'écrasa avec un bruit mou, projetant des gouttelettes partout.

– Quiiii veut uuuune carooootte ? glapit-il.

– Toi, ta gueule ! lui asséna Andrieu en même temps qu'un grand coup de poing.

– Tuu eeees mooon aaaami... eut encore la force de proclamer Bunny avant que sa pile rende l'âme.

Andrieu se passa la main dans les cheveux. « Plus jamais ça ! » gronda-t-il en sortant. Colette se mit à pleurer. « C'est rien, c'est rien, tout le monde est énervé ! » lui assura Aïcha, bonne fille, en la prenant dans ses bras. Dubois leva les yeux au ciel et ressortit. Belle-Mamie contemplait le lapin, mais Chib savait qu'elle ne le voyait pas. Elle voyait la rage de son fils. Sa violence qui éclatait soudain. Elle sortit à son tour. Blanche semblait avoir du mal à reprendre sa respiration. Il fit un pas vers elle, mais elle secoua la main pour lui dire « Non, n'approche pas » et s'éloigna d'un pas rapide. Il se tourna vers Aïcha et Colette, et Aïcha lui adressa le même petit geste de la main « Va-t'en, laisse-nous, tu déranges. » Il haussa les épaules. Se pencha de nouveau sur le pauvre Bunny. Un petit couinement. Un dernier sursaut de la pile ? Non, c'était derrière lui. Encore une farce sinistre ? Il se tourna. Nouveau couinement. Par terre, on aurait dit. Il baissa la tête. Sous la table ? Et pas vraiment un couinement. Plutôt... un sanglot étouffé, conclut-il en s'accroupissant pour faire face à Eunice, recroquevillée entre les pieds d'acier chromé, barbouillée de larmes, le dauphin quasiment enfoncé dans sa bouche, les doigts blancs de le serrer trop fort. Il lui tendit la main.

– Viens, c'est fini, viens.

Elle lui renvoya un regard de noyée, hoquetante, des bulles de bave crevant sur son menton.

– Viens, ma chérie, viens, allez, sors de là.

Il se demanda ce qu'elle avait vu exactement. L'avait-on forcée à assister à la « punition » atroce de son Bunny adoré ? L'avait-elle découvert par hasard ? Non, pourquoi aurait-elle soulevé le couvercle de la marmite ? Il était sûr qu'on l'avait obligée à regarder. La plaque qui commence à chauffer. La marmite qu'on sort avec une mine gourmande. Le lapin que l'on suspend au-dessus de la marmite, que l'on agite un peu pendant que l'eau commence à frémir. Les herbes que l'on ajoute, comme pour de vrai. Et comme pour de vrai, la lente immersion de Bunny qui appelle sa maîtresse impuissante et désespérée. Un meurtre, oui, commis de sang-froid et avec sadisme. Il se glissa sous la table, attrapa l'enfant à bras-le-corps et la ramena vers lui, elle ne résistait pas. Ses genoux craquèrent quand il se redressa, la petite dans les bras. Chib, le préposé aux sauvetages d'enfants en péril, le saint-bernard en chocolat. Aïcha ouvrit des yeux ronds.

– Mais… tu étais là, toi, ma poupée ? Viens vite dans les bras de Chacha.

Elle la lui prit, la calant contre sa hanche, la couvrant de petits bisous.

– Ma petite poupée, on va bien le sécher, ton Bunny, tu vas voir, on va lui mettre une pile neuve, et il sera comme avant !

– Non ! balbutia Eunice, il est tout mo't !

– Non, non, il n'est pas mort, il est juste blessé, on va le réparer, t'en fais pas, hein Chib, qu'on va le réparer, Bunny ? Chib est docteur, tu sais.

Eunice renifla et lui décocha un regard teinté d'espoir. Chib s'approcha de la peluche, posa la tête sur la poitrine rose détrempée.

– Je crois bien que son cœur bat encore ! déclara-t-il d'un ton docte. Infirmière, passez-moi une serviette propre.

Colette, toute reniflante, lui tendit un torchon brodé d'oies beiges. Chib le pressa contre Bunny, lui essora les oreilles et les pattes, le retourna, tira la fermeture éclair, découvrant le boîtier garanti étanche dans son dos.

– Scalpel !

Une Colette encore tremblotante lui tendit un Laguiole. Il l'inséra sous le plastique, fit sauter la pile noyée, essuya soigneusement l'intérieur et le micro haut-parleur.

– Ce jeune homme a besoin d'un cœur de rechange ! lança-t-il.

Colette ouvrit la bouche, perdue.

– Heureusement que j'ai ma montre magique ! enchaîna-t-il en débouclant le bracelet de sa montre dont il récupéra la pile qu'il inséra dans le boîtier. Et voilà ! « Abracadabra… »

Il appuya sur « play » en marmonnant : « Marche, saloperie, marche ! »

– Moi, j'aime les carottes et toi ? s'enquit poliment Bunny, le nez contre le marbre.

Eunice poussa un petit cri ravi, se laissa glisser des bras d'Aïcha, le regard illuminé, s'empara du lapin et le serra contre son cœur de toutes ses forces. Chib lui tapota la tête. Il en était quitte pour racheter une pile. Il fourra sa montre dans sa poche. Les deux femmes lui souriaient comme s'il venait réellement de réussir une opération à cœur ouvert et il leur fit la révérence.

– Bon, c'est pas tout ça. Faut que je me mette à mon navarin d'agneau, moi, coassa Colette en se tamponnant les yeux.

– Ne la laisse pas seule, recommanda Chib à Aïcha en désignant Eunice qui berçait Bunny, les yeux clos sur le bonheur retrouvé.

Bien. Maintenant, une petite conversation supplémentaire avec les garçons pour en avoir le cœur net. Il ouvrit la porte de la salle télé et se planta devant l'écran où des aliens explosaient avec force giclées gluantes mauves et vertes.

– Hé ! protesta Charles en se redressant à demi du canapé où il était allongé, une manette de jeux entre les mains.

Louis-Marie, assis par terre, appuya sur l'interrupteur de sa propre manette.

– Poussez-vous, on en est au niveau quatre ! aboya-t-il.

– Qui a mis Bunny dans la marmite ? tonna Chib.

Les deux ados le dévisagèrent, l'air ahuri.

– Bunny ? répéta Louis-Marie.

– Le lapin en peluche d'Eunice, précisa Chib. C'est qui, c'est toi ?

– Dans quelle marmite ? lui renvoya le garçon, de quoi est-ce que vous parlez ?

– C'est toi, Charles ?

– Vous avez rien d'autre à faire que me tourner autour ? fit Charles en soupirant. Pourquoi aurais-je mis un stupide lapin en peluche dans une marmite ?

– Pour faire une farce à ta petite sœur.

– Je vais avoir seize ans, j'ai passé l'âge des farces imbéciles.

– Ne me regardez pas comme ça, protesta aussitôt Louis-Marie, c'est pas moi non plus ! Si vous croyez qu'on perd notre temps à jouer avec Eunice ou Annabelle, ce sont des bébés ! appuya-t-il dédaigneusement.

– On peut continuer notre partie, s'il vous plaît ? demanda Charles l'index sur le bouton rouge.

Chib referma la porte sans répondre. Ils mentaient peut-être, mais il les croyait. La coïncidence entre ce que lui avait dit Eunice un peu plus tôt et la découverte du lapin en train de cuire était trop forte. On avait voulu faire pression sur elle. Pour l'obliger à... ? Il s'aperçut qu'il était planté au milieu du hall. L'étranger qui n'a pas sa place. Andrieu s'était retiré dans son bureau. Belle-Mamie devait déverser sa rancœur sur l'épaule de Dubois dont les petits yeux de fouine guettaient sans doute la reptation sournoise des démons alentour. Blanche avait probablement regagné sa chambre, flottant sur le ciel délicatement bleu de sa courtepointe, la tête reposant dans les nuages brodés de ses oreillers, le regard dérivant dans la pénombre comme un bateau fantôme perdu dans la banquise.

Hésitant sur la conduite à tenir, il sortit, s'assit sur un des fauteuils en fer forgé. Il faisait froid. Le soleil était presque couché. Il remonta le col de sa veste, enfonça les mains dans ses poches. Une journée bien remplie, Chib. Dispute sentimentale pour démarrer, suspense téléphonique avec le mystérieux corbeau, un peu beaucoup de sexe avec la Dame Blanche, ta drogue personnelle, un soupçon de pédophilie mâtinée de mauvais traitements à animaux en peluche, une crise de nerfs du chef de famille, une tentative d'exorcisme à coups de gélules magiques, sans oublier les avances ambiguës du fils aîné, normal que tu te sentes un peu crevé, mon vieux. Sûr que les morts, c'est plus reposant que les vivants. Même Greg aurait l'air reposant, ici.

Il renversa la tête en arrière, on distinguait un croissant de lune montante, encore pâle. Le tuit tuit tuit sonore d'une sittelle lui fit tourner la tête. Il finit par repérer l'oiseau qui descendait la tête en bas le long du tronc d'un vieil orme, frappant inlassablement l'écorce de son bec pour dénicher des insectes. Tout ce jardin foisonne de vie, se dit-il, tout un cycle s'y perpétue, indifférent à notre agitation. Sensation désagréable et familière de n'être qu'un peu d'écume à la surface d'un océan insondable. D'où vague à l'âme, n'est-ce pas. Le bruit d'une fenêtre qu'on ouvre. Pétarades, explosions, hurlements gutturaux troublèrent sa rêverie. Il reconnut le jeu vidéo des garçons, le son au maximum, aussi désagréable que le rugissement d'un jet-ski quand on écoute le chant des vagues. Entre deux détonations, des pas sur le gravier. Il ne se retourna pas. Il n'avait pas envie de parler. Pas envie de bouger.

Aussi la douleur fulgurante à l'arrière de la tête le prit-elle totalement par surprise. Il eut juste le temps de se dire qu'il était idiot et bascula dans un épais trou noir.

Il avait mal. Ça, c'était sûr. Une douleur qui lui entourait le crâne comme une main puissante violemment refermée sur ses os. Une main pleine de haine qui serrait pour broyer. Il battit des cils, ouvrir les yeux lui donnait la nausée, envoyait des ondes de douleur jusque dans ses dents. Il baissa les paupières, attendit quelques secondes. Les ouvrit de nouveau, doucement, tout doucement. Tout était flou. Sombre et flou. Il essaya de faire le point. Quelque chose de brun qui remuait près de ses yeux. Il essaya de bouger ses doigts et la chose vint lui toucher le nez. Sa main. Il regardait sa main. Il l'éloigna, la reposa sur le… ? Contact froid, plein de petites pierres sèches. Le gravier. Sa main sur le gravier. Une sensation de mouillé derrière la tête, sur la nuque. Du sang ? Est-ce qu'il était paralysé ? Il ordonna à ses pieds de bouger, les sentit racler le sol, non, pas paralysé. Bouger ses orteils. Même ça, ça faisait mal. Il ramena sa main près de son visage. Et l'autre bras ? Où était-il ? Apparemment le long de son corps. Il était tombé à plat ventre. Il cligna de nouveau des yeux. Il voyait des pneus. De gros pneus Michelin. Une fourmi escaladait sa main, trottinait sur l'ongle de son index. Il souffla dessus et elle dégringola.

Se relever.

Il prit appui sur ses poignets, et se souleva. Faillit retomber lourdement, tendit ses muscles à fond, vibrant comme un vieux moteur poussif. Se retrouva à quatre pattes. Il voyait tout l'arrière de la 606 de Belle-Mamie maintenant, peut-être qu'avec un peu de chance il finirait par en voir le toit.

Toujours à quatre pattes, il fit pivoter lentement sa tête sur son axe, droite, gauche. Violente douleur à gauche. Comme si on lui déchirait la chair avec une tenaille. Il se força à respirer calmement, le temps que la douleur reflue un peu. Il faisait nuit, le halo du réverbère ne l'atteignait pas, la sittelle ne chantait plus. Dans la bastide, les lumières étaient allumées. Depuis combien de temps gisait-il là ? Il chercha à voir l'heure, se souvint que sa montre sans pile se trouvait dans sa poche. Intéressant de constater combien on se préoccupait de son sort. Avait-on même remarqué qu'il avait disparu ? Moreno, l'ombre sombre, le courant d'air fait homme.

Il avança à quatre pattes jusqu'au véhicule, prit appui sur le pare-chocs pour se relever. Ses genoux plièrent, et il resta un moment appuyé contre le hayon, à reprendre sa respiration, à attendre que les papillons blancs devant ses yeux se dispersent gentiment. Puis il se redressa complètement, inspira à fond, étira ses membres avec circonspection. Rien de cassé. Juste ce mal de crâne lancinant. Les Tambours du Bronx au grand complet.

Il regarda la chaise sur laquelle il s'était assis. Le dossier en était profondément entaillé. On avait dû le frapper avec quelque chose de vraiment méchant pour creuser le fer comme ça. Une barre à mine ? Il souffrait peut-être d'une fracture du crâne. Il vacilla, rétablit son équilibre, cliquetis métallique quand il heurta la carrosserie. Ses clés, sans doute. La cassette ! Il plongea la main dans sa poche, en ressortit sa montre. Mais plus de cassette.

Son meurtrier était venu la récupérer ! L'afflux d'adrénaline lui brouilla la vue une fraction de seconde et il se força à se calmer. Un scintillement sur sa gauche, près des eucalyptus. Un clapotis. Il se dirigea pesamment vers la piscine, de la démarche raide et saccadée d'un mort-vivant. *The Attack of The Three Feet Black Zombi*, technicolor et trente-six chandelles garanties.

Il s'attendait presque à voir Élilou flottant dans l'eau claire, mais la piscine était vide. Il se dit qu'on avait peut-être lancé un caillou dans l'eau pour détourner son attention. Mais de quoi ? Il se retourna. Et vit l'ombre contre le mur. Immense et déformée par les projecteurs posés dans l'herbe pour éclairer le jardin. Il y avait quelqu'un, là, près de lui, entre la lumière et la maison. Mais où ? Aveuglé, il essaya de mettre la main en coupe devant ses yeux. Il ne distinguait que la masse mouvante des arbres. L'ombre se tenait les mains sur les hanches. Puis elle les écarta et lui fit un superbe bras d'honneur. Chib cligna des yeux, incrédule. L'ombre avait disparu. Il était seul au bord de la piscine, il tremblait de froid et de fatigue. Et il avait peur.

Il commença à avancer lentement vers la maison, traînant les pieds, les bras ballants. Très élégant, Chib, sûrement qu'avec cette dégaine aussi originale que décalée tu vas faire fondre la calotte polaire qui sert de cœur à Blanche. Quelle femme n'a rêvé d'être la Fiancée du monstre de Frankenstein ?

Au bout de vingt mètres qui lui en parurent mille, il parvint à la porte-fenêtre de la salle à manger. Ils étaient tous là, Andrieu, Blanche, Dubois et Belle-Mamie, des tas de papiers devant eux. Il appuya ses doigts contre la vitre et s'aperçut qu'ils y laissaient une tache sombre. Blanche leva la tête et il vit son regard se figer. Il baissa la main pour actionner la poignée, la croisée s'ouvrit manquant lui faire perdre l'équilibre et il tituba jusqu'au milieu de la pièce.

– Qu'est-ce qui vous arrive ?

Andrieu s'était levé, s'approchait.

– J'ai reçu un coup derrière la tête, articula soigneusement Chib.

– Qu'est-ce qu'il dit ? demanda Belle-Mamie, perplexe.

– Il a reçu un coup derrière la tête, répéta Dubois.

– Comme le pauvre Costa ? fit-elle en reposant la feuille qu'elle lisait.

– Vous êtes tombé ? dit Andrieu en guidant Chib vers une chaise.

– On m'a frappé.

Dubois se leva à son tour. Blanche ne bougeait pas, les lèvres serrées. Ses mains tremblaient. Andrieu tira la chaise :

– Asseyez-vous et racontez-nous ça.

Chib s'assit lentement, il faisait tout si lentement, comme s'il nageait sous l'eau lesté d'une ceinture de plomb. Il posa ses mains couvertes de sang devant lui et vit que tous les fixaient avec horreur. Puis il entendit Andrieu murmurer : « Oh mon Dieu ! » Blanche leva la tête vers son mari. Dubois posa une main sur l'épaule de Chib tout en murmurant : « Appelez le Samu, vite. »

– Ce n'est pas la peine, dit Chib, ça va aller.

– Il vaut mieux voir un docteur, mon vieux, lui assura Andrieu d'une voix tendue.

– Je vous assure que ça va, protesta Chib.

– Je ne crois pas, lui renvoya l'autre, parce que vous avez un trou dans la nuque.

– Un trou ?

– À vrai dire, fit Dubois en lui pressant un peu plus l'épaule, vu mon expérience d'aumônier en Algérie, je dirais que vous avez été blessé par balle.

– Par balle ? répéta Chib.

Par une balle de tennis ?

Andrieu se racla la gorge.

– Hmm... Je crois que Dubois a raison et... hmmm... eh bien, je crois que la balle y est encore.

– Où ça ? demanda Chib qui avait envie de dormir.

– Dans votre tête, lui répliqua doucement Dubois.

Une balle de tennis jaune dans sa tête brune, tournesol en pot. Ce n'était pas le moment de plaisanter, vraiment pas, voulut lui dire Chib, mais il vit que Blanche avait saisi le téléphone et parlait d'une voix précipitée. Parlait de lui. « Venez vite », disait-elle. Il vit que Belle-Mamie s'était levée, son visage patricien arborant une expression d'incrédulité horrifiée. Blanche raccrocha. « Ils arrivent, dit-elle, il ne faut pas qu'il bouge. »

On parlait de lui. Il était blessé. Une balle. Les enfants jouent à la balle. La balle est dans votre camp. Tir à balles réelles. Une vraie *balle*? Dans ma vraie *tête*? Impossible. Une balle dans la tête et vous êtes mort. Crâne explosé, cervelle giclée. Vous ne marchez pas, vous ne parlez pas. Il regarda de nouveau ses mains, le sang gluant sur ses doigts. Son sang. Il était peut-être bel et bien mort et un autre thanatopracteur avait commencé à le drainer. Non, la douleur était bien vivante. Il fallait donc se rendre à l'évidence comme on se rend à l'ennemi, à contrecœur mais inéluctablement. Il fallait donc admettre qu'un morceau de métal potentiellement mortel était coincé quelque part tout près de son cerveau. Il ferma les yeux.

– Vous la voyez ? demanda-t-il à voix basse, comme s'il craignait de réveiller le projectile.

– Non, répondit Dubois de même, mais apparemment il n'y a pas de trou de sortie.

– Où est-elle ?

– Dans la nuque, près des vertèbres cervicales.

Entre son précieux bulbe rachidien et son cher cervelet. Combien de millimètres entre la paralysie totale et l'imbécillité définitive ?

– Personne n'a vu ma partition ? Je...

Louis-Marie s'interrompit net.

– Quelle partition ? fit Andrieu, les yeux rivés sur le cou ensanglanté de Chib.

– Tu sais bien, le Debussy, répondit le garçon tout aussi machinalement. Qu'est-ce qu'il s'est passé ?

– On m'a tiré dessus, j'ai une balle dans la tête, l'informa Chib avec calme.

– C'est une blague ?

– Louis-Marie ! gronda son père, ça a l'air d'une blague ?

– Mais... on peut pas...

– Eh bien si, apparemment on peut ! trancha Dubois. Rends-toi utile, dis à Aïcha d'aller ouvrir le portail, on attend le Samu.

– Mais comment c'est arrivé ?

– Mais oui, c'est vrai, appuya Belle-Mamie, où est-ce que vous avez attrapé ça, mon pauvre garçon ?

– Sur une chaise, dans la cour.

– Mon Dieu ! s'exclama-t-elle théâtralement, dans notre cour ?!

Non, à celle du Roi-Soleil, lors de mon dernier voyage dans le temps. Il ne dit rien. Il avait envie que Blanche pose la main sur son front et lui dise de ne pas s'inquiéter. Pas de risque que ça arrive, Chib, même si t'étais en train de crever. D'ailleurs t'es en train de crever. Et elle regarde par la fenêtre, aussi blanche que son âme délavée par les larmes qu'elle ne verse jamais et qui la noient doucement, seconde après seconde.

– Qui vous a tiré dessus ?

Tout le monde se tourna vers le garçon qui rentra la tête dans les épaules.

– Ben, c'est une question logique, non ?

– Je ne sais pas, dit Chib, je n'ai rien vu. J'ai juste entendu quelqu'un approcher.

Andrieu sembla soudain se réveiller.

– Bon sang, j'espère que…

Il sortit de la pièce en courant presque.

– Papa ? fit Louis-Marie en lui emboîtant le pas, Papa ?

L'écho lointain d'une sirène qui se rapproche. Chib sentait la sueur ruisseler sur son cou, son torse, mêlée au sang, mais il ne voulait pas lever la main pour l'essuyer. La sirène. Le doux chant de la sirène. Était-ce bien ce matin que Costa était mort ? Mais oui. Mort du matin, chagrin. Mort du soir…

– Il a l'air mal en point, ses yeux chavirent.

La voix de Belle-Mamie, nuance désapprobatrice.

Désolé de pas crever correctement. Une main, sur son poignet. Il essaya de fixer son regard sur la table. S'était-il endormi, juste quelques secondes ?

Sa main. Ses ongles, à peine rosés. Sa main pâle. Ses doigts qui enserrent doucement son poignet, comme tout à l'heure son sexe. Il frissonna.

– Je suis là, murmura-t-il.

– Tout est en place, on n'a rien pris dans le râtelier ! lança Andrieu en revenant, essoufflé et soulagé.

Coup de sonnette impérieux. Brouhaha. Cavalcade. Des voix d'hommes, une voix plus autoritaire.

– Voyons un peu…

On le touchait, on le palpait, on prenait son pouls, sa tension, on examinait ses pupilles, on lui demandait de pencher la tête en avant, doucement, voilà, on lui injectait quelque chose, un brancard dans son champ de vision, des chaussures, un stéthoscope.

– Eh bien, mon vieux, vous avez eu une sacrée chance ! Regardez-moi un peu ça ! disait le médecin, un jeune à la voix éraillée des grands fumeurs. Bon, je crois qu'il va falloir l'enlever ici. C'est trop risqué de vous trimballer jusqu'à l'hosto.

Encore un plaisantin. On allait le trépaner dans la salle à manger des Andrieu. Ha ha ha.

– Et vous avez eu aussi de la chance que je sois de garde ! On va aller jusqu'au véhicule d'intervention, d'accord ? Tout doucement. Non, pas de brancard, je préfère qu'il reste debout, dit-il aux infirmiers.

– Mais... vous allez l'opérer dans l'ambulance ? s'étonna Belle-Mamie.

– Ça s'appelle une unité mobile hospitalière, une ambulance médicalisée pour soins intensifs si vous préférez. Quand vous nous avez décrit ce qui se passait, on a jugé préférable de venir équipés pour opérer sur place. Allez, on y va, mon vieux, ajouta-t-il en prenant Chib par le bras.

Dieu, comme ses jambes étaient molles ! De vrais spaghettis, manquait même pas la bolognaise, il en avait plein le cou. Un infirmier lui saisit l'autre bras et ils commencèrent à se diriger vers l'ambulance garée devant la porte-fenêtre. Unité mobile hospitalière. La bastide ne l'était pas vraiment, elle, hospitalière. Non, pas ricaner bêtement quand la mort est couchée sous ton oreille gauche, douillettement nichée dans l'entrelacs de tes muscles déchiquetés, sirotant tranquillement son Bloody-Moreno du soir.

L'intérieur de l'ambulance sentait l'antiseptique. On le fit allonger à plat ventre sur la table d'opération. Des chiffres, des voix, des appareils, poches de sang, masque, moniteur où défilent des chiffres, des graphiques.

– À tout à l'heure, lui dit le jeune médecin en faisant signe à l'anesthésiste.

Il sentit l'aiguille s'enfoncer dans son bras, il entendit compter, puis il n'entendit plus rien.

CHAPITRE 18

De nouveau réveil pâteux. Mais la douleur était moins forte. Et il faisait jour. Et il était vivant, incontestablement. Et le plus drôle, c'était que ça lui paraissait tout à fait normal. Il essaya de lever le bras droit, tiraillement, vit l'aiguille fichée près du coude, le reposa. Le gauche était libre. Il agita ses doigts devant ses yeux. Vision nette. Porta sa main à sa tête. Bandage. Épais. Comme un gros bonnet. Chib, l'émérite nageur de combat émergeant de l'Océan des Glaces Éternelles. Quel jour était-on ? Jeudi sans doute. Quel beau jour que le jeudi. Chuintement sur sa droite. Une vitre. La pluie. Quel beau jeudi pluvieux. Jeudi, jour de Jupiter, merci Jupi !

Il vit qu'on avait déposé son téléphone cellulaire sur la table de nuit et réussit à l'attraper. Il y avait quatre messages de Gaëlle, passant de l'enjouement à l'étonnement et à l'anxiété. Il la rappela, tomba sur son répondeur et l'informa qu'il avait eu un petit accident mais qu'il allait bien, qu'il la rappellerait dès qu'il pourrait. Elle avait certainement appelé Aïcha et devait être maintenant au courant de l'agression qu'il avait subie.

La porte s'ouvrit sur le jeune médecin. Un petit rouquin, aux dents mal plantées, les cheveux trop longs dans le cou, la blouse bâillant sur un tee-shirt Nike, de grands cernes sous les yeux.

– Bonjour. Je suis le docteur Flamel. Vous vous sentez mieux ?

– Soulagé d'un poids, je dirais.

– Vous voulez la voir ? demanda le jeune médecin en riant.

Il lui tendit un gobelet en plastique garni d'un morceau de coton sur lequel reposait un morceau de métal écrasé et noirci.

– Elle s'est logée sur le côté de la deuxième cervicale, le long du nerf pneumo-gastrique. Elle vous a chatouillé le rachis, ajouta-t-il, débonnaire, le genre de caresse qui peut vous laisser aussi frais qu'un légume congelé pour le restant de vos jours.

– Merci, dit Chib en posant le verre sur la table de nuit. Quand est-ce que je peux sortir ?

– Après-demain, si vous voulez. Il n'y a qu'une vilaine plaie à cicatriser. Je pense que le dossier de la chaise vous a sauvé la vie.

– Comment ça ?

– Le fer forgé a absorbé la plus grande partie du choc. La balle a ricoché dessus, elle a perdu 80 % de sa puissance. Sinon, elle vous aurait explosé la tête, c'est du 8 mm, ça pardonne pas. Une 8×57 JS, toute une époque ! Vous êtes chasseur ?

– Non, fit Chib, non, vraiment pas.

– Moi non plus. Mais mon père l'était. Alors, les fusils, je connais. Et les accidents, c'est fréquent. Bon, je vous laisse… je rentre dormir un peu. Pour les flics, je suppose que vos amis les ont prévenus, ajouta-t-il tranquillement. Moi, c'est pas mon boulot. J'ai simplement signalé l'intervention. Retrait d'un corps étranger coincé sous le lobe occipital gauche.

Resté seul, Chib se dit que le jeune docteur devait subodorer une dispute familiale ayant mal tourné. Un drame de la jalousie tragi-comique. Il se rencogna sur son oreiller. Blanche allait-elle venir lui rendre visite ? Rêve, Chib, rêve.

Qui lui avait tiré dessus et pourquoi ? Approchait-il de la vérité, suffisamment pour inquiéter le coupable ? En tout cas, ce n'était pas un tireur d'élite. Il avait manqué sa cible alors qu'il devait se trouver à moins de vingt mètres puisqu'il l'avait entendu marcher sur le gravier. Pourquoi ne pas s'être approché plus près ? Pour ne pas se trouver dans la lumière des réverbères à l'ancienne qui éclairaient la cour ? Et la détonation ? Pourquoi n'avait-on pas entendu la détonation ? Il s'engueula aussitôt : elle s'était certainement confondue avec le boucan du jeu vidéo fort opportunément mis en marche. De l'intérêt d'un bon bruitage pour les scènes d'action…

Il chercha une position plus confortable, but une gorgée d'eau, bâilla. Il se sentait complètement abruti. Le contrecoup de l'anesthésie. Il réfléchirait plus tard. Se reposer un peu, d'abord. Se reposer. Se laisser emporter par la pluie qui dégoulinait sur la vitre, traverser ce rideau fluide au chuintement rassurant, dériver au fil de l'eau, loin des rivages brumeux où les questions aux semelles de plomb s'enfoncent dans des sables mouvants.

Cette fois-là, quand il reprit conscience, il ne pleuvait plus. L'aube se levait sur le parc entourant l'hôpital, nimbant les pins séculiers d'un rose délicat. Il avait faim. Il entendait le roulement d'un chariot dans le couloir, les voix des aides-soignantes, une sonnette quelque part, des portes qui s'ouvraient et se fermaient. Il s'assit, tâta son pansement. Légère douleur diffuse. Il fit pivoter sa tête de gauche à droite, la douleur devint plus franche. Fini les enquêtes trépidantes de l'intrépide Moreno. À la niche, Papy, se dit-il tandis qu'on lui apportait son petit déjeuner.

Dans l'après-midi, il reçut la visite de la branche mâle des Andrieu. Charles et Louis-Marie restèrent le nez collé sur les divers appareillages, tandis que Jean-Hugues lui faisait laborieusement la conversation.

– Avez-vous prévenu la police ? lui demanda Chib, l'interrompant au milieu d'une phrase.

– Eh bien… à vrai dire, non, lâcha Andrieu. Je me suis dit que vous porteriez plainte vous-même. Vous êtes le seul à savoir ce qui s'est passé, n'est-ce pas ?

– Il y avait un tireur dans votre cour, lui renvoya Chib, quelqu'un qui a essayé de me tuer dans l'enceinte de votre propriété.

– Est-on sûr que ce soit une tentative d'homicide ? Ce pourrait être une fausse manœuvre.

– Un chasseur égaré dans votre parc de stationnement ? ironisa Chib.

– On a vu des choses plus invraisemblables, protesta Andrieu.

Ouais, surtout chez vous, songea Chib, qui interpella les garçons.

– Vous savez tirer, vous deux ?

Andrieu haussa les sourcils, tandis que Charles laissait tomber : « Ça dépend avec quoi », et que Louis-Marie lançait : « On chasse parfois avec Papa. »

– Qu'est-ce que vous insinuez ? protesta Andrieu, raide et rouge sur sa chaise.

– Je vois mal qui, à part Louis-Marie ou Charles, répondit posément Chib, aurait pu manipuler une carabine chez vous et, comme vous le dites, faire une fausse manœuvre.

– Chaque fois qu'il se passe quelque chose, il nous accuse ! geignit Charles, tu le payes vraiment pour rien.

– Charles ! s'écria son père, reste correct, je te prie. Il est cependant vrai, Moreno, que vos soupçons me semblent peu constructifs.

Chib se redressa un peu plus. Il se sentait de moins en moins patient et poli, ces derniers temps. Oui, la famille Andrieu avait largement entamé sa réserve naturelle de douceur angélique.

– Écoutez, il se passe chez vous des trucs vraiment bizarres, mon vieux (il appuya sur le « mon vieux »), et j'ai bien l'intention ou de découvrir qui en est l'auteur ou de porter plainte pour tentative de meurtre.

– Mais vous vous rendez compte du scandale !

– Que voulez-vous que ça me foute ? C'est dans ma tête que s'est retrouvée cette saloperie ! cria Chib en désignant la balle dans le verre, pas dans la vôtre !

– Waouah ! T'as vu, Charles, c'est géant ! s'écria Louis-Marie, le nez collé au verre.

– Bon, on se calme ! décréta Jean-Hugues en se levant. Très sincèrement je préférerais pour l'instant que vous continuiez votre enquête sans y mêler les forces de l'ordre. Nous avons eu affaire à la police lors de la perte de notre petit Léon, ajouta-t-il en baissant inconsciemment la voix, et ç'a été très difficile, toutes ces questions... ces soupçons... Vous imaginez qu'ils ont interrogé les garçons pendant des heures ? Charles avait quoi ? Cinq ans, et Louis-Marie quatre ! Et ma femme ! Elle en est restée traumatisée pendant des mois. Je ne veux pas revivre ça, vous comprenez ?

– Et moi, je veux vivre tout court, lui renvoya Chib, ce qui fit s'esclaffer les gamins. Alors, pour commencer, je veux savoir si vous possédez une arme de calibre 8 mm.

Andrieu hocha négativement la tête.

– Vous avez vu le râtelier, vous savez bien que non.

Chib passa mentalement en revue les armes cadenassées, de la . 22 long rifle au Walther GSP . 32 S&W long.

– OK, concéda-t-il finalement avec lassitude, on continue notre enquête, mais franchement je crois que ça dépasse le cadre de nos compétences.

Andrieu lui serra la main, visiblement soulagé avant de prendre congé. Sur le seuil de la porte, Charles se retourna et lui fit un clin d'œil, aussitôt gratifié d'une bourrade par son frère.

Chib reposa doucement sa tête endolorie contre l'oreiller en mousse. Il savait pertinemment qu'il aurait dû se rendre chez les flics. Ça devenait trop dangereux. Alors pourquoi ne pas le faire ? Pourquoi adopter cette attitude puérile ? Par fanfaronnade ? Tu te mets à faire du Greg ou quoi ? Ou parce que tu as peur de ce que tu vas découvrir ? lui susurra une méchante petite voix. Et si c'était Blanche qui avait manié la carabine ? Et assassiné ses enfants ? C'est de ça que tu as peur, mon petit Chib à la crème ?

Blanche n'est pas une meurtrière, elle est peut-être un peu – beaucoup, Chib, beaucoup – dérangée, mais elle n'est pas « mauvaise ». Et elle n'a pas pu se masturber sur une photo ni dépuceler sa fille.

À moins d'avoir un complice, bien sûr.

Oh, et puis il verrait ça demain. Les lendemains chantent toujours, c'est bien connu. Parfois même ils sifflent comme des balles traçantes.

À huit heures, le samedi matin, il était habillé, prêt à partir. Son costume n'avait pas été lavé et il avait enfilé avec répugnance sa chemise qui sentait la sueur et était toute tachée de sang séché. Il avait espéré qu'Aïcha lui apporterait des vêtements propres, mais elle lui avait dit qu'elle ne pouvait pas s'absenter assez longtemps pour passer chez lui en chercher. Greg était en Italie, pour le match Gênes-Barcelone, et Gaëlle coincée à la fac jusqu'à ce soir. La solitude du détective de fond. Il se retrouva dehors, clignant des yeux sous le soleil déjà haut. Aïcha savait qu'il sortait ce matin et, tout en se dirigeant vers l'arrêt de bus, il s'imagina un instant que la Chrysler Sebring de Blanche allait débouler et freiner près de lui. Ce fut le bus qui freina en grinçant, et il se fit engueuler par le chauffeur parce qu'il n'avait qu'un billet de vingt euros en poche.

L'épais pansement sous son oreille gauche le démangeait et il résista une fois de plus à l'envie de le toucher tandis qu'ils descendaient lentement les collines, bloqués dans les embouteillages matinaux. Il dut s'avouer qu'il se sentait de très mauvaise humeur. La moindre courtoisie envers un homme qui manque se faire assassiner sur une de vos chaises de jardin n'aurait-elle pas été de venir le chercher à sa sortie d'hôpital ? Il fit craquer ses doigts, les reposa bien à plat sur ses genoux. Il les visualisait très bien autour du cou de Blanche, ces doigts, serrant bien fort. Tu parles, ils l'effleureraient à peine, ces traîtres, descendant doucement vers la douceur de la gorge.

Le bus le déposa à l'arrêt le plus proche de la bastide, sur la nationale. Deux cents mètres de grimpette entre les oliviers. Respire à fond, c'est de l'air pur. Excellent pour se refaire une santé. Malgré le froid assez vif du matin, la montée le faisait transpirer et il ôta sa veste. Un passereau le salua joyeusement. Rectification, Chib, il ne te salue pas. Et il ne se réjouit pas du beau temps non plus. Il prévient simplement ses congénères que ce territoire est occupé, que cette femelle lui appartient et que, si on lui cherche des noises, il est prêt à en découdre. Comme un Andrieu, par exemple, quand il te parle aimablement de sa femme.

Il arriva devant le portail hors d'haleine, avec l'impression que sa plaie saignait de nouveau. La tête lui tournait un peu et il sentait son sang battre dans son cou, c'était désagréable. Il sonna. Il avait l'impression d'être revenu trois jours en arrière, quand il était à la recherche de Costa. Même lumière, même brise légère. Aïcha lui ouvrit, escortée d'Eunice et de Bunny. Elle cilla en le voyant.

– Je viens récupérer la Floride, dit Chib.

– Gaëlle a dit qu'elle passerait te voir ce soir. T'as très mal ?

– Non, ça va. J'ai envie de rentrer, de prendre un bain et de me coucher. Et ici ?

– Rien de spécial.

– Maman e' fait que fai' dodo, dit Eunice, c'est bien embêtant !

Il jeta un coup d'œil interrogateur à Aïcha.

– Ça va pas très fort, non. On dirait qu'elle rechute. Elle ne mange rien.

Petit coup au plexus. Se pouvait-il qu'elle se soit inquiétée pour lui ?

– Elle est là ?

– Oui, et lui aussi, rétorqua Aïcha en appuyant sur le « lui ».

– OK. Je repasserai demain.

– Parce que tu vas pas laisser tomber ?

– Non. Je peux pas.

– T'es vraiment cinglé !

– Il est cinglé ?! répéta Eunice, ravie.

– Non ma chérie, on plaisante, c'est tout.

– Il est cinglé, il est cinglé !

Chib grimpa dans la Floride tandis qu'Aïcha sermonnait Eunice qui gloussait. En appuyant à fond sur l'accélérateur, volant bloqué droit devant lui, il désintégrerait net le joli jardin d'hiver. Suffisait de lâcher le frein à main et d'enfoncer la pédale. Il braqua et regagna la route en agitant la main. Le portail se referma sur Eunice qui courait en riant, poursuivie par Aïcha.

Il arriva chez lui en nage, le cou douloureux, la bouche sèche. Se laissa tomber sur le futon, comme un phoque échoué sur son bout de rocher familier, babines pendantes. « Venez donc Applaudir Fuck-Fuck le gentil Phoque Apprivoisé de Mme Blanche, Fuck-Fuck, le roi de la Baballe ! » Même pas la force de se traîner jusqu'au frigo, se prendre une bière. Brusquement l'idée qu'on avait réellement tiré sur lui le fit frissonner et il eut froid. Il posa son oreiller sur son ventre glacé. Besoin d'amour, il avait besoin d'amour, comme un môme, putain c'était pas possible tout ça, pas possible, cette débandade soudaine de sa vie, ressaisis-toi, sois un homme ! Arrête d'avoir froid, arrête de suer, arrête de trembler, arrête de l'aimer !

La sonnerie du téléphone interrompit ses divagations et il plongea dessus avidement. Ce n'était que Gaëlle, inquiète, qui lui dit qu'elle serait là le plus vite possible, mais il fallait d'abord qu'elle en finisse avec son partiel de toxicologie.

Il passa le reste de l'après-midi à ressasser sans fin les événements des deux semaines écoulées, jouant à imaginer tout ce qui aurait pu être et n'avait pas été ou aurait pu être différent si et si… scrutant les visages de chacun des protagonistes comme s'il disposait d'un zoom mental capable d'en extraire la quintessence, visualisant les lieux, les décors, réécoutant les dialogues, multipliant arrêts sur image et retours en arrière sans que rien de nouveau ne prenne sens. Pourtant il y avait forcément une ligne directrice. Un projet. Un but. Une pensée derrière les actes. Parce qu'il y avait organisation. Et donc une mise en scène. On n'avait pas affaire à un malade impulsif sujet à des pulsions aussi soudaines qu'incontrôlables. Et une pensée capable d'organisation supposait la capacité de dissimulation, de mensonge, ce qui rendait son auteur si difficilement identifiable. Si seulement nos émotions coloraient notre peau, se dit-il, le vert pour la peur, le bleu pour la joie, le jaune pour la réflexion, le rouge pour le désir, super, Chib, t'aurais l'air malin, teint en rouge brique chaque fois que tu verrais une gonzesse dont les phéromones te botteraient. Valait peut-être mieux que nos émotions se cantonnent discrètement sous notre peau ou nos fringues, glandes sudoripares, hérissement des poils, accélération du pouls, rougeurs, moiteurs et érections, rien qu'un peu de tissu ou de fond de teint ne puisse dissimuler.

Épuisé par ces rêveries oiseuses, il dormit près de deux heures, essaya de lire le compte rendu d'un récent colloque de thanatopraxie qui s'était tenu à Montréal, prit un bain, enfila un survêtement en coton noir qui lui donnait habituellement l'illusion d'être un farouche guerrier ninja, et se remit au lit, le cœur gros et l'esprit en surchauffe.

Gaëlle surgit vers sept heures, les yeux ronds :

– C'est tout ?

– Quoi, « c'est tout » ?

– Je sais pas, je t'imaginais défiguré ou style *La Momie 2*, je ne sais pas, quelque chose de plus spectaculaire.

– Désolé d'être si ordinaire, la prochaine fois j'essayerai d'en prendre une dans le cœur.

– T'as pas l'air de bonne humeur, toi ! lança-t-elle en sautant sur le lit.

– C'est vrai, grogna-t-il, je vois vraiment pas de quoi je pourrais me plaindre.

– Moi non plus, lui renvoya-t-elle, t'es vivant, avec juste un petit trou de rien du tout et une fille ravissante prête à jouer les infirmières. On pourrait dire que c'est ton jour de chance, conclut-elle en lui caressant la joue.

Effectivement. S'adossant contre le mur, Gaëlle pelotonnée contre lui, il entreprit de tout lui raconter. Le coup de fil anonyme où l'on entendait Élilou se faire molester, la découverte d'un magnétophone caché dans la chambre de ses parents, les provocations de Charles, les élucubrations mystiques de Dubois, l'incident avec Eunice et Bunny, le coup de feu qu'on avait tiré sur lui et qui avait miraculeusement ricoché sur le dossier de la chaise, et, pour finir, l'ombre chinoise moqueuse. Il n'omit que l'interlude « blasphémo-coïtal » dans la chapelle, qui n'avait rien à voir, n'est-ce pas, avec tout ça.

Gaëlle, qui lui caressait la poitrine, faillit le griffer tant elle était surexcitée.

– On le tient, Chib !

– Ah ouais ? Et c'est qui ?

– Tu ne vois pas qu'il commet de plus en plus d'erreurs ? Il en est à la phase où il a envie qu'on l'attrape.

– La fameuse phase de la page 300 quand l'auteur du polar a besoin de finir son bouquin, ironisa Chib.

– T'es con, le coup de l'ombre chinoise, c'est la preuve qu'il veut se montrer, il est fier de lui, il en a marre d'être anonyme.

– Il en a surtout marre de moi, apparemment.

– Non, tu n'es qu'un pion dans son jeu. N'oublie pas qu'il n'a pas les mêmes sentiments que nous.

– T'as suivi un cours de profilage ?

– Regarde où ça t'a mené ton persiflage continuel, lui renvoya-t-elle en attrapant son paquet de cigarettes. L'accélération des événements signifie que la pression monte dans sa tête malade. Agir, pour lui, c'est la seule manière de soulager la douleur qui le taraude.

– Et un cours de poésie, aussi ?

Elle lui jeta le paquet au visage.

– Moi, je te raterai pas, Moreno ! Écoute… je crois qu'il se sent acculé et que ça l'excite. Je crois qu'on va l'avoir ! conclut-elle, parce qu'il va faire une grosse connerie.

– Comme nous descendre tous ? hasarda Chib en triturant une cigarette.

– Ce que je me demande, continuait Gaëlle, pensive, c'est s'il rate ce qu'il entreprend parce qu'il ne veut pas réussir ou parce qu'il est moins malin que ce qu'il croit. Il a raté Annabelle, il t'a raté…

– Il n'a pas raté Costa, ni Élilou, ni le chien.

– Hmm. Parce qu'il avait vraiment besoin de se défouler sur le chien et parce que Costa savait vraiment quelque chose de dangereux pour lui.

Chib décroisa les jambes et frotta ses genoux ankylosés.

– Et tirer sur moi, c'était juste pour le fun, c'est ça que tu veux dire ?

– Je sais pas.

Coup de sonnette. Ils tressaillirent tous les deux.

– T'attends quelqu'un ?

– Non.

Gaëlle appuya sur la touche du vidéophone. Noir.

– On voit rien !

– Mais si ! Ou alors c'est que quelqu'un a mis sa main devant l'œil de la caméra, siffla Chib.

– Qui est là ? fit-elle nerveusement.

Respiration haletante. Chib se redressa à demi.

– Qui est là ? répéta Gaëlle, mal à l'aise.

– Le… comte… Bel… Zé… Bite ! fit une voix sépulcrale.

– T'es vraiment trop nul ! cria Gaëlle, enlève ta main !

La face hilare de Greg apparut sur l'écran.

– Je vous ai foutu la trouille, hein ?

Il rigolait encore en entrant dans la pièce, chargé de trois cartons à pizza.

– Quatre-fromages, chorizo et campagnarde, annonça-t-il, ça vous ennuie si je m'invite ? Alors, comment y va, le mort ?

– Ça va, dit Chib de mauvaise grâce.

– T'es pas tellement plus blanc que d'habitude, ricana Greg en fouillant les tiroirs pour prendre des couverts. T'as du pinard ?

– Dans le placard sous l'évier. C'était bien le match ?

– Géant, mec, j'ai tellement gueulé que j'ai plus de voix.

– Ça s'entend pas, lâcha Gaëlle, perfide.

– Bonbons au miel et calva, expliqua Greg en s'emparant d'un torchon. Une recette de mon grand-père.

– Quel grand-père ? s'étonna Chib.

– Le vieux qui tringlait ma mère quand on avait huit ans, tu sais, il voulait que je l'appelle pépé. Un jour il m'a demandé de lui astiquer le jonc, je l'ai passé par la fenêtre, tu te rappelles ? Putain, la rigolade…

Gaëlle le dévisageait, incrédule.

– Tu as jeté un type par la fenêtre ?

– Du premier étage, ma poule, calme-toi, il s'est juste cassé une jambe, le vieux salaud. Bon, c'est prêt ! Qu'est-ce que tu fais, le mort, tu manges dans ton cercueil ou tu viens à table ?

– Je vois qu'au moins ça amuse tout le monde, maugréa Chib en se levant.

– C'est quoi, ça ?

Greg désignait le verre contenant la balle écrasée et noircie que Chib avait déposé sur le haut du frigo…

– Devine.

– Merde, ça fout les jetons, quand même.

Gaëlle s'approcha à son tour, contemplant le petit morceau de métal avec respect et dégoût à la fois.

– Tu devrais la faire monter en médaillon, style saint Christophe, suggéra Greg. Remarque, noir sur noir… ajouta-t-il en s'asseyant.

– Tu tiens la forme, je vois, dit Chib en s'asseyant à son tour.

– Je vais y aller, demain, chez tes barjes, annonça Greg la bouche pleine de fromage, y vont pas continuer à nous faire chier longtemps.

– Et comment comptes-tu t'y prendre ? soupira Chib en contemplant sa pizza mal cuite.

– Tu verras. Les gamines, là, c'est sûr qu'elles savent quelque chose. Et les deux grands chiards aussi. Je vais un peu te les secouer.

– Nous sommes censés travailler pour les Andrieu, pas contre, précisa Chib en tripotant sa pizza sans entrain.

– Mange, ça va être froid ! T'en fais pas, je vais la jouer délicate, tout en finesse.

Gaëlle étouffa un sourire derrière sa serviette en papier. Chib but une gorgée de bordeaux. Les derniers jours n'avaient pas été de tout repos, mais il pressentait que le lendemain allait être particulièrement éprouvant.

– Y font pas de la pizza à l'aspirine ? demanda-t-il en repoussant son assiette.

– Ma pauvre Gaëlle, ricana Greg, t'as vraiment tiré le mauvais numéro. Toujours en train de chialer ! Quand je pense que ça fait trente ans que je le supporte, putain ! Mais on devrait me donner une médaille ! Elle est bonne, cette pizza. Fais voir la tienne, Chib...

INTERMEZZO 7

K.O.
Chaos.
Maintenant.
L'hallali.
La chasse au nègre en apéro
avant d'abattre toutes ces cartes
qui se prennent pour des gens.
Gentil.
Le doigt dans ma tête pousse
il veut sortir par ma bouche
me crever l'œil
comme le tisonnier qui a fouillé
jusqu'à ce que j'explose
Ramasser les morceaux, les recoller,
tout le temps, essayer de les maintenir
pour garder un visage.
Maintenant
Crescendo
Ce ne sont que des boules peintes
que la queue fait valser
dinguer et s'entrechoquer
Choqué ?

CHAPITRE 19

Le Jour du Seigneur était clair et ensoleillé, avec une agréable température frôlant les dix-neuf degrés centigrades. Visibilité dégagée, on distinguait nettement les montagnes enneigées au nord, la mer moutonneuse au sud. Une agréable odeur d'agneau rôti s'échappait de la cuisine où officiait Colette qui préparait un grand déjeuner : il y avait des invités, avait-elle précisé à Chib, en remuant ses casseroles. Toute la famille s'était rendue à la messe de dix heures, leur avait dit Aïcha, ils ne rentreraient pas avant midi. Super, avait répondu Greg en l'entraînant vers sa chambre malgré ses protestations étouffées.

Debout devant la porte-fenêtre, Gaëlle scrutait le gravier.

– Tu cherches des traces de pas ? ricana Chib.

– J'essaye de déterminer où il se tenait quand il a tiré, lui renvoya-t-elle. Assieds-toi sur la chaise.

Il s'exécuta de mauvaise grâce, nerveux. Comme s'il avait inscrit dans ses réflexes qu'il ne fallait plus tourner le dos à la maison. Et la vision de la profonde entaille dans le fer forgé le fit frissonner.

– Bien, fit la voix de Gaëlle dans son dos. Attends, je mesure.

– Tu mesures quoi ?

– Ta hauteur quand t'es assis comme ça. La balle a frappé juste sous ton oreille gauche. Et apparemment de haut en bas. Si c'était Annabelle, la balle aurait frappé de bas en haut, d'accord ? S'il avait été à genoux, pareil. Donc le type était debout. Le fusil un peu incliné.

– Passionnant.

– Ferme-la. Vu l'angle de tir, il se tenait à quarante-cinq degrés sur ta droite…

– Est-ce qu'il porte des chaussettes Thermolactyl ?

– Est-ce que quelqu'un s'est occupé de chercher la douille ?

Chib se releva.

– Les douilles de ce type de fusil, ma chère enfant, ne s'éjectent pas automatiquement.

– Merci Professeur, mais je pense donc je doute. On sait jamais…

S'ensuivit une fouille minutieuse du gravier. Puis Gaëlle voulut examiner le sentier qui contournait la maison, la cabane à outils, la brouette où l'on avait trouvé le chiot éventré, les massifs de fleurs et pour finir la pelouse qui aurait eu besoin d'être tondue, se dit Chib, tandis que l'image du corps sans vie de Costa étendu dans l'herbe s'imposait brusquement à lui. Ils ne trouvèrent ni cartouche, ni fusil caché sous les feuillages, pas plus qu'une photo dédicacée du tireur dissimulée sous la quatrième pierre à droite. Fatigué, il s'assit sur un transat, regardant sans la voir l'eau turquoise où flottaient des rats.

Des *rats*? Il se pinça l'arête du nez. Pas envie d'aller voir ces rats de plus près. Pas envie d'imaginer que la propriété était sournoisement envahie de rats aux yeux rouges, dissimulés dans l'ombre feuillue. Mais bien sûr il se leva, s'approcha du bord. Quatre petites boules de poils dérivaient paresseusement sur l'eau. Il saisit la gaffe en métal posée dans un angle et l'allongea jusqu'à en toucher une. Ramena la gaffe jusqu'à lui. Sentit la nausée désormais familière remplir sa bouche d'acide. Ce n'étaient pas des rats, bien sûr, mais des chatons. Quatre chatons tigrés. Énucléés. Il les repêcha un à un, les déposa sur le grès rosé. Pas de blessures mortelles apparentes. On avait dû les étouffer ou leur briser la nuque. Ou bien on les avait laissés se noyer dans la piscine après leur avoir arraché les yeux.

Il se détourna et exhala profondément pour vider le trop plein de stress, sans grand résultat. La tête lui tournait un peu. Il resta un moment immobile, le regard fixé sur des primevères nouvellement écloses. Le reporta sur les chatons qui baignaient maintenant dans une flaque d'eau, petits tas flasques au poil détrempé, babines retroussées et raidies par la mort, orbites creuses et noires.

Gaëlle avait raison, ça s'accélérait, se dit-il en l'entendant approcher. Elle commença à dire : « Qu'est-ce que tu... », s'interrompit, lâcha un petit cri surpris.

– Apparemment, il ne respecte pas le repos dominical, fit Chib.

Elle se pencha vers les petits corps martyrisés, en effleura un du bout des doigts.

– Il faut qu'on le trouve, Chib.

– Je sais.

Il alla jusqu'à la brouette, revint avec un sac-poubelle dans lequel il jeta les chatons, malgré la répugnance qu'il éprouvait à les toucher.

– Inutile que les gamines voient ça.

Gaëlle posa la main sur son avant-bras.

– Il vit ici. C'est l'un d'eux. Ou alors, il vit caché dans la propriété.

– Ça peut être un des voisins, objecta Chib, avec le sentiment décourageant de rabâcher pour la millième fois la même chose.

– Bon, alors, on s'y met... hé, vous en faites une tronche !

Greg les dévisageait, mains sur les hanches, cheveux humides comme s'il sortait de la douche.

– Tu t'es trompé en reboutonnant ta chemise, lui dit Gaëlle.

– Hein ? Ah oui. Alors qu'est-ce qu'y s'passe ? Vous avez vu le loup-garou ou quoi ?

Chib entrouvrit le sac-poubelle. Greg se pencha, la mine circonspecte.

– Putain, c'est quoi ce délire ?! s'exclama-t-il en reculant d'un bond.

– La dernière farce du loup-garou, lui renvoya Chib sans entrain.

– Aïcha nous a dit que vous étiez là, lança à ce moment-là Andrieu en surgissant à son tour. Du nouveau ?

– Non, non, rien, s'empressa de répondre Chib tandis que Greg rugissait : « Cet enfoiré a zigouillé toute une tribu de chats ! »

Andrieu considéra Chib avec perplexité.

– Vous avez tué des chats ?

– Mais non, pas lui ! Votre enfoiré à vous, précisa Greg en lui tapant sur la poitrine du bout de l'index.

– Je ne saisis pas bien…

– Nous avons trouvé des chatons noyés dans la piscine, expliqua Gaëlle de sa voix posée en écartant Greg du coude. Écoutez, les choses s'enveniment, il y a vraiment un être malfaisant qui sévit dans cette demeure.

– Style *L'Invasion des profanateurs de sépultures*, opina Greg, malgré la bourrade de Chib.

Andrieu fronça les sourcils.

– Il arrive souvent que des gens noient les chatons d'une portée, avança-t-il, le regard fixé sur le sac-poubelle.

– Ouais, mais rarement dans votre piscine et rarement après leur avoir arraché les yeux ! maugréa Greg.

Andrieu tiqua, Chib le vit battre des paupières nerveusement. L'irruption de Paul et de Noémie Labarrière, en costumes de gentlemen-farmers, l'empêcha de répondre. Salutations, effusions. Les Labarrière déjeunaient chez les Andrieu, ainsi que les Osmond, rencontrés en revenant de la messe. Un déjeuner dominical en vue de préparer la prochaine opération humanitaire de « Terre du Nil » qui apparemment mobilisait les forces vives du clan Andrieu et de ses voisins. Noémie fit également allusion au futur mariage de Chassignol, qui devait venir prendre le café accompagné de sa chère Winnie. Ce sur quoi Greg souffla à l'oreille de Chib que ça le faisait penser au feuilleton sur TMC : « T'sais, avec le gros détective à moustache à moitié pédé, tout le monde est toujours réuni à la fin et le mec y balance le nom du coupable, comme ça, tchac, en buvant le café. » Oui, se dit Chib, mais à la différence de celles d'Hercule Poirot, mes petites cellules grises sont totalement blanches, dirait-on. Un vrai champ de neige vierge sans la moindre trace de déduction utile.

Il se rendit compte que Noémie le dévisageait d'un air complice et se força à lui sourire. Puis leurs hôtes regagnèrent la maison. Greg émit quelques commentaires sur l'arrière-train potelé de Noémie Labarrière avant d'annoncer qu'il commençait à avoir faim.

– Ne t'avise pas de te faire inviter à ce déjeuner ! le prévint Chib, menaçant.

– Hein ? D'quoi tu parles ? Je vais juste demander à la Colette de nous faire un petit sandwich. Vous avez pas faim, vous ?

– Non, dit Gaëlle, on vient à peine d'arriver.

– Je vois pas le rapport. Bon, tant pis pour vous.

Ils le regardèrent s'éloigner à grands pas, les mains dans les poches de son pantalon de parachutiste.

– C'est vrai qu'il est reposant, comparé à toi, fit Gaëlle.

Chib haussa les épaules, ce qui réveilla la douleur de sa blessure. Il crevait d'envie de rentrer dans la baraque pour voir Blanche. De se montrer à Blanche avec le pansement qui prouvait qu'il avait risqué sa vie. Comme un petit garçon tout fier de s'être battu. Puéril, Chib. Concentre-toi sur ce qui se passe ici et maintenant, dans cette foutue propriété. Il se tourna vers Gaëlle :

– Tu peux nous dire depuis combien de temps ils sont morts ?

– Difficile, vu leur séjour dans l'eau chlorée. Fais voir.

Elle se pencha sur le sac, en sortit un des corps, l'étala sur le rebord en pierre. Chib détourna les yeux. Des échos de voix s'échappaient de la maison. Des pies jacassaient. Quelqu'un aux alentours se servait d'une tondeuse à gazon. Un dimanche paisible.

– Ils ne se sont pas noyés, lança Gaëlle dans son dos, on leur a brisé la nuque. Ils sont morts depuis quelques heures, je dirais.

– Cette nuit ou tôt ce matin ?

– Par exemple.

– Avant le départ pour la messe, histoire de se mettre en train, persifla Chib avec colère.

– Tu sais à quoi je pense ? fit soudain Gaëlle en refermant le sac-poubelle.

– Non, mais tu vas me le dire.

– Il tue un chiot, des chatons, une enfant…

– Un homme…

– Oui, mais ça, c'est pas pareil, c'est pas pour son plaisir. Ses « vraies » victimes sont des mammifères pré-pubères.

– En tant que mammifère post-pubère, je me sens soulagé. Cela dit, c'est une observation intéressante.

– Merci papy, lui renvoya-t-elle en faisant la révérence.

– Il hait les enfants ? La représentation de l'enfance ?

– Poulet ou jambon ?

Greg leur agitait des sandwichs emballés dans du papier alu sous le nez.

– J'ai entendu ce que vous disiez, reprit-il en mordant dans son sandwich poulet-bacon, en fait on entend tout à cause du soupirail, là.

Il leur montra une petite ouverture grillagée à hauteur d'homme.

– C'est la lucarne des chiottes. Quand on va pisser, on entend tout ce qui se dit dehors. Marrant, hein ? Bon, donc notre enculé de tueur déteste les mômes, il les viole et il les tue, mais ça on le savait déjà, non ?

Chib allait répondre quand il prit conscience de ce que venait de leur apprendre Greg. N'importe qui pouvait suivre leur conversation depuis les toilettes du rez-de-chaussée. Il se rapprocha de Gaëlle.

– Je vais voir s'il y a quelqu'un dans les toilettes, lui chuchota-t-il, continue à parler avec Greg.

– Où tu vas, mec ? lança Greg en finissant de mâcher une bouchée gargantuesque, je croyais qu'on devait enquêter, tout ça… style trouver qui a violé Blanche-Neige et dégommé les chatons, etc.

– Je reviens, je crève de soif, je vous ramène un coca ?

– Ouais, super, et une bière, s't'plaît.

Greg se laissa tomber sur un des transats. Gaëlle s'assit également et prit un sandwich.

– Pourquoi tu l'appelles Blanche-Neige ? demanda-t-elle.

– Ben, t'sais, le cercueil en verre, tout ça, et dans le conte, elle a été assassinée par sa belle-mère, tu t'rappelles ? Je veux pas trop dire devant Chib, mais franchement, la mère Andrieu, elle m'inspire pas confiance, c'est plus le genre de meuf à te planter un couteau à découper dans le cœur que dans un rôti, hein ? Ils ont bien le look adorateurs du diable, ici, ils ont même un curé, et quand y a un curé, tu peux être sûre que le diable est pas loin, c'est comme une belle blonde et une bite, ça s'attire.

Debout devant le lavabo, Chib soupira. Effectivement on entendait tout. Il avait atteint les toilettes sans rencontrer personne et le petit local était vide lorsqu'il y arriva. Mais quelqu'un les y avait-il écoutés un peu plus tôt ? À d'autres moments ? Il examina rapidement le contenu de la poubelle. Un kleenex taché de rouge à lèvres, un chewing-gum, l'emballage d'une savonnette, sans doute celle qui trônait sur le lavabo, un échantillon de parfum vide, un bouton de manchette.

Il le fit sauter dans sa main. Un bouton de manchette identique à celui trouvé dans le sous-bois et qui portait le même « A ». Scénario plausible : Andrieu vient aux toilettes et s'aperçoit qu'il a perdu un de ses boutons de manchette. À quoi bon garder l'autre ? Il l'ôte et le jette dans la poubelle. Très peu masculin, mon vieux Chib. Tout homme dans ce cas-là irait trouver sa femme pour lui déclarer d'un ton geignard : « Chérie, tu n'as pas trouvé un bouton de manchette ? Je n'en ai plus qu'un ! » Sous-entendu : « Ô déesse de la bonne marche de la maison, remplis ton rôle de réparatrice du foyer et retrouve-moi ce foutu bouton. » Sauf s'il ne veut pas que sa femme s'aperçoive qu'il lui en manque un. Parce qu'il sait où et avec qui il l'a perdu, ce fichu bouton de manchette. Spécieux, Chib, spécieux et aléatoire, se dit-il en poussant la porte et en manquant assommer Blanche qui se tenait derrière le battant.

Il s'immobilisa, aussi figé qu'un lapin pris dans les phares d'une voiture.

– Je me demandais si vous aviez eu un malaise, lâcha-t-elle, les yeux rivés sur le pansement qu'il avait sous l'oreille.

– Non, ça va, lui renvoya Chib, le roi de la conversation ébouriffante. Et vous ?

– Pas de malaise, non.

– Je voulais dire : « Est-ce que ça va ? »

– Je vous ai répondu.

Super. Était-il franchement possible d'enchaîner sur l'étreinte passionnée du dernier acte ? Mmm, d'ailleurs il s'avérait même impossible de lui effleurer la main ou de la regarder sans cligner des yeux comme un hibou surpris en plein jour. Ressaisis-toi ! Il se redressa, plantant son regard dans le regard opaque de Blanche et se rejeta en arrière. Belle-Mamie fonçait sur eux, remorquant Eunice dans son sillage.

– Mais enfin, où est Aïcha ? Cette pauvre chérie errait toute seule dans la maison ! dit-elle en faisant entrer la gamine dans les toilettes.

– Je ne sais pas, dit Blanche, je ne sais vraiment pas. Quelle heure est-il ?

– Blanche, vous vous sentez bien ?

Belle-Mamie la scrutait avec l'acuité d'un capitaine cherchant une terre ferme à l'horizon et n'apercevant hélas que des bancs de brume.

Blanche lui sourit, ou du moins étira les lèvres et resta ainsi, avec un rictus figé, les mains jointes sur son giron.

– Je vais chercher Aïcha, lança Chib.

Personne ne lui répondit. Il gagna l'aile est et frappa à la porte de la chambre. Là non plus, pas de réponse. La porte n'était pas fermée à clé. Il entra. Aïcha gisait sur le lit, les bras en croix, les yeux clos. Il bondit jusqu'à elle, prêt au pire, mais nota immédiatement que sa poitrine se soulevait régulièrement. Elle dormait. Elle avait baisé avec Greg et s'était endormie alors qu'elle était censée s'occuper des gamines. Greg épuisait donc ses partenaires à ce point-là ? Il la secoua, mais elle grogna sans bouger, un filet de bave au coin des lèvres. Il pensa immédiatement aux comprimés de Cordier. Farfouilla sur la table de nuit où s'entassaient des revues, un cendrier, des cigarettes, un briquet, une lampe beige, de l'aspirine, des boucles d'oreille créole, un petit réveil en plastique doré, un paquet de kleenex, un verre de coca presque vide et une plaquette de Mépronizine où il manquait cinq comprimés. Bien vu, Chib. Apparemment, les femmes de la maison ont une prédilection pour les petites pilules magiques. Mais, curieusement, il n'en avait jamais surpris aucun symptôme révélateur chez Aïcha. Et maintenant, comment la réveiller ? Avec un verre d'eau froide ? Il hésitait, ne sachant trop la conduite à tenir, quand la porte s'ouvrit dans son dos.

– Qu'est-ce qu'il se passe encore ? jeta la voix froide et lasse d'Andrieu avant de grimper d'une octave : Merde ! qu'est-ce que...

– Elle dort. Elle a dû prendre un somnifère, expliqua Chib.

– Un somnifère ? À midi ? Alors qu'elle est censée s'occuper des enfants ? Que nous avons des invités à déjeuner ? C'est insensé !

Chib haussa les épaules. Insensé, oui. Greg quitte la chambre pour venir les rejoindre, Gaëlle et lui, et Aïcha se dit : « Tiens, puisque j'ai rien de mieux à faire, je vais prendre une bonne dose de Mépronizine et piquer un roupillon. » Il la secoua de nouveau et elle entrouvrit les paupières en gémissant.

– Aïcha ! Réveille-toi !

– Ne me dites pas que cette fille dort ?

Belle-Mamie, poings sur les hanches, contemplait la scène d'un air incrédule.

– Je vois que le personnel en prend à son aise dans cette maison. Décidément tout va à vau-l'eau ! persifla-t-elle en défiant son fils du regard.

Apparemment indifférent aux remarques de sa mère, Andrieu examinait la plaquette de comprimés.

– Ce sont ceux que Cordier a prescrits à Blanche, fit-il remarquer.

– Et voleuse, en plus ! Qui l'aurait cru ! Tu me diras que le sang finit toujours par parler, ajouta Belle-Mamie, les lèvres pincées.

Celui de Chib ne fit qu'un tour et il dut se faire violence pour ne pas la traiter de sale vieille conne. D'autant qu'elle se tournait vers lui.

– Donnez-lui donc deux ou trois claques, ça la réveillera !

– Mmmm, fit Aïcha en roulant des yeux, mmmmm.

– Je crains qu'elle n'en ait pris plus que nous le pensions, fit Andrieu en se redressant, les sourcils froncés, une autre plaquette entamée à la main. Je vais passer un coup de fil à Cordier, par prudence.

– Une bonne douche froide et on n'en parle plus ! grommela sa mère, ce que les hommes peuvent aimer faire des complications !

La voix de Greg dans le hall :

– Mais qu'est-ce qu'il fout ? Chib ?

Celle de Blanche :

– Il est avec Aïcha, vous voulez boire quelque chose ?

– Merci non. Avec Aïcha ?

Dubois, maintenant :

– Oh, vous devez être l'associé de Mlle Holzinski, je suis le père Dubois.

– ...chanté. ...scusez-moi.

Des pas, puis la grosse masse de Greg déboulant dans la chambre, écartant Belle-Mamie sans ménagement.

– Putain des moines !

– Elle dort, t'affoles pas.

– Elle dort ? Tu te fous de ma gueule ?

Du coin de l'œil, Chib aperçut Belle-Mamie qui quittait la pièce, l'air outrée, en claironnant : « Jean-Hugues ! »

– Apparemment, elle a avalé des somnifères, reprit-il. On a appelé le docteur.

– Fais voir, lança Greg en s'emparant de la plaquette, impossible, mec, y en a chez ma mère, lâcha-t-il en l'agitant sous le nez de Chib, et Aïcha m'a dit qu'elle en prendrait jamais, parce qu'elle est allergique à un truc qu'y a dedans, style métro-j'sais pas quoi.

– Méprobamate ?

– Ouais, si elle prend du comme tu dis, elle peut en crever.

– Cordier arrive, lança Andrieu en passant la tête dans l'embrasure de la porte. Un instant, Maman, s'il te plaît !

– Rappelez-le, elle est allergique au méprobamate, demandez-lui ce qu'il faut faire ! ordonna Chib sans ménagement.

– OK. Maman, je t'ai dit : un instant !

La voix perçante d'Eunice :

– Où elle est, Chacha ?

– Elle dort, ma chérie, il ne faut pas la déranger, lui répondit celle, atone, de Blanche.

– Mais tout le monde y c'ie !

– Je dois rejoindre nos invités. Va jouer avec Annabelle.

Grognement ulcéré d'Annabelle :

– Ah non, alors !

– Annabelle, tu vas jouer avec ta petite sœur.

– Non ! Je veux finir mon Silver Fight !

La voix de Dubois, aimable :

– C'est un jeu ?

– Ouais, moi je suis Dirty Splash, tu vois, je peux donner cinquante coups de poing à la suite, tac tac tac… j'ai déjà tué Bionic-Bionda et ScaryMan, j' suis vachement forte !

– Ces jeux ne sont-ils pas un peu violents, tout de même ? demandait le prêtre, à Blanche sans doute.

– Oui. Mais elle les aime bien, ça la défoule. Venez, allons déjeuner.

– Mais…

Ils s'éloignèrent.

Retour d'Andrieu, assez pâle.

– Cordier est sur messagerie, leur apprit-il. C'est grave, ces histoires d'allergie ?

– Peut-être, lui répondit Chib. Greg, arrête de lui secouer le bras, ça sert à rien.

– Merde, c'est pas ta meuf qui se tape une overdose ! Si je chope le pédé qui lui a fait avaler ce truc, je lui scalpe les couilles à la tronçonneuse.

– C'est un programme très alléchant, mais en attendant, on ne peut rien faire. Calme-toi.

– Me dis pas ce que je dois faire ou pas ! Putain, t'es aussi chiant que ma mère !

L'arrivée d'un Cordier essoufflé mit fin à leur échange.

– Vous m'avez vraiment attrapé au vol, jeta-t-il en lançant sa veste sur la commode en pin brut. J'ai un golf dans une demi-heure. Bon, voyons ça.

– Elle a pris de la Mépronizine et elle est allergique au méprobamate, lui apprit Chib, tandis que le médecin commençait à ausculter Aïcha.

– Merde, lâcha celui-ci, on est bons pour le lavage d'estomac.

Il baissa le drap. Aïcha ne portait qu'un body blanc et Chib sursauta en voyant que ses mollets étaient bleus et gonflés.

– Je la fais transporter à l'hôpital, c'est plus sûr, annonça Cordier.

Il reposa son stéthoscope et composa un numéro sur son portable, tandis que Greg se balançait d'avant en arrière comme un grizzly qui se demande s'il va attendre la fin du numéro pour dévorer le dompteur. Impassible, Cordier remit le téléphone à sa ceinture.

– Ils arrivent. Sortez, il y a trop de monde ici, ajouta-t-il en examinant les pupilles d'Aïcha. Et ne paniquez pas, elle n'est pas en danger de mort.

– C'est sûr, ça ? demanda Greg d'une voix épaisse.

– Certain. Allez, foutez-moi le camp.

Ils sortirent. Chib aperçut Clotilde Osmond qui passait la tête par la porte de la salle à manger, visiblement désorientée. Un déjeuner plutôt mouvementé, se dit-il. Et quel intérêt de droguer Aïcha ? Que signifiait ce coup-là dans le jeu pervers et infantile que menait le tueur ? Donner la preuve de sa puissance, de son omnipotence ? Ou un simple avertissement ?

Il vit que Gaëlle discutait avec son amie Belle-Mamie et, chose extraordinaire, que celle-ci avait presque l'air douce et aimable. Blanche avait certainement rejoint ses invités déboussolés. Eunice tenait la main de son père qui attendait le Samu planté sur le seuil de la maison, en compagnie de Dubois. Annabelle tapait furieusement sur les touches de son jeu, les yeux exorbités. Greg s'approcha d'elle.

– T'as Silver Fight ? lui demanda-t-il, l'œil gourmand.

– Ouais, t'sais y jouer ?

– Tu parles ! Je suis un Maître de Silver Fight. T'as quoi d'autre ?

– J'en ai plein ! lui renvoya-t-elle en lui tendant le boîtier.

Greg se mit à tripoter la mini-console, déclenchant des séries de bips électroniques et des ritournelles exaspérantes aux oreilles de Chib.

– Hé, fit-il soudain, c'est quoi cette connerie ?

Annabelle ouvrit de grands yeux puis bondit brusquement

pour lui arracher le jouet des mains, mais Greg se contenta de lever les bras au-dessus de sa tête et elle resta suspendue à son pull, hargneuse.

– Rends-le-moi, c'est à moi, voleur !

– Attends une minute. Chib, viens voir un truc.

– Voleur ! hurla Annabelle en lui décochant un coup de pied dans le tibia.

– Aïe, mais t'es conne ou quoi ? Recommence et je te flanque une raclée, compris ? grogna férocement Greg en gonflant tous ses muscles.

La fillette partit en courant vers son père. Greg baissa les bras et montra la console à Chib.

– Y a un drôle de truc, là-dedans. Je crois qu'on tient le bon bout, mec.

– Explique.

Dans la liste des programmes accessibles, Greg pointa son énorme index sur l'un des titres : « Snake Kombat ».

– Regarde, tu vois ça ?

– Et alors ? Tu affrontes à mains nues des serpents à sonnettes ?

– Non, mon pote, t'affrontes à mains nues des petits culs en chaleur.

– Pardon ? hoqueta Chib, certain d'avoir mal entendu.

– C'est un programme codé. Le vrai titre c'est « Sexual Conbat », c'est en vente dans les sex-shops et sur le Net. Un vendeur m'a expliqué qu'y avait un jeu de mots avec « Con », le con, et « Bat », la chauve-souris, la bite en américain. À mon avis, c'est de la couille, mais c'est pas le problème.

– Est-ce que tu es en train de me dire qu'Annabelle a un jeu porno dans ce truc ? chuchota Chib.

– Ouais, tout à fait.

– Mais n'importe qui peut tomber dessus !

– Non, faut un code pour y accéder, je t'ai dit. Sinon, tu crois que le jeu marche pas, c'est tout. Y a un message d'erreur qui s'affiche, vise : « Ce programme n'est pas lisible. »

– Tu connais le code ?

– Non, y a que celui qui a mis ça là-dedans qui le connaît.

– Donc, peut-être que la petite ne sait même pas qu'il y a ce… truc.

– Peut-être. Mais comme elle m'a l'air sacrément vicieuse…

– Greg, elle a six ans.

– Ma mère a commencé à tapiner à huit.

– Mais ça n'a rien à voir, ta mère crevait la dalle, sa propre mère se prostituait et son père était un ivrogne qui lui cognait dessus à longueur de journée !

– N'empêche, personne l'a forcée.

– Ce sont les circonstances qui l'ont forcée…

– Oh ! Arrête, on s'en fout, je dis juste que c'est pas parce qu'elle a six ans que c'est une sainte, OK ? Ah, voilà le Samu.

Deux brancardiers, un médecin, pas le même, plus âgé, moustachu, et les brancardiers. Étaient-ce ceux qui étaient venus le chercher ? se demanda Chib tandis qu'ils passaient devant lui au trot. La voix de Cordier s'expliquant avec l'urgentiste, puis de nouveau les brancardiers courant vers l'ambulance avec Aïcha sur la civière, Annabelle scotchée à son père, Dubois qui rentre, visiblement gelé, tandis que l'ambulance démarre et qu'Andrieu reste à la regarder manœuvrer, sans écouter ce que lui raconte Cordier sur le départ, Greg qui le rejoint et veut des précisions.

– Je vous avais dit que ça allait s'accélérer, annonça Dubois à Chib, avec le ton satisfait d'un homme qui a vu clair dans le jeu de l'ennemi. Qui sera le suivant ?

– Que voulez-vous dire ?

– Que l'esprit malin qui perturbe la maisonnée ne s'en prend jamais deux fois à la même personne, lui chuchota le prêtre en confidence. Il pose sa marque impure sur chacun tour à tour, « par un seul, les souiller tous ! ». Vous ne sentez pas que les vibrations s'accentuent ? Et le froid, vous ne sentez pas le froid ?

Chib le dévisagea : effectivement, le prêtre était livide et frissonnait. Pourtant, il faisait doux.

– Je suis glacé depuis ce matin, reprit Dubois, les Forces des Ténèbres apportent toujours le froid, parce que la haine est compacte et coupante comme de la glace. Des icebergs de haine gelée qui viennent fondre et dégouliner sur leurs victimes paralysées, des araignées de glace qui vous sucent lentement l'âme, voilà ce qu'ils sont !

– De quelles araignées vous parlez ?

Greg les regardait, perplexe.

– C'est une métaphore. Comment va Aïcha ?

– Ça devrait aller. Je dois passer à l'hosto tout à l'heure, pour la voir. Putain, c'est le vrai boxon, ici !

– Encore une métaphore, se hâta de préciser Chib.

– Confusion, tout n'est que confusion, ils cherchent à nous égarer ! proféra Dubois avec emphase.

– C'est dans quel film ? voulut savoir Greg.

Dubois lui jeta un coup d'œil interloqué.

– Pardon ?

– Laissez tomber. Elle a l'air de bien s'entendre avec la reine-mère, Gaëlle.

– Vous n'êtes pas très respectueux envers vos employeurs, jeune homme.

– Ben, quand mon pote manque se faire exploser la tronche à coup de fusil et qu'on empoisonne ma copine, ça a tendance à entamer mon capital respect. Comme disait l'autre : « Y a quelque chose de pourri au royaume d'Oz ».

– Du Danemark. Oz, c'est dans *Le Magicien d'Oz*, rectifia Chib.

– Ouais, bon, c'est pareil. En tout cas, ça pue.

– Sur ce point, je suis d'accord avec vous, opina Dubois.

– Josselin, il faudrait peut-être rejoindre les autres ? Annabelle, arrête de faire le bébé, tu veux ?

Andrieu essayait de détacher sa fille de sa jambe et Chib, voyant la tête blonde frôler la braguette de l'homme, ne put s'empêcher de visualiser une écœurante scène de fellation. Dubois saisit la gamine par le bras et la tira en arrière d'une bonne secousse.

– Merci, fit Andrieu, je ne sais pas ce qu'elle a, elle est infernale.

À ce mot, le visage du prêtre s'assombrit encore et il jeta un regard appuyé à Chib comme pour dire « Ah ! vous voyez ! » avant de suivre Jean-Hugues vers la salle à manger, imité par

Belle-Mamie. Chib se passa la main sur le visage. Il se sentait aussi déboussolé que fatigué.

– Ben dis donc, la vioque veut t'adopter ou quoi ? persifla Greg quand Gaëlle les eut rejoints.

– Elle est assez perturbée et contrariée par ce qui se passe et elle n'a personne à qui parler. Elle se méfie de Blanche et son fils la fuit.

– On le comprend ! ricana Greg.

L'entraînant dans un coin, ils la mirent au courant de ce que celui-ci avait découvert sur la console de jeux qu'il fourra dans la poche de son blouson d'aviateur avant d'annoncer qu'il était temps qu'il file à l'hosto et s'éclipse sans prendre congé des Andrieu.

– Quand Greg s'en va, on a toujours l'impression de sortir d'une zone de fortes turbulences, fit observer Gaëlle.

– Il a toujours été plutôt remuant, c'est vrai.

– Mais tu l'aimes bien.

Ce n'était pas une question. Et si c'en avait été une, Chib n'aurait pas su y répondre, pas avec certitude. Peut-être était-ce le sens même du mot « aimer » dont il n'avait jamais été très certain. Il haussa les épaules :

– Qu'est-ce qu'on fait maintenant ?

– Je n'en sais vraiment rien ! En fait, chaque nouvel événement m'empêche de réfléchir au précédent et je nage dans la confusion la plus totale, avoua-t-elle en soupirant. Pas toi ?

– C'est sûrement l'effet recherché. Accumuler les événements pour nous déstabiliser, nous créer du stress, nous jeter de la poudre aux yeux. C'est comme si on avait affaire à un équilibriste qui enchaînerait figure sur figure sans qu'on ait même le temps d'apprécier ses numéros.

– Un illusionniste, plutôt.

– Un illusionniste funambule.

– Non, les funambules, c'est nous, rétorqua Gaëlle, on marche sur le fil entre la réalité et ses fantasmes, et on tient debout de justesse.

– Ma doué, comme c'est joliment dit, t'es sûre que tu parles de nous ? J'ai l'affreuse impression que tu deviens de plus en plus intelligente et moi de plus en plus bête.

– Ce n'est pas une impression, Papy, c'est la dégénérescence de tes neurones qui s'accélère, utilisation trop intensive, et de plus tu as littéralement une case en moins maintenant.

Saisi d'un accès de tendresse, Chib lui sourit et l'embrassa sur la joue. Juste comme Blanche passait la porte, sa serviette de table en lin saumoné à la main, appelant Colette. Elle les avait forcément vus, intercepté le geste de Chib. Elle les dépassa sans leur adresser la parole, s'engouffra dans la cuisine.

– « Femme sous influence », décréta Gaëlle.

– Pourquoi tu dis ça ?

– Sa démarche. Trop raide. Trop contrôlée. Sa voix. Ses yeux. Fixes, brillants. Un peu comme toi quand tu la regardes, acheva-t-elle avec douceur.

Chib se sentit rougir tandis que Blanche repassait dans l'autre sens, son rictus poli toujours plaqué sur le visage, avec un vague signe du menton en direction de Gaëlle. Passant la tête dans le hall, Andrieu les héla soudain :

– Venez donc prendre le café avec nous.

CHAPITRE 20

Dans la salle à manger où résonnaient en sourdine les accents romantiques du *Concerto n° 1* de Chopin, les convives avaient l'air emprunté d'automates s'essayant à la conversation mondaine. On avait respecté la disposition traditionnelle, un homme, une femme. Jean-Hugues, Blanche, Josselin Dubois, Belle-Mamie, John Osmond, Noémie Labarrière, Clotilde Osmond, Paul Labarrière, Charles, Annabelle, Louis-Marie, Eunice.

John et Clotilde, les joues marbrées de rouge, semblaient avoir pas mal éclusé. Dubois contemplait son verre d'eau minérale comme s'il s'agissait d'une boule de cristal particulièrement communicative. Paul Labarrière poursuivait avec Andrieu une laborieuse conversation sur les performances respectives des cartouches Fob Super chasse et Mary Arn pour la chasse à la bécasse et Chib toucha instinctivement son pansement, tandis que Noémie écoutait Louis-Marie disserter sur le concert donné par Kissin en 1984 à Moscou, la version qu'ils étaient en train d'écouter, et que Belle-Mamie demandait à Charles des nouvelles de ses études. Eunice gigotait sur sa chaise en chuchotant des secrets à l'oreille de Bunny et Annabelle écrasait des boulettes de mie de pain avec sa fourchette d'un air féroce en marmonnant des imprécations inaudibles où Chib crut reconnaître le mot « voleur ».

Gaëlle et lui se tassèrent en bout de table, près des enfants, conscients des regards qu'on leur lançait à la dérobée. Chib se sentait mal à l'aise, comme un domestique invité à la table des maîtres, se dit-il. Il fut soulagé de la diversion offerte par Colette poussant la table roulante avec le café et les friandises.

Il touillait machinalement son expresso sous le regard répro-bateur de Belle-Mamie quand Chassignol et Winnie firent leur entrée, en tenues de golf.

– Ah, les héros du jour ! lança John Osmond en levant son verre de Lynch-Bages 91 encore à demi plein.

Chassignol sourit à la ronde, Winnie accrochée à son bras arborant son air extasié habituel. Ils se casèrent tant bien que mal et Winnie se retrouva tout contre Chib, qu'elle salua à peine.

– Nous avons croisé Cordier au club, leur apprit Chassignol tout en se servant un verre de bordeaux, il nous a appris pour votre petite bonne… sale histoire !

– Une vraie cochonnerie, ces allergies ! enchaîna Paul Labarrière en se resservant lui aussi. Mais les femmes en souffrent plus souvent que les hommes, n'est-ce pas, chérie ? Tu te rappelles quand tu te couvrais de ces horribles plaques rouges ?

Noémie lui décocha un regard venimeux :

– Ça s'appelle de l'urticaire, on a dû faire des tas d'examens avant de découvrir le coupable.

– Qui était ? s'enquit Clotilde Osmond son verre à la main.

– Les plumes.

– Les plumes ? s'exclama l'assistance tel un chœur antique bien formé.

– Nous avions des oreillers garnis de plumes d'oie, à l'ancienne, et j'y étais allergique.

– À mon avis, c'est Paul qui essayait de t'étouffer pendant ton sommeil ! ricana Rémi Chassignol en enlaçant Winnie.

– Au lieu de dire des bêtises, on ne devrait pas plutôt trinquer ? rétorqua Paul aimablement.

– Ah, c'est vrai.

Chassignol leva son verre, un bras autour des épaules de sa fiancée.

– Eh bien, la date du mariage est fixée au 26 juin et j'espère que vous nous ferez tous l'honneur d'y assister.

Exclamations, congratulations, Blanche souriant vaguement, statue de brume, fantôme de chair, Andrieu portant un toast, Dubois donnant sa bénédiction, Louis-Marie et Charles ricanant stupidement en échangeant des coups d'œil égrillards en direction de Winnie, tandis qu'Eunice et Annabelle en profitaient pour rafler le maximum de friandises et les avaler en hâte.

« Qu'est-ce que je fous là ? se dit Chib, qu'est-ce que je fous dans cette famille, avec ces gens que je trouve antipathiques et vains, à leur sourire comme une marionnette docile, à contempler le vide de Blanche comme un précipice au bord duquel je marche en équilibre précaire, qu'est-ce que je fous là à essayer de comprendre pourquoi quelqu'un leur veut du mal, leur fait du mal ? Comment pourrais-je le comprendre, ils sont si loin de moi. »

Soudaine sensation de chaleur hostile. Il tourna la tête, cherchant quel était le regard brûlant dardé sur lui, mais tous les mannequins jouaient leur rôle avec application. Le jeu pornographique dans la console d'Annabelle le tracassait. Seul un familier avait pu l'y introduire. Il observa Andrieu, son mâle visage rasé de près, ses cheveux si blonds et si bien coupés, son regard clair et franc, ses mains propres et soignées, avec des ongles carrés et bombés. Ces mains s'étaient-elles égarées sur des petits corps affolés ? Il but une gorgée de café, le trouva amer. Aussi amer que ce repas faussement enjoué quelques jours seulement après l'enterrement d'une enfant brisée. Avaient-ils aussi festoyé après la mort du petit Léon ? Est-ce que Greg avait vu juste en plaisantant à propos d'une secte satanique ?

En se tortillant pour massacrer un mini millefeuille, Annabelle lui donna un brusque coup de coude, il faillit renverser sa tasse, ne put rattraper sa petite cuillère qui tomba. En lui décochant un regard furibond auquel elle répondit en lui tirant la langue, il se baissa rapidement pour la ramasser. Bref aperçu du dessous de table, foudroiement instantané. Un grand pied en chaussette bleu marine glissant le long d'un pantalon gris, se plaquant à l'entrecuisse dudit pantalon et personne ne bronchait. Il se releva, la cuillère à la main, visualisant la place exacte de chacun par rapport à ce qu'il avait vu. Charles. Charles en train de caresser subrepticement Chassignol ! Bon Dieu ! Il en éprouva comme un vertige et ferma brièvement les yeux pour se ressaisir. Charles et Rémi-Supermâle-Chassignol ! Chassignol qui pérorait, sa fiancée pendue à ses côtés, annonçait son mariage sans ciller alors même que Charles le tripotait sous la table ? !

Comme s'il lisait dans ses pensées, Chassignol se tourna soudain vers lui, un beau sourire charmeur plaqué sur son visage anguleux.

– Qu'est-ce qui vous est arrivé ? s'enquit-il en désignant le volumineux pansement de Chib.

– Oh, rien, une balle de 8 mm dans la tête, lui renvoya-t-il avec un sourire tout aussi éblouissant.

Winnie éclata d'un rire à la fois perlé et cristallin, tout en secouant ses belles boucles de princesse, Chassignol, lui, fronça les sourcils.

– Je ne savais pas que vous étiez chasseur...

– Oui, j'ai un modèle spécial, le boum-boum boomerang. C'est super pour s'auto-trépaner.

Il y eut un instant de silence, des sourires indécis, un flottement généralisé que Belle-Mamie rompit en s'exclamant d'une voix forte : « Aux futurs mariés ! », sur quoi tout le monde trinqua de nouveau, avec la précipitation d'une bande de naufragés agrippant les filins de l'hélico salvateur.

Chib sentit la douleur pulsante augmenter d'un cran, devenir aussi pointue qu'une aiguille rougie au feu. Ou du moins de l'idée qu'il se faisait d'une aiguille rougie au feu, puisque, jusqu'à ce jour, il n'avait pas eu l'occasion d'expérimenter la chose *in vivo* ; mais, vu la tournure que prenaient les événements, ça avait de bonnes chances de se concrétiser sous peu. Une expérience nouvelle à enfiler sur le long collier clouté de la vie.

Il reporta son attention sur Charles et Chassignol, les épiant discrètement tout en bavardant avec Gaëlle et Winnie du dernier succès cinématographique qu'il n'avait d'ailleurs pas vu. Puis il y eut un mouvement général et les gens commencèrent à se lever, roses et repus. Andrieu proposa un billard que les hommes acceptèrent, laissant les femmes faire un tour dans le jardin. Chib s'éclipsa discrètement jusqu'aux toilettes. Il avait mal à la tête, il était fourbu, et il avait froid. Oui, froid. Étrange, comme ce froid était venu, insidieux et perçant. En sortant, il fut harponné par Gaëlle.

– J'ai eu Greg, tout va bien. Toi par contre, t'as l'air vanné. Tu devrais aller t'étendre un peu.

– Ouais, j'ai qu'à demander où se trouve la chambre d'amis. Ou je peux peut-être partager la belle boîte d'Élilou ?

– Vraiment vanné. Tu as trop tiré sur la corde. Tu devrais être chez toi, au lit ! Je suis sûr que personne ne trouvera rien à y redire si tu t'allonges un moment dans la chambre d'Aïcha.

Sentant la tête lui tourner, Chib acquiesça mollement. S'étendre quelques instants. Dans l'obscurité et le silence. Obtenir un peu de répit... Il se laissa guider jusqu'à la chambre, s'étendit sur le lit avec soulagement, sentit Gaëlle lui retirer ses chaussures et lui chatouiller amicalement la plante des pieds sans qu'il réagisse et sombra brutalement dans un sommeil épais comme du coton.

Du coton. Trois hommes en haillons penchés sur des arbustes à boules blanches. Spirales de poussière. Sillons de terre rouge. Odeur épaisse de la terre qui fume. Odeur âcre du goudron qui mollit. Odeur aigre de la sueur sur les torses nus, le long des bras, autour de la bouche. Gestes lents. De temps en temps un cri guttural. Poussière qui monte, spirales rouges sur ciel bleu et visages noirs. Une charrette qui grince dans un nuage ocre. Bouches pleines de poussière et les bras toujours qui se lèvent et retombent, cueillent les boules blanches, raucité des respirations, lentes, soutenues, entre les sillons de terre rouge, la main passée sur le front pour chasser la sueur qui dégouline, la charrette qui grince, les trois hommes en haillons, les yeux pleins de sueur ou de larmes, qui lèvent la tête, et qui le regardent, sans émotion, comme trois pierres posées dans un champ de coton, impossible de soutenir leur regard de pierre, reculer, courir à reculons vers la route qui mollit et s'enfonce dans le ciel, reculer, fuir, le grincement de la charrette et le pas des bœufs, la sueur mécanique, l'odeur ignoble du coton, fuir...

Il se réveilla en sursaut, la bouche si sèche qu'il eut du mal à déglutir, le cœur battant, les yeux mouillés. Mouillés ? Il porta la main à ses paupières, sentit les traces humides sur ses joues. Du sang ? Il regarda ses doigts. Ce n'était pas du sang. Ça avait l'air de couler, comme ça, du coin de ses yeux. Il s'essuya, lentement. La sueur des esclaves avait traversé la nuit pour venir dans mes yeux, se dit-il, la sueur de mes pères.

Il s'assit lentement, s'essuya la nuque et le visage avec un coin du drap. Le petit réveil indiquait 15 h 10. Il avait dormi une demi-heure. Il se sentait endolori comme s'il avait couru, couru le long d'une route empierrée et défoncée par les nids-de-poule. Il s'étira, fit jouer les muscles de son dos, de ses jambes. Série d'inspirations profondes, expirations prolongées. Il se leva, alla jusqu'à la petite salle de douche pour boire longuement au robinet, puis se rinça la bouche avec une solution dentaire à la menthe. Sa blessure le tiraillait. Début de cicatrisation ? Il refit son nœud de cravate, enfila sa veste anthracite, passa sa main mouillée sur sa brosse crépue et sortit. Remue-ménage dans la cuisine. Éclats de voix masculines dans la bibliothèque. Il reconnut le timbre sonore de Chassignol. Il fallait qu'il parle à Gaëlle de ce qu'il avait surpris sous la table. Abruti et indécis, il hésitait, planté au milieu du hall, obnubilé par un ensemble de pensées contradictoires quand on l'interpella.

– Vous ne jouez pas au billard ?

Il se retourna. Louis-Marie se tenait au milieu de l'escalier, juché sur la rampe, coiffé d'un casque militaire rouillé.

– Et toi ? lui renvoya Chib, à quoi tu joues ?

– Je suis en mission derrière les lignes ennemies, lui confia le jeune garçon avec un clin d'œil. Comme vous.

– C'est pour ça que tu te protèges ? lança Chib avec un geste en direction du casque.

– Oh, ça, c'était à Grand-Père. Il l'a ramené de la deuxième bataille de la Marne. Super, non ? Il y a même un éclat d'obus incrusté dedans, regardez.

Il se laissa glisser jusqu'en bas de la rampe et tendit le casque à Chib pour qu'il admire le fragment de métal encastré dans le casque.

– Ouais, super, acquiesça celui-ci en portant la main par réflexe à sa blessure. Tu l'as connu, ton grand-père ?

– Un peu. Il est mort quand j'avais cinq ans. Il était très vieux. Il toussait tout le temps, c'était dégueulasse.

Chib se livra à un rapide calcul. Louis-Marie avait quatre ans et demi à la mort du petit Léon, en 92. Enguerrand Andrieu était donc mort à cette époque-là et Andrieu avait ainsi perdu son père peu de temps après avoir perdu son fils. D'autre part, si l'aïeul avait fait la Marne, même à dix-huit ans, il avait dû être sacrément plus âgé que Belle-Mamie qui affichait une petite septantaine. Il releva la tête et s'aperçut que Louis-Marie le dévisageait avec amusement.

– Dans sa collection de poupées mannequins, Charles en a une qui vous ressemble, lâcha-t-il. Il s'appelle Jim. Il a plein de jolis costumes.

– C'est vrai que Charles joue avec ces poupées ?

– Maintenant il dit que c'est bête, mais il y a joué longtemps. Il inventait plein d'histoires, de vrais feuilletons.

– Et quel rôle jouait Jim ?

– Il sortait avec Allan, le grand rouquin, au désespoir de cette crétine de Barbie qui pleurait des heures entières chez sa copine Madge...

– Palpitant.

– N'est-ce pas ? Bon, j'y vais, le devoir m'appelle.

Grimpant l'escalier quatre à quatre, le garçon disparut à l'étage.

Chib se traîna jusqu'à la salle à manger désertée et s'y assit, face au jardin. Le soleil avait tourné derrière l'aile ouest et les ombres s'allongeaient. Il reconnut le chant de la sittelle torche-pot avant même de prendre conscience qu'il l'entendait : un léger frisson lui hérissa les poils de l'avant-bras. C'était le même chant strident qu'il avait écouté avant qu'on lui tire dessus. Son corps se souvenait.

Apercevant un bloc-notes et un stylo sur la console, il s'en saisit et essaya de se concentrer pour faire le point.

D'un côté les certitudes, de l'autre les soupçons, se dit-il.

CERTITUDES	SOUPÇONS
– *Élilou était morte, la nuque brisée.*	*Meurtre ?*
– *Élilou n'avait plus d'hymen.*	*Viol ?*
– *Le corps d'une enfant morte avait été dérobé et crucifié.*	*Nécrophilie ?*
– *La chapelle avait été profanée.*	
– *Un chiot avait été éventré.*	

– Quelqu'un s'était masturbé
sur une photo de la famille.
– On avait filmé Chib en train
d'entrer chez Blanche
en pleine nuit.
– Annabelle l'avait menacé
avec un pistolet chargé
appartenant à Andrieu.
– Annabelle était tombée
dans le puits. *Poussée ?*
– Costa était mort, le crâne brisé. *Assassinat ?*
– Un magnétophone était
caché sous le lit conjugal.
– Bunny avait été mis à bouillir
dans une marmite. *Intimidation ?*
– On avait tiré une balle dans
la tête de Chib.
– Une ombre lui avait fait un
bras d'honneur alors qu'il était
grièvement blessé. *Le tireur ?*
– Des chatons avaient été tués
et énucléés.
– Aïcha avait absorbé des
somnifères auxquels
elle était allergique. *Empoisonnement ?*
– Il y avait un jeu porno
dans la console de jeux
portative d'Annabelle. *Pédophilie ?*
– Charles avait tripoté
Chassignol sous la table.

Il fit craquer ses doigts. À ne garder que les faits sans aucun doute malintentionnés, on obtenait quand même une impressionnante série d'actes « anormaux ».

Peut-être qu'en imaginant qu'Élilou avait été assassinée, il avait ouvert la boîte de Pandore où se terrait un esprit perturbé avide de destruction. Peut-être était-elle morte naturellement, mais il n'empêche qu'il y avait un malade à l'œuvre, un sadique pervers, au sens clinique du terme. Et un meurtrier en puissance, en témoignait la blessure dans sa propre chair.

Il entreprit de dresser une liste des faits annexes et ouï-dire :

FAITS ANNEXES	OUÏ-DIRE
	– *Charles a eu des rapports avec Costa.*
	– *Andrieu est au courant.*
	– *Paul Labarrière a eu une liaison avec Clotilde Osmond.*
– *Winnie s'est rendue chez les Labarrière en leur absence.*	
– *Winnie a été surprise dans le sous-bois.*	
– *Winnie va épouser Rémi Chassignol.*	
	– *Chassignol était amoureux de Blanche lors de leurs études.*
	– *John Osmond est amoureux de Blanche.*
– *Trouvé un bouton de manchette d'Andrieu dans le sous-bois.*	
– *Trouvé le second dans la poubelle des toilettes.*	
– *La photo souillée a été nettoyée le matin même où je l'ai découverte.*	
– *Charles a caressé Chassignol sous la table.*	

Il considéra les feuillets recouverts de ses pattes de mouche. Bon, et alors ? Aucun diagramme significatif ne se dessinait subitement sous ses yeux éblouis. Il relut attentivement chacune de ses phrases. La profanation du corps et de l'église indiquaient un nécrophile blasphémateur. Le DVD et le magnéto, un voyeur. Les chiots et les chatons, un sadique. Le pistolet fourni à Annabelle et la balle tirée sur lui, un meurtrier. Nécrophile, voyeur, sadique, assassin. Un psychopathe, donc, étonnant, n'est-ce pas ?

Il crut entendre un craquement derrière lui et se retourna brusquement. Prit conscience qu'il était seul. Comme l'autre soir. Allons, personne n'allait le tirer comme un lapin en plein jour. Ah oui ? Et pourquoi pas ? Il se leva, fourra les feuillets dans sa poche sans quitter des yeux la porte entrebâillée, s'attendant tellement à voir une main gantée se poser sur la tranche que lorsqu'elle se matérialisa, qui plus est prolongée d'un sécateur, il n'éprouva qu'une légère contraction à l'estomac. Mais ce n'était que la main gauche gantée d'épais tissu vert de Clotilde Osmond, dont la main droite tenait une brassée de pivoines. Elle sursauta légèrement en l'apercevant.

– Vous m'avez fait peur ! dit-elle avec bonhomie. J'ai cueilli ça pour Blanche, elles sont superbes, n'est-ce pas ?

Elle déposa les fleurs sur la table.

– Je vais demander un vase à Colette. Vous n'avez pas l'air dans votre plat, ajouta-t-elle en l'examinant d'un œil critique.

– Assiette, la corrigea-t-il avant d'ajouter : Je suis un peu fatigué. Où sont les autres ?

– Les messieurs jouent au billard, les dames papotent dans le jardin d'hiver, ravissant, n'est-ce pas ? J'adore cette maison, elle a tellement de style ! La nôtre est trop moderne, je l'ai dit à John, elle manque de, comment dites-vous, ah oui, de cachet. Votre blessure ne vous fait pas trop souffrir ?

– Ça va.

– Mais comment est-ce arrivé ? Je n'ai pas très bien compris.

Elle le regardait, la tête légèrement penchée de côté, les yeux plissés, le sécateur sur sa hanche rebondie.

– Une balle perdue. On se sait pas qui a tiré.

Elle fronça son long nez toujours un peu rouge, mimique qui la rendait encore plus laide.

– Comme c'est étrange ! Mais ici tout est étrange, n'est-ce pas ?

– Que voulez-vous dire ?

– Je ne sais pas, c'est... l'ambiance... les gens... toute la région est comme une carte postale, avec des personnages de livres. On se demande où sont les vrais gens! conclut-elle en riant.

– Vous connaissez Blanche et Jean-Hugues depuis longtemps?

– Depuis que nous avons emménagé, ça doit faire, voyons, neuf ans, juste après la mort du bébé… J'aime beaucoup jardiner et Blanche voulait apprendre, alors nous avons sympathisé.

– Votre mari ne s'intéresse pas à la botanique?

– John ne s'intéresse qu'à ses chers incunables, c'est un collectionneur vous savez.

Et il aimerait bien ajouter Blanche à sa collection d'originaux, ricana Chib *in petto*, alors qu'il disait à haute voix:

– Je ne savais pas, ce doit être passionnant!

– Oui, si on aime les vieux manuscrits poussiéreux qui tombent en miettes. La poussière me fait tousser, je préfère être dehors. Le grand-père Andrieu lui a légué quelques-uns de ses trésors.

– Vous l'avez connu?

– Quelques mois à peine. Il s'est tué en tombant d'une échelle en voulant tailler une haie. Il n'en faisait toujours qu'à sa figure.

– Tête.

Elle sourit comme une gamine prise en faute, reprit:

– Il était très impressionnant malgré son âge, un vrai colosse, on lui donnait facilement dix ans de moins que son âge. Je comprends que Jean-Hugues ait du mal à s'imposer avec sa mère, ajouta-t-elle en baissant la voix.

Impatient de passer à des sujets plus d'actualité qu'Enguerrand Andrieu, Chib changea de sujet:

– Et vous avez donc sûrement bien connu le malheureux Costa?

– Évidemment. Costa était un jardinier hors pair! Et il aimait vraiment son métier. Le seul problème…

Elle hésita, s'interrompit. Chib sentit ses doigts se resserrer sur le dossier de la chaise à laquelle il s'appuyait.

– Oui?

– Eh bien, Costa était un brave homme, mais il avait eu

des ennuis dans sa jeunesse... il... il était très porté sur la chose, vous voyez... acheva-t-elle, les yeux baissés sur ses grosses chaussures en cuir à lacets, très peu féminines.

– Je croyais qu'il était homosexuel, laissa échapper Chib, déconcerté.

– Costa ? Mais pas du tout ! Il m'a même draguée, c'est vous dire ! lui répliqua-t-elle en levant fièrement son visage ingrat. Je sais que je ne suis pas un canon, comme vous dites, alors ça prouve à quel point il aimait les femmes, non ? Noémie m'a dit qu'il l'avait tellement importunée qu'elle avait failli le renvoyer.

Chib éprouva le besoin de se rasseoir. Si tous les gens en cause passaient leur temps à changer de sexualité comme de mobile comment pouvait-on espérer y voir clair ?

– Vous êtes décidément une femme très courtisée, avança-t-il prudemment, j'ai entendu dire que Paul Labarrière lui aussi... avec vous...

– C'est faux ! protesta-t-elle aussitôt avec véhémence. Noémie s'est mis ça dans la tête, elle est même allée en parler à John, le pauvre cher, il en est resté sur le ventre !

– Sur le flanc, corrigea Chib automatiquement.

– Peu importe. Il n'y a rien eu d'autre entre Paul et moi qu'une... grande amitié. Je ne sais pas pourquoi Noémie a inventé ça !

– Vous ne lui avez pas dit qu'elle se trompait ?

– Mais si ! Mais elle ne m'a pas crue ! Elle est d'une jalousie maladive !

– Et Paul ne vous a jamais proposé... ou laissé comprendre...

Elle se tourna vers les fleurs, ses longs cheveux gris cachant à demi ses traits.

– Non ! Paul est un vrai gentleman.

Ben voyons.

– Et John ? Qu'est-ce qu'il croit ?

– Il s'en fiche. Je vous ai déjà dit qu'il ne s'intéressait qu'à ses vieux bouquins. Je pourrais le tromper avec une armée de cosaques sans qu'il dise autre chose que : « Prendrons-nous quand même le thé, darling ? »

Chib s'entendit rire, mais elle ne souriait pas, elle avait l'air dur et malheureux.

– Et lui ? Il est d'un tempérament fidèle ? s'enhardit-il à demander.

– Autant qu'on peut l'être quand on préfère les personnages de romans aux vraies personnes. C'est un amoureux chronique, mais de femmes de papier, conclut-elle sans sourire.

Il brûlait d'aborder la question de Blanche mais ne savait comment. Clotilde l'observait, les sourcils froncés.

– Je sais à quoi vous pensez, fit-elle brusquement, surtout si vous avez parlé avec Noémie. Mais ça aussi, c'est faux.

– Quoi donc ? fit-il aussi innocemment que possible.

– Que John est amoureux de Blanche. Il la trouve séduisante, c'est vrai, mais ça ne va pas plus loin. Comme je vous l'ai dit, John est un homme de livres, la chair n'est pas son hobby ! conclut-elle en levant les yeux au ciel.

– Vous voulez dire…

– Oui, c'est ce que je veux dire. Il a été opéré d'un cancer de la prostate il y a dix ans, il ne peut plus avoir de rapports sexuels, si vous voulez des détails.

Fascinant comme les gens lui confiaient facilement leurs secrets les plus intimes, se dit-il, il devait avoir une tête avenante de confesseur, ou bien était-ce la couleur de sa peau et son étrange profession qui leur donnaient l'impression de se confier à un être imaginaire ? En tout cas, John Osmond n'avait pas pu souiller la photo. Ni violer Élilou. Cela suffisait-il à le rayer des suspects ?

– À quoi réfléchissez-vous avec cet air absorbé ? voulut savoir Clotilde en lui agitant son sécateur sous le nez. Et qu'est-ce que vous faites ici, exactement ?

– Ici ?

– Ne prenez pas cet air mellifleux…

– Melliflue.

– Ne le prenez pas ! Dites-moi, c'est tout.

– Je ne peux pas. Je suis lié par le secret professionnel.

– Oh, c'est en rapport avec la mort d'Élisabeth-Louise, c'est ça ? chuchota-t-elle le regard soudain enfiévré. Vous pensez que ce n'était pas un accident ?

– Mais pourquoi dites-vous ça ? marmonna Chib, stupéfait.

– À cause de Léon. La police a enquêté pendant des mois.

– Précisez votre pensée.

– Je n'accuse personne, mais le fait est que Blanche a fait plusieurs séjours en clinique...

– Je croyais que vous étiez amies, s'étonna Chib.

– Être ami avec quelqu'un ne signifie pas qu'on devient aveugle à son sujet.

– Mais vous êtes en train de l'accuser de meurtre !

– Non, ça, c'est vous qui le pensez ! le contra-t-elle, moi, je n'ai fait qu'évoquer la possibilité d'une maladresse, d'une faute involontaire. Oublier de surveiller le bébé qui joue près de la piscine, par exemple, ou pousser trop violemment votre pleurnicharde petite fille parce qu'elle vous énerve, que vous êtes dans un état second...

– Élilou était une enfant pleurnicharde ?

– Oui, le genre de petite fille jalouse, vindicative, triste en fait.

– Et vous pensez que c'est la faute de Blanche ? Qu'elle ne l'aimait pas assez ?

– Je n'ai jamais eu d'enfants. Je ne sais pas comment on les aime, répondit-elle avec simplicité. Mon Dieu, pourquoi parlons-nous de tout ça ?

– Parce que vous êtes tracassée.

– Sans doute. Je vais aller chercher ce vase, conclut-elle en se dirigeant vers la porte.

– Jean-Hugues est un bon père ?

– Certainement. Mais c'est surtout un bon homme d'affaires. Il n'est pas souvent là. Et il est très autoritaire. Un père à l'ancienne mode. Comme l'était le sien.

Sur quoi elle s'éclipsa, laissant Chib un peu plus désorienté. John Osmond était impuissant. Paul n'avait pas couché avec Clotilde. Costa n'était pas homosexuel, au contraire. Ce qui amenait les questions suivantes :

Pourquoi Noémie avait-elle inventé une liaison entre Clotilde et son mari ?

Pourquoi Charles avait-il fait lui-même allusion à ses rapports avec le jardinier ?

Qui mentait ?

Tout le monde ? Quelle était l'histoire réelle qui se déroulait derrière ces murs ?

Il attendit quelques instants, pensant qu'elle allait revenir avec le vase, mais elle ne revint pas. Il sortit à son tour, se rendit à la bibliothèque qui résonnait toujours de voix masculines. Il verrait Gaëlle plus tard, aucune envie d'affronter la vision de Blanche prenant le thé. Blanche que son amie et voisine accusait de meurtres. Blanche la Foldingue. Un beau nom de princesse médiévale. Il l'imaginait assez bien en haut d'une haute tour, blanche évidemment, scrutant un horizon chaotique et désert, le front ceint d'un diadème d'obsidienne d'un noir brillant, une corde de chanvre enserrant son cou gracile tandis qu'elle se demandait tranquillement si elle allait se pendre à un de ces jolis créneaux ou simplement se jeter dans le vide ? À moins que les secours n'arrivent à temps. Léonard le Maure, juché sur son destrier carapaçonné de titane, sa noble épée laser dégainée, tellement mimi dans son pourpoint en velours grenat. Bon Dieu, Chib, tu débloques à fond. Il poussa la porte, entra.

INTERMEZZO 8

Tempus fugit
Lupus
Exit
Le loup qui me ronge a faim
L'issue de secours est hors service
Les danseurs ont perdu le tempo
le temps peau de chagrin
qui rétrécit à l'usage.
C'est l'heure de la fugue
strain strette, straight boy bande.
Il n'y a pas d'autre solution
que de les rendre tous solubles
Lyophilisés
À consommer avec modération
une tasse par mémoire
et bien laisser reposer
en paix
Quel mot
étrange.

CHAPITRE 21

Jean-Hugues, Rémi, Paul et Dubois jouaient au billard, concentrés, fiévreux, des verres à demi pleins posés près d'eux. John étudiait la bibliothèque proprement dite. Lunettes remontées sur le front, il était en train d'examiner un gros livre ancien. Chib se rapprocha de lui sans qu'il lève les yeux, le livre calé sur sa panse volumineuse, son pantalon en velours côtelé vert bouteille pendant sur ses larges fesses plates, ses cheveux gris en bataille. Aussi moche que sa femme, se dit Chib peu charitablement. Il lui demanda ce qu'il lisait.

– Oh ! Un vieux manuel d'héraldique, lui répondit John comme en écho à ses récentes divagations. Très intéressant !

Très peu pour moi, se dit Chib, en apercevant un incompréhensible fouillis de symboles vivement colorés. Il fit « Mmm » et s'avança vers le billard. Quelqu'un jouait du piano à l'étage. *Mephisto-Walz* de Liszt. Louis-Marie certainement. Il observa la partie un moment. Andrieu avait visiblement du mal à se concentrer et fulminait à chaque coup raté. Paul jouait sans cesser de parler, faisant des commentaires enjoués sur tout. Rémi toisait les boules comme des ennemis à mater, il étudiait longuement ses coups et maniait sa queue avec une certaine brutalité. Très concentré, Dubois ne parlait pas, il arborait l'air satisfait et matois d'un vieux briscard en terrain connu et marquait souvent. Chib avisa la bouteille de cognac puis se souvint qu'il valait mieux éviter de mélanger alcool et analgésiques. Ce qui le ramena à Aïcha. Qui avait dissous les cachets dans le coca ?

Et quand ? Avec un tel chapelet de questions, il était paré pour égrener des neuvaines à l'infini.

– Vous voulez jouer ? lui demanda Chassignol, je vais bientôt arrêter.

– Non, non, merci, marmonna Chib en désignant sa blessure d'un geste vague.

Se rencognant dans un coin de la pièce, près de la fenêtre, il téléphona à Greg qui lui confirma qu'Aïcha était réveillée, un peu dans les vapes, mais en bon état. Non, elle ne se rappelait pas avoir pris des cachets, pourquoi l'aurait-elle fait au beau milieu de la matinée ? Et alors qu'elle y était allergique ? martela Greg enfonçant un peu plus le clou.

Tout en rangeant le portable dans la poche de poitrine de sa veste, Chib aperçut Charles qui marchait dans le parc, accompagné d'Eunice et d'Annabelle, juchées sur leurs tricycles. Le garçon portait un long étui en bandoulière. Un fusil ? Un arc ? Il allait épingler ses sœurs à un des pins centenaires ? Charles ôta l'étui de son épaule, l'ouvrit sous le regard tendu de Chib, en sortit un club de golf et commença à travailler son geste dans le vide. Chib revint aux joueurs. Dubois avait gagné et souriait modestement. Chassignol jeta un coup d'œil à sa montre et s'exclama qu'il devait y aller. Paul accepta une autre goutte de scotch et s'assit dans un des vastes fauteuils capitonnés. Assis face à lui, Andrieu avait les yeux trop brillants, les pommettes marbrées de rouge. Il se versa une large rasade et la but presque d'un trait. John Osmond était toujours plongé dans son vieux bouquin, l'air passionné. Dubois s'approcha de Chib qui faisait mine de contempler la mappemonde.

– Oulan-Bator, s'exclama-t-il en pointant le doigt sur la Mongolie. Ça signifie : « le Héros Rouge ». Triste héros. J'y suis allé il y a une quinzaine d'années. Une ville sinistre. Mais tout autour... un paysage fabuleux. Du nouveau ? enchaîna-t-il abruptement.

– Pas pour l'instant. Qu'est-ce que vous savez de Costa, exactement ?

Le prêtre plissa les yeux.

– Comment ça ?

– On m'a dit qu'il avait eu des ennuis dans sa jeunesse. De quoi s'agissait-il ?

– Ah... les langues se délient! soupira Dubois. La pauvre âme n'étant plus, je ne suis plus tenu au secret, je suppose. Il avait été condamné pour viol.

– Quoi ?!

– Un moment d'égarement qu'il a payé de sept ans de prison. Il avait abusé de la femme de son employeur, un entrepreneur de travaux publics. C'est comme ça que je l'ai connu, il était venu à un atelier de réinsertion pour anciens détenus.

– C'est vous qui lui avez trouvé du boulot ?

– Plus ou moins. Quand j'ai été convaincu de son repentir et de sa volonté de rester dans le droit chemin, je l'ai recommandé à Jean-Hugues. Il avait d'excellentes références professionnelles.

– Un violeur ? Vous ne craigniez pas que Blanche...

– Il n'aurait pas été stupide au point de recommencer et d'en écoper pour vingt ans ! Et je vous dis qu'il regrettait sincèrement son acte. Il buvait à l'époque, mais il n'a plus touché une goutte d'alcool depuis. Et puis j'étais là, je passais régulièrement pour voir si tout allait bien.

– Il paraît pourtant qu'il a sérieusement importuné Noémie Labarrière.

Dubois haussa les épaules.

– Je ne sais pas qui a pu importuner l'autre, siffla-t-il entre ses dents. Elle minauderait avec le pape. Quel rapport entre le passé de Costa et ce qui se passe ici ?

– Je ne sais pas, je me renseigne. Vous connaissez quelqu'un qui possède un 8 mm ?

– Je ne tire plus depuis longtemps. Voici la seule arme que je porte aujourd'hui ! ajouta-t-il en exhibant sa petite croix argentée. Non, je ne connais personne qui ait ce type de calibre. Mais ça ne veut pas dire que personne n'en a.

– On parle chasse ? s'interposa soudain Labarrière, dont l'haleine sentait le whisky...

– On parle calibre 8 mm, répliqua Chib en le fixant du regard. Et plus précisément munition. 8×57 JS.

Labarrière fronça les sourcils sans se troubler le moins du monde.

– 8×57 JS ? Vous êtes collectionneur ?

– Je n'espère pas, lui renvoya Chib en désignant une fois de plus son pansement.

Labarrière plissa les yeux, étonné.

– Voyez-vous ça ! C'est une cartouche qu'on ne fabrique plus depuis des années ! Elle est apparue en 1905, en remplacement de la 8×57 J, qui alimentait le Mauser 98G. Vous savez, les fusils de l'armée allemande… Mauser les a d'ailleurs repris à cette époque pour les recanonner et poinçonner d'un S. D'où le nouveau nom de la cartouche : 8×57 JS. Cartouche à balle cuivrée de 154 grains, 8,22 mm de diamètre, étui à gorge de 57 mm, propulsée à 820 m/s, récita-t-il à toute allure. Vous êtes sûr que c'en est une ?

– C'est le toubib de l'hôpital qui l'a identifiée.

– Apportez-la-moi, je l'examinerai. Je m'y connais assez en munitions anciennes.

– Vous avez un fusil de ce type ? s'enquit Chib en essayant d'avoir l'air désinvolte.

– Non, je ne collectionne pas les armes, juste les munitions. Je fais partie d'un club de pyrotechnophilie, ajouta-t-il pompeusement.

Andrieu les rejoignit, l'air fin saoul.

– Vous n'allez pas déjà partir ? J'allais vous proposer un bridge.

– Tu ne me sembles pas en état de jouer au bridge, objecta Labarrière. Tu devrais peut-être aller te reposer un peu.

– *Tu quoque, Brutus !* s'exclama théâtralement Andrieu les yeux au ciel. Allez, fais-moi plaisir ! Et toi, Josselin, OK pour un bridge ?

– Vous jouez, Moreno ?

– Désolé, mais je n'y connais rien.

Andrieu se tourna vers John qui acquiesça, et les quatre hommes s'installèrent à la table à jouer, recouverte d'un tapis vert, optant finalement pour une partie de poker. Chib se rapprocha de la fenêtre. Charles s'entraînait toujours. Le soleil avait baissé. Eunice et Annabelle jouaient à se poursuivre en criant. Il les vit s'engouffrer dans le jardin d'hiver. Un merle s'envola en sifflant. Une fin de dimanche après-midi à l'odeur de feuilles mortes, se dit-il. Il éprouva soudain le besoin de respirer un peu d'air frais.

Colette avait dû partir, il n'y avait plus signe d'activité dans la cuisine. Il sortit, mais resta tout près de la porte, le regard invinciblement attiré par la chaise en fonte. Une pie vint se poser sur le dossier qui lui avait sauvé la vie et lança son cri belliqueux avant de sauter sur la pelouse et de se mettre à fouiller l'herbe avec détermination. La lumière déclinante rendait les choses tristes, comme abandonnées. La porte de la cabane à outils était grande ouverte. La tondeuse à gazon traînait au milieu d'une allée. On avait livré une bonbonne de gaz qui gisait près de la chapelle. Ils allaient devoir engager quelqu'un sans tarder pour remplacer Costa.

Il se tourna vers Charles qui lui tournait le dos et travaillait toujours son swing, à vraies balles maintenant. Il admirait le geste souple et retenu du garçon quand celui-ci frappa subitement la balle avec trop de force, l'envoyant très loin. Elle alla se perdre bien après le puits. Le garçon soupira ostensiblement et disparut derrière les arbres. Sans réfléchir, Chib le suivit à distance et comprit la soudaine maladresse de Charles en apercevant le bas d'un pantalon de golf entre deux buissons. Bien joué. Une rencontre on ne peut plus discrète et naturelle sous le couvert des frondaisons.

Winnie n'était-elle donc qu'un alibi social pour Rémi ? Était-ce pour cela qu'elle se baladait de son côté dans les sous-bois ? Pour y rencontrer celui avec qui elle couchait vraiment ? Labarrière ou Andrieu, il ne restait pas d'autre candidat, John étant disqualifié. Mais Noémie déjeunait avec son mari le jour où Winnie s'était rendue chez eux en catimini. Donc Andrieu. D'où effectivement le bouton de manchette. Oui, on avance, se dit Chib. Charles et Chassignol, Winnie et Andrieu, les couples se révèlent. Il eut soudain l'intuition fulgurante que si Noémie avait accusé son mari d'entretenir une liaison avec Clotilde, c'était parce qu'elle-même le trompait avec Costa. Mais oui !

Une manière habile et tortueuse de détourner les soupçons, de se transformer en épouse vertueuse et indignée, comme le même Costa avait servi à Charles de paravent pour couvrir sa liaison avec Chassignol.

Il cligna des yeux, comme pour parfaire la mise au point du nouveau tableau révélé à ses yeux. Un jeu de masques où chacun avait tenu son rôle vaille que vaille pour préserver les sacro-saintes convenances.

Si Andrieu trompait Blanche avec Winnie, cela signifiait que leur couple n'était pas le couple modèle qu'il paraissait, et cela signifiait, Chib l'adultérophile, qu'il y avait peut-être une chance que Blanche... Mais non. Le problème de Blanche ce n'est pas Andrieu et tu le sais très bien, le problème de Blanche c'est Blanche, c'est cette neige dans sa tête, ces linceuls dans son âme, ce trou blanc dans son cœur.

Des voix. Les femmes, sortant du jardin d'hiver. Il recula dans le hall, sans réfléchir, mû par la seule impulsion d'éviter Blanche. Comme si soudain la voir n'était plus que douleur.

Brouhaha dans la salle à manger. Les voix perçantes des gamines. Le soprano de Gaëlle. Le contralto de Blanche. Le coup de poing familier dans son ventre au son de sa voix. Les intonations pincées de Belle-Mamie, le rire perlé de Winnie, le timbre qu'il trouvait maintenant légèrement vulgaire de Noémie, l'accent anglais de Clotilde. Portrait de femmes en groupe. Il se glissa dans la chambre d'Aïcha, écoutant ce qui se passait par la porte entrouverte. Piétinement dans l'escalier. Voix d'hommes se mêlant au chœur des femmes. Échanges de politesses, plaisanteries, serrements de main, tapes sur l'épaule, à bientôt, etc.

Il attendit que le bruit décroisse, jeta un coup d'œil : les véhicules des invités quittaient la propriété à la queue leu leu, les derniers à partir étant les Labarrière, Noémie déjà au volant, Paul encore sur le perron. Il s'approcha de lui, mû par une impulsion irrésistible, le fameux « Moreno-Impulse ».

– Ah, vous êtes encore là !

Paul lui souriait, un peu ivre.

– Pourquoi votre femme a-t-elle fait une dépression ? Pourquoi avez-vous laissé croire à une liaison entre Clotilde et vous ?

Paul plissa les yeux, tapota la poitrine de Chib d'un index grondeur, mais somme toute amical.

– Bon chien chasse de race, laissa-t-il tomber avec un sourire oblique. Un vrai pisteur! Noémie a fait une dépression parce que ce salopard de Costa voulait la laisser tomber, si ça vous intéresse, reprit-il. Quant à Clotilde, Noémie était jalouse de notre amitié, elle ne peut pas comprendre qu'un homme puisse avoir du plaisir à discuter avec une femme, alors imaginez une laide! Donc elle a préféré ramener ça à une histoire de fesses. Attaquer pour se défendre, vous savez...

Bravo, se félicita Chib, t'avais mis dans le mille, mon pote!

– Et Costa, vous, ça vous était égal?

Paul vacilla légèrement sans se départir de son sourire bon enfant.

– Complètement. Moi mon truc, c'est les putes. Pas la vieille pute à varices, non, la call-girl à cinq cents dollars, ma femme est très sympathique, mais elle manque un peu de... de « ça », vous voyez, continua-t-il en faisant claquer ses doigts sous le nez de Chib. Vous vous demandez pourquoi je vous raconte tout ça? Parce que je suis saoul comme un cochon et que vous avez une bonne tête. Vous vous rappelez les chamboule-tout, à la fête foraine, quand on était petits? Oui, vous me faites tout à fait penser à un de ces bons vieux chamboule-tout. Bon, excusez-moi, mais faut que j'y aille, on va au théâtre ce soir et elle va faire la gueule.

Il s'éloigna en titubant légèrement et Noémie démarra rageusement dès qu'il fut monté.

Chib rejoignit Gaëlle près de la Floride. Elle l'apostropha sans aménité :

– Mais qu'est-ce que tu foutais?

– Je furetais...

– Tu m'as l'air de fureter, tiens! On y va? J'en ai marre d'être ici, c'est sinistre.

– Tu ne t'es pas amusée avec ta copine Louise?

– Arrête, elle m'a pompé l'air tout l'après-midi avec son Enguerrand.

Le gravier crissa et ils tournèrent la tête en même temps pour voir Blanche qui se dirigeait vers la chapelle, apparemment sans les voir.

– Et hop, un petit tour au mausolée, histoire de finir la journée en beauté, persifla Gaëlle, bon, tu nous ouvres ou on reste là pour faire décor ?

Il déverrouilla les portières sans quitter la chapelle des yeux. Gaëlle tambourinait sur l'accoudoir. Chib s'assit à son tour, mit le contact. Dans le rétro, il aperçut Andrieu et Dubois, puis Belle-Mamie accompagnée d'Eunice et d'Annabelle, qui gagnaient la chapelle à leur tour.

Et enfin Charles et Louis-Marie, traînant les pieds.

Le cercle de famille au grand complet.

Il franchit le portail avec la sensation agaçante que quelque chose n'était pas à sa place dans le décor. Et la notion même de décor participait de son agacement.

Pressé de questions par Gaëlle, il lui résuma ce qu'il avait appris, hocha la tête à ses exclamations, puis se replongea dans ses pensées moroses. Le manipulateur, le tireur de ficelles, devait bien se marrer. Non, faux, Chib, ce n'est jamais drôle de faire du mal aux autres, ça vous éclabousse comme de l'acide, ça brûle, ça ronge, en écho à ce feu intérieur qui vous pousse et vous dévore.

– Ça a dû être terrible, quand même, de devoir faire la guerre côté allemand, disait Gaëlle.

– Pardon ?

– C'est vraiment un plaisir de discuter avec toi. Je disais qu'Enguerrand Andrieu de Glatigny avait fait la guerre de 14-18 côté allemand, parce qu'il vivait en Alsace. À la fin de la guerre, il est venu dans le Midi, à cause de ses poumons, c'est là qu'il a connu Louise, dix ans plus tard. Elle avait dix-huit ans, lui presque trente.

Qui lui avait parlé de l'Allemagne tout récemment ? se demanda Chib en négociant un virage en épingle à cheveux. Bon Dieu, mais oui !

Il freina si brutalement que Gaëlle faillit donner du nez dans le pare-brise.

– Hé, t'es malade !

– Le fusil de l'armée allemande !

Elle le dévisagea avec une certaine inquiétude.

– Je ne suis pas cinglé ! La balle que j'ai reçue est une balle allemande, conçue pour les Mauser de l'armée allemande, tu piges ? On m'a tiré dessus avec le fusil d'Enguerrand Andrieu ! Il y a toute la panoplie de soldat du vieux dans la baraque, Louis-Marie me l'a dit.

Il avait déjà entamé un demi-tour, et Gaëlle ferma les yeux en voyant débouler un énorme poids lourd qui les frôla en klaxonnant rageusement.

– Cette fois, je vais le coincer ! grommela Chib en accélérant, sans avoir rien remarqué.

Le portail était resté ouvert et il se gara dans une gerbe de graviers. Tout était silencieux. Non, se corrigea-t-il aussitôt, on entendait de la musique, le *Salve Regina* de Pergolèse leur parvenait assourdi à travers les murs épais de la chapelle.

– Va voir ce qu'ils font, occupe-les, je vais fouiller la maison. Il y a peut-être des empreintes sur ce fusil.

Elle haussa les épaules et s'avança vers la chapelle l'air résigné. Chib entrait déjà en trombe dans le bureau d'Andrieu. Il se souvenait de la grande cantine militaire posée dans un angle. Il en rabattit brutalement le couvercle, en extirpa un uniforme propre et bien repassé qui sentait la naphtaline, une chemise blanche trouée en plusieurs endroits, le casque rouillé qu'arborait Louis-Marie, une cartouchière récemment nettoyée, un vieux missel au papier très fin, un manuel de stratégie militaire en allemand, et là, sous le havresac réglementaire, un fusil Mauser en parfait état. Évitant de toucher l'arme avec ses doigts, il la saisit à l'aide de la chemise rapiécée et la posait sur le bureau d'Andrieu avec une sombre satisfaction quand il entendit l'explosion.

Il songea au raté d'un pot d'échappement, jeta un coup d'œil par la fenêtre et se pétrifia. De la fumée s'échappait de la chapelle. Une épaisse fumée grise qui rampait sous la porte close comme une nappe de brouillard dans le crépuscule. Qu'est-ce que c'était encore que ça ?

Il se rua dehors, courut jusqu'au vieil édifice, malgré la douleur soudain réveillée et son cœur qui battait trop vite. La fumée était maintenant si dense qu'elle le fit tousser lorsqu'il la traversa pour tourner la poignée. Qui était bizarrement chaude et refusa de tourner. Interloqué, il essaya encore, poussa violemment la porte, mais en vain.

Et entendit alors les cris. Il recula précipitamment, juste à temps pour voir une langue de feu jaillir d'un vitrail cassé.

Le feu ! Il sentit ses jambes mollir. La chapelle était en feu et ils étaient enfermés à l'intérieur. Blanche était enfermée à l'intérieur. Il ressentit une incoercible envie de vomir qui le plia en deux, mais il ne vomit pas. Une échelle ! Monter jusqu'à une des étroites fenêtres, aller les chercher, les faire sortir de là. Il se retourna, les yeux larmoyants à cause de la fumée, un tambour lui martelant le crâne, et courut à la cabane à outils de Costa. Il saisit la grande échelle en alu posée contre un des murs, près d'un jerrycan qui sentait l'essence, vacilla sous le poids de l'échelle, les mains trempées de sueur. Il réussit cependant à la caler sur son épaule, ressortit en tanguant comme un marin ivre. La vingtaine de mètres à parcourir le laissa pantelant. L'échelle heurta les pierres avec fracas et, haletant, il se dit qu'il ne pourrait jamais la dresser contre le mur. Penché en avant, les mains sur les genoux, cherchant son souffle, il aperçut soudain Charles sous le saule pleureur, derrière la haie d'églantiers.

– Vite ! hurla-t-il, viens m'aider !

Le garçon continua à le regarder sans broncher se tortillant légèrement et Chib se sentit près de l'étrangler, qu'est-ce que cet imbécile foutait pendu à cette branche ? !

Branche.

Pendu.

Tétanisé, il voyait maintenant la corde qui reliait le cou juvénile à la branche du saule. La bouche ouverte. Le léger tournoiement du buste. Les yeux exorbités. Il accusa le choc. Charles était mort, Charles s'était pendu. Était-ce donc lui qui avait mis le feu à la chapelle ? Et donc lui qui... ?

Pensées sens dessus dessous, colonie de fourmis rouges, piquant, rongeant, fouaillant l'humus des sensations.

Un cri. Un cri d'enfant, terrorisé, strident. Comme piqué

par un aiguillon rougi au feu, le regard brouillé, le sang coulant de sa blessure rouverte sous l'effort, il réussit à appuyer l'échelle sous une des petites fenêtres, tandis que du vitrail cassé jaillissaient des flammes orange et bleu. Le gaz ! C'était la bonbonne qui manquait dans le décor tout à l'heure !

Il empoigna un échelon et commença à monter, avec la sensation de sentir la chaleur à travers la pierre. Un cri derrière lui faillit lui faire lâcher prise. Il se retourna. Blanche se tenait sur le seuil de la bastide, les yeux exorbités, une main plaquée contre sa gorge. Blanche n'était pas dedans ! Blanche n'allait pas mourir, se dit-il tout en continuant à grimper, avec le sentiment que la joie qu'il en éprouvait était obscène.

Il atteignit la fenêtre comme porté par une vague, s'assit dans l'embrasure, ôta sa veste qui empestait la sueur, en fit une boule autour de son bras et brisa une magnifique Montée au Calvaire, libérant un nuage de fumée qui le fit tousser. Il noua alors sa veste en masque autour de son visage. Puis il se pencha.

L'enfer, ses flammes et ses damnés. Un mur de feu nourri des stalles et des bancs du fond bloquait l'accès à la porte en fer, de toute façon fermée à clé. Le brasier avait rapidement dévoré les étendards suspendus aux murs, ce qui expliquait les flammes jaillissant du vitrail cassé. Blottis contre le cercueil de verre, sous la statue du Christ, Dubois et les Andrieu contemplaient la progression de l'incendie dans les travées, le visage figé par l'épouvante. La chaleur était déjà intense, la fumée emplissait tout, les faisant tousser spasmodiquement. Chib vit qu'Andrieu portait Eunice, tandis que Dubois soutenait Annabelle. Belle-Mamie était tombée à genoux. Il se demanda pourquoi ils n'avaient pas grimpé jusqu'aux vitraux pour s'enfuir, puis vit que les stalles de bois contre les murs flambaient elles aussi, les empêchant de passer, et il pensa fugitivement qu'on avait dû les arroser d'essence pour qu'elles s'enflamment si vite et si violemment. Le jerrycan ? !

Il repéra soudain Gaëlle, qui avait grimpé dans la niche au-dessus de l'autel sans doute pour briser la rosace, mais l'ouverture était grillagée. Il la héla de toutes ses forces. Elle tourna vers lui un visage hagard, cramoisi.

– J'arrive ! hurla-t-il encore.

Il se pencha au-dehors. Blanche était en bas, tellement pâle qu'il se demanda si elle avait encore une goutte de sang dans les veines.

– Aidez-moi, soulevez l'échelle, il faut que je la passe à l'intérieur, jeta-t-il sans aucune explication, sans aucune allusion à Charles pendu dans l'arbre, à moins de dix mètres.

Blanche ne demanda rien, ne dit pas un mot. Elle empoigna les montants glissants de l'échelle et souleva de toutes ses forces tandis que Chib tirait vers lui. L'échelon supérieur le dépassa et il happa le deuxième, poussant l'échelle vers l'intérieur, puis le troisième, et ainsi de suite, jusqu'à ce qu'elle se trouve à moitié suspendue dans le vide. La sueur l'inondait comme s'il sortait de la douche, l'aveuglant presque autant que la fumée, mais le rafraîchissant.

Le cercle de feu se rétrécissait, les enfants ne criaient plus, elles fixaient les flammes avec des yeux vides. Il n'avait pas droit à l'erreur. Est-ce qu'avec l'échelle ils pourraient passer au-dessus des stalles en feu et grimper jusqu'à lui ? Ou fallait-il la faire glisser jusqu'à Gaëlle, comme un pont suspendu ? Oui, c'était la meilleure solution. Gaëlle avait déjà compris et lui faisait signe. Il s'arc-bouta contre le mur et entreprit de faire avancer l'échelle vers elle tout en la maintenant à l'horizontale : si elle penchait, elle tomberait, il n'aurait pas la force de la retenir, il fallait qu'elle reste en équilibre, se dit-il en tendant ses jambes devant lui pour en soutenir une partie, abdos contractés au maximum. En équilibre sur son coccyx comme un culbuto, il avait l'impression que ses biceps allaient se déchirer. Mais la chapelle n'était pas très large, et il vit Gaëlle tendre ses propres jambes, agripper un barreau avec ses pieds, tirer vers elle, le choc du métal contre le mur, elle saisissait les montants, manquant dégringoler, les posait sur le rebord. Il fit de même.

Du côté de Gaëlle, les montants s'enfonçaient jusqu'au fond de la niche, soit quarante centimètres environ. De son côté à lui ils n'étaient pas bloqués par la paroi. En bas, les naufragés du feu suivaient leurs mouvements, défigurés par l'angoisse. Brusquement, Andrieu se hissa sur l'autel et commença à grimper le long du mur, Eunice sur sa hanche, s'aidant de la statue du Christ.

Dès qu'il put, il tendit l'enfant à bout de bras à Gaëlle et redescendit. Chib s'assit sur un barreau, noua ses pieds sous le suivant et, écartant les bras en arrière, les plaqua à l'extérieur, de chaque côté de la fenêtre. Gaëlle parlait à Eunice, lui montrait Chib. L'enfant secouait la tête. Puis soudain, elle s'engagea sur l'échelle, à quatre pattes. Chib résista à la tentation de fermer les yeux. Elle allait tomber. Tomber dans le brasier. La petite fille avançait lentement, échelon après échelon, le visage baigné de larmes, les yeux rivés sur Chib qui l'encourageait doucement.

Au-dessous de lui, l'ardent chuchotement des flammes, leur vorace crépitement, les contorsions obscènes de leurs langues. Il les vit se presser contre le cercueil d'Élilou, le lécher longuement, essayer d'y insinuer leurs doigts incandescents, et soudain le cercueil explosa, projetant du verre partout et les flammes se ruèrent sur le corps sans vie, le couvrirent de baisers brûlants. Il vit la chair morte se cloquer, les cheveux s'enflammer. Habits, coussin de velours, Élilou n'était plus qu'une torche répandant une atroce odeur de formol. Ses yeux grands ouverts continuaient calmement à fixer le néant. Comme dans un spectacle tonitruant rempli de fumigènes, il vit que Belle-Mamie battait des bras, portait la main à sa gorge où brillait un éclat de verre et s'abattait sur le sol, tout près d'un prie-Dieu à demi carbonisé, il vit le sang couler sur les dalles, les flammèches courir à la surface du sang, image incongrue de crêpe flambée, puis Belle-Mamie à son tour fut enveloppée d'un suaire incandescent.

Eunice ! Elle était presque là, il n'osait pas lui tendre les bras de peur de faire glisser l'échelle, il devait attendre qu'elle arrive tout au bord, ça y était, elle posait les mains sur la pierre, le menton barbouillé de morve, « Passe derrière moi, voilà, c'est bien, assieds-toi, regarde, ta maman est en bas, on va descendre tout à l'heure »

Andrieu avait perdu du temps avec Annabelle qui se débattait, folle de peur, et Chib vit l'homme hagard lever le poing et l'abattre sur la tête de la fillette, l'assommant. Puis il la jeta sur son épaule et entreprit de grimper à nouveau. Dubois, immobile derrière l'autel, semblait prier, les yeux clos, secoué par des violentes quintes de toux. Andrieu était presque en haut quand le Christ s'embrasa et Chib fut alors certain que tout avait été arrosé d'essence. Un meurtre collectif prémédité. L'acmé de ce pandémonium. Le final spectaculaire du drame conçu par un esprit schizoïde.

Les flammes s'étaient tout d'abord attaquées aux pieds du crucifié, puis avaient bondi à ses genoux, avaient enlacé son pagne, et buvaient maintenant à son flanc ensanglanté.

Andrieu jeta un seul regard en dessous de lui, sentit la chaleur du feu sous ses semelles et, d'une dernière poussée, lança l'enfant vers Gaëlle qui la rattrapa de justesse. Puis il essaya de se glisser sur le côté, mais son pantalon était pris, il se contorsionna contre le mur pour l'éteindre, comme s'il dansait verticalement le long de la pierre, sans succès, il se lâcha d'une main pour essayer d'ôter le vêtement en feu, perdit prise et tomba. Le temps d'un claquement de doigts et il n'était plus qu'un bouchon dans une mer rugissante de vagues cinabre.

Dubois ouvrit les yeux. Il tourna son visage rubescent vers Chib, cria quelque chose comme « … vous l'avais bien dit ! » Il y avait tant de fumée autour de lui qu'il ne pouvait presque plus respirer, plié en deux. Il va mourir asphyxié, se dit Chib. En face de lui, Gaëlle toussait aussi terriblement et les flammes dévorant le Christ l'atteignaient presque. Elle lui hurla de venir chercher Annabelle.

Combien de temps pour se décider ? Une micro-seconde ? Le temps qu'il revienne avec Annabelle, le feu aurait rattrapé Gaëlle. Il la verrait mourir, recroquevillée dans sa niche de pierre. Il fit non, de la tête. « Non, viens, hurla-t-il en retour, viens ! » Ils se dévisageaient à travers le rideau de fumée et l'odeur de formol et de chair brûlée, sachant chacun exactement ce qui était en jeu. Sauver l'enfant ou sauver Gaëlle. Un choix impossible. « Viens avec elle ! », hurla-t-il encore, « vite ! » préférant soudain les voir mourir et tomber ensemble que prendre une décision en la faveur de l'une ou de l'autre. Parce qu'il n'en était pas capable.

Gaëlle serra les dents, et saisissant Annabelle à bras-le-corps s'engagea sur l'échelle brûlante. Chib aspira une bouffée de fumée et fit de même. L'échelle tangua légèrement. Gaëlle rampait, Annabelle coincée contre son flanc, sous son bras gauche, les jambes de l'enfant ballottaient dans le vide, elle était lourde, Chib le savait pour l'avoir hissée hors du puits, Chib le sauveteur attitré de la famille Andrieu, Chib à quatre pattes au-dessus d'un puits de flammes qui lui souriaient d'un air gourmand.

Gaëlle avança encore de deux échelons, elle était au milieu du parcours. Il voyait son visage ruisselant, il sentait la contraction affolée de ses muscles, tiens bon, t'es une battante, tiens bon, avance, avance bordel ! Elle avançait, centimètre par centimètre, il la voyait de mieux en mieux, les épaules secouées de frissons, le bras gauche qui tremblait, qui allait lâcher l'enfant trop lourde, le droit couvert de cloques agrippant chaque barreau comme une main tendue au-dessus de l'abîme.

Il s'avança à son tour. Sensation que l'échelle glissait. Il ne bougea plus. Fragments de pensées, fragments de vision. Blanche dehors, attendant de savoir, bloc de peur, Gaëlle sur le gril, Annabelle tombant, s'écrasant sur le corps de son père, Blanche les mains jointes, les yeux clos. Il se murmura en lui-même : « Si Vous sauvez Gaëlle et Annabelle, je ne coucherai plus avec Blanche. » Sacrifice dérisoire. Et mensonge. Tu n'es même pas capable de ce vœu, Chib Moreno, tu n'es qu'un pleutre, rongé par le désir maladif d'une femme malade, évidé de toi-même.

Où était Louis-Marie ?

La question lui claqua soudain dans la tête comme un élastique trop tendu. Charles était mort, mais où était son frère ? Pourquoi était-il le seul absent du grand holocauste ? Pourquoi le feu s'était-il déclaré alors que seuls Louis-Marie et sa mère étaient hors de la chapelle ? Qui pouvait aimer Blanche au point de haïr tous ceux qui profitaient de son amour ? Au point de se masturber sur sa photo, au point de tuer sa propre sœur, dans un accès de folle jalousie ? Qui avait poussé bébé Léon dans la piscine ? Mon Dieu, Chib, comme tu as été bête ! Et dire qu'il te narguait encore tout à l'heure, avec le casque d'Enguerrand. Mais était-ce vraiment possible ? Qu'un si jeune garçon…

Pas le temps de se poser des questions. Gaëlle faisait un effort démesuré pour faire passer la fillette devant elle, à la force du bras. Il agrippa une poignée de cheveux, puis un col de chemisette, tira vers lui, sensation de répéter indéfiniment les mêmes gestes, devrait en faire son métier, Chib Moreno-chien de traîneau, reculer en ramenant Annabelle inerte, pas trop vite, si l'échelle glisse, ça sera chaud, très très chaud, sentir le rebord si dur, si délicieusement dur et ferme, sentir le dos menu d'Eunice, poser Annabelle sur le côté, se pencher vers Gaëlle… l'échelle glissa.

Il la sentit partir, la bloqua avec les jambes, se raccrocha à l'embrasure, écartelé, les pleurs d'Eunice dans les oreilles, le corps inanimé d'Annabelle en travers du ventre, l'échelle voulait glisser, voulait précipiter Gaëlle dans la fournaise, tressautements tout près, une main sur sa cheville, puis sur son genou, un visage contre sa cuisse, une odeur de cheveux cramés, un corps sur le sien, qui sent le roussi, le bois, la peau brûlée, la peur, reculer, se dégager de l'échelle, pousser Gaëlle sur le côté, se pencher au-dehors, il fait si bon, dehors.

Blanche était allée chercher un escabeau et essayait de grimper le long du mur, retombait, recommençait, avec l'obstination maniaque d'un chat après un papillon. Le papillon dans la bouche de Costa. Chib, reprends-toi, essuie tout ce sang dans ton cou, il faut tirer l'échelle, la ramener, Blanche a l'air de comprendre, elle tend les bras, en attrape un bout sans paraître remarquer qu'elle est brûlante, aide à la faire glisser jusqu'en bas, puis brusquement elle tourne la tête, descend de l'escabeau et part en courant. Est-ce que tu rêves, Chib ? Est-ce que tu as perdu conscience ? Pourquoi serait-elle partie ? Peu importe, il faut continuer, c'est comme dans la vie, tant qu'on n'est pas mort, ça continue. Maintenant, l'échelle qui te brûle les doigts repose sur l'herbe, l'herbe verte, fraîche, douce. Eunice commence à descendre, elle n'a rien demandé, elle a tout de suite empoigné les montants et hop, elle descend en reniflant. Puis c'est Gaëlle, avec des gestes de très vieille dame, elle rate un barreau, se cogne le menton contre celui du dessus, du sang jaillit de sa lèvre fendue, elle ne semble pas s'en rendre compte, recommence à descendre. À toi, Chib. Un dernier regard vers le brasier où se consument deux corps.

Et soudain la porte s'ouvrit, provoquant un appel d'air et un tourbillon de flammes. Effaré, Chib vit une silhouette titubante s'avancer dans le narthex. Louis-Marie ! Mais alors, s'il venait, s'il entrait pour les chercher, ce n'était donc pas lui qui…

Tout en continuant à penser, il s'entendit hurler « Va-t'en, ressors ! », curieux comme ses lèvres fonctionnaient toutes seules, il vit Louis-Marie lever la tête vers lui, avec étonnement, il vit le sang qui lui maculait le visage, non, pourquoi du *sang*? il le vit reculer vers la porte, lentement, comme ivre, le visage toujours tourné vers lui, avec tristesse et reproche, mais les flammes avaient déjà décidé qu'elles l'aimeraient de toute leur force, elles l'étreignaient déjà, caressaient ses cheveux, le faisant hurler, un cri muet que Chib n'entendit pas, mais qu'il vit dans ses yeux, dans sa chair qui se mettait à cuire.

Puis il ne vit plus rien, que la fumée épaisse, voile jeté sur l'agonie du jeune garçon, pantin de feu dansant une gigue infernale dans la nef saccagée.

Alors, il saisit Annabelle et entreprit de descendre. Il ne manqua aucun échelon, posa l'enfant dans l'herbe, étreignit Gaëlle et s'évanouit.

CHAPITRE 22

Il avait froid, mais la main sur son front était chaude. Il ouvrit les yeux. Gaëlle était penchée sur lui. Elle avait pleuré, et avait le visage couvert de cloques. Il tendit la main, lui caressa la joue, se redressa lentement. Il était allongé dans l'herbe, un peu à l'écart. Le camion rouge des pompiers brillait dans la nuit, la chapelle fumait et rougeoyait comme un monstre médiéval en colère.

– On t'a traîné là avec Blanche. Je ne pensais pas que tu étais si lourd ! Les pompiers ont éteint le feu, ils fouillent les décombres. Ils sont morts, Chib. Jean-Hugues, Belle-Mamie, Louis-Marie… Et Dubois…

Elle déglutit.

– Il était encore en vie, il s'était aspergé avec l'eau des fleurs, réfugié sous l'autel. Brûlé à 70 %. Ils l'ont emmené à la Timone. Mais il n'y a presque pas d'espoir, à moins d'un miracle.

Les pilules magiques à l'ail, qui sait ?

Il passa la main sur sa blessure, la ramena vers lui, sombre sur sombre. Il chercha le saule pleureur des yeux, vit des pompiers à l'air fourbu. Le bruit de l'eau grésillant sur les braises.

– Charles…

– Charles aussi, je sais, le coupa Gaëlle.

– Blanche ?

– À l'intérieur, avec Eunice et Annabelle.

– La police ?

– Elle m'a demandé d'attendre avant de les appeler, elle

a décroché le corps de Charles et elle l'a tiré dans l'incendie ! tu comprends ce que ça veut dire ?

Il fit un effort mais il ne comprenait rien, il avait mal à la tête et soif, tellement soif.

– Elle ne veut pas qu'on sache qu'il s'était pendu ! Elle ne veut pas qu'on sache que c'était un tueur !

Chib s'assit. Il revit le corps de Charles tournoyant doucement entre les feuilles. Il revit Louis-Marie, ses yeux gris étonnés, ballotté par les flammes comme un frêle bouchon de chair. Trop d'images, tressautantes, mal fixées.

– Il a tout aspergé d'essence, il a fait sauter la bonbonne de gaz, la bonbonne de gaz qu'Aïcha aurait rangée si elle n'avait pas été droguée, et puis, quand il a été sûr qu'ils allaient tous mourir sauf sa mère adorée, il s'est pendu ! continuait Gaëlle, dont les mèches roussies lui chatouillaient le nez.

Il marmonna :

– Les flics vont tout fouiller.

– Oui, mais qu'est-ce qu'ils trouveront sur des cadavres carbonisés ? Même Élilou a flambé, il n'y a plus d'indice, plus de preuve, plus rien.

– Il faut que je voie Blanche.

– Tu crois qu'elle a envie de te faire la causette ?

– Gaëlle, je...

Elle se releva brusquement.

– Je sais, ne me prends pas pour une conne. Je sais que tu l'aimes. Pourquoi tu crois que j'ai pas appelé les flics tout de suite ? Parce que tu ne m'aurais pas pardonné de ne pas lui avoir laissé ce temps-là. Le temps de se mettre en paix avec la folie de toute cette famille.

– Il faut que je la voie. Avant la police.

– Ils sont encore en train d'examiner les lieux du sinistre, comme on dit. Dépêche-toi.

Il se mit debout. Le sang dans son cou, sec, croûte froide tirant la peau. L'agréable et trompeuse odeur de feu de bois. Le gyrophare du camion lançait ses éclairs bleutés, tel un phare du bout du monde. Le bout du monde d'avant, se dit-il en se dirigeant vers la bastide.

Tout était silencieux. Brillamment éclairé, froid et silencieux. Comme une chambre mortuaire. Un léger bruit à l'étage. Il grimpa l'escalier, le ventre noué par l'appréhension, le cœur à 180. Il avait peur de la voir, peur de sa voix, peur de savoir.

Elle était dans sa chambre, assise sur le lit recouvert de bleu, de ce bleu ciel éternellement sans nuages. Simplement assise, regardant la fenêtre et la chapelle qui finissait de brûler.

– J'ai couché les enfants, dit-elle sans émotion particulière.

– Elles vont bien ?

– Sans doute. Pourquoi tu n'as pas répondu à mon appel ?

Désarçonné, il répéta : « Ton appel ? »

– Tout à l'heure. Avant. J'ai essayé de te joindre sur ton portable. Pour que vous restiez dîner avec nous. J'avais envie de te voir.

Machinalement, il porta la main à sa ceinture, regarda l'appareil :

– Merde, j'ai plus de batterie ! s'exclama-t-il tandis que les mots « envie de te voir » brinquebalaient en arrière-plan, derrière les corps calcinés.

– Nous avons toujours des conversations ridiculement triviales, n'est-ce pas ? lui murmura-t-elle avec douceur.

La vie est triviale et si j'avais eu cet appel, je vous aurais rejoints dans la chapelle et je serais mort, maintenant, songea-t-il assez calmement...

– Et puis je suis ressortie pour essayer encore de te joindre. C'est pour ça que je n'ai pas brûlé avec eux, reprit Blanche en caressant un pli sur le drap. La chance insolente de la femme infidèle sans doute.

– Blanche, je suis désolé...

– Désolé de quoi ? Tu n'y peux rien, personne n'y peut rien. Sauf moi, bien sûr. Puisque je savais.

Il se sentit envahi d'un grand froid, le froid dont parlait Dubois, un froid cisaillant les os.

– Qu'est-ce que tu veux dire ?

– Ça.

Dehors, deux types en blouson en conversation avec Gaëlle. Si peu de temps.

Blanche haussa les épaules :

– Pourquoi crois-tu que je bois ? Pourquoi crois-tu que je joue si mal à vivre ? Je le sais depuis qu'il est tout petit. C'est à cause de ce qu'il lui a fait.

Il secoua la tête comme un animal rétif, impatient de comprendre :

– Fait quoi ? À qui ?

– Je l'ai surpris en train de...

– De quoi ?!

– Les coups, les attouchements... Comme une idiote, je me demandais pourquoi il était si craintif... Le vieux salaud n'avait plus toute sa tête, il l'avait pris en grippe... J'ai remercié Dieu quand il est mort.

Chib comprit brusquement.

– Enguerrand ?

– Enguerrand Andrieu, légion d'honneur, bourreau d'enfant. S'il n'était pas mort peu après, je l'aurais dénoncé à la police. J'avais dit à Jean-Hugues que je voulais que nous partions. Mais Jean-Hugues...

– Jean-Hugues ? répéta Chib en écho.

– Il était faible. Et moi, j'étais vide. J'ai toujours été vide, tu sais.

Il sentit ses yeux le brûler. Parce qu'elle ne l'aimerait jamais. Elle ne pouvait pas, c'est tout.

– Quoi qu'il en soit, reprit-elle, il n'a plus jamais été pareil. C'était comme s'il y avait un fauve dans la maison, un fauve tapi dans le corps d'un petit garçon. Parfois, je surprenais son regard quand il croyait qu'on ne le voyait pas. Le regard vide et fixe d'un prédateur. J'en ai été sûre quand Léon...

– Et tu n'as rien dit ? Rien fait ?

– Si, j'ai essayé de me convaincre que je me trompais. Que ce n'était pas lui qui tuait les chats et les chiens du voisinage. Qu'il ne pouvait pas y avoir tant de haine sous son gentil sourire. Que c'était un petit garçon comme les autres, juste un peu plus sensible, mais pas un monstre, pas cette, cette... chose sans âme.

– Mais il fallait l'emmener chez un spécialiste !

Quelle phrase ridicule.

– Vraiment ? « Voici mon fils, il a été, disons… brutalisé par son grand-père et je le soupçonne d'avoir assassiné son petit frère… Oui, la famille Andrieu, oui. »

– Qu'est-ce que ça pouvait foutre, la famille, par rapport à ça !

– Belle-Mamie m'avait menacée de me faire retirer les enfants si je partais. Le divorce serait prononcé à mes torts. Je les perdrais.

Belle-Mamie dont le corps recroquevillé se consumait aujourd'hui à cause de sa foutue bienséance. Il pressa ses tempes entre ses doigts engourdis.

– Alors, tout le monde savait, pour Léon, pour Élilou…

– Non. Tout le monde avait oublié. Tout le monde avait ce don merveilleux d'occulter ce qu'on n'a pas envie de voir. Tout le monde était très sincèrement frappé de cécité. Il y a les choses possibles et les choses impossibles, Léonard. Celle-là faisait partie des choses impossibles. Comme toi et moi, ajouta-t-elle avec une douceur qui lui entailla la chair jusqu'au cœur.

Chib secoua la tête, pour se débarrasser du chagrin, pour s'accrocher aux faits :

– Mais pourquoi s'attaquer à ses frères et sœurs ?

– Il… il avait fait une sorte de fixation sur moi, il ne supportait pas de ne pas être le seul, je… je crois qu'il était amoureux de moi, acheva-t-elle avec un frisson. Comme un animal.

– Et toi, tu l'aimais quand même ?

– Oui. C'était mon fils. Oui, je l'aimais. Et j'en avais peur. Et il me dégoûtait. Mais je l'aimais. Tu ne comprends pas, n'est-ce pas ?

– J'essaye.

– C'est vrai, dit-elle en le regardant pour la première fois, tu es un homme qui essaye. Merci pour ça.

Il déglutit. Ne pas parler de lui et d'elle ou il allait se mettre à chialer.

– Est-ce que Jean-Hugues savait que Charles…

– Quoi, Charles ?

Il fronça les sourcils.

– Eh bien, que Charles était un psychopathe.

Elle sourit, un sourire aussi triste qu'une lame de rasoir entaillant un poignet délicat.

– Charles – elle buta sur le nom, reprit sa respiration –, Charles n'y est pour rien, le pauvre, c'est de Louis-Marie que je te parle.

Il sursauta comme sous l'effet d'un bruit violent et inattendu. Et soudain il revit Louis-Marie juché sur la rampe, son sourire narquois, « Je suis en en mission derrière les lignes ennemies. » Louis-Marie qui jouait avec les effets de son grand-père tortionnaire. Louis-Marie qui s'emparait de son fusil pour tuer l'amant de sa mère. Oui, bien sûr, Charles n'avait pas violé Élilou, ni voulu obliger Eunice à des actes contre nature, Charles n'avait pas de goût pour le sexe féminin, c'était Louis-Marie qui violait et terrorisait ses sœurs, qui avait poussé Annabelle dans le puits déguisé en tueur de film, de ces films de peur et de sang qu'il devait se repasser en boucle dans la tête. Fêlé. Le mot n'avait plus sa connotation vulgaire, mais tout son sens de fêlure, de faille encore infime mais qui va s'agrandir et entraîner la rupture, la fracture irrémédiable entre le continent des autres et la souffrance du moi, quand l'acte, l'acte le plus horrible, devient le seul passage vers autrui… Mais cela ne collait pas, se dit-il aussitôt en secouant la tête pour s'éclaircir les idées :

– Mais attends… je l'ai vu… il est entré dans la chapelle pour essayer de…

– Léonard, tu es un homme bon. Louis-Marie n'est pas entré dans la chapelle pour essayer de… comme tu dis.

Flash aveuglant. Gaëlle : « Blanche a tiré le corps de Charles à l'intérieur. » Donc elle avait pu ouvrir la porte. Il vacilla, imperceptiblement, mais il vacilla, pendant que Blanche poursuivait, de son ton monocorde :

– Il est entré parce que je l'ai à moitié assommé avec le gros arrosoir en fer et que je l'ai poussé à l'intérieur.

Le sang sur le visage hagard de Louis-Marie.

– Il fallait que ça s'arrête, tu comprends ? Je l'ai assommé, j'ai pris la clé dans sa poche, j'ai entrebâillé la porte et je l'ai poussé à l'intérieur, pour qu'il meure, conclut-elle avec simplicité.

Chib essaya de respirer. L'air était coincé sous sa pomme d'Adam. Il réussit enfin à en aspirer une grande goulée.

Blanche ouvrit la main gauche. Une poignée de feuillets froissés. Elle les lui tendit.

– Il avait ça dans sa poche, à côté de la clé.

Quelques feuillets couverts d'une écriture en pattes de mouche.

– Eunice et Annabelle sont à l'abri maintenant, reprit-elle, en se détournant de nouveau vers la fenêtre et la nuit pleine de cendres.

Les deux hommes en blouson s'éloignaient de Gaëlle, entraient dans la maison. Des voix.

– Mais qu'est-ce que tu vas leur dire ? demanda-t-il fiévreusement.

– Rien. C'est toi qui vas leur dire.

– Pardon ?!

– C'est toi qui vas leur dire, Léonard. Moi, je m'en vais.

– Mais...

Il vit alors ce qu'elle cachait sous le drap si bleu.

Le Mauser.

Il fit un pas en avant, mais elle avait déjà le canon dans la bouche. Il se figea. Ne pas la brusquer, ne pas bouger.

Il voyait ses yeux gris, nappe de brume sans aucun espoir de soleil, il voyait le doigt sur la détente, un doigt de femme, fin, blanc, à l'ongle soigné, incongru sur un fusil de guerre. Il songea brièvement qu'il ne l'avait pas prise dans ses bras, pas touchée, qu'elle allait partir sans qu'il ait pu la toucher encore une fois...

Ne pas bouger, lui dire de poser l'arme, doucement, que tout allait s'arranger, non pas ça, c'était stupide, lui dire de vivre, pour ses filles, lui dire...

Des pas dans l'escalier. Lourds. Rapides.

Blanche lui sourit encore une fois et appuya sur la détente.

Ce fut la première fois que Chib mourut.

Du même auteur

Les Quatre Fils du Dr March
Seuil, 1992
et « Points », n° P617

La Rose de fer
Seuil, 1993
et « Points », n° P104

Ténèbres sur Jacksonville
Seuil, 1994
et « Points », n° P267

La Mort des bois
Grand Prix de littérature policière
Seuil, 1996
et « Points », n° P532

Requiem Caraïbe
Seuil, 1997
et « Points », n° P571

Transfixions
Seuil, 1998
et « Points », n° P647

La Morsure des ténèbres
Seuil, 1999
et « Points », n° P727

Ranko Tango
Seuil, « Fiction Jeunesse », 1999

Le Couturier de la mort
Série « Mortelle Riviera », 1
et « Points Policiers », n° P733

La Mort des neiges
Seuil, 2000
et « Points », n° P875

Éloge de la phobie
Éditions du Masque, 2000
et Seuil, « Points », n° P976

Le Baiser de la reine
en collaboration avec Gisèle Cavali
Hachette-Jeunesse, 2001

Cauchemar dans la crypte
en collaboration avec Gisèle Cavali
Magnard, 2001

Descentes d'organes
Série « Mortelle Riviera », 2
et « Points Policiers », n° P862

Rapports brefs et étranges
avec l'ombre d'un ange
Flammarion, 2002

Témoin sur vidéo
en collaboration avec Gisèle Cavali
Magnard, 2002

RÉALISATION : PAO EDITIONS DU SEUIL

GROUPE CPI

Achevé d'imprimer en mai 2002 par
BUSSIÈRE CAMEDAN IMPRIMERIES
à Saint-Amand-Montrond (Cher)
N° d'édition : 55632. - N° d'impression : 022209/1.
Dépôt légal : mai 2002.
Imprimé en France

Dans la même collection

Brigitte Aubert
Les Quatre Fils du docteur March
La Rose de fer
La Mort des bois
Requiem Caraïbe
Transfixions
La Mort des neiges

Lawrence Block
La Balade entre les tombes
Le diable t'attend
Tous les hommes morts
Tuons et créons, c'est l'heure
Le Blues du libraire
Même les scélérats...
La Spinoza Connection
Au cœur de la mort
Ils y passeront tous
Le Bogart de la cambriole
L'Amour du métier
Les Péchés des pères
La Longue Nuit du sans-sommeil
Les Lettres mauves
Trompe la mort

Jean-Denis Bruet-Ferreol
Les Visages de dieu

Jan Burke
En plein vol

Sarah Cohen-Scali
Les Doigts blancs

Michael Connelly
Les Égouts de Los Angeles
La Glace noire

La Blonde en béton
Le Poète
Le Cadavre dans la Rolls
Créance de sang
Le Dernier Coyote
La Lune était noire
L'Envol des anges
L'Oiseau des ténèbres
Wonderland Avenue

Robert Crais
L'Ange traqué
Casting pour l'enfer
Meurtre à la sauce cajun

Eno Daven
L'Énigme du pavillon aux grues

David Laing Dawson
La Villa des ombres
Minuit passé, une enquête du Dr Snow

Bradley Denton
Blackburn

William Olivier Desmond
L'Encombrant

Robert Ferrigno
Pas un pour sauver l'autre

Stephen W. Frey
Offre publique d'assassinat
Opération Vautour

Sue Grafton
K comme killer
L comme lequel ?
M comme machination
N… comme nausée
O… comme oubli
P… comme péril

George Dawes Green
La Saint-Valentin de l'homme des cavernes

Dan Greenburg
Le Prochain sur la liste

Jack Hitt
Meurtre à cinq mains

Anthony Hyde
China Lake

David Ignatius
Nom de code : SIRO

Faye Kellerman
Les Os de Jupiter

Jonathan Kellerman
La Clinique
La Sourde
Billy Straight
Le Monstre
Dr la Mort

Philip Kerr
Une enquête philosophique

Paul Levine
L'Héritage empoisonné
Cadavres incompatibles
Trésors sanglants

Elsa Lewin
Le Parapluie jaune

Herbert Lieberman
Nécropolis
Le Tueur et son ombre
La Fille aux yeux de Botticelli
Le Concierge

Michael Malone
Enquête sous la neige
Juges et Assassins

Henning Mankell
Le Guerrier solitaire
La Cinquième Femme
Les Morts de la Saint-Jean
La Muraille invisible

Dominique Manotti
Sombre Sentier

Alexandra Marinina
Le Cauchemar
La Mort pour la mort
La Mort et un peu d'amour
La Liste noire

Andreu Martín
Un homme peut en cacher un autre

Deon Meyer
Jusqu'au dernier

Chris Mooney
Déviances mortelles

Dallas Murphy
Loverman

Kyotaro Nishimura
Les Dunes de Tottori

Michael Pearce
Enlèvements au Caire

Michael Pye
Destins volés

Sam Reaves
Le taxi mène l'enquête

Barbara Seranella
Tous des rats

Edward Sklepowich
Mort dans une cité sereine
L'Adieu à la chair

April Smith
Montana Avenue

Mike Stewart
Mon frère en Alabama

Austin Wright
Tony et Susan

L. R. Wright
Le Suspect
Mort en hiver
Pas de sang dans la clairière